电 力 行 业

工人岗位技能培训指导丛书

电力电缆检修与安装

第 3 版

邢道清　于恩波　苍　斌　主编

机械工业出版社

本丛书是依据《中华人民共和国职业技能鉴定规范》和《电力工人技术等级标准》等相关行业标准与岗位规范，按照初级、中级、高级工的岗位要求编写的。

　　本书包括了电力电缆线的安装施工、维修运行方面的基础知识、专业知识及工人应会部分的习题和现场操作标准等，并附有答案。本书的特点是题量大（约2500题），覆盖面广，基本上涵盖了电缆专业各主要环节的技术要求和具体操作步骤，满足了对电缆工作人员培训的要求。

　　本书适用于电缆专业初、中、高级工的自学和培训，也可作为电力行业电气工程师指导培训技术工人的参考书。

图书在版编目（CIP）数据

电力电缆检修与安装/邢道清，于恩波，苍斌主编. —3版. —北京：机械工业出版社，2009.1
（电力行业工人岗位技能培训指导丛书）
ISBN 978 – 7 – 111 – 25432 – 4

Ⅰ. 电… Ⅱ. ①邢…②于…③苍… Ⅲ. ①电力电缆 – 检修 – 技术培训 – 教材②电力电缆 – 电缆敷设 – 技术培训 – 教材 Ⅳ. TM75

中国版本图书馆 CIP 数据核字（2008）第 165981 号

机械工业出版社（北京市百万庄大街22号　邮政编码100037）
策划编辑：牟新国　责任编辑：林春泉　牟新国
版式设计：霍永明　责任校对：姚培新
封面设计：姚　毅　责任印制：邓　博
北京京丰印刷厂印刷
2009 年 1 月第 3 版·第 1 次印刷
148mm×210mm·10.25 印张·300 千字
0 001— 4 000 册
标准书号：ISBN 978 – 7 – 111 – 25432 – 4
定价：25.00 元

凡购本书，如有缺页、倒页、脱页，由本社发行部调换
销售服务热线电话：（010）68326294
购书热线电话：（010）88379639 88379641 88379643
编辑热线电话：（010）88379768
封面无防伪标均为盗版

第3版编辑委员会

第3版前言

"电力行业工人岗位技术考工指导丛书"第2版发行至今已有10年，在这10年当中，供电企业的管理规范、设备的技术标准以及安装、检修、运行和营业售电服务的岗位都有了一些新的变化和要求，为完善该丛书，我们在第2版的基础上进行了修订。

丛书之一的《电力电缆检修与安装》是"电力电缆工"岗位技能培训教材。从事电力电缆工作的人员是电力企业的主要工种之一。随着全国城市化进程的加快和电网建设覆盖面的加大、加密，电缆线路的设计施工，运行维护，无论是设备还是人员都担负着重要的职责，这个职责就是使电网安全可靠，为国家的经济建设提供强大的动力，为人民安居乐业提供光明。近几年随着电力体制的改革和企业内部的自我完善，电力工人学技术、学业务的气氛越来越浓，争先创优攀登世界高峰的壮志充分展现。《电力行业工人岗位考工指导丛书》从第1版到第2版，得到业内人士的肯定和好评，为了更好地为电力工业服务，更好地向同行学习，在原2版的基础上进行修订，使电缆专业工人在平时的工作中，可随时给自己的工作业务找出学习的题目，找到解决问题的方法和答案，使这本书成为电缆工人的助手和朋友。

这次修订的主要内容有：

1. 丛书标题"电力行业工人岗位技术考工指导丛书"修改为"电力行业工人岗位技能培训指导丛书"。对作业工人按技术等级培训考核（简称"考工"），是20世纪80年代后期和90年代初期的工作名称。从20世纪末（1999年），国家在这方面统一指导用语是"职业技能"培训与考核鉴定。由于各地条件的差异，有的省市到2005年才制定出本省的有关"工人岗位技能培训考核标准"。围绕工人岗位开展培训、提高工人的操作技能是本"丛书"的初衷和指导思想，所以在各个岗位中均提出了本岗位的工作人员要知道什么、了解什么、会写什么、会看什么、会干什么，较早地提出了围绕工人岗位提高工人操作技能为目的的培训思路。这次修订又充实了这方面的内容，使工人了解个人从事的岗位的内涵是什么，怎样干，干到什么程度才是一名符合岗位要求的职业者。

2. 增加了"概述"。概述全面地介绍了电力电缆线路主要组成部分及作用，详细地介绍了电力电缆的常用敷设方式，敷设中的措施和注意事项；连接头的制作要求以及电力电缆交接试验和运行巡视检查。使初参加工作者阅读后形成一个"电力电缆线路"的概念，使其了解它、进而熟悉它、热爱它。

3. 增加了电力电缆施工和电缆沟、隧道施工的安全要求，以及对电缆的保护措施和城镇、农田施工的注意事项，以开阔工作人员的思路。

4. 增加了电力电缆运输、保管技术的知识，增加了电缆管理部门建立技术图样和资料的规范要求。对电力电缆的运行和检修以及技术管理增加了新的内容。同时还增加了电力电缆工程施工完毕的交接验收内容。增加了部分钳工、起重工、搬运工作的基础知识。

在这次修订中，对一些已经更新的知识和已更换的电力电缆的结构、原理以及施工、维修、运行等内容进行了保留，目的是让新老工人对传统的观念有所继承，老工人通过复习习题，回顾当年的工作状况，新工人可以从中看出电力技术发展的脉络，从中涉取营养，积蓄向新技术领域跨跃的技能。

这次修订得到了机械工业出版社领导和编辑们以及电力同行的支持和帮助，在此诚挚地予以感谢。由于时间关系和编者的水平有限，本书尚有不尽人意之处，请同行和读者斧正。

编　者

2008 年 8 月

第 2 版编辑委员会

第 2 版前言

电力行业供电类《工人岗位技术考工指导丛书》，是一部较系统的涵盖了供电企业各专业主要工种，在完成岗位技术任务时所应具备的应知应会内容。第 1 版成书于 90 年代初，发行后，得到广大读者和有关领导、工程技术人员的热情支持，提出了很多宝贵意见。该书在电力系统和社会上产生了一定的影响，得到读者的好评。第 2 版是在第 1 版的基础上，更新内容、完善不足，努力做到使丛书更加贴近生产岗位，成为指导工人走岗位成材之路的助手和桥梁。

本次修订的重点是：

1. 认真吸收近几年电网内的新技术、新设备，增强工人了解、使用、掌握这些新技术、新设备的能力。如对组合电器（GIS），新型微机保护，SF_6 断路器，绝缘导线，复合绝缘子，计算器的应用，远方自动抄表，新型电缆接头等新技术、新设备均做了介绍和补充。

2. 无人值守变电所，近几年发展较快，而且无人值守变电所的数量，已列为创全国一流供电企业的主要考核指标。在本次修订过程中，增加了无人值守变电所的管理内容和有关无人值守变电所的"四遥"设备等内容。

3. 为了便于广大读者学习和阅读，本次修订在编排结构上进行了较大的调整。即每一种类考核习题之后，紧接着就是该类习题的答案。如计算题，共 40 道题，在 40 道题之后，紧接着就是 40 道题的解题步骤与答案，解除了读者在学习时，核对答案须翻阅查找的麻烦。

4. 近几年，随着企业用工制度的改革，取消了八级工资制，取而代之的是初、中、高三个级差。本次修订，即按变更后的初级工、中级工、高级工工人，在不同的专业岗位上，所要掌握的应知、应会内容进行了新的编排。

5. 本次修订中，关于技术规范和要求，一律按最近的技术规范和要求对丛书进行了补充，对国家及有关部委明令取消和停止使用的技术规范进行了删减。

本丛书在修订编辑过程中，得到了电力系统有关领导及同行的大力支持和热诚帮助，在此深表谢意。

重新修订后的丛书，现已和广大读者见面了，由于水平所限，虽然经过新一轮加工修改，但在总体编排和一些具体问题处理上，仍觉有不尽人意之处，真诚地欢迎广大读者、同行、学者批评指正。

编　者

1998 年 6 月

第 1 版编写组成员

主 编	编 委			
		马长水	邢道清	
		金宗义	戴祖耀	

主 审 委

编 委

马长水　邢道清
金宗义　戴祖耀
刘信元　田永祥　高　力
黑荫贵　夏国良　杨福成
周健真　李曼丽　唐兴礼
陈恩筘　曾昭强　童月明
宋修言　李昌富　袁茂振
杨柏林　金宗义　傅毅军
戴祖耀　戚新培　张兰虹
万福安　孙连生　马长水
邢道清

编　　者（按姓氏笔划为序）
丁　鹤　万　春　马长水
王秀颜　邢道清　苍　斌

第1版序

山东省电力工业局等12个网、省局组织编写的供电类《工人技术岗位考工指导丛书》共10册，即：《变电运行值班工》、《线路运行与架设》、《电力电缆检修与安装》、《继电保护与电气仪表》、《电力通讯》、《电能计量与电度表修校》、《抄表收费与营业管理》、《用电监察与装表接电》等。其中第一册《变电运行值班工》已于1988年11月12日至17日由山东省电力工业局组织本省并邀请部分网、省局专家，在山东泰安教育中心进行了编审，与会同志一致认为：本教材有突出的特点，路子是好的，题量是大的，包括的面较全，结构较严谨，岗位（等级）之间区分较明显，内容较丰富，基本具备出版条件，对工人岗位成才有较大的使用价值。应该说这是一件可喜可贺的事。

供电类《工人技术岗位考工指导丛书》的编写和陆续出版，将为供电职工全面提高技术素质和加强岗位责任提供科学的、系统的标准，是对国家经委、国家教委、劳动人事部经教[1988]98号文《关于引导企业职工立足本职学习技术（业务）的意见》的具体贯彻；也是进一步端正职工教育（培训）工作，面向企业，面向生产，以经济效益为中心，为两个文明建设服务的业务指导思想的重要措施，它将会促进和加强工人队伍的技术管理，使工人技术培训工作逐步走向正规化、制度化、经常化，以适应企业深化改革提高安全运行和经济效益的目的，其作用将随着供电事业的改革深化而日益显示出它的效果。

原水利电力部（86）水电劳字第110号文关于颁发《水利电力工人技术证书》的通知，也将因为有了这一套丛书而得到更好的贯彻。

能源部希望全国供电部门，结合自己的具体情况，切实把在职人员的培训和智力开发纳入厂长（局长、经理）任期目标，作为考核厂长和企业工作的重要内容；在搞好岗位培训试点工作的基础上，有计划地逐步把成人教育工作的重点转移到岗位培训上来，实行具有电力企业职工教育特色的岗位培训制度；突破企业传统的干部、工人管理界限，做到按岗位定职，按能力使用；在技术工人中，实行技术等级或岗位证书制（岗位证书可在全行业通用）；允许越级考工，使考工晋级与职工使用和本人工资挂钩；企业要启发引导广大职工立足本职，学习技术（业务），促进广大职工开展岗位竞争，走岗位成才之路。

最后向编写这一套丛书的同志致谢！致敬！深信这套丛书将会受到广大供电职工的欢迎，一定会取得提高供电部门职工素质的效果，也必然会在供电部门提高经济效益中开花结果。并希望此丛书在实践中继续得到充实，使之与我国的供电事业的发展紧密结合，成为服务于供电事业的一套好丛书。

第1版前言

把发电厂发出的电能输送到各变电所、配电站及每一个用户的方法有两种:一种是架空电力线路;另一种是电力电缆线路,因此电力电缆是供、配电设备中不可缺少的主要设备之一。随着城市建设的发展、人口的密集、城市环境的美化以及大工业的突飞猛进,许多地方已不可能架设架空线路,只能用电力电缆供电,因而电缆越来越广泛地得到应用。

从20世纪60年代初期我国自行试制了66kV充油电缆开始,我国的电缆工业开始了新的发展;35kV交联聚乙烯电缆和110kV、220kV、330kV充油电缆相继生产,80年代初又试制了500kV中压充油电缆以及热缩电缆接头等新技术的应用,使我国的电缆线路不断增加,安装架设、运行维护技术都有了新的发展。为了进一步巩固已有的成果,不断提高队伍素质,调动工人学习技术业务的积极性,引导工人热爱专业、热爱岗位,应大力开展以安全生产为主体的岗位技术培训,更好地为电力生产服务。

本教材是根据电力电缆专业工作的实际需要,并结合目前技术发展的现状、队伍素质的状况以及岗位技术培训应知、应会考核的需求,为帮助培训工程师组织培训考核、工人进行自学、提高业务水平并参加考工,组织了有关专家编写,以便为广大读者服务。

本教材的结构主要包括电力电缆专业的基础知识、专业知识、应会笔试习题和应会现场操作等内容,从初级工、中级工、高级工逐级展开。各等级之间的基本要求、考核重点、例题内容不同,题量、难易程度均不同。计算题的试题一般以中级工以下级别为重点,高级工应以组织、指挥、管理为重点,组织考核时,可根据现场实际,难易结合,灵活运用。

目 录

概　述

电力电缆是用来传输和分配电能的，是电力架空线路的补充，当建筑物和居住密集区、公路两侧、风景区以及公路两侧的空间有限，或过江、过海等大跨度，发电厂、变电所等电网交叉区，架空线路往往受到限制，敷设电力电缆变成了最好的方式。

电力电缆与架空线路相比，其优点是占地面积小，对人身比较安全，不受外界影响，供电可靠性高，敷设于地下，宜于战备，运行维护工作少，电容较大，利于提高功率因数。其缺点是建设成本高，投资大，接线灵活性差且不宜分支，一旦发生故障，寻测故障部位较困难，检修费用大，电缆接头制作工艺要求高。

电力电缆的基本结构主要包括导体、绝缘层和保护层。导体必须具有高度的导电性以减少输电时线路上能量的损耗；绝缘层用于将导体与邻相导体及保护层隔离，必须绝缘性能良好，经久耐用，有一定的耐热性能；保护层又可分为内护层和外护层两部分，它的作用是用来保护绝缘层，使电缆在运输、贮存、敷设和运行中，绝缘层不受外力损伤和防止水分的侵入，所以要求它应具有一定的机械强度。

电力电缆按导体材料分为铜和铝两种，按缆芯的数目分为单芯、双芯、三芯，按导体的形状分为圆形、椭圆形和扇形三种，按电缆导体的填充系数大小分为紧压和非压紧两种。

一、电力电缆的敷设

电力电缆的敷设及连接，具有工艺要求高，技术难度大，操作复杂等显著特点。要求耗用大量的人力和材料，而且需要采用复杂的设备、器具、仪表和索具等。需要电力电缆工熟悉电力电缆敷设安装相关标准，还要了解电力电缆相关知识，电缆接头（中间接头，终端头）制作工艺以及电力电缆试验的相关知识。

根据施工设计的不同要求，电力电缆的敷设主要有直埋地下，敷设在排管内，敷设在隧道内，敷设在电缆沟内，安装在桥梁构架上，安装在建筑物内墙壁上或天棚顶上等几种形式。

1. 直埋敷设

将电力电缆直接埋设在土壤中的敷设方式称为直埋敷设,这种方式一般适用于单一电缆线路。市区人行道、绿地、建筑物边绿地等地区,也经常在电缆分支箱和环网柜、箱式变电站等进出线处采用。

直埋敷设要求电缆表面距地面不应少于 0.7m,穿越农田或绿地时不应小于 1m,与地下建筑物交叉经过建筑物时,应采取保护措施。常用的电缆沟形状及尺寸如图 0-1 所示,图中的 B 表示直埋电缆沟底部宽。

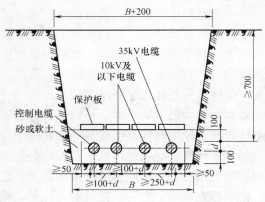

图 0-1　电缆沟示意图

设为电缆直径,电缆沟底要平整,先铺以 5～10cm 厚的细砂土,电缆敷设后在其上覆盖 15cm 厚的细砂土,再盖上保护物,如砖块或其它板材,在电缆沿线路径每隔 50m 或转弯处、需要特别标识处,应设电线标志或其它识别标志。

在电缆线路路径上有可能使电缆受到机械性损伤、腐蚀、杂散电流腐蚀、白蚁、虫鼠等危害的地段,采取相应的外护套或适当的保护措施。

直埋电缆引至电杆及建筑物内的施工常用方法如图 0-2 所示。

直埋电缆在城镇施工时,若需要挖掘,应提前办理相关的手续和许可证,并及时与电缆路径附近地下管线的管理单位达成动迁、交叉的赔偿和相互关连的协议。若电缆路径需要经过绿化带或农田时，应及时与园林部门联系，办理移植或砍伐树木的手续，与农田主商谈青苗赔偿协议。若电缆经过闹市区的主要交通干线或影响交通时，则应与公安交警部门联系，请其支援，确保施工时交通安全。若大型工程需要在马路边搭建临时工棚时，也应取得公安部门签发的、临时占用道路的许可证。若地下管线与电缆路径重叠，技术措施又达不到要求，需要动迁时，应本着建设先后的原则支付搬迁费用或采用其它措施。

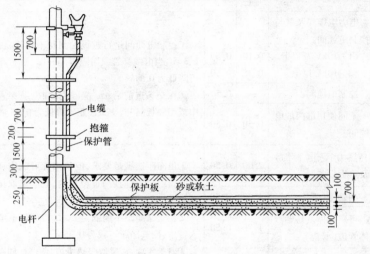

图 0-2　直埋电缆引至电杆时施工示意图

直埋电缆敷设安装流程如图 0-3 所示。

图 0-3　直埋电缆敷设流程

2. 排管敷设

将电缆敷设在预先建好的地下管中的安装方法，称为排管敷设。供敷设单芯电缆用的排管管材应选非磁性并符合环保要求的管材，供三芯电缆用的排管器材，还可使用内壁光滑的钢筋混凝土或镀锌钢管或塑料 PVC 管材。

排管埋于地下时，其顶部土壤覆盖不应少于 0.5m，且与电缆、管道及其他建筑物的交叉距离不宜小于表 0-1 中的规定。

表 0-1　电缆之间，电缆与管道、道路、建筑物间平行和交叉时的最小允许净距离　　（单位：m）

序号	项　目		最小允许净距/m		备　注
			平行	交叉	
1	电力电缆间及其与控制电缆间： （1）10kV 及以下 （2）10kV 以上		0.10 0.25	0.50 0.50	①控制电缆间平行敷设的间距不作规定；第1、3项，当电缆穿管或用隔板隔开时，平行净距可降低为 0.1m
2	控制电缆间		—	0.50	②在交叉点前后 1m 范围内，如电缆穿入管中或用隔板隔开，交叉净距可降低为 0.25m
3	不同使用部门的电缆间		0.50	0.50	
4	热力管道（管沟）及热力设备		2.00	0.50	①虽净距能满足要求，但检修管可能伤及电缆时，在交叉点前后 1m 范围内，尚应采取保护措施
5	油管道（管沟）		1.00	0.50	
6	可燃气体及易燃液体管道（管沟）		1.00	0.50	②当交叉净距不能满足要求时，应将电缆穿入管中，则其净距可减为 0.25m ③对第 4 项，应采取隔热措施，使电缆周围土壤的温升不超过 10℃
7	其它管道（管沟）		0.50	0.50	
8	铁路路轨		3.00	1.00	—
9	电气化铁路路轨	交流	3.00	1.00	—
		直流	10.00	1.00	如果不能满足要求，应采取适当防蚀措施
10	公路		1.50	1.00	
11	城市街道路面		1.00	0.70	特殊情况，平行净距可酌减
12	电杆基础（边线）		1.00	—	
13	建筑物基础（边线）		0.60	—	
14	排水沟		1.00	0.50	

注：当电缆穿管或者其它管道有防护设施（如管道的保温层等）时，表中净距应从管壁或防护设施的外壁算起。

排管按其埋设方式和结构主要分为以下三种形式：

（1）混凝土加固式排管；

（2）直埋式排管；

（3）预制式排管。

排管敷设到一定长度时，应在适当的位置设置一处工作井，俗称工井。工井的间距必须按敷设在同一道排管中垂悬最重、允许牵引力和允许侧压力最小的一根电缆计算决定。

工井本身的长度应根据敷设在同一工井内最长的电缆接头，以及能吸收来自排管内电缆的热伸缩所需的伸缩弧尺寸决定。工井的净宽度应根据内直径最大接头数量，以及施工机具安装所需定向设计。工井的净高不应小于 1.9m，封闭式工井底部应设积水坑，并有排水设施，复杂封闭式工井顶板应设置直径不小于 700mm 人孔两个。每座工井应设置接地装置，接地电阻不应大于 10Ω，所有管孔及备用管前孔均应用防火、防水、防气体泄入材料严密封堵。

电缆排管敷设安装工序流程如图 0-4 所示。

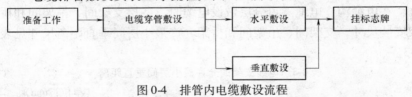

图 0-4　排管内电缆敷设流程

3. 电缆沟和隧道敷设

在已建好的电缆沟、电缆隧道中安装电力电缆，称为电缆沟、电缆隧道电缆敷设，敷设前，先对已建好的电缆沟、电缆隧道进行检查验收，达到电缆敷设的要求。

电缆沟的正常检查验收项目如下：

（1）检查转弯处弯曲半径是否符合要求。

（2）过路管应平直光洁，管口无毛刺，必要时作辅助胀口处理。

（3）电缆支架安装平正，立柱应紧贴沟壁，横撑光滑无毛刺，无变形。

（4）接地装置应符合设计要求，接地带与支架间接触良好，各种金属件无锈蚀，防腐处理完好。

（5）沟顶板整齐完好，无残缺，无影响其功能的裂痕。

（6）电缆沟整洁，无渗漏、无积水、无积淤、无施工障碍等。

电缆隧道检查验收时除以上内容以外，另加以下三条

（1）电缆隧道净高不小于1900mm。

（2）与其它沟道交叉时，局部净高不得小于1400mm。

（3）每档支架敷设电缆不宜超过3根。

在电缆沟、电缆隧道中单侧或双侧敷设电缆时，允许最小通道净宽见表0-2。

表0-2　电缆沟、隧道中允许最小通道净宽（单位：mm）

电缆支架配置 及其通道特征	电缆沟沟深			电缆隧道
	≤600	600~1000	≥1000	
两侧支架间净通道	300	500	700	1000
单列支架与壁间通道	300	450	600	900

注：在110kV以及以上高压电缆接头中心两侧3000mm局部范围，通道净宽不宜小于1500mm。

在电缆沟，电缆隧道分层敷设电缆时，各层支架间、吊架间和桥架安装尺寸，支架间、吊架间和桥架允许最小层间垂直距离尺寸见表0-3。

表0-3　电线支架的允许最小层间垂直距离

（单位：mm）

电缆电压等级、类型、敷设特征		普通支架、吊架	桥架
控制电缆明敷		120	200
电力电缆明敷	10kV及以上，但6~10kV交联聚乙烯电缆除外	150~200	250
	6~10kV交联聚乙烯	200~250	300
	35kV单芯	250	300
	110~220kV，每层1根	250	300
	35kV三芯	300	350
	110~220kV，每层1根以上	300	350
电缆敷设在槽盒中		$h+80$	$h+100$

注：h表示槽盒外壳高度。

电缆最下层电缆支架距地坪、沟道底部的允许最小净距值见表 0-4。

若电缆沟深不大于 1500mm，净深小于 600mm 时，可把电缆敷设在沟底板上，不设支架和施工通道。沟底应设不小于 0.3% 的排水坡度，沿坡高度最底处设积水井。

电缆沟中以 40mm×5mm 扁钢组成接地网，接地电阻不大于 4Ω。

电缆沟和隧道敷设电缆，与直埋电缆基本相同，但由于在封闭空间内，施工中通信联系和前后人员相互视觉受影响，应采用有线电话或其它有效的通信联系方式。加强施工联系和相互呼应，重点防止电缆支架刮伤电缆，并在转弯处或电缆受力处增加滑轮，以减少电缆侧压力。

表 0-4 最下层电缆支架距地坪、沟道底部的允许最小净距

（单位：mm）

电缆敷设场所及其特征		垂直净距
电缆沟		50~100
隧道		100~150
电缆夹层	除下项外的情况	200
	至少在一侧不小于 800mm 宽通道外	1400
公共廊道中电缆支架未有围栏防护		1500~2000
厂房内		2000
厂房外	无车辆通过时	2500
	有车辆通过时	4500

电缆敷设后应隔 200m 设防火墙一处，接头两侧应设防火带或其它防火措施。

电缆沟内敷设电缆工作流程如图 0-5 所示。

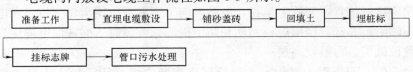

图 0-5 电缆沟、电缆竖井内电缆敷设流程

4. 电缆的桥梁敷设

利用交通桥梁敷设电缆，称为电缆的桥梁敷设方式，采用桥梁敷设方式之前，应取得当地桥梁管理部门认可。在桥梁上敷设的电缆和附件，不得低于桥底距水面高度。在短跨的桥梁人行道下敷设的电缆应采取避免太阳光直接照射措施。在桥墩两端或在桥梁伸缩间隙处，应设电缆伸缩弧，用以吸收来自桥梁或电缆本身热伸缩量。长跨距的桥桁内或桥梁人行道下敷设电缆时，电缆上采取适当的防火措施，以防外界火源危及电缆，还应考虑桥梁因受风力和车辆行驶时的振动，而导致电缆金属护套出现疲劳的保护措施。大截面电缆，宜作蛇形敷设。悬挂架设的电缆与桥梁构架，应有不小于 0.5m 的净距，以免妨碍桥梁的维修作业。交流电缆的裸金属护套与桥梁的钢架、桁架有金属的连接。敷设在木桥上的电缆，应穿在钢管中敷设。

5. 电缆的桥架敷设

电缆的桥架敷设方式一般为厂区室内或景观的跨越地段采用的敷设电缆方式施工时应注意以下事项：

（1）在桥架上施放电缆，因地势的限制，电缆牵引可用人力牵引。

（2）电缆沿桥架敷设时，应将电缆单层敷设、排列整齐、不得有交叉，拐弯处应以最大截面电缆允许弯曲半径为准。

（3）不同等级电压的电缆应分层敷设，高压电缆应敷设在最上层。

（4）同等级电压的电缆沿桥架敷设时，电缆水平净距离不得小于35mm。

（5）电缆敷设排列整齐，对于水平敷设的电缆，首尾两端、转弯两侧及每隔 5～10m 处设固定点。

（6）电缆沿桥架垂直敷设时，有条件的最好自下而上敷设，敷设前选好位置，架好电缆盘，电缆的向下弯曲部位用滑轮支撑，在电缆轴附近和部分楼层应设制动和防滑措施，敷设时，同截面电缆应先敷设低层，再敷设高层。

（7）自下而上敷设时，对低层小截面电缆可用滑轮人力牵引敷设。

（8）电缆敷设排列整齐，间距均匀，不应有交叉现象。

（9）大于45°倾斜敷设的电缆在每隔2m处设固定点。

（10）对于敷设于垂直桥架内的电缆，每敷设一根应作临时固定，对全塑型控制电缆应统一绑扎固定。

（11）敷设穿越不同防火区的桥梁电缆，按设计要求位置，应做好防火阻隔。

6. 竖井内电缆敷设

电缆在竖井内敷设前，土建专业已根据设计完成竖井支架施工，并符合下列要求：

（1）支架与预埋件焊接牢固，焊缝饱满，呈鱼纹状。

（2）支架用膨胀螺栓固定时，选用螺栓适配，连接紧固，防松零件齐全。

（3）若无设计时，支架最上层至竖井顶部的距离不小于150～200mm，最下层支架至地面的距离不小于50～100mm。

（4）整个竖井支架应横平竖直。

电缆敷设时应注意以下事项：

（1）电缆敷设时，应按电压等级排列。高压在外侧，低压在里侧，控制电缆在最下面。如两侧装设支架，则电力电缆与控制电缆应分别安装两侧。

（2）敷设的电缆的间距，对电力电缆为35mm，但不小于电缆外径尺寸，对控制电缆不做规定，不同等级的电压电力电缆及其与控制电缆间的最小净距为100mm。

（3）电缆拐弯处的最小弯曲半径应符合电缆最小允许弯曲半径规定，见表0-5。

（4）交流单芯电缆或分相后的每相电缆固定用的夹具和支架，应不形成闭合铁磁回路。

（5）垂直竖井内敷设的电缆在每个支架上固定。

（6）垂直竖井内敷设的电缆应有防火措施，如涂防火涂料、使用阻燃电缆、做防火阻隔等。

竖井内电缆敷设流程如图0-5所示。

表 0-5 电缆最小允许弯曲半径与电缆外径的比值

(单位：mm)

电缆种类	电缆护层结构	单芯	多芯
油浸纸绝缘电力电缆	铠装或无铠装	20	15
橡皮绝缘电力电缆	橡皮或聚氯乙烯护套	—	10
	裸铅护套	—	15
	铅护套钢带铠装	—	20
塑料绝缘电力电缆	铠装或无铠装	—	10
控制电缆	铠装或无铠装	—	10

二、电力电缆的连接

两段电缆的金属导体连接起来叫电缆的连接，连接的部位叫电缆接头。电力电缆的接头，又分为中间接头和终端头，一般简称电缆头。中间接头是两段电缆的连接部位，而终端接头则是电缆与其它电气设备的连接部位。电缆头按所处的位置又分为户外式和户内式。户外接头要有比较完善的密封、防水结构，以适应周围环境和气候的变化。

1. 对电缆头的要求

（1）电缆头必须有良好的导电性，要与电缆本体一样，能长久稳定地传输允许载流量规定的电流，且不引起局部发热。

（2）电缆头要有足够的绝缘强度，要求能承受工作条件下长期高电压和短时过电压。

（3）电缆头应有优良的防护结构，要求具有耐气候性和防腐性，以及良好的密封性和足够的机械强度，电缆芯线接头必须接触良好，抗拉强度不低于电缆芯线强度的70%。

（4）电缆头要求结构简单、轻巧，要保证相间和相对外壳之间电气距离，以避免短路或击穿。

2. 电缆头制作的一般规定

材料和技术准备

（1）检查电缆附件和材料，应与被安装的电缆相符。

（2）检查安装工具，应齐全并完好。

（3）安装电缆附件前应检查电缆是否受潮（现场术语称为检潮），是否受到损伤。检查方法如下：用绝缘电阻表摇测电缆每相线的绝缘电阻，对 1kV 及以下电缆应不小于 100MΩ，对 6kV 以上电缆应不小于 200MΩ，或作直流耐压试验测试泄漏电流。

作业环境的要求：

（1）作业场所环境温度在 10℃以上，相对湿度 70% 以下。

（2）严禁在雨、雪、暴风天气中施工。

（3）有合适的操作场地，施工现场干净，附件不能沾染尘土。

（4）高空作业时应搭好平台，施工部位上方搭设好帐篷。

（5）夜间施工要有足够的照明和警示路人光亮标志。

（6）变压器、高低压开关柜、电缆均安装完毕，电缆绝缘合格。

3. 对人员的要求

电缆头的制作，应由经过培训的熟悉工艺、熟练操作的人员进行，或一组电缆头的制作中，必须有满足上述条件的人，其他人员在其指导下可进行一些辅助性工作。在电缆头的制作过程中，必须严格遵守有关电缆终端头，中间接头的制作工艺规程和有关的规定。

4. 对制作的要求

（1）电缆终端头与中间接头从开始剥切到制作完毕必须连续进行，一次完成，以免受潮。

（2）剥切电缆时，不得损伤线芯绝缘。包缠绝缘时应注意清洁，防止污秽与潮气侵入绝缘层。

（3）高压电缆在绕包绝缘时，与电缆屏蔽应有不小于 5mm 的间隙，不少于 5mm 的重叠。绝缘纸（带）的搭盖应均匀，层间应无空隙及折皱。

（4）电缆头的铅封工作应符合下列要求：搪铅时间不宜于过长，在铅封未冷却前不得撬动电缆；充油电缆的铅封应分两层进行，以增加铅封的密封性。

（5）灌胶前应将电缆头的金属（瓷）外壳预热去潮，避免灌胶后有空隙。环氧树脂电缆头所用的环氧复合物应搅拌均匀，浇灌时应防止气泡产生。

（6）直埋电缆接头盒的金属外壳及电缆的金属护套应作防腐处

理。

（7）充油电缆供油系统的安装应符合下列要求：供油系统与电缆间应装有绝缘管接头；表计应安装牢固，室外表计应有防雨措施，施工结束后应进行整定；压力油箱的油压不应超过电缆允许的压力范围。供油管路不应有渗漏。

（8）电缆芯线连接时，其连接管和线鼻子的规格应与线芯相符；采用压接时，压模的尺寸应与导线的规格相符。采用焊锡焊接铜芯时，不应使用酸性焊膏。

三、电力电缆敷设中有关措施和注意事项

电力电缆在敷设中，要做好以下几项事项和措施：

1. 电力电缆到货后的检查验收

电缆盘运到施工现场后，应对每盘电缆进行质量验收，检查验收的项目如下：

（1）核对每盘电缆出厂验收及合格证书，并建立原始档案。每盘电缆在制造厂均应通过局部放电、交流耐压、介质损耗、外护套耐压、绝缘电阻和导体直流电阻测试等例行试验。核对每盘质量合格证书与电缆盘号是否一致，长度、型号、规格等相符，并建立原始档案等。

（2）每盘电缆上应标明电缆规格、型号、电压等级、长度及出厂日期，电缆盘轴孔应完好无损。

（3）电缆外观完好无损，铠装无锈蚀，无机械损伤，无明显皱褶和扭曲现象。橡套塑料电缆外皮绝缘层无老化裂纹。

（4）摇测电缆外护套绝缘。对重要电缆线路或 110kV 及以上电缆，与厂家共同对外护套进行绝缘检测，并与出厂数据进行比较，经双方确认后，办理交接手续。

（5）核对分支箱电缆型号规格、结构尺寸，短路故障指示器复位时间是否与设计相符，分支箱外壳有无包装破损和变形。

（6）电缆附件是否齐全：

1）电缆附件产品主要部件、辅助材料配套齐全，品种、数量满足附件安装需要。辅助材料包括铜编织接地带、接地线、PVC胶黏带、半导电自黏带等。消耗材料包括清洗剂、安装手套、焊料

等。

（2）电缆附件产品主要部件、辅助材料和消耗材料具有良好的相溶性，相同的质量标准，电气性能和理化性能参数满足附件技术要求。

2. 人员组织、专用施工机具和相关材料准备

（1）电缆施工技术交底。

（2）电缆线路两端连接的电气设备（或接线箱、盒）应安装完毕或已就位，敷设电缆的通道无堵塞。

（3）电缆桥架、电缆托盘、电缆支架及电缆管道已安装完毕，并验收合格。

（4）电缆沿线照明满足施工要求。

（5）敷设电缆施工机具及施工用料已准备好，支架已搭设完毕且符合安全要求。

（6）电缆线路施工方案或施工组织设计已经编制并审批，工程任务单已下达。

（7）电缆型号、规格及长度与设计资料核对无误。

（8）敷设前应对电缆进行外观检查及绝缘电阻试验，6kV 及以上的电缆应作耐压及泄漏电流试验，试验结果应满足规范要求。

（9）临时联络指挥系统设置完毕。

（10）对于线路较短或室外的电缆敷设，可用无线电对讲机联络，手持扬声器指挥。多层建筑内的电缆敷设，可用无线电对讲机作为定向联络，简易电话作为全线联络，手持扬声器指挥。施工人员组织：敷设电缆既要统一指挥又要明确分工，通常电缆盘的管理为一组，卷扬机的牵引为一组，电缆接头为一组。若电缆线路敷设较长，敷设时各小组间用对讲机相互联系，统一指挥。

3. 安全环保技术措施

（1）施工中的安全技术措施，应遵守工艺及现行有关安全技术规程规定。对重要工序，还要编制安全环保技术措施，经主管部门批准后方可执行。

（2）架设电缆盘的地面必须平实，支架必须采用有底平面的专用支架，不得用千斤顶代替。

（3）采用撬杠撬动电缆盘的边框敷设电缆时，不要用力过猛；不要将身体伏在撬棍上面，并应采取措施防止撬棍脱落、折断。

（4）人力拉电缆时，用力要均匀，速度要平稳，不可猛跑，看护人员不可站于电缆盘的前方。

（5）敷设电缆时，处于电缆转向拐角的人员，必须站在电缆弯曲半径的外侧，切不可站在电缆弯曲内侧，以防挤伤事故发生。

（6）对于小型电缆盘，可搬抬转弯，不允许采取在地面上用物阻止电缆一侧前进的方法转弯。

（7）用汽车运输电缆时，电缆应尽量放在车斗前方，并用钢丝绳固定，以防止汽车起动或紧急制动时电缆冲撞车体。

（8）在已送电运行的变电室沟内进行电缆敷设时，必须做到电缆所进入的开关柜停电；施工人员操作时应有防止触及其它带电设备的措施（如采用绝缘隔板隔离）；在任何情况下与带电体操作安全距离不得小于 1m（10kV 以下开关柜）；电缆敷设完毕，如余量较大，应采取措施防止电缆与带电体接触（如绑扎固定）。

（9）在交通道路附近或较繁华的地区进行电缆施工时，电缆沟要设栏杆和警示牌，夜间设标志灯（红色）。

（10）在隧道内敷设电缆时，所用临时照明电源电压不得大于36V。施工前，应将地面清理干净，排净积水。工作时戴安全帽，穿防护鞋。

（11）在交通要道附近或繁华地段、居民小区进行电缆施工时，要设围栏和警示牌、公示牌，公示牌要写明工程的工期、施工单位及工程负责人姓名、办公电话、工程范围等。

（12）文明施工。在施工时不要乱丢垃圾，保持施工地点卫生；在农田施工时，要事先取得农民的同意，并协商好赔偿条件，尽量减少损坏庄稼。

四、工程交接验收

1. 工程验收时应检查的内容

（1）电缆型号、规格应符合设计规定；排列整齐，无机械损伤；标志牌应装设齐全、正确、清晰。

（2）电缆的固定、弯曲半径、有关距离和单芯电力电缆的金属护层的接线等应符合规范的规定；相序排列应与设备连接相序一致，并符合设计要求。

（3）电缆终端头、电缆接头及充油电缆的供油系统应固定牢靠；电缆接线端子与所接设备端子应接触良好；互连接地箱和交叉互连箱的连接点应接触良好可靠；充有绝缘剂的电缆终端头、电缆接头及充油电缆的供油系统不应有渗漏现象；充油电缆的油压及表计整定值应符合产品技术要求。

（4）电缆线路所有接地的接触点应与接地极接触良好，接地电阻应符合设计要求。

（5）电缆终端的相色应正确，电缆支架等的金属部件防腐层应完好。电缆管口封堵应严密。

（6）电缆沟内应无杂物、无积水，盖板齐全；隧道内应无杂物，照明、通风、排水等设施应符合设计要求。

（7）直埋电缆路径标志，应与实际路径相符。路径标志应清晰、牢固。

（8）水底电缆线路两岸，禁锚区内的标志和夜间照明装置应符合设计要求。

（9）防火措施应符合设计要求，且施工质量合格。

2. 工程验收时应提交的资料和技术文件

（1）电缆线路路径的协议文件。

（2）设计变更的证明文件和竣工图资料。

（3）直埋电缆线路的敷设位置图，比例宜为1:500。对地下管线密集的地段，不应小于1:100，对管线稀少、地形简单的地段，可为1:1000；对平行敷设的电缆线路，宜于合用一张图样，图上必须标明各线路的相对位置，并有标明地下管线的剖面图。

（4）制造厂提供的产品说明书、试验记录、合格证件及安装图样等技术文件。

（5）电缆线路的原始记录：

1）电缆的型号、规格及实际敷设总长度及分段长度、电缆终端头和接头的型式及安装日期。

2）电缆终端头和接头中填充的绝缘材料名称、型号。

（6）电缆线路施工记录：

1）隐蔽工程隐蔽前检查记录或签证。

2）电缆敷设记录。

3）质量检查及评定记录。

（7）实验记录

五、电力电缆的运行维护

（一）电力电缆的巡查

1. 巡查周期

（1）对于敷设在土中、隧道中以及沿桥梁架设的电缆，每三个月至少巡查一次。各运行单位可根据季节、基建工程特点和本单位所处环境状况，适当增加巡查次数。

（2）对于电缆竖井内的电缆，每半年至少巡查一次。

（3）对于水底电缆，由现场根据具体需要规定，如水底电缆直接敷于河床上，可多年巡查一次。在潜水条件允许下，应派遣潜水员下水检查；当潜水条件不允许时，可测量河床的变化或海岸沿海变化情况。

（4）对于发电厂、变电所的电缆沟、隧道、电缆井、电缆架及电缆线段等处，至少每三个月巡查一次。

（5）对挖掘暴露的电缆，按工程情况，酌情加强巡查。

（6）对于电缆终端头，由现场根据运行情况为 1~3 年停电检查一次。

（7）对于装有油位指示的电缆终端头，每年应检查油位高度。每年夏、冬季各检查一次。

（8）对于污秽地位的电缆终端头的巡视与清扫的期限，可根据当地污秽程度予以决定。

2. 电缆巡查时的主要注意事项

（1）对敷设在地下的电缆线路，应查看路面是否正常，有无挖掘痕迹及路线标桩是否完整无缺等。

（2）电缆线路上不应堆置瓦砾、矿渣、建筑材料、笨重物件、酸碱性排泄物或砌堆石灰坑等。

（3）对于通过桥梁的电缆，应检查桥堍两端电缆是否拖拉过紧，保护管或槽有无脱开或锈蚀。

（4）对于备用排管应该用专用工具疏通，检查其有无断裂或淤堵现象。

（5）人井内电缆铅包在排管口及挂钩处，不应有磨损现象，需检查衬铅是否失落。

（6）对于安装有保护器的单芯电缆，在通过短路电流后或每年至少检查一次阀片或球间隙有无击穿或烧熔现象。

（7）对于户外与架空线连接的电缆和终端头，应检查电缆和终端头是否完整，引出线的接点有无发热现象和电缆接头有无开裂漏胶，靠近地面一段电缆是否被车辆撞碰等。

（8）对于多根并列电缆，要检查电流分配和电缆外皮的温度情况。防止因接点不良而引起电缆过负荷或烧坏接点。

（9）对于隧道内的电缆，要检查电缆位置是否正常，接头有无变形，温度是否异常，构件是否失落，通风、排水、照明等设施是否完整。特别要注意防火设施是否完整。

（10）充油电缆线路不论其投入运行与否，都要检查油压是否正常。油压系统的压力箱、管道、阀门、压力表是否完善。并注意与构架绝缘的零件，有无放电现象。

（11）应经常检查临近河岸两侧的水底电缆是否有受潮水冲刷现象，电缆盖板是否露出水面或移位。同时检查河岸两端的警告牌是否完好，了望是否清楚。

3. 巡查结果的处理

（1）巡线人员应将巡视电缆线路的结果，记入巡线记录簿内。电缆主管部门应根据巡视结果，采取对策，消除缺陷。

（2）在巡视检查电缆线路中，如发现有零星缺陷，应记入缺陷记录簿内，电缆主管部门据以编订月度或季度的维护小修计划。

（3）在巡视检查电缆线路中，如发现普遍性的缺陷，应记入大修缺陷记录簿内，电缆主管部门据以编制年度大修计划。

（4）巡线人员如发现电缆线路有重要缺陷，应立即报告电缆主管部门的主管人员，并做好记录，填写重要缺陷通知单。电缆维修部门接到报告后应及时采取措施，消除缺陷。

（二） 电力电缆的预防性试验

1. 直流耐压试验

（1） 对于无压力的重要的电缆，每年至少应试验一次；对于无压力的其它电缆，至少每三年试验一次；对于保持压力的电缆，是否试验不作规定，但失压修复后，应进行试验；对于与机组连接的电缆，应在该机组大修时进行试验。对于电缆的预防性试验，最好在土壤中水分饱和时进行。

（2） 对于新敷设的有中间接头的电缆线路，在加入运行 3 个月后，应试验一次，以后按一般周期试验。

（3） 对于根据试验结果被列为不合格但经过综合判断允许在监视条件下投入运行的电缆，其试验周期应较标准规定缩短。如果在不少于 6 个月的时期内，经过三次以上的试验，其缺陷特性没有变化，则可以按规定周期试验。

（4） 对于停电超过一个星期但不满一个月的电缆，在重新投入运行前，应用绝缘电阻表测量绝缘电阻。如有疑问时，须用直流高压试验，检查绝缘是否良好。对于停电超过一个月但不满一年的电缆必须进行直流高压试验。对于停电超过试验周期的电缆则必须做标准预防性试验。

（5） 对护层有绝缘要求的电缆线路，应每年测试一次绝缘电阻。

2. 泄漏电流试验

（1） 测量泄漏电流数值，应在试验电压加上 1min 后读取，耐压试验前后均应读取泄漏电流值，以作比较。

（2） 电缆经过耐压后的泄漏电流，应不大于耐压前的数值。除塑料电缆外，泄漏电流的不平衡系数应不大于 2；但 6kV 及以下电缆的泄漏电流应小于 $10\mu A$，10kV 电缆的泄漏电流应小于 $20\mu A$ 时，不平衡系数不作规定；泄漏电流值只作为判断绝缘情况时参考，不作为决定是否能投入运行的标准。当不平衡系数大于 2 时，必须将连接电缆的三个相的尾线全部拆去后重新再读不平衡因数。

（3） 对不长的电缆线路，如中间无接头，也可以用绝缘电阻表作绝缘电阻测试，绝缘电阻表的电压应用 1000V 及以上的，读取 60s 的绝缘电阻值。

（4）电缆线路的试验结果，必须填写在电缆试验及工作记录单上，并归入该电缆线路的运行档案。

（三）电力电缆技术管理

（1）各种形式电缆必须具备电缆截面图，并注明必要的结构和尺寸。

（2）电缆网络的运行部门应备有下列文件

1）全部电缆线路的地形总图的比例尺一般为1∶5000，主要标明线路名称和相对位置。

2）电缆网络的系统接线图。

3）电缆线路路径的协议文件。

（3）直埋电缆线路必须有详细的敷设位置图样，比例尺一般为1∶500，地下管线密集地段为1∶100（甚至更大），管线稀少地段为1∶1000。平行敷设的电缆线路，尽可能地合用一张图样，但必须标明各条线路的相对位置，并标明地下管线剖面图。

（4）对于有油压的电缆线路，应有供油系统压力分布图和油压整定值等资料，并有告警信号接线图。

（5）电缆线路必须有原始装置记录：准确的长度、截面积、电压、型号、安装日期、线路的参数，中间接头及终端头的型号、编号、装置日期。

（6）沿电缆线路如有特殊结构，如桥梁、隧道、人井、排管等，应备有特殊结构的图样。

（7）电缆的接头和终端头的安装及检修，都应具有相应的工艺标准和设计装配总图；总图必须配有详细注明材料的分件图。

（8）电缆线路必须有运行记录：事故日期、地点及原因以及变动原有装置的记录。

（9）电缆线路发生事故或预防性试验击穿等，都必须做好调查记录，包括部位、原因、检修过程等，据此制订反事故措施计划。调查记录应逐年归入各条线路的运行档案。对原因不明的事故或击穿，应积累后列入课题，集中研究。

（10）电缆线路上的任何变动或修改，都应及时更正相应的技术资料，保持资料的正确性。

第一章 初级工岗位技术要求、考核内容及答案

　　电力电缆初级工是学徒期已满或大中专毕业实习一年期满的人员，他们对电缆专业，已有较全面的了解，对电力电缆的技术应用已有了初步的实践，是电力电缆队伍的新生力量和后备军。初级工在电力电缆工作中担任电缆中级工、高级工助手的作用，到初级中后期，学习成绩突出的人员可以独立完成 35kV 及以下各类电缆接头的制作。极个别成绩突出的可以担任 10kV 及以下电缆工作负责人的工作。

第一节 岗位技术要求

一、基本要求

　　具有电力中专或高中以上文化水平，掌握相应专业的电工理论知识和专业基础知识。有一定的电缆专业技术理论和电缆安装、维护、检修、敷设经验，独立完成 35kV 及以下各类电缆头制作、安装，在高级工指导下，能圆满完成对电缆的测试工作。

二、应知范围

（一）应具有的知识

1. 较全面的电工理论知识；
2. 常用电工图形符号；
3. 电力系统基础知识和电力电缆专业理论；
4. 常用材料、金具的规范、性能及起重知识；
5. 电压等级的划分知识，以及区分不同电压等级线路的知识；
6. 钳工、起重工、搬运工的初步知识。

（二）应了解的原理

1. 电路基本定律、欧姆定律、基尔霍夫定律；
2. 正弦交流电路的基本概念及简单分析计算；
3. 电力电缆结构组成及常用材料性能；

4. 电力电缆电气试验及故障测试仪工作原理；

5. 变压器、用电器等的基本工作原理；

6. 输配电线路的基本概念；

7. 发电、供电、用电基本过程。

（三）应熟知的规定

1. 《电业安全工作规程》、《电力电缆运行规程》；

2. 电力电缆交接验收项目和标准；

3. 电力电缆敷设标准和要求；

4. 相关电缆工程施工规定；

5. 电缆设施防火规定；

6. 电缆弯曲半径规定。

（四）应掌握的技能

1. 10～35kV 电缆终端头和接头的工艺技术；

2. 电缆敷设、封铅、剥切、绕包技能；

3. 常用电缆头绝缘材料的处理技术；

4. 常用电缆测试仪器、仪表的使用；

5. 电缆沟开挖技巧；

6. 电缆管道、桥架、隧道以及特殊施工段的注意事项；

7. 电缆一般缺陷的种类和测量方法；

8. 变电设备及电缆的相位及标示方法。

三、应会范围

（一）会写

1. 填写试验报告、运行记录，电缆施工技术及电缆技术档案；

2. 绘制电缆施工图、试验原理接线图、电缆头施工图。

3. 能用计算机填写电缆台账和技术资料。

（二）会看

1. 电缆试验原理图、敷设施工图、电缆头施工图；

2. 简单的机械加工图、组装图；

3. 常用电缆测试仪器、仪表电子线路图；

4. 电缆线路路径走向平面图；

5. 用红外线测温设备检测运行中电缆的温度；

6. 电缆工程交接验收记录。

（三）会干

1. 电力电缆封铅、电缆头的制作；

2. 户内、杆上电缆头的吊装、核相；

3. 电缆沟开挖、电缆盘的搬运及电缆敷设组织工作；

4. 35kV 及以下电力电缆的交接验收试验及故障查找工作；

5. 正确使用电缆施工工具；

6. 登杆工作及设备连接工作；

7. 接地极、接地母线安装工作；

8. 交叉互连箱、接地箱的安装工作；

9. 电缆巡视和掘路工程中电缆保护。

第二节　应知基础知识考核内容

一、考核重点

1. 电路基础理论知识及复杂直流电路的计算；

2. 简单交流电路的分析计算；

3. 电力系统基础知识；

4. 常用测试仪器、仪表原理；

5. 常用施工材料的性能、用途及保管。

二、考核习题

（一）名词解释

1. 交流电	2. 频率	3. 电压	4. 电流
5. 电功率	6. 有功功率	7. 无功功率	8. 导体
9. 绝缘体	10. 半导体	11. 三相交流电	12. 电阻
13. 直流电	14. 电势	15. 电场	16. 磁场
17. 电路	18. 支路	19. 节点	20. 回路
21. 电流密度	22. 磁路	23. 串联	24. 并联
25. 电容器	26. 周期	27. 电荷	28. 电源
29. 有效值	30. 平均值	31. 最大值	32. 相电压
33. 线电压	34. 相电流	35. 线电流	36. 短路
37. 极化	38. 相对介电常数	39. 剩磁	40. 网络

41. 有效电阻　42. 力　　　　43. 电力线　　44. 摩擦力

45. 电桥　　　46. 绝缘电阻表　47. 接触电阻　48. 视在功率

49. 相序　　　50. 自感　　　51. 峰值　　　52. 中性点

53. 接地　　　54. 内电阻　　55. 架空线路　56. 应力

57. 重力　　　58. 力矩　　　59. 单相交流电 60. 正弦交流电

61. 相量　　　62. 电容　　　63. 电磁力　　64. 谐波

65. 磁滞　　　66. 断路　　　67. 接触电压　68. 跨步电压

（二）名词解释答案

1. 交流电：电流（电压）的大小和方向随时间做周期性变化的称为交流电。

2. 频率：每秒钟内交流电变化的次数。

3. 电压：电路中两点间的电位差，用符号"U"来表示。

4. 电流：电荷有规律的运动称为电流，用符号"I"来表示。

5. 电功率：单位时间内电流所做的功。

6. 有功功率：又叫平均功率，即功率在一个周期内的平均值。在电路中电阻部分消耗的功率。

7. 无功功率：在具有电感（或电容）的电路里，电感（或电容）在每半周期的时间里把电源能量变成磁场（或电场）的能量贮存起来，然后释放，又把贮存的磁场（或电场）的能量返回给电源。它们只是与电源进行能量的交换，并没有真正消耗能量，我们把这种与电源交换能量的功率值叫做无功功率。数值上等于视在功率与有功功率二次方差的平方根。

8. 导体：导电性能良好的物体叫做导体。

9. 绝缘体：不能传导电荷的物体叫做绝缘体。

10. 半导体：导电性能介于导体和绝缘体之间的一类物体，叫做半导体。

11. 三相交流电：由三个频率相同、电动势振幅相等、相位互差120°角的交流电路组成的电力系统，叫做三相交流电系统。

12. 电阻：导体对电流的阻碍作用。

13. 直流电：电流（电压）的大小和方向不随时间变化的称为直流电。

14. 电势：单位正电荷在电场中某一点所具有的势能。

15. 电场：反映电荷与电荷之间相互作用的物理场。

16. 磁场：反映运动电荷或电流之间相互作用的物理场。

17. 电路：电流所流经的路径，即组成电流路径的各种装置以及电源的总体。

18. 支路：电路中每一个分支部分。

19. 节点：电路中三个以上支路的会聚点。

20. 回路：电路中的任何一个闭合路径。

21. 电流密度：通过单位面积的电流大小叫做电流密度，用字母 J 表示，单位为 A/mm^2。

22. 磁路：一组闭合的磁力线所经过的全部路径。

23. 串联：把多个电路元件首尾相接的连接方法。

24. 并联：把多个电路元件并列接在电路上两点间的连接方法。

25. 电容器：任何两块金属导体中间用不导电的绝缘材料隔开，就形成一个电容器。被绝缘材料隔开的金属板叫做极板，用来隔开极板的绝缘材料叫做绝缘介质。

26. 周期：交流电每变化一周所需的时间叫周期。

27. 电荷：电的量度，有正电荷与负电荷两种。物质失去电子时带正电荷，得到电子时带负电荷。

28. 电源：电路的能源（将各种形式的能量转换成电能的装置）。

29. 有效值：把热效应相等的直流电的值叫做交流电的有效值。

30. 平均值：在某段时间内流过电路的总电荷与该段时间的比值叫交变电流的平均值。

31. 最大值：交变量在一周期中出现的最大瞬时值叫做最大值。

32. 相电压：三相电路中，每相头尾之间的电压称为相电压。

33. 线电压：三相电路中，不管哪一种联结方式，都有三根相线引出，把两根相线之间的电压称为线电压。

34. 相电流：三相电路中，流过每相电源或每相负载的电流叫相电流。

35. 线电流：三相电路中，流过每根端线的电流叫做线电流。

36. 短路：将电源两端直接短接，从而导致电路中的电流剧增，这种现象叫做短路。

37. 极化：在外电场作用下，电介质表面或内部出现电荷的现象。

38. 相对介电常数：同一电容器中用某一物质作为电介质时的电容和其中为真空时电容的比值。

39. 剩磁：铁磁物质磁化后，当外磁场撤去时仍能保持一些磁性的性质。

40. 网络：电路或其一部分的称谓。

41. 有效电阻：交流电路中所损耗的功率与电流有效值二次方的比值。

42. 力：力是物体间的相互作用。

43. 电力线：描述电场分布情况的曲线。

44. 摩擦力：两个物体在相对运动时所产生的阻碍物体相对运动的作用力。

45. 电桥：通常指用比较法测量各种电量的仪器。

46. 绝缘电阻表：绝缘电阻表又称"兆欧表"，是用来测量兆欧以上高电阻的仪表。

47. 接触电阻：两个导体相互接触处的电阻。

48. 视在功率（又称表观功率）：在具有电阻和电抗的电路中，电压与电流有效值的乘积。

49. 相序：多相电压或电流达到它们正极大值的先后顺序。

50. 自感：由于线圈本身的电流变化而在线圈内部产生的电磁感应现象叫做自感。

51. 峰值：周期波的最大值。

52. 中性点：三相或多相交流系统星形联结的公共点。

53. 接地：将线路、电气设备或电气装置的某些金属部分，经导线和埋在地下的金属体连接。

54. 内电阻：电源内部的电阻。

55. 架空线路：由导线、杆塔、绝缘子、金具等组成，架设于露天的电力、电信线路。

56. 应力：单位面积上所受到的力叫应力。

57. **重力**：是力的一种，是由于地球的吸引而使物体受到的力，也就是地球对物体的作用力。重力有时也称重量。

58. **力矩**：表示力对物体作用时产生转动效应的物理量叫做力矩。

59. **单相交流电**：只有一个交变电流的电源称为单相交流电。

60. **正弦交流电**：电流、电压及电动势的大小和方向都随着时间按正弦函数规律变化的交流电，称为正弦交流电。

61. **相量**：在电工学中，用于表示正弦量大小和相位的矢量叫相量。

62. **电容**：表示被介质分隔的两个任何形状的导体，在单位电压作用下，储存电场能量（电荷）能力的一个参数，以字母 C 表示，单位为法拉。电容在数值上等于导体所具有的电量与两导体电位差（电压）之比值，即 $C = Q/U$。

63. **电磁力**：载流导体在外磁场中将受到力的作用，这种力叫电磁力。

64. **谐波**：频率为基波频率整倍数的一种正弦波叫做谐波。例如三次谐波，就是指它的振荡频率为基波频率的三倍。非正弦周期波可以看作是一系列谐波之和。

65. **磁滞**：铁磁体在反复磁化的过程中，它的磁感应强度的变化总是滞后于它的磁场强度，这种现象叫磁滞。

66. **断路**：在闭合回路中线路断开，是电流不能导通的现象称为断路。

67. **接触电压**：当接地电流流过接地装置时，在大地表面形成分布电位，如果在地面上离设备水平距离 0.8m 的地方与沿设备垂直向上距离为 1.8m 处的两点被人触及，则人体将承受一个电压，这个电压称为接触电压。

68. **跨步电压**：如果地面上水平距离为 0.8m 的距离之间有电位差，当人体两脚接触该两点，则人体将承受电压，此电压称为跨步电压。最大的跨步电压出现在离接地体的地面水平距离为 0.8m 处与接地体之间。

（三）选择题（将正确答案的代号填写在空括号中）

1. 在直流电路中，把电流流出的一端叫电源的（　　　　）。

（A. 正极　　B. 负极　　C. 端电压）

2. 电路中，电流之所以能流动，是由电源两端的电位差造成的，我们把这个电位差称为（　　）。

（A. 电压　　B. 电源　　C. 电流）

3. 金属导体的电阻与（　　）无关。

（A. 导体长度　　B. 导体截面积　　C. 外加电压）

4. 在一电压恒定的电路中，电阻值 R 增大时，电流就随之（　　）。

（A. 减小　　B. 增大　　C. 不变）

5. 将电阻连接成让同一电流通过的连接方法称为（　　）。

（A. 电阻连接　　B. 电阻串联　　C. 电阻并联）

6. 在两个以上电阻相连的电路上，在求解电路中的总电阻时，我们把求得的总电阻称为电路中的（　　）。

（A. 电阻　　B. 等效电阻　　C. 电路电阻）

7. 并联电阻电路中的总电流等于（　　）。

（A. 各支路电阻电流的和　　B. 各支路电阻电流的积　　C. 各支路电阻电流的代数和）

8. 绝缘电阻表曾称（　　）。

（A. 摇表　　B. 欧姆表　　C. 绝缘兆欧表）

9. 在用绝缘电阻表测试前必须（　　）。

（A. 切断被测试设备的电源　　B. 使设备带电测试才准确　　C. 与其它仪表配合进行测量）

10. 万用表又称（　　）。

（A. 万用电表　　B. 便携表　　C. 电工常用表）

11. 交流线路的 A 相的相色漆规定为（　　）色。

（A. 黄　　B. 绿　　C. 红）

12. 交流线路 B 相的相色漆规定为（　　）色。

（A. 黄　　B. 绿　　C. 红）

13. 交流线路 C 相的相色漆规定为（　　）色。

（A. 黄　　B. 绿　　C. 红）

14. 直流线路的正极相色漆规定为（　　）色。

（A. 蓝　　B. 白　　C. 赭）

15. 直流线路的负极相色漆规定为（　　）色。

（A. 黑　　B. 白　　C. 蓝）

16. 接地中性线相色漆规定为（　　）色。

（A. 黑　　B. 紫　　C. 白）

17. 不接地中性线的相色漆规定为（　　）色。

（A. 黑　　B. 紫　　C. 蓝）

18. 电容器具有阻止（　　）通过的能力。

（A. 交流电　　B. 直流电　　C. 高频电流）

19. 感抗与频率成（　　）。

（A. 正比　　B. 反比　　C. 非线性）

20. 三相交流系统有功功率的表达式（　　）。

（A. $\sqrt{3}UI\cos\varphi$　　B. $\sqrt{3}UI\sin\varphi$　　C. $\sqrt{3}UI$）

21. 二极管具有（　　）性能。

（A. 双向导通　　B. 绝缘　　C. 单向导通）

22. 磁场是由（　　）产生的。

（A. 电荷　　B. 静止电荷　　C. 运动电荷）

23. 周期与频率成（　　）关系。

（A. 正比　　B. 非线性　　C. 反比）

24. 电流互感器的二次侧不允许（　　）。

（A. 开路　　B. 短路　　C. 接地）

25. 在三相交流系统中，如果其中一相接地另两相电压将（　　）。

（A. 降低$\sqrt{3}$倍　　B. 升高$\sqrt{3}$倍　　C. 略有升高）

26. 如把一理想电感线圈（电阻为零）接在直流电路中，该线圈两端的电压将（　　）。

（A. 与电源电压相同　　B. 略低于电源电压　　C. 变为零）

27. 在三相交流电路中，最大值是有效值的（　　）倍。

（A. $\sqrt{2}$　　B. $\sqrt{3}$　　C. 3）

28. 在正弦交流电路中，电容两端电压的相位（　　）其电流相位 90°。

（A. 超前　　B. 滞后　　C. 有的超前）

29. 对金属导体来说，温度升高电阻（　　）。

（A. 减少　　B. 不变　　C. 增大）

30. 用电流表测量回路电流时，应将电流表（　　）在回路中。

（A. 串联　　B. 并联　　C. 直接联）

31. 一只完好的二极管，用万用表测其正反向电阻时，（　　）。

（A. 正向电阻大于反向电阻　　B. 正向电阻小于反向电阻

C. 正向电阻等于反向电阻）

32. 导体截面积愈大（或直径越粗）其电阻（　　）。

（A. 愈大　　B. 愈小　　C. 不变）

33. 变压器铭牌所标的容量单位一般为（　　）。

（A. kVA　　B. kW　　C. kvar）

34. 油浮在水面上，是因为油的密度一般比水（　　）。

（A. 大　　B. 小　　C. 差不多）

35. 电晕放电是一种（　　）放电。

（A. 气体　　B. 固体　　C. 液体）

36. （　　）仪表的测量机构是由永久磁铁及通入被测电流的可动线圈两个主要元件及其他附件组成的。

（A. 磁电系　　B. 电动式　　C. 整流式）

37. 两个电容器串联使用时，总容量等于（　　）。

（A. 两电容器容量之和　　B. 两电容器容量倒数之和的倒数

C. 单个电容器的容量）

38. 电压互感器和电流互感器都属于（　　）。

（A. 一次设备　　B. 二次设备　　C. 备用设备）

39. 《供电营业规则》规定：10kV 以下电压波动范围为（　　）kV。

（A. 9.4 ~ 10.7　　B. 9.5 ~ 10.7　　C. 9.3 ~ 10.7）

40. 在交流电路中，电容器两端电压和其电流相位（　　）。

（A. 相同　　B. 相差 90°　　C. 相差 180°）

41. 无功功率的计量单位是（　　）。

（A. kvar　　B. kVA　　C. kW）

42. 高压开关主要由导流部分、灭弧部分、绝缘部分及（　　）组成。

（A. 继电保护　　B. 操动机构　　C. 闭锁装置）

43. 在直流电路中，电阻的瞬时电流与平均电流（　　）。

（A. 相等　　B. 接近　　C. 基本相同）

44. 两只5V的电池串联后，其总电压为（　　）。

（A. 5V　　B. 2.5V　　C. 10V）

45. 交流电路中，电压的最大值是有效值的（　　）倍。

（A. $\sqrt{2}$　　B. $\sqrt{3}$　　C. 0.707）

46. 在三相交流系统中，相邻两相互差120°，也就是在时间上相差（　　）周期。

$\left(A. \dfrac{1}{2} \quad B. \dfrac{1}{6} \quad C. \dfrac{1}{3} \right)$

47. 交流电路中，平均值与有效值（　　）。

（A. 相等　　B. 不等　　C. 有时相等）

48. 对于金属导体，其直流电阻比交流电阻（　　）。

（A. 大　　B. 小　　C. 稍大）

49. 磁力线上各点的切线方向，与该点的（　　）方向一致。

（A. 磁场　　B. 电场　　C. 电磁场）

50. 金属导体导电是因为其内部存在着大量的（　　）。

（A. 带电离子　　B. 正离子　　C. 自由电子）

（四）选择题答案

1. A	2. A	3. C	4. A	5. B	6. B
7. A	8. A	9. A	10. A	11. A	12. B
13. C	14. C	15. C	16. A	17. B	18. B
19. A	20. A	21. C	22. C	23. C	24. A
25. B	26. A	27. C	28. B	29. C	30. A
31. B	32. B	33. A	34. B	35. A	36. A
37. A	38. B	39. C	40. B	41. A	42. B
43. A	44. C	45. A	46. C	47. B	48. B

49. A   50. C

（五）填空题

1. 直流电的频率为____。

2. 我国电网的频率为____，即交流电每秒钟变化____次，称为____。

3. 当三相电动势的相序排列是 A—B—C 时，称为____。

4. 当三相电动势的相序排列是 A—C—B 时，称为____。

5. 电压表应____接在被试设备两端。

6. 需要大电容时采用____联方法。

7. 在电容串联电路中，容量较小的电容两端承受的电压____。

8. 在三相电路中，线与线之间的电压称为____，而每一相的电压称为____。

9. 电容 $50\mu F$ = ____ F。

10. 电阻 $0.5M\Omega$ = ____ Ω。

11. 电压 100V = ____ kV = ____ mV。

12. 电流 100A = ____ kA = ____ mA。

13. 视在功率的单位是____。

14. 亨利是____的单位。

15. 有功功率的单位是____，无功功率的单位是____。

16. 电压表的内阻____电流表的内阻。

17. 电压互感器的二次额定电压为____ V。

18. 变压器是根据____原理制成的。

19. 在对称的三相正弦交流系统中，中线电流为____。

20. 开路电压____电源电压。

21. 有 4 个 2Ω 的电阻器，先两两并联然后串联，其等效电阻为____。

22. 蓄电池容量的单位是____。

23. 感抗的单位是____，它与频率的关系为____。

24. 电压有效值、电流有效值和功率因数的乘积是____。

25. 复阻抗的单位是____，其实部是____，虚部为____。

26. 常用的金属导体是____。

27. 1var = ＿＿＿ kvar。

28. 对精密仪器，如外壳接地除起保护作用外，同时能使精密仪器不受＿＿＿的影响。

29. 电缆线路＿＿＿装设重合闸装置。

30. 对称的三相三角形联结的线电流为相电流的＿＿＿倍。

31. 对于220V系统如果允许其电压上下浮动±7%，则电压变化范围为＿＿＿至＿＿＿V。

32. 铜与铝属于＿＿＿型导电材料。

33. 功率因数通常指＿＿＿与＿＿＿的比值。

34. 晶体管在结构上由＿＿＿PN结组成。

35. 无功电能的计量单位为＿＿＿。

36. 增加导线截面积对减少电晕＿＿＿。

37. 感性电纳的表达式为＿＿＿，单位是＿＿＿。

38. 复阻抗是＿＿＿的倒数。

39. 变压器的空载损耗与负载电流＿＿＿。

40. 调相机是调节＿＿＿的设备。

（六）填空题答案

1. 0

2. 50Hz；50次；工频

3. 正序

4. 负序

5. 并联

6. 并

7. 多

8. 线电压；相电压

9. 50×10^{-6}

10. 5×10^5

11. 0.1；10^5

12. 0.1；10^5

13. kVA

14. 电感

15. W；var

16. 大于

17. 100

18. 电磁感应

19. 0

20. 等于

21. 2Ω

22. 安培小时（A·h）

23. 欧姆；成正比（$X_L = 2\pi f L$）

24. 有功功率

25. 欧姆；电阻；电抗

26. 铜和铝

27. 10^{-3}

28. 外界电磁场干扰

29. 不应

30. $\sqrt{3}$

31. 204. 6；235. 4

32. 电子

33. 有功功率；视在功率

34. 2 个

35. 千乏小时（kvar·h）

36. 有利

37. $1/(\omega L)$；西门子（S）

38. 复导纳

39. 无关

40. 无功功率

（七）计算题

1. 试求图 1-1 所示电路的等效电阻值。

2. 试求图 1-2 所示电路中回路的总电流。

3. 已知 $u = \sqrt{3} \times 220\sin314t$（V）问该交流电的最大值为多少伏，交流电的周期为多少。

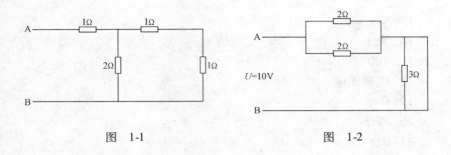

图 1-1　　　　　　　　　　　图 1-2

4. 已知某交流电的频率为 50Hz，电抗为 200mH，问如把该电感接入该交流系统中，其感抗为多少欧？

5. 在图 1-3 所示电路中，当开关 S，断开和闭合时的等效电阻各为多少。

6. 已知图 1-4 所示电路中 $u = \sqrt{2}220\sin314t$，$i = \sqrt{2}10\sin314t$，问该电路的电阻为多少？

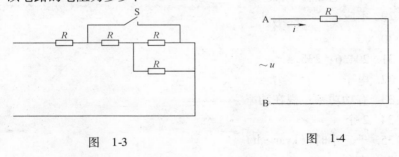

图　1-3　　　　　　　　　　图　1-4

7. 如图 1-5 所示，电感 $L = 50\text{mH}$，电源频率 $f = 50\text{Hz}$，电源电压为 314V，求每个电感通过的电流为多少安？

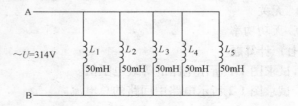

图　1-5

8. 把电容量为 0.3183μF 的电容器，接入 50Hz 的交流电路中，其容抗为多少欧？

9. 求图 1-6 所示电路的等效电容，已知 $C_1 = C_2 = C_3$。

10. 一只 2000W 的电炉子，每天使用 12h，使用一年消耗多少电能？（一年按 365 天计算）

11. 两个电阻器，当其串联时等效电阻为 100Ω，并联时等效电阻为 24Ω，试问两个电阻器的阻值分别为多少？

12. 如图 1-7 所示电路，6 个电阻均为 6Ω 的电阻器组成电阻器组，插座已标出序号数值，先是各插座上皆插入插销，然后按序号逐个拔出，试求在每一位置时各电阻器组的等效电阻。

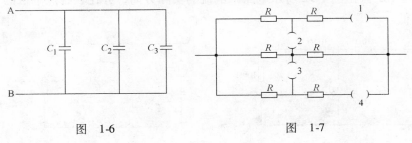

图　1-6　　　　　　　　　图　1-7

13. 如图 1-8 所示电路中，接上用 4 个数字 1 ~ 4 标出的电压表（电压表内阻可看作无限大），当各段上的电阻为图中所给出的数据时，试问哪个电压表读数最大，哪个电压表读数最小？

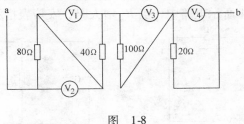

图　1-8

14. 图 1-9 所示电路中，哪个电流表的读数最大？

15. 试求图 1-10 所示电路的等效电阻。

16. 试求图 1-11 所示电路的等效电阻值。

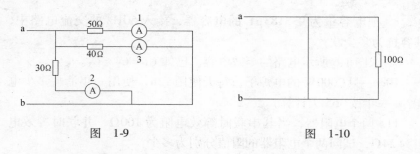

图 1-9　　　　　　　　　　图 1-10

17. 电路如图 1-11 所示，如果 $U_{ab} = 100V$，问电流表 A_1、A_2 的读数是多少？

18. 画出图 1-12 所示电路中电流的实际方向，并比较各点电位的高低。

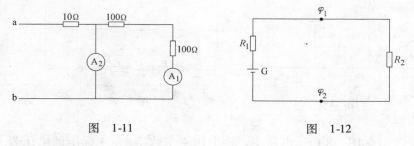

图　1-11　　　　　　　　　图　1-12

19. 图 1-13 所示电路中，当表示电压为 U_1 及 U_2 时，应选用多大量程的电压表比较合适？

20. 图 1-14 所示电路中，当 R_3 增大时，安培表指示将如何变化？

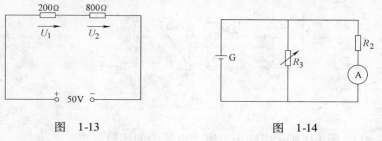

图　1-13　　　　　　　　　图　1-14

21. 图 1-15 所示电路中，3 个电阻 r 均为 6Ω，当 AB 两端电压为 $60V$ 时，流过每一个电阻器的电流为多少？

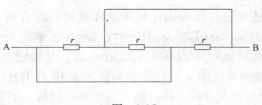

图 1-15

22. 一台单相变压器（试验变压器），电压比为 10kV/220V，容量为 1kVA，如果低压侧加电压 180V，问高压侧电压为多少？

23. 在冬季配制环氧树脂常常要加温，现用一电炉子对其加温，已知电炉额定电压为 220V，通过的电流为 4.55A，问 1.5h 内，电炉消耗多少电能，放出多少能量？

24. 一微安表头，量程为 100μA，内阻为 1kΩ，如果改装为 10mA 的毫安表，应选用多大分流电阻？

25. 两个 10mH 的电感器串联后，接在频率为 50Hz 的交流电路中，其电抗为多少欧？

26. 如图 1-16 所示电容分压器，当输入端电压为 U_1 时，求 $U_2 =$？（电源频率为 f）

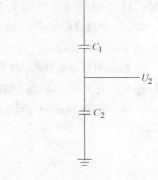

图 1-16

27. 求图 1-17 所示电路中，S 断开与合上时的等效电阻 R_{ab} 各为多少？

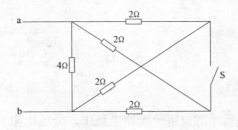

图 1-17

28. 用二乙烯三胺作为固化剂配制环氧树脂复合物，已知用 4kg 环氧树脂，问需多少石英粉及固化剂（环境按冬季施工考虑)？

29. 某电缆线路采用 ZLQ20-3×240 电缆，其额定电压为 $U_0/U =$ 6/10kV。于 1990 年 8 月 1 日验收合格，当年 10 月 1 日送电，问该电缆线路投运前是否要重新进行试验，如需进行试验，其标准如何？

30. 某试验人员需配制一放电电阻，现有满足容量要求的 2MΩ 的电阻，问要制成符合规程要求的放电电阻，应选用多少个这样的电阻？并画出接线。

31. 一条长 200m 电缆线路采用 ZLQ20-10，3×150mm² 的电力电缆，当温度为 20°C 时，线芯的电阻率为 $0.0310 \times 10^{-6}\Omega \cdot m$，问此时，该线路的线芯电阻为多少？

32. 图 1-18 所示的单臂电桥电路中，$R_1 = R_2 = 50\Omega$，$R_3 = 60\Omega$，问当 R_4 为多少欧时，才能使流过检流计的电流为零？

33. 图 1-19 所示电路中，已知 $C_1 = C_4 = 0.2\mu F$，$C_2 = C_3 = 0.6\mu F$，求 S 合上和断开时 ab 两端的等效电容？

34. 在图 1-19 中，如电源为 50Hz 交流电，容抗各为多少？

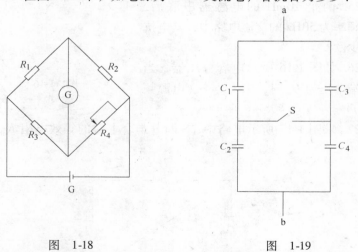

图　1-18　　　　　　　　　图　1-19

35. 图 1-20 所示的电阻分压器电路中，分压电阻共有 A、B、C、D、E 5 个档位，$R_{AE} = 20\Omega$，$R_{AB} = R_{BC} = R_{CD} = R_{DE} = 5\Omega$，问电压表的

测量端 O_1 分别在 A、B、C、D、E 各点时的读数。

36. 一台变压器的额定容量是 S_e 时，可变损耗为 $P_{e损} = 300\text{kW}$，如果使用容量为 $1/2S_e$ 时，$P_损$ 为多少？

37. 一条截面积为 95mm^2、电压为 10kV 的黏性纸绝缘铝芯电缆，直接埋在热阻系数为 $80°\text{C}·\text{cm/W}$ 的土壤里，问环境温度为 $40°\text{C}$ 时的最大允许载流量为多少？

38. 某电缆在做绝缘电阻试验时，测得 $R_{15} = 1500\text{M}\Omega$，吸收比为 1.4，问 R_{60} 为多少？

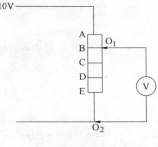

图 1-20

39. 一条电缆线路在 $30°\text{C}$ 时，测得绝缘电阻为 $2000\text{M}\Omega$，问换算到 $20°\text{C}$ 时的绝缘电阻值是多少？

40. 一条 ZLQ20-3×240，10kV 电缆 330m 重量为 3055.3kg，问每千米的重量是多少千克？

（八）计算题答案

1. 等效电阻 $R = \left[1 + \dfrac{(1+1)\times 2}{(1+1)+2}\right]\Omega = 2\Omega$

2. 总电流为 $I = \dfrac{U}{R}$

$$R = \dfrac{2\times 2}{2+2}\Omega = 1\Omega$$

$$I = \dfrac{10}{1}\text{A} = 10\text{A}$$

3. 最大值 $U_m = \sqrt{3}\times 220\text{V} = 380\text{V}$

周期 $T = \dfrac{1}{f}$　$f = \dfrac{\omega}{2\pi} = \dfrac{314}{2\times 3.14}\text{Hz} = 50\text{Hz}$

$$T = \dfrac{1}{50}\text{s} = 0.02\text{s}$$

4. 感抗 $X_L = 2\pi fL = 2\times 3.14\times 50\times 200\times 10^{-3}\Omega = 62.8\Omega$

5. S_1 断开时 $R_\Sigma = R + R + \dfrac{RR}{R+R} = 2.5R$

S_1 闭合时 $R_\Sigma = R$

6. 电阻上电压与电流的最大值或有效值之间的关系均服从于欧姆定律。所以

$$R = \frac{U}{I} = \frac{220}{10}\Omega = 22\Omega$$

7. 因电感 L 是并联且相等,所以

$$X_L = 2\pi f L = 2 \times 3.14 \times 50 \times 50 \times 10^{-3}\Omega = 15.7\Omega$$

$$I = \frac{U}{X_L} = \frac{314}{15.7}A = 20A$$

8. 容抗 $X_C = \dfrac{1}{2\pi f C} = \dfrac{1}{2 \times 3.14 \times 50 \times 0.3183 \times 10^{-6}}\Omega = 10005\Omega$

9. 等效电容 $C = C_1 + C_2 + C_3 = 3C_1$

10. 用一年所消耗的电能 $W = 2000 \times 12 \times 365 W \cdot h = 8760000 W \cdot h$
$$= 8760 kW \cdot h$$

11. $R_1 = 60\Omega$ $R_2 = 40\Omega$

12. 当插入全部插销时

串联时有 $R_1 + R_2 = 100\Omega$

并联时有 $\dfrac{R_1 R_2}{R_1 + R_2} = 24\Omega$

$$R_0 = \left(\frac{1}{\frac{1}{6} + \frac{1}{6} + \frac{1}{6}}\right)\Omega + \left(\frac{1}{\frac{1}{6} + \frac{1}{6} + \frac{1}{6}}\right)\Omega = (2 + 2)\Omega = 4\Omega$$

当拔掉插销 1 时

$$R_0 = \left[\left(\frac{1}{\frac{1}{6} + \frac{1}{6} + \frac{1}{6}}\right)\Omega + \left(\frac{1}{\frac{1}{6} + \frac{1}{6}}\right)\right]\Omega = 2\Omega + 3\Omega = 5\Omega$$

当又拔掉插销 2 时

$$R_0 = \left[\left(\frac{6 \times 6}{6 + 6}\right) + \left(\frac{6 \times 6}{6 + 6}\right)\right]\Omega = 6\Omega$$

当又拔掉插销 3 时

$$R_0 = \frac{12 \times 12}{12 + 12}\Omega = 6\Omega$$

当又拔掉插销 4 时

$$R_0 = (6+6)\Omega = 12\Omega$$

13. 电压表 3 读数最大,电压表 4 读数最小。

14. 电流表 2 读数最大。

15. 根据图 1-10 所提供的条件,其等效电阻可视为零(忽略导线电阻)即 $R_0 = 0$。

16. 等效电阻 $R_0 \approx 10\Omega$。

17. 电流表 A_2 读数为 I_1

$$I_1 = \frac{U_{ab}}{10} = \frac{100}{10}A = 10A$$

电流表 A_1 的读数为零

18. 电流的实际方向 $\varphi_1 \rightarrow R_2 \rightarrow \varphi_2$

φ_1 与 φ_2 的电位是 $\varphi_1 > \varphi_2$

19. 电路中 R_1 的电压降 U_1 为

$$U_1 = \frac{R_1 U}{R_1 + R_2} = \frac{200 \times 50}{200 + 800}V = 10V$$

电路中 R_2 的电压降 U_2 为

$$U_2 = \frac{R_2 U}{R_1 + R_2} = \frac{800 \times 50}{200 + 800}V = 40V$$

测量 U_1 时应选择略大于 10V 的电压表,测量 U_2 时应选择略大于 40V 的电压表。

20. 当 R_3 增大时, R_3 支路中的阻抗增大,在电动势 E 不变的情况下 R_2 支路中的电流增大,所以安培表 A 的读数将增大。

21. 等效电路如图 1-21 所示。

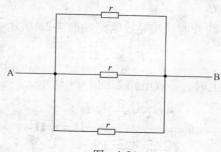

图 1-21

由图可知 $I_1 = I_2 = I_3 = \dfrac{U_{AB}}{r} = \dfrac{60}{6}A = 10A$

22. $U_{高} = \dfrac{10}{220} \times 180kV = 8.18kV$

23. 电炉的功率为

$$P = UI = 220 \times 4.55W = 1001W$$

1.5 小时消耗的电能是

$$W = Pt = 1001 \times 1.5W \cdot h = 1501.5W \cdot h \approx 1.5kW \cdot h$$

放出的热量为 $Q = 1.5 \times 3.6MJ = 5.4MJ$

24. 电路如图 1-22 所示。

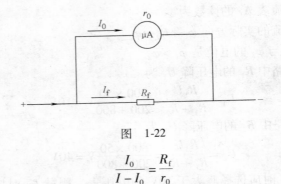

图 1-22

$$\dfrac{I_0}{I - I_0} = \dfrac{R_f}{r_0}$$

$$R_f = \dfrac{I_0 r_0}{I - I_0} = \dfrac{100 \times 10^{-6} \times 10^3}{10 \times 10^{-3} - 100 \times 10^{-6}}\Omega = 10.1\Omega$$

25. $X_L = 2\pi fL = 2 \times 3.14 \times 50 \times (10 + 10) \times 10^{-3}\Omega = 6.28\Omega$

26. $U_2 = \dfrac{C_1}{C_1 + C_2}U_1$

27. (1) 当 S 断开时，其等效电路如图 1-23 所示。

$$R_{ab} = \dfrac{4}{3}\Omega$$

(2) S 合上时，等效电路如图 1-24 所示。

$$R_{ab} = \dfrac{\left(\dfrac{2}{2} + \dfrac{2}{2}\right) \times 4}{\dfrac{2}{2} + \dfrac{2}{2} + 4}\Omega = \dfrac{4}{3}\Omega$$

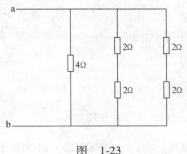

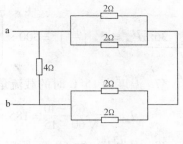

图 1-23   图 1-24

28. 用石英粉：$2 \times 4kg = 8kg$

    二乙烯三胺：$2 \times 8 \times 0.05kg = 0.8kg$

29. 根据 DL/TS96—1996《电力设备预防性试验规程—电力电缆》第 1.6 条规定，应做 50% 试验电压、1min 即 20kV 直流耐压，1min。

30. 根据规程规定，放电电阻阻值为 $0.1 \sim 0.2M\Omega$，应选用 20 ~ 10 个电阻并联

    其接线如图 1-25 所示。

图 1-25

31. $R = \rho \dfrac{l}{S} = 0.031 \times 10^{-6} \times \dfrac{200}{150 \times 10^{-6}}\Omega = 0.041\Omega$

32. $R_4 R_1 = R_2 R_3$ 即 $R_4 = \dfrac{R_2 R_3}{R_1} = \dfrac{50 \times 60}{50}\Omega = 60\Omega$ 时电桥平衡流过检流计的电流为 0。

33. （1）S 合上时：$C_{ab} = \dfrac{0.8 \times 0.8}{0.8 + 0.8}\mu F = 0.4\mu F$

    （2）S 断开时：$C_{ab} = 2 \times \dfrac{0.2 \times 0.6}{0.2 + 0.6}\mu F = 0.3\mu F$

34. （1）$X_{ab} = \dfrac{1}{2\pi f C_{ab}} = \dfrac{1}{2 \times 3.14 \times 50 \times 0.4 \times 10^{-6}} = 7.9k\Omega$

    （2）$X_{ab} = \dfrac{1}{2\pi f C_{ab}} = \dfrac{1}{2 \times 3.14 \times 50 \times 0.3 \times 10^{-6}} = 10.6k\Omega$

35. $U_A = 10V$ $U_B = 7.5V$ $U_C = 5V$ $U_0 = 2.5V$ $U_E = 0V$

36. $P_{损} = P_{e损}\left(\dfrac{S_0}{S_e}\right)^2 = 300 \times \left(\dfrac{\frac{1}{2}S_e}{S_e}\right)^2 = 75\mathrm{kW}$

37. 温度为 15°C 时的载流量为 185A

$$I_{40} = I\sqrt{\frac{60-40}{60-15}} = 185 \times \sqrt{\frac{4}{9}} = 185 \times \frac{2}{3}\mathrm{A} = 123.3\mathrm{A}$$

38. 因为 $K = R_{60}/R_{15}$　　所以 $R_{60} = KR_{15} = 1.4 \times 1500\mathrm{M\Omega} = 2100\mathrm{M\Omega}$

39. $R_{20} = R_{30}K_{30} = 2000 \times 1.41\mathrm{M\Omega} = 2820\mathrm{M\Omega}$

40. $X = 3055.3/0.33\mathrm{kg/km} = 9258.5\mathrm{kg/km}$

（九）问答题

1. 电动势和电压有何区别？其方向是如何规定的？

2. 电路是由哪几部分组成的？各起什么作用？

3. 电容器两端电压为什么不能突变？

4. 载流导体的周围存在着哪种物理场，可以用哪个物理量来描述，并写出其表达式？

5. 叙述右手螺旋定则的作用及使用方法。

6. 叙述并写出电磁感应定律表达式。

7. 交流电与直流电相比有什么主要优点？

8. 交流电与直流电的主要区别？

9. 频率不同的正弦量的主要区别是什么？

10. 三相电动势对称的含义是什么？

11. 《电业安全工作规程》中规定电气工作人员应具备哪些条件？

12. 如何对待遵守和违反《电业安全工作规程》的人和事？

13. 常用的螺钉旋具有几种？其规格是什么？

14. 常用电工刀有几种？其规格是什么？

15. 常用钢丝钳有几种？其规格是什么？

16. 常用尖嘴钳有几种，其规格是什么？

17. 常用低压试电笔有几种？其规格是什么？

18. 万用表能进行哪些数据的测量？

19. 何谓一级负荷？若对其中断供电将产生什么后果？

20. 何谓二级负荷？若对其中断供电将产生什么后果？
21. 什么是电压三角形？
22. 什么是阻抗三角形？
23. 什么是功率三角形？
24. 什么是功率因数？
25. 什么是电气测量的"直读法"？
26. 什么是电气测量的"比较法"？
27. 什么是直接测量？
28. 什么叫 N 型半导体？
29. 单相半波整流电路有什么特点？
30. 在电力系统中为什么不允许带负荷拉刀闸？
31. 电容器的电容量与哪些因素有关？
32. 线性电路有什么特点？
33. 功率和电能的单位分别是什么？它们有什么关系？
34. 运行中的电压互感器二次侧为什么不允许短路？
35. 运行中电流互感器的二次侧为什么不允许开路？
36. 运行中的电压互感器的二次侧为什么要接地？
37. 何谓重合闸装置？
38. 采用重合闸装置有何意义？
39. 重合闸装置有几种型式？
40. 何谓电力网？
41. 何谓电力系统？
42. 何谓动力系统？
43. 何谓大电流接地系统？
44. 何谓小电流接地系统？
45. 何谓经消弧线圈接地？
46. 电阻率的国际制单位是什么？
47. 何为经济档距？
48. 何为焦耳-楞次定律？
49. 如何按经济电流密度选择导线截面？
50. 继电保护的基本任务是什么？

（十）问答题答案

1. 电动势是电场中的一种外力源反映外力克服电场力使电荷运动的概念。而电压则是电场力的一种表达方式，反映电场力推动电荷形成电流的能力的概念。这就是其区别所在。

电动势的正方向为电位升的方向。电压的正方向为电位降的方向。

2. 电路是由电源、负载、连接导线和开关三个基本部分组成。电源把其它形式的能量转换为电能，是输出电能的设备。负载按照不同的需要把电能转换为其它形式的能，是消耗电能的设备。导线和开关是输送和控制电能的部分。

3. 电容器两端电压的变化，反映了电容器储存的电场能量的变化，由于能量在传输和转换的过程中不能发生突变，因此电容器两端电压不能突变。

4. 载流导体的周围存在着磁场，可用磁感应强度 B 来描述，其表达式为

$$\Phi = BS$$

式中　　Φ——磁通；

　　　　S——垂直于磁场的面积。

5. 右手螺旋定则是判断载流线圈所产生的磁场方向和电流方向之间的关系，伸出右手，用除拇指外的其余四指握住线圈，使其方向符合线圈中电流的方向，伸出拇指，其方向就是磁力线的方向。

6. 电磁感应定律指出，穿过线圈的磁通变化时，线圈中感应电动势 e 的大小和磁通的变化速度 $\Delta\Phi/\Delta t$ 以及线圈的匝数 N 成正比，其表达式为 $e = -N\Delta\Phi/\Delta t$。

7. 在交流电路中，可以应用变压器将电压升高或降低，以保证安全运行；并能降低对设备的绝缘水平的要求，减少用电设备的造价；另外，交流电机的结构和工艺比直流电机简单，造价也比较便宜。

8. 交流电路中电动势、电压和电流的大小和方向都随时间作有规律的变化，而直流电则没有这种变化，其输出是一条直线。

9. 主要区别是他们的周期 T 和角速度 ω 等都各不相同，相位也不一样，所以其相量不能进行加减。

10. 就是三个电动势的最大值（或有效值）相等，角频率相同，

三者之间的相位差相同（互差120°）。

11. 电气工人应当：

（1）经医师鉴定，无妨碍工作的病症（体格检查约两年一次）。

（2）具备必要的电气知识，且按其职务和工作性质，熟悉《电业安全工作规程》（电气、线路、热力机械）的有关部分，并经考试合格。

（3）学会紧急救护法，首先学会触电解救法和人工呼吸法。

12. 对认真遵守规程者，应给予表扬和奖励；对违反规程者，应认真分析，加强教育，分别情况，严肃处理；对造成事故者；应按情节轻重，予以行政或刑事处分。

13. 常用螺钉旋具，其刀头形状分为一字槽形和十字槽形两种，规格是以柄外金属杆身长度和直径表示，合称尺寸，前面的数字为杆身长度，后面的尺寸数字为杆身直径。

14. 常用电工刀分为一用（普通）、两用和三用三种，其规格按刀柄长度刀片长度等分为1、2、3型。

15. 常用钢丝钳有铁柄和绝缘柄，以及带旁刃口等几种，铁柄的规格按钳全长分。绝缘柄的还应有电压等级（工作电压及试验电压）。

16. 常用尖嘴钳的种类及规格分类法同钢丝钳。

17. 常用低压测电笔有108测电凿、111笔形测电凿、505试电笔、301矿用测电器四种，其规格是指测量电压范围、总长、氖气管长度及碳膜电阻的长度、功率、阻值。

18. 能测量直流电流，交、直流电压，直流电阻等。较高级的还能测交流电流、电感、电容、音频电压、音频功率、电平及晶体管的直流放大倍数 h_{FE} 等。

19. 给冶炼厂、瓦斯矿井、化工工厂等连续性生产的重要用户以及国家重要机关、重要市政、邮电等供电的用电负荷，称为一级负荷。这类负荷应由两个独立电源供电。正常时，一个电源供电，另一个电源备用。

对这一级负荷中断供电，将招致人身危害、设备损坏、产品报废，生产秩序长期不能恢复以及市政生产发生混乱等，给国民经济带来巨大损失。

20. 给机械加工、纺织系统等连续性生产的用户供电的用电负荷，称为二级负荷。这类负荷应由双回路供电。该两路电源应尽可能地出自不同的变压器或母线段，当取用两路电源困难时，允许由一路专用线路供电。

对这一级负荷中断供电，将会造成机器停止运转，生产大量减产，工人窝工，工业企业内部交通停顿，并使城市居民的正常生活受到影响。

21. 在电阻、电抗串联电路中，由电阻电压 U_R、电抗电压 U_X 及端电压 U 按相关关系组成的直角三角形称为电压三角形，如图 1-26 所示。

22. 把电压三角形的三个边分别除以电流 I，则可得一个和电压三角形相似的直角三角形，这个三角形称为阻抗三角形，如图 1-27 所示。

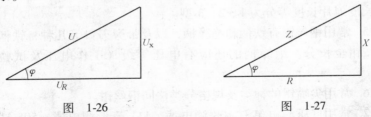

图　1-26　　　　　　　　图　1-27

23. 把电压三角形的三个边分别乘以电流 I，所得的三角形即功率三角形，它的斜边为视在功率，两个直角边分别代表有功功率和无功功率，如图 1-28。

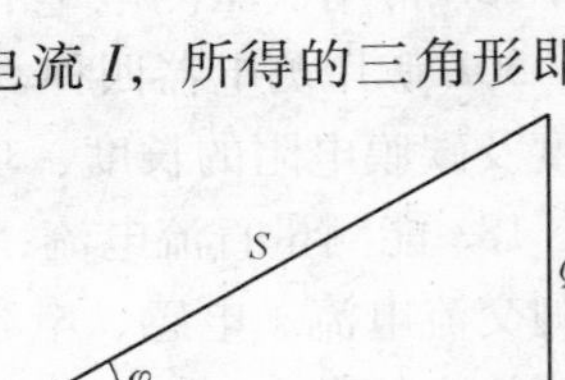

24. 电压与电流相位差的余弦称为功率因数，从功率三角形可知，有功功率 P 和视在功率 S 的比值等于功率因数 $\cos\varphi$。

图　1-28

25. 在电工测量中，凡是可以用直接指示的仪器仪表读取被测量数值，而无需量度器的直接参与的方法，称为直读法。

26. 凡是在测量过程中需要量度器的直接参与并通过比较仪器来确定被测量数值的方法称为比较法。

比较法又分为差值法、零值法和替代法三种。

27. 不论是直读法还是比较法，被测量的数值都可以在一次测量中读出，这种测量方式叫直接测量。在电工测量中多采用直接测量。

28. 在半导体中加入锑、磷、砷等微量元素，使之产生许多带负电的电子，这种多出电子的半导体叫做 N 型半导体。

29. 单相半波整流电路的特点是：电路结构简单，元器件少；整流电压为整流变压器二次电压的 0.45 倍，直流分量小；输出直流电压，波动较大；电源利用系数较低。

30. 电力系统中的负荷，大多数是带有感性的。因此系统中储存着大量的磁能，带负荷拉闸时，会在闸刀上产生很大的电弧，引起相间短路，造成重大事故。

31. 电容量的大小除了与极板面积以及极板间距离有关系外，主要由作为介质的绝缘材料的种类决定。即 $C = \varepsilon_r \varepsilon_0 S / d$，这说明，电容量的大小由电容器本身的结构决定，而与外界条件没有关系。

32. 在线性电路中，由于电流的大小和各电动势的大小成正比，所以电路中任一支路的电流，可以看成是电路中的各个电动势单独作用时在这一支路中所产生的电流叠加的结果，因此可采用叠加原理。

33. 功率是单位时间内输送或消耗的电能，它的单位是瓦（W）或千瓦（kW），电能的大小和供电时间长短有关系，它的单位是千瓦小时（kW·h）功率和电能的关系是：功率＝电能/时间。

34. 电压互感器二次约有 100V 电压，应接于能承受 100V 电压的回路里，其所通过的电流，由二次回路阻抗的大小来决定，如果二次短路，则阻抗很小（只有二次线圈的电阻），二次通过的电流增大，造成二次熔断器熔断，影响表计指示及引起保护误动。如果熔断器容量选择不当，极易损坏电压互感器。所以，电压互感器二次不许短路。

35. 当电流互感器二次开路时，二次电流为零，一次电流全部用来激磁，铁心中磁感应强度剧增，引起铁心过热，同时，很大的交流磁通在二次绕组中感应产生一个很高的电动势，对设备和工作人员均有很大危险，所以电流互感器二次回路不允许开路。

36. 电压互感器二次侧接地属保护接地，防止一次侧绝缘损坏击穿，高电压串到二次侧来，对人身和设备造成危险，所以二次侧必须接地。

37. 当油断路器（开关）跳闸后，能够不用人工操作而使开关自动重新合闸的装置称为自动重合闸装置。

38. 由于被保护线路或设备发生故障的因素是多种多样的，特别是在被保护的架空线路发生故障时，有时属于暂时性故障，故障消失之后只要将开关重新合闸便可恢复正常运行，从而减少了停电所造成的损失。这就是采用重合闸装置的意义所在。

39. 重合闸的型式很多，可归纳如下：

按用途分：线路重合闸、变压器重合闸及母线重合闸。

按动作原理分：机械式重合闸，电气式重合闸。

按作用于断路器的方式分：三相重合闸和单相重合闸。

按复归方式分：手动复归重合闸、自动复归重合闸。

按自动重合闸次数分：一次重合闸、二次重合闸和三次重合闸。

40. 电力网是电力系统的一部分，它是由各类变电所和各种不同电压等级的线路连接起来组成的统一网络。

41. 电力系统是动力系统的一部分。它由发电厂的发电机及配电装置、升压及降压变电所、输配电线路及用户的用电设备所组成。

42. 动力系统：发电厂、变电所及用户的用电设备，其相互间以电力网及热力网（或水力系统）连接起来的总体叫动力系统。

43. 接地电流大于500A（包括500A）的（一般为中性点直接接地系统）称为大电流接地系统。

44. 接地电流小于500A的（一般为中性点不接地或不直接接地系统）称为小电流接地系统。

45. 为了降低单相接地电流，避免电弧过电压的发生而常常采用的一种接地方式。当单相接地时消弧线圈的感性电流能够补偿单相接地的电容性电流，使流过故障点的残余电流很小，电弧可以自行熄灭。

46. 电阻率的国际制单位是欧·米，过去工业生产及习惯上用欧姆$\dfrac{\text{毫米}^2}{\text{米}}$。

47. 在某一档距的直线杆、基础和悬垂绝缘子串所用的投资最小时，这个档距称为经济档距。

48. 当电流通过导体时，导体所放出的热量跟导体的电阻 R、电流 I 的平方和电流在导体中所经历的时间 t 成正比。这个定律叫做焦耳-楞次定律。即

$$Q = CRI^2 t$$

式中 C 为比例常数，这个常数的数值跟测量时所选的单位有关。

49. 应先确定计算传输容量及相应最大负荷使用时间。确定电力网计算容量实际是确定计算年限问题。电力网的最大负荷使用时间，一般是根据电力网所输送负荷的性质确定的。

当已知最大负荷电流 I_{zd} 和相应最大负荷使用时间 h_{zd} 时，查表可知导线的经济电流密度 J，再按下式计算出导线的经济截面积

$$A = \frac{I_{zd}}{J}$$

根据计算的 A 值，再选择最适当的标准导线截面。

50. 继电保护装置的最主要任务是保护电力系统中主要电气设备（如发电机、变压器、输电线路、母线和电动机等）。当运行中的设备发生故障或不正常工作情况时，继电保护装置可作用于断路器跳闸或发出信号。

第三节　应知专业知识考核内容

一、考核重点

1. 常用电力电缆的名称、材料、结构形式。
2. 电力电缆施工技术要求。
3. 电力电缆的常规试验内容及意义。

二、考核习题

（一）名词解释

1. 电缆	2. 粘性浸渍电缆	3. 干绝缘电缆
4. 不滴流电缆	5. 保护层	6. 吸收比
7. 绝缘电阻	8. 介质损失	9. 金属护套
10. 铠装	11. 电瓷	12. 击穿
13. 电介质	14. 击穿强度	15. 检流计

16. 分压器　　　　　17. 伏特计　　　　　18. 绝缘胶

19. 过电压　　　　　20. 闪络　　　　　　21. 一次设备

22. 二次设备　　　　23. 电流互感器　　　24. 电压互感器

25. 变压器　　　　　26. 管道充气电缆　　27. 低温有阻电缆

28. 粘性浸渍纸绝缘统包型电缆

29. 粘性浸渍纸绝缘分相铅（铝）包型电缆

30. 自容式充油电缆　31. 铠装层　　　　　32. 内衬垫层

33. 金属护套防护层　34. 电缆终端头　　　35. 工作温度

36. 敷设位差　　　　37. 载流量　　　　　38. 静压力

39. 青壳纸　　　　　40. 流散电阻　　　　41. 接零

42. 土壤电阻率　　　43. 复合接地体　　　44. 金属护层

45. 护套损耗　　　　46. 压力箱　　　　　47. 剥铅

48. 超导电缆　　　　49. 标称值　　　　　50. 干线

51. 电缆沟　　　　　52. 电缆胶　　　　　53. 电缆直埋敷设

54. 电缆排管敷设　　55. 电缆隧道　　　　56. 电缆竖井

57. 电缆夹层　　　　58. 分芯电缆　　　　59. 同心电缆

（二）名词解释答案

1. 电缆：由电线芯（导电部分）外加绝缘层和保护层三部分组成的电线称为电缆。

2. 粘性浸渍电缆：电缆用松香和矿物油组成的粘性浸渍剂充分浸渍，即一般的油浸纸绝缘电缆，使用电压为 1～220kV。

3. 干绝缘电缆：以粘性浸渍电缆在制造过程中滴出其中浸渍剂，并加厚绝缘层而制成，由于其绝缘的电气强度较差，一般最高使用电压为 10kV。

4. 不滴流电缆：采用与粘性浸渍电缆完全相同的结构尺寸，但是以不滴流浸渍剂制造，常用于 1～10kV 级的几种电压等级。

5. 保护层：电力电缆的保护层分为内护层与外护层两部分。

内护层直接挤包在绝缘层上，保护绝缘不与空气、水分或其它物体接触，要求包得紧密无缝，并具有一定的机械强度。

外护层的作用是保护内护层不受外界机械损伤和腐蚀。

6. 吸收比：对绝缘试品施加直流电压后 60s 和 15s 时电阻的比

值，称为吸收比。

7. 绝缘电阻：在直流电压作用 1min 时，通过测量材料的电流经计算得到的电阻值，作为该材料的绝缘电阻。

8. 介质损失：在交流电压作用下，电介质中的有功损耗，称为介质损失。

9. 金属护套：铅护套或铝护套的统称。

10. 铠装：起径向加强作用的钢带或铜带、钢丝或其它金属丝，统称为铠装。

11. 电瓷：用于电气设备上的瓷质绝缘材料，统称为电瓷。

12. 击穿：电介质在电场作用下丧失了原有的绝缘性质的现象。

13. 电介质：不导电物质的学名。

14. 击穿强度：使单位厚度的电介质击穿的电压值。

15. 检流计：检测微安以下微弱电流的指示仪表。

16. 分压器：高压技术、电气测量技术、无线电技术等方面用来分取电压的装置。

17. 伏特计：亦称电压表，测量电压的仪表。

18. 绝缘胶：具有良好电绝缘性能的混合胶。

19. 过电压：在电气设备或线路上出现高于正常工作电压的电压。

20. 闪络：固体绝缘介质周围的气体或液体电介质击穿时，沿固体绝缘介质表面的放电现象。

21. 一次设备：直接与生产和输、配电能有关的设备称为一次设备，包括：各种高压断路器、隔离开关、母线、电力电缆、电压互感器、电流互感器、电抗器、避雷器、消弧线圈、并联电容器及高压熔断器等。

22. 二次设备：对一次设备进行监视、测量、操纵、控制和起保护作用的辅助设备，如：各种继电器、信号装置、测量仪表、录波记录装置，以及遥测、遥信装置和各种控制电缆、小母线等。

23. 电流互感器：又称仪用变流器（TA、CT）是一种将线路上的大电流变成可以测量的小电流的仪器。

24. 电压互感器：又称仪用变压器（TV、PT）是一种把高电压变为低电压，并在相位上与原来保持一定关系的仪器。

25. 变压器：一种静止的电气设备，是用来将一种数值的交流电压变成频率相同的另一种或几种数值不同的交流电压的设备。

26. 管道充气电缆：在电缆同轴管道中，充入高压力的六氟化硫（SF_6）气体作绝缘介质的电缆称为管道充气电缆。它可用于大容量电力传输，并作大型电站的引出封闭母线。

27. 低温有阻电缆：使电缆芯在极低的温度下工作的电缆称为低温有阻电缆。这种电缆导体电阻降为常温下的几十分之一到几百分之一，大大降低了输电时能量的损耗。因而可提高输电效率并增大输电容量。

28. 粘性浸渍纸绝缘统包型电缆：各芯导体外包有绝缘纸，芯与芯之间填以纸或麻的填料，连同各芯绞成圆形，外面再用绝缘纸统包起来的电缆称为粘性浸渍纸绝缘统包型电缆。这种型式是最老式的一种，在 10kV 以下的系统中，有良好的使用记录，所以至今仍被广泛采用。

29. 粘性浸渍纸绝缘分相铅（铝）包型电缆：就是缆芯分别铅包或铝包，然后再与衬垫及填料绞成圆形，用沥青麻绳扎紧，外加铠装和保护层的电缆，这种电缆虽优点较多，但价格较贵，且因没有借助其它方法来加强绝缘强度，只适用于额定电压不超过 35kV 的系统。

30. 自容式充油电缆：充油电缆是利用补充浸渍原理来消除绝缘层中形成的气隙以提高工作场强的一种电缆。这种电缆一般在载流芯的中心（有的在金属护套内）备有与补充浸渍设备（压力箱等）相连接的油道。当电缆温度升高时，浸渍剂受热膨胀，膨胀出来的浸渍剂经过油道回到补充浸渍设备中；当电缆温度下降时，浸渍剂收缩，补充浸渍设备中浸渍剂经过油道对油道和绝缘层进行补充浸渍。这样既避免了绝缘层中产生气隙，同时也防止了电缆内部产生过高的压力。

31. 铠装层：用来减少机械力对电缆的影响，是承受作用到电缆上的机械力的保护层，一般装在电缆的最外层。根据电缆的使用场合不同，铠装层可选用粗的圆钢丝、弓形钢丝、细的圆钢丝或由两条钢带、两条铜带间隙或螺旋绕包组成。

32. 内衬垫层：用以保护铅包的电缆弯曲时不被钢带铠装损坏，

它有两种：（1）用一层预先浸渍的电缆麻，上面包以一层由95% 3号沥青和5%半软沥青组成的浸渍剂制成，适用于钢带铠装或钢丝铠装电缆；（2）用由三层预先浸渍的电缆纸和一层浸渍剂重复包两次制成，只适用于钢带铠装电缆。

33. 金属护套防护层：防止铅受到腐蚀的防护层，是由两层预浸渍电缆纸密合绕包并涂以沥青混合物组成。

34. 电缆终端头：电缆与其它电气设备相连接时，需要有一个能满足一定绝缘性能与密封要求的连接装置，叫做电缆终端头。电缆终端头按使用场所不同，分为户内终端头和户外终端头两种。户外终端头要有比较完善的密封、防水结构，以适应周围环境和气候的变化。

35. 工作温度：电缆的工作温度指的是长期运行中导线允许达到的最高工作温度。

36. 敷设位差：沿电缆的敷设线路的最高与最低两点高度之差。

37. 载流量：某种电缆允许传输的最大电流值，称为该电缆的载流量。

38. 静压力：电缆线路敷设位差所引起的压力。

39. 青壳纸：一种用于电机、电器中的，机械强度很高的绝缘纸。

40. 流散电阻：指接地体的对地电压与流经接地体的接地短路电流之比。

41. 接零：电气设备的金属外壳与零线相连接。

42. 土壤电阻率：指每边长1cm的立方体的土壤电阻，单位为$\Omega \cdot cm$。

43. 复合接地体：单根接地体的接地电阻不能满足要求时，常用多根接地体并联起来组成接地体组，称为复合接地体。

44. 金属护层：金属护套和铠装的统称，有时亦单独把金属护套或铠装称为金属护层。

45. 护套损耗：由护套感应电动势产生的电流引起的在护套中的损耗。

46. 压力箱：为充油电缆补充油压及油量的压力装置。

47. 剖铅：根据施工工艺要求，锯掉多余的铅护套的工艺过程。

48. 超导电缆：利用某些金属（如铌）或其合金（如铌钛、铌三锡）在超低温（临界温度以下）下的失阻现象（即电阻 $R=0$）而进行研制的一种新型电缆，因超导技术上难度大，故只宜用于输送特大容量（5000MVA 以上）的场合。

49. 标称值：制造时必须保证的规定值，且都有规定的公差。

50. 干线：承担主要负荷或大容量负荷的配电线。它从变（配）电所或变压器的低压侧引向供电范围内用户集中的地区。

51. 电缆沟：用砖砌成地下沟槽通道，用于电缆敷设。

52. 电缆胶：灌入纸绝缘电缆接头或终端头内用以排除空气并增强接头绝缘强度用的混合剂。电缆胶随电压和使用要求而有所不同，外观上也不一样。用于 10kV 及以下接头的电缆胶通常是沥青；35kV 接头的电缆胶通常是粘度较大的油胶；而电压再高的电缆接头用的混合剂则是和制造电缆用的油相同，常温时呈液态。

53. 电缆直埋敷设：将电缆直接埋在地下 0.7～1.2m 深的混凝土盒组成的槽中，或不用混凝土盒，将电缆直接埋在土中，仅在电缆上盖上混凝土板的电缆敷设方式。

54. 电缆排管敷设：在地下 1～2m 处预先用混凝土浇铸一条多孔管道，安装电缆时，只须将电缆拉进管道即可的电缆敷设方式。排管敷设方式可缩小电缆通道宽度，对电缆较多的地方特别适用。

55. 电缆隧道：一种建在地下 1～2m 深处的，人能通行的廊道敷设电缆的方式，在电缆隧道的墙架上可敷设多层电缆。电缆隧道投资较大，但安装和检修方便。

56. 电缆竖井：指水电厂坝底厂房引向坝顶或高层建筑中的圆形垂直电缆通道，电缆固定在墙壁上。采用电缆竖井方式减少了土建工作量，但因通风良好，火灾容易蔓延。

57. 电缆夹层：指变电所开关室下，人能通行的矮室。来自各方的电缆，可灵活地接通任一开关仓，也可安装电缆接头或放置电缆的辅助设备。

58. 分芯电缆：将每相导线分成两根相互绝缘的电缆线芯的电缆。线芯可以每相同芯，也可以不同芯，其目的是为了纵差保护的设置。

59. 同心电缆：将分芯电缆每相的两根线芯作同心布置的电缆。

（三）选择题（将正确答案的代号填写在空括号中）

1. 纸绝缘多芯电力电缆其弯曲半径与外径的比值为（　　　）。

（A. 20 倍　　B. 15 倍　　C. 按制造厂规定）

2. 环氧树脂去潮温度一般为（　　　）。

（A. 90～100℃　　B. 120～140℃　　C. 150～160℃）

3. 环氧树脂复合物的浇灌温度夏天比冬天（　　　）。

（A. 高　　B. 稍高　　C. 低）

4. 测量 1000V 以下电缆的绝缘电阻，应使用（　　　）绝缘电阻表。

（A. 1000V　　B. 2500V　　C. 2500 或 1000V）

5. 在相同的条件下，电缆的载流量随着电缆条数的增加而（　　　）。

（A. 减少　　B. 增大　　C. 基本不变）

6. 铠装层主要是用以减少（　　　）对电缆的影响。

（A. 综合力　　B. 电磁力　　C. 机械力）

7. 外屏蔽层的作用主要是使绝缘层和金属护套（　　　）。

（A. 有良好的接触　　B. 绝缘　　C. 导通）

8. 随着温度的升高，泄漏电流值（　　　）。

（A. 增加　　B. 显著下降　　C. 略微下降）

9. 电缆的预试工作应填写（　　　）。

（A. 第二种工作票　　B. 第一种工作票　　C. 第一种或第二种）

10. 使用喷灯时，油筒内的油量应不超过油筒容积的（　　　）。

$\left(A. \dfrac{3}{4} \quad B. \dfrac{1}{2} \quad C. \dfrac{4}{5} \right)$

11. 遇带电电气设备着火时，应使用（　　　）进行灭火。

（A. 泡沫灭火器　　B. 砂子　　C. 干式灭火器）

12. 电缆与热力管道接近时的净距为（　　　）。

（A. 2m　　B. 0.5m　　C. 1m）

13. 6～10kV 电力电缆绝缘电阻应不低于（　　　）。

（A. 200MΩ   B. 600MΩ   C. 400MΩ）

14. 电缆中间接头的接地，应使用截面积不小于（   ）裸铜绞线。

（A. 10mm²   B. 15～16mm²   C. 16～25mm²）

15. 10kV 户外电缆终端头的导体部分对地距离应不小于（   ）。

（A. 125mm   B. 200mm   C. 100mm）

16. 电缆相互交叉的净距为（   ）。

（A. 0.25m   B. 0.5m   C. 1m）

17. 10kV 以下铜芯电缆短路最高允许温度为（   ）。

（A. 200°C   B. 250°C   C. 220°C）

18. 两根同规格型号的电缆，其长度大者电阻（   ）。

（A. 大   B. 小   C. 两者相同）

19. 粘性纸绝缘电缆，其辐向应力（   ）轴向应力。

（A. 大于   B. 等于   C. 小于）

20. 当空气中的相对湿度较大时，会使绝缘电阻（   ）。

（A. 上升   B. 略上升   C. 下降）

21. 电缆出线横截面积应不小于电缆芯截面积的（   ）。

（A. 1.5 倍   B. 2 倍   C. 1 倍）

22. 10kV 以下电缆与控制电缆水平接近时的最小净距（   ）。

（A. 不做规定   B. 0.25m   C. 0.1m）

23. 电缆铅包对大地电位差不宜大于（   ）。

（A. 正 2V   B. 负 1V   C. 正 1V）

24. 35kV 以下纸绝缘电缆在（   ）时，不宜敷设。

（A. −10°C   B. 0°C   C. 按制造厂规定）

25. ZLQ2 型电力电缆主要用于敷设在（   ）。

（A. 土壤中   B. 沟道中   C. 室内）

26. ZLQ20 与 ZLQ5 型两种电缆相比（   ）承受的机械拉力大。

（A. ZLQ5   B. ZLQ20   C. 很难说准）

27. 铜芯铅包径向铜带加固充油电力电缆的型号为（   ）。

（A. ZQCY25   B. ZQCY22   C. ZLQCY22）

28. 在制做电缆接头，剖铅时应先在铅包上刻一环形深痕，其厚度不得超过铅包厚度的（　　　）。

（A. $\dfrac{1}{3}$　　B. $\dfrac{2}{3}$　　C. $\dfrac{3}{4}$）

29. 使用绝缘电阻表测量线路的绝缘电阻，应采用（　　）线。

（A. 护套　　B. 软导　　C. 屏蔽）

30. 测量电缆温度，应在（　　）进行。

（A. 冬季　　B. 春季　　C. 夏季）

31. 测量电缆温度时，应在负荷（　　）进行。

（A. 最大时　　B. 最低时　　C. 平均时）

32. 护套感应电压，与电缆长度成（　　）关系。

（A. 正比　　B. 反比　　C. 指数）

33. 介电常数的增大将使电缆的电容电流（　　）。

（A. 减小　　B. 增大　　C. 持平）

34. 减薄电缆纸的厚度，对电缆的冲击强度来说是（　　）。

（A. 减弱　　B. 提高　　C. 持平）

35. 电缆绝缘介质的 tanδ 值增大，就迫使允许载流量（　　）。

（A. 降低　　B. 提高　　C. 持平）

36. 铅护套的弯曲性能比铝护套的（　　）。

（A. 强　　B. 弱　　C. 同样）

37. 对护套有绝缘强度要求的电缆线路，其绝缘电阻的测试应（　　）一次。

（A. 每年　　B. 半年　　C. 一年半）

38. 电缆预防性试验不宜采用（　　）。

（A. 直流　　B. 交流　　C. 整流电流）

39. 地下并列敷设的电缆，其中间接头盒位置（　　）。

（A. 须相互错开　　B. 并起装设　　C. 视现场而定）

40. 地下并列敷设的电缆的中间接头盒相距净距不应（　　）。

（A. 小于 0.5m　　B. 大于 0.25m　　C. 小于 0.3m）

41. 粘性油浸纸绝缘电力电缆的产品型号有（　　）等。

（A. ZQ、ZLQ、ZL　　　B. ZLL、ZL、ZQD　　　C. ZLQD、ZQ、

ZLQ)

42. 不滴流油浸纸绝缘电力电缆的产品型号有（　　）等。

（A. ZQ、ZL、ZLL　　B. ZQD、ZLQD　　C. ZQ、ZQD）

43. 聚氯乙烯电缆的产品型号有（　　）等。

（A. VV、YJV　　B. VLV、YJLV　　C. VV、VLV）

44. 交联聚乙烯绝缘电缆的产品型号有（　　）等。

（A. XQ、XLQ　　B. XQ、YJV　　C. YJV、YJLV）

45. 铝芯 XLPE 绝缘 PVC 护套裸钢带铠装电力电缆的型号为（　　）。

（A. YJLV29　　B. YJLV30　　C. YJLV20）

（四）选择题答案

1. B	2. B	3. C	4. A	5. A	6. C
7. A	8. A	9. B	10. A	11. C	12. A
13. A	14. C	15. A	16. B	17. C	18. A
19. A	20. C	21. A	22. C	23. C	24. B
25. A	26. C	27. C	28. C	29. C	30. C
31. A	32. C	33. B	34. B	35. A	36. A
37. A	38. B	39. A	40. A	41. A	42. B
43. C	44. C	45. C			

（五）填空题

1. 胀铅是改善铅包口＿＿＿的有效措施。

2. 10kV 以下设备不停电时的安全距离为＿＿＿。

3. 10kV 以下电缆芯截面一般采用＿＿＿。

4. 使用绝缘电阻表测量绝缘电阻，正常转数为＿＿＿。

5. 做直流耐压试验，升压速度一般为＿＿＿。

6. 电缆采用直埋敷设时，表面距地面的距离不应小于＿＿＿。

7. 使用绝缘电阻表测量高压设备绝缘，应由＿＿＿人进行。

8. 直流耐压试验一般采用＿＿＿极输出。

9. 泄漏电流的大小是判断电缆能否运行的＿＿＿依据。

10. 单位长度电力电缆的电容量与相同截面积的架空线路相比，电缆的电容量＿＿＿输电线路。

11. 在一定电压作用下，应力锥长度越长，则轴向应力____。

12. 使用喷灯时，工作地点不准靠近____物品和带电体。

13. 禁止将电缆____敷设于管道上面或下面。

14. 在制作 10kV 户外环氧树脂电缆头时，电缆屏蔽纸应在胀铅口外保留____。

15. 用三乙烯四胺配制环氧树脂复合物比（重量比）为____。

16. 电缆终端头，由现场根据情况每____年停电检查一次。

17. 电缆线路的正常工作电压，一般不应超过电缆额定电压的____。

18. ZLQ20 型电缆的含义是____。

19. 10kV 粘性浸渍纸绝缘电缆长期允许工作温度____。

20. 6～10kV 电缆交接试验，其电压应为____的额定电压。

21. 电缆沿铁路敷设时，和普通铁路路轨最小净距为____ m。

22. 电缆护套主要可以分为____大类，即____、____和组合护套。

23. 电缆金属材料的腐蚀都属于____腐蚀的范畴。

24. 电缆保护层中常用的防蚁剂有____、____、____等。

25. 电缆的载流量主要取决于____、电缆各部分的____和各部分的材料特性。

26. 粘性油浸纸绝缘 10kV 电力电缆长期允许最高工作温度为____。

27. YJV 代表____。

28. 电缆主要由____、____、____等三个主要部分组成。

29. 铜芯电缆长期允许载流量为同样截面积铝芯电缆的____倍。

30. 用于现场制作电缆接头的环氧树脂，主要是____、____和____三种牌号。

31. 环氧树脂的去潮温度约为____。

32. 在停电设备上工作必须完成停电、____、____、____和遮栏等措施。

33. E-44 是代表____。

34. 环氧树脂与固化剂的反应是一个____反应。

35. （CH$_2$—CH—）是____的表达式。
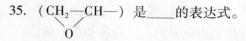

36. 电缆敷设在管道中，其内径不应小于电缆外径____且不得小于____。

37. 电缆竖井内的电缆，每____至少巡视一次。

38. 填有流质绝缘油的终端头，一般应在____补油。

39. 电缆线路用压接法连接中间接头时，其允许温度为____。

40. 电缆直埋时，不同部门使用的电缆相互间距为____。

41. 新敷设的电缆线路投入运行____，一般应作 1 次直流耐压试验，以后再按正常周期试验。

42. 耐压试验后，使导体放电时，必须通过每千伏约____的限流电阻反复几次放电直至无火花后，才允许直接接地放电。

43. 内衬层破损进水后，应进行____和导体电阻比试验。

44. 交联聚乙烯电缆所用线芯除特殊要求外，均采用____型线芯。

45. XLPE 型电缆的____是交联电缆有别于油纸和充油电缆的一个重要标志。

46. XLPE 型电缆长期允许最高工作温度：10kV 及以下电压等级电缆为____；20kV 及以上为____。

47. 交联聚乙烯绝缘皱纹铝包防水层，聚氯乙烯护套电力电缆型号为____。

48. 采用铅包或铝包金属套时，____可作为金属屏蔽层。

49. 电缆应卷绕在符合 GB4005 要求的电缆盘上交货，电缆端头应可靠密封，伸出盘外的电缆端应加保护罩，伸出长度不大于____。

50. 电缆产品用型号、规格（额定电压、芯数、标称截面积）及____表示。

（六）填空题答案

1. 电场分布

2. 0.7m

3. 扇形截面

4. 120r/min

5. 1～2kV/s

6. 0.7m

7. 2 人

8. 负

9. 参考

10. 大于

11. 越小

12. 易燃

13. 平行

14. 5mm

15. 11～13

16. 1～3

17. 15%

18. 铝芯、纸绝缘、铅包、裸钢带铠装电力电缆

19. 60°C

20. 6 倍

21. 3

22. 三；金属护套；橡塑护套

23. 电化学

24. 伏化剂；艾氏剂；氯丹

25. 最高允许温度和周围环境温度；结构尺寸

26. 60°C

27. 交联聚乙烯绝缘氯乙烯护套铜芯电力电缆

28. 导电芯线；绝缘层；保护层

29. 1.3

30. 618；634；6101

31. 120～140°C

32. 验电；装设接地线；悬挂标示牌

33. 环氧树脂

34. 加热

35. 环氧基

36. 1.5 倍；100mm

37. 半年

38. 冬季

39. 150°C

40. 0.5m

41. 3～12 个月

42. 80kΩ

43. 铜屏蔽层电阻

44. 紧压

45. 内外屏蔽层

46. 90°C；80°C

47. YJLW02、YJLLW02

48. 金属套

49. 300mm

50. 标准编号

（七）问答题

1. 什么是电力电缆？

2. 为什么要采用电力电缆？

3. 采用电力电缆比用架空线路有何优点？

4. 采用电力电缆比架空线路有何缺点？

5. 按绝缘材料电力电缆可分为几种类型？

6. 按电力电缆的结构特征分为哪几类？

7. 按电力电缆的敷设环境条件分为哪几类？

8. 按传输电能形式电力电缆分为哪几类？

9. 简述电力电缆的基本结构？

10. 电缆的导体有哪几种？

11. 电缆的常见敷设方式有哪几种？

12. 不滴流浸渍剂纸绝缘电缆有何特点？

13. 发现环氧树脂受潮应如何处理？

14. 电力电缆为什么要焊接地线？

15. 制作 10kV 环氧树脂电缆头需要哪些常用工具？

16. 直埋电缆有什么优点？

17. 电缆为什么采用铅做护套材料？

18. 低压四芯电缆的中性线起什么作用？

19. 环氧树脂电缆头常用固化剂有哪几种？

20. 绝缘电阻表的转速对测量有什么影响？

21. 为什么要测电缆的直流电阻？

22. 电缆在进行直流耐压试验时，升压速度为什么不能太快？

23. 制作电缆头封铅（搪铅）工作有什么要求？

24. 电力电缆的接地线如何装设？为什么？

25. 确定电缆长期允许载流量时应考虑哪几个主要因素？

26. VV29 电缆有什么特点？

27. 为什么采用半导体纸作屏蔽层？

28. 在制作电缆头时，弯电缆芯应注意什么？

29. 泄漏试验中对高压引线有什么要求？为什么？

30. 在哪种情况下采用排管敷设？有什么优点？

31. 电缆目前采用的敷设方法可分为几类？

32. 对电缆接头有哪些要求？

33. 对铝导线冷压接的基本要求是什么？

34. 石英粉的用量是根据什么决定的？

35. 规程中，对安装电缆接头或终端头的气候条件有何要求？

36. 电缆的绝缘层材料应具备哪些主要特性？

37. 耐压试验前后为什么要测量电缆绝缘电阻？

38. 电缆管穿越楼板、水泥地板时，应注意什么？

39. 喷灯必须符合哪些要求才可点火？

40. 测量电缆导体电阻的目的和标准是什么？

41. 试述胀喇叭口的作用？

42. 聚乙烯绝缘电缆有哪些特点？

43. 统包绝缘介质预留长度的目的和要求是什么？

44. 要求电缆外护层具有的"三耐"、"五护"功能是什么？

45. 我国电缆产品的编号原则是什么？

46. 用文字详细写明 ZLQ_2-10·3×120 的含义是什么？

47. 写明 ZQ_2-10 · 3×120 的含义？

48. 写明 VV_{29}-6 · 3×120 的含义？

49. 用文字详细写明 ZQF_2-35 · 3×185 的含义？

50. 何谓电缆长期允许载流量？

51. 决定电缆长期允许载流量的因素有哪些？

52. 电缆的周围环境温度对其载流量有何影响？

53. 电缆敷设于人行道下面时，其距离有何规定？

54. 对电缆沟底有何要求？

55. 简述电缆沟的基本结构？

56. 为什么电缆沟内要设集水坑？

57. 为什么要建筑人孔井？

58. 写明 YJQ_{02}-110　1×800 的含义？

59. 常用电缆附件有哪几类？

60. 10~35kV 电缆附件基础外绝缘距离有何要求？

61. 交联聚乙烯绝缘电力电缆采用紧压型线芯，其作用是什么？

62. 交联聚乙烯电缆内半导电层、绝缘层和外半导电层同时挤出工艺的优点是什么？

63. 国际污秽等级的划分有何规定？

64. 交联聚乙烯绝缘电缆内半导屏蔽层有何作用？

65. IEC 502 采用的标准额定电压是如何规定的？各电压值含义是什么？

66. 交联聚乙烯绝缘电力电缆外半导屏蔽层的作用？

67. 交联聚乙烯绝缘电力电缆金属屏蔽的结构形式如何？

（八）问答题答案

1. 用于电力传输和分配的电缆称为电力电缆。

2. 因为：

（1）把发电厂发出的电能传送到变电站、配电所及各种用户，就需要用架空线或电缆。

（2）在建筑物和居民密集的地区，道路两侧空间有限，不允许架设杆塔和架空线时，宜采用电缆，对于过江、过河的输电线路，由于跨度太大而不宜架设架空线路时，或者为了避免架空线路对船只通航的障碍，宜采用电缆；为了避免电力线路对通信产生干扰，也多采用电缆；在大城市人口稠密区的配电网、大型工厂或发电厂和电网交叉区、交通拥挤区等，以及要引出很多架空线路发电厂或变电所中，往往也因空间不够而受到限制，也需要用电缆代替架空线路输送电能。

3. 采用电缆输送电能比用架空线有下列优点：

（1）占地面积小，地下敷设不占地面空间，不受路面建筑物的影响，也不需在路面架设杆塔和导线，易于向城市供电而使市容整齐美观。

（2）对人身比较安全。

（3）供电可靠，不受外界的影响，不会产生如雷击、风害、挂冰、风筝和鸟害等造成如架空线的短路和接地等故障。

（4）地下敷设比较隐蔽，宜于战备。

（5）运行比较简单方便，维护工作量少。

（6）电缆的电容较大，有利于提高电力系统的功率因数。

4. 电缆与架空线路比较有以下缺点：

（1）成本高，投资费用较大；

（2）敷设后不易更动，不宜作临时性的使用；

（3）线路不易分支；

（4）故障测寻困难；

（5）检修费时、费工、费用大；

（6）电缆头的制作工艺要求较高。

5. 按绝缘材料可分为：

油纸绝缘：粘性浸渍纸绝缘型（统包型、分相屏蔽型）；不滴流浸渍纸绝缘型（统包型、分相屏蔽型）；有油压油浸渍纸绝缘型（自容式充油电缆、钢管充油电缆）；有气压粘性浸渍纸绝缘型（自容式充气电缆、钢管充气电缆）。

塑料绝缘：聚氯乙烯绝缘型；聚乙烯绝缘型；交联聚乙烯绝缘型。

橡胶绝缘：天然橡胶绝缘型；乙丙橡胶绝缘型。

6. 按结构特征可分为：

统包型（缆心成缆后，在外面包有统包绝缘介质并置于同一内护套内）；

分相型（主要是分相屏蔽，一般用在 10~35kV，有油纸绝缘和塑料绝缘）；

钢管型（电缆绝缘层外有钢管护套，分钢管充油、充气电缆和钢管油压式、气压式电缆）；

扁平型（三芯电缆的外形呈扁平状，一般用于大长度海底电缆）；

自容型（护套内部有压力的电缆，分自容式充油电缆和充气电缆）。

7. 按敷设环境条件可分为地下直埋、地下管道、空气中、水底过河、矿井、高海拔、盐雾、大高差、多移动、潮热区类型。

8. 按传输电能形式可分为交流电缆和直流电缆或高压电缆和低压电缆。

9. 电缆的基本结构主要包括导体、绝缘层和保护层三部分。导体必须具有高度的导电性以减少输电时线路上能量的损耗；绝缘层用以将导体与邻相导体以及保护层隔离，它必须绝缘性能良好，经久耐用，有一定的耐热性能；保护层又可分为内护层和外护层两部分，它用来保护绝缘层使电缆在运输、贮存、敷设和运行中，绝缘层不受外力的损伤和防止水分的侵入，所以它应具有一定的机械强度。

10. 电缆的导体按材料分铜和铝两种。按缆芯的数目分，有单芯、双芯、三芯和四芯四种。按导体的形状分，有圆形、椭圆形和扇形三种。按电缆导体的填充系数大小分，有紧压和非紧压两种。

11. 主要有以下几种：（1）直埋地下；（2）敷设在电缆沟；（3）敷设在隧道内；（4）安装在建筑物内部墙上或天棚上；（5）敷设在水底；（6）敷设在排管内；（7）安装在桥梁构架上。

12. 浸渍剂在工作温度下不滴流，适宜于高落差敷设，工作寿命较粘性浸渍纸绝缘电缆稍高。

13. 受潮后的环氧树脂可用加热方法去潮，即将受潮的环氧树脂加热至 120~140°C 左右，使水分挥发，环氧树脂恢复其本来的透明琥珀色为止。

14. 由于电缆的金属护套与线芯是绝缘的，当电缆发生绝缘击穿或线芯中流过较大故障电流时，金属护套的感应电压可能使得内衬层击穿，引起电弧，直到将金属护套烧熔成洞，为了消除这种危害，必须将金属护套、铠装层、电缆头外壳和法兰等用导线与接地网连通。

15. 机械压钳、喷灯、切削电缆护套专用刀、手锤、鲤鱼钳、专用容器（壶、盘、桶、勺及漏斗等）、医用手套、圆锉、钢锯、胀铅器等。

16. 直埋地下敷设其最大优点就是经济；另外便于敷设，工程速度快、技术简单，是目前广泛采用的敷设方式，适用于郊区和车辆通行不太频繁的地区。

17. 用铅作电缆护套材料有以下优点：

（1）密封性很好；

（2）熔化点低；

（3）韧性好，不影响电缆的可曲性；

（4）耐腐蚀性比一般金属好。所以，大多数电缆均采用铅作护套材料。

18. 低压电网多采用三相四线制，四芯电缆的中性线除作为保护接地外，还要通过不平衡电流，有时这种不平衡电流的数值比较大，通常中性线的截面积达到另外三相截面积的 30% ~60%。

19. 常用的固化剂有二乙烯三胺、三乙烯四胺、多乙烯多胺、四乙烯五胺、聚酰胺树脂（650，651）等。

20. 使用绝缘电阻表时，应使手摇发电机处于额定转速，一般为 120r/min，如果转速时快时慢，将使绝缘电阻表指针晃动不定，带来测量上的误差。

21. 测直流电阻可以检查导体截面积是否与制造厂的规范相一致，电缆总的导电性能是否合格，导体是否有断股、断裂等现象。

22. 升压速度如果太快，会使充电电流过大，而损坏试验设备，同时击穿电压随着升压速度的升高，会有所降低，而使试验结果不准，因此一般控制在 1~2kV/s。

23. 制作电缆头搪铅工作时的要求如下：

（1）搪铅时间不宜过长，在铅封未冷却前不得撬动电缆；

（2）铝护套电缆搪铅时，应先涂擦铝焊料；

（3）充油电缆的铅封应分二层进行，以增加铅封的密封性，铅封和铅套均应加固。

24. 应将金属护套，铠装层，电缆头外壳和法兰等用导线与接地网牢固连接，可靠接地。因为当电缆发生绝缘击穿故障或线芯中通过较大故障电流时，金属护套的感应电压可能使内衬层击穿，引起电弧，直到将金属护层烧熔成洞，引起接地短路故障。

25. 主要考虑的因素有：（1）电缆长期允许工作温度；（2）电缆本体散热性能；（3）电缆安装地点散热环境。

26. VV29 系铜芯、聚氯乙烯绝缘、聚氯乙烯护套内钢带铠装电力电缆。主要应用于敷设在地下，能承受一定强度的机械外力。

27. 因为半导体纸屏蔽层不仅可与金属化纸一样起电屏蔽作用，同时它可吸附浸渍剂离子增加绝缘层的稳定性。

28. 首先在各相缆芯外顺纸带方向绕包一层油浸纱带，然后扳弯电缆芯，这时应特别注意缆芯的弯曲半径不得小于其直径的 10 倍，扳弯时不可损伤纸绝缘。

29. 在泄漏试验中所用的高压引线应是屏蔽线，这样可使外界泄漏电流不通过微安表，以减少由于外界因素影响泄漏电流的数值，提高试验精度。

30. 排管敷设一般用在与其它建筑物、公路或铁路相交叉的地方，有时也在建筑物密集区或工厂内采用。

主要优点是占地小，能承受大的荷重，电缆相互间互不影响，比较安全。

31. 可分为：（1）人工敷设，即采用人海战术，在一人统一指挥下，按规定进行敷设；（2）机械化敷设，即采用滚轮、牵引器、输送机进行，通过一同步电源进行控制，比较安全；（3）人工和机械敷设相结合，有些敷设现场，由于转弯较多，施工难度较大，全用机械化敷设比较困难、即采用此方法。

32. 对电缆接头的要求有：（1）良好的导电性，要与电缆本体一样，能长久稳定地传输允许载流量规定的电流，且不引起局部发热；（2）足够的绝缘强度，要求能承受工作条件下长期高电压和短时过电压；（3）优良的防护结构，要求具有耐气候性和防腐性，以及良好的密封性和足够的机械强度。

33. 冷压接后，连接管与其中插入的铝导线在接触面处必须形成一小部分的金属渗透，即接触面两边必须有一小部分处的氧化铝膜被挤破而形成两边的铝金属相互渗透。

34. 石英粉用量的决定条件是：（1）使环氧树脂复合物的粘度适宜，不但要保证浇注顺利，而且要使成型后的电缆接头内部的气泡尽量减少；（2）保证环氧树脂能充分润湿每个石英粉颗粒；（3）保证成型后的电缆接头各项性能指标符合要求。

35. 应在气候良好的天气下进行，尽量避免在雨天、风雪天或湿度较大的环境下安装，同时还要有防止尘土和外来污物的措施。

36. 应具备以下特性：（1）高的击穿场强（脉冲、工频、操作波）；（2）低的介质损耗角正切值（tanδ）；（3）相当高的绝缘电阻；（4）优良的耐树枝放电、局部放电性能；（5）一定的柔软性和机械强度；（6）绝缘性能长期稳定。

37. 从绝缘电阻的数值可初步判断电缆绝缘层是否受潮、老化，并可判断由耐压试验检查出的缺陷的性质。所以在进行耐压试验前，要对电缆测量绝缘电阻。

38. 穿越楼板、混凝土地板的电缆管应与地面垂直，管子高度不得小于 2m，当几根管子需要排列在一起时，高度应保持一致。

39. 喷灯必须符合以下条件时，方可点火：（1）油筒不漏油，喷火嘴无堵塞，丝扣不漏气；（2）油筒内的容量不超过油筒容量的 3/4；（3）加油的螺钉塞已拧紧。

40. 其目的是检查电缆的电阻率是否符合标准以及导电芯线是否完整连续。标准是 20°C 时铜芯不大于 $0.0184 \times 10^{-6}\Omega \cdot m$，铝芯不大于 $0.031 \times 10^{-6}\Omega \cdot m$。

41. 见图 1-29 点 a 为胀喇叭口前铅包纸绝缘表面上的一点，点 b 是与点 a 相距一很小距离 ΔL 的纸绝缘表面上的一点，点 c 为胀喇叭口前铅包上的一点，胀前点 a 和点 c 电位均为零，即 $U_a = U_c = 0$，点 b 的电位 $U_b > 0$，a、b 两点的电位差，即轴向应力为 $\Delta U_{ab} = U_b > 0$。

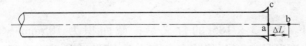

图　1-29

胀喇叭口后，点 c 电位 U_c 仍为零，点 a 由于与铅包脱离接触，其电位 $U_a' > 0$ 致使 ab 两点间电位差减小，$\Delta U_{ab'} = U_b$，$U_a' < \Delta U_{ab}$；即胀铅后，铅包口纸绝缘表面的轴向应力较胀前小。

42. 其特点如下：（1）具有优良的介电性能，但抗电晕、游离放电性能差。（2）聚乙烯工艺性能好，易于加工，耐热性差，受热易变形，易延燃，易发生应力龟裂。

43. 其目的是：延长"移滑击穿"的爬电距离。

照理推论，统包绝缘介质预留得越长越好，但由于电缆盒尺寸的限制以及缆芯在一定范围内必须分开，因此 10kV 以下的电缆，通常预留统包绝缘介质长度为 25mm，当采用干包头时预留 50mm。

44. 要求电缆外护层具有的"三耐"功能是耐寒、耐热、耐油。"五防"功能是防潮、防雷、防鼠、防蚁、防腐蚀。

45. 每一个电缆型号表示着一种电缆的结构，同时也表明这种电缆的使用场合和某些特征。我国电缆产品型号的编制原则：

（1）电缆线芯、绝缘与内护层材料以大写的汉语拼音的第一个字母表示。例如纸（Zhi）以 Z 表示；铝（Lu）以 L 表示；铅（Qian）以 Q 表示。有些电缆结构上的特点，也用相应的汉语拼音字母代表。例如分相铅包型电缆用 F（分 Fen）表示。

（2）电缆外护层的结构，则以保护层结构的数字编号来代表，没有外护层的则在数字后在"0"，例如"20"表示裸钢铠装电力电缆。

46. ZLQ_2-10·3×120 的含义是：截面积为 120mm^2、电压为 10kV 的三芯铝导体、油浸纸绝缘、铅包、钢带铠装电力电缆。

47. ZQ_2-10·3×120 的含义是：截面积为 150mm^2、电压为 10kV 的三芯铜导体、纸绝缘、铅包、钢带铠装电力电缆。

48. VV29-6·3×120 的含义是：截面积为 120mm^2、电压为 6kV 的三芯铜导体、聚氯乙烯绝缘、聚氯乙烯护套、内钢带铠装电力电缆。

49. ZQF_2-35·3×185 的含义是；截面积为 185mm^2、电压为 35kV 的三芯铜导体、纸绝缘、分相铅包、钢带铠装电力电缆。

50. 电缆长期允许载流量是指在电缆内通过，这个规定的电流是，在热稳定后，电缆导体达到长期允许工作温度时的电流数值。

51. 电缆长期允许载流量主要由以下三个因素决定：（1）电缆的长期容许工作温度；（2）电缆本身的散热性能；（3）电缆装置情况及其周围环境的散热条件。

52. 电缆周围环境温度 θ_0 越高，则电缆载流量越小，所以同样一条电缆线路，在夏天的允许载流量小，而冬天的允许载流量就可以大些。

53. 电缆敷设于人行道下面，电缆与建筑物基础的最小距离不得小于 0.6m。这是为了电缆施工时不受建筑物阻碍、也不影响建筑物结构等原因。

54. 为了减少直埋敷设电缆的机械损伤，要求挖掘的电缆沟底没有石块或其它硬质杂物，必要时在电缆周围铺以 100mm 厚的细土及盖上保护板，并规定埋置深度自地面至电缆外皮不少于 0.7m，但也不宜太深。因埋置太深对施工、检修都不方便，电缆散热情况也会恶化而影响电缆载流量。

55. 电缆沟的基本结构一般由砖砌成，或混凝土浇灌而成，置于地面之下。在沟的顶部和地面齐平的地方，可采用钢筋混凝土盖板等盖住。

56. 为了保持电缆沟内干燥，应当采取防止地下水流入沟内的措施，还应在沟内设置适当数量的集水坑，以便将水排出，一般每隔50m 左右可设置集水坑一只，其大小一般为 400mm × 400mm × 400mm。

57. 为了便于检查和敷设电缆，使敷设在排管里的电缆放入和拔出时不至使电缆超过允许应力，一般在每隔 150 ~ 200mm 处及排管转弯和分支处修建一个人孔井，人孔井的尺寸需要考虑电缆中间接头的安装、维护、检修的方便。

58. 表示 110kV 单芯 800mm^2，交联聚乙烯绝缘铅包聚氯乙烯护套电力电缆。

59. 主要分为以下几类：（1）绕包式附件；（2）热收缩附件；（3）预制附件；（4）冷收缩电缆附件；（5）接插式附件；（6）浇注式附件。

60. 10～35kV 基础外绝缘距离见表1-1。

61. 其作用是：（1）使外表面光滑、防止导丝效应引起电场集中；（2）防止挤塑半导电屏蔽层时半导体材料渗入线芯；（3）防止和减少水分顺线芯导线空隙进入线芯。

表　1-1

绝缘距离/mm 分类	电压/kV	10		25	
		户　内	户　外	户　内	户　外
干闪		125	250	300	500
湿闪			175		400
污闪			280		900

62. 其优点是：（1）可以防止主绝缘层与半导体屏蔽层以及主绝缘层与绝缘屏蔽层之间引入外界杂质；（2）在制造过程中防止导体屏蔽层和主绝缘层可能发生意外损伤，防止半导电层的损伤而引起突刺效应；（3）由于内外屏蔽层与主绝缘层紧密结合，提高了起始游离放电电压。

63. 国际污秽等级划分见表1-2。

表　1-2

污秽环境等级	泄漏比距 cm/kV	试验方法		
		盐雾法含盐度 kg/m^3	固体层法	
			等值盐密 Nacl mg/cm^3	电导率 μs
Ⅰ—轻	1.6	5～10	0.03～0.06	5～10
Ⅱ—中	2.0	14～28	0.05～0.20	10～15
Ⅲ—重	2.5	40～80	0.10～0.60	15～25
Ⅳ—很重	3.1	80～160	0.25～1.0	25～40

64. 具有以下使用：（1）线芯表面采用半导电屏蔽层可以均匀线芯表面不均匀电场的作用；（2）防止了内屏蔽层与绝缘层间接触不紧而产生气隙，提高电缆起始放电电压；（3）抑制电树或水树生长；（4）通过半导电屏蔽层热阻的分温作用，使主绝缘层温升下降，起到热屏蔽作用。

65. 标准中采用的电缆标准额定电压如下：

$u_o/u(u_m) = 0.6/1$、$1.8/3(3.6)$、$3.6/6(7.2)$、$6/10(12)$、$8.7/15(17.5)$、$12/20(24)$ 和 $18/30(36)$ kV（有效值）

在上述电缆的电压表示法中：u_o 为电缆设计时采用的导体和地或金属屏蔽层之间的额定工频电压；u 为电缆设计时采用的导体之间的额定工频电压；u_m 为电缆所在系统的最高系统电压的最大值。

66. 在运行中电缆受弯曲力时，绝缘层表面受到张力作用而伸长，若这时存在局部放电，由于表面弯曲，会产生微观裂纹，引发电树枝生成，或表面放电腐蚀引起新的开裂等不良反映。故外屏蔽层不可缺少。

67. 一般为：

（1）一层或二层退火铜带螺旋搭盖绕包，形成一个圆柱同心导体。

（2）多根细铜丝绕包，外用铜带螺旋间隙绕包，以增加短路容量，绕向相反以抵消电感。

（3）铜带或铝带纵包方式。

第四节　应会考核内容

一、考核重点

1. 常用电缆附件施工工具的正确使用。

2. 10～35kV 及以下各类电缆头制作工艺。

3. 正确使用电缆头常用施工材料。

4. 有关电缆敷设工序的组织施工技术。

5. 一般起重搬运指挥工作。

二、应会笔试习题

1. 使用电工钢丝钳时，应注意什么？

2. 使用电工钢丝钳或尖嘴钳带电作业时，应注意什么？

3. 使用螺钉旋具（螺丝刀）时应注意什么？

4. 使用活扳手时应注意什么？

5. 使用电工刀时应注意什么？

6. 喷灯点火之前应进行哪些检查？

7. 用喷灯工作时必须注意什么?

8. 常用固化剂有几种? 各有哪些特性?

9. 锯割电缆前应具备哪些安全措施?

10. 用压钳进行冷压接时，压接程度如何掌握?

11. 如何进行电缆纸带的衔接式包缠?

12. 如何进行电缆纸带的搭叠式包缠?

13. 如何进行电缆纸带的间隙式包缠?

14. 在进行铝线局部压接时如何检查压接工具?

15. 在铝线局部压接前如何处理压接体?

16. 对非圆形线芯在进行压接如何处理?

17. 如何进行铜铝的连接?

18. 如何用"戳铅法"进行封铅?

19. 如何用"浇铅法"进行封铅?

20. 如何配制封铅?

21. 怎样对电缆进行结构检查?

22. 怎样做电缆的弯曲试验及弯曲试验后的耐压试验?

23. 10kV 以下环氧树脂中间接头的总长度如何考虑?

24. 如何对电缆接头进行压接?

25. 电缆预热可采取什么方法?

26. 对停电超过一个星期但不满一个月的电缆如何处理?

27. 对停电超过一个月但不满一年的电缆如何处理?

28. 对电缆线路的油压示警系统如何检查?

29. 制作环氧树脂电缆头的工具一般有哪些?

30. 用压接钳压接铝导线接头前应做哪些工作?

31. 电缆标志牌应填写哪些内容?

32. 电缆线路的哪些地方应设标志牌?

33. 如何进行电缆管的连接工作?

34. 对焊接电缆架有何要求?

35. 在制作电缆头时，对上下扳弯电缆芯线有何要求?

36. 简述塑料电缆的粘合密封法?

37. 简述塑料电缆的模塑密封法?

38. 简述塑料电缆的热收缩密封法？

39. 如何连接同种金属不同截面的电缆线芯接头？

40. 如何进行铜、铝电缆线芯接头的连接工作？

三、应会笔试习题答案

1. 钢丝钳只能剪断直径 4mm 以下的铜、铅丝或铜绞线中的钢芯，不得用其剪切硬度较高或直径较大的合金钢丝及螺丝。使用要平握上下用力，不得左右扭摆以防扭坏钳柄上的绝缘套。

2. 使用钢丝钳或尖嘴钳进行带电作业时应先检查钳柄的绝缘是否良好可靠，剪切带电的电线时，不能同时剪两根，以防造成短路，若发现手柄绝缘部分有开裂或其它伤痕，必须经过试验检查，在未得出结论前决不能用来进行带电作业。

3. 在工作中使用螺钉旋具（螺丝刀）时，必须选用与旋螺钉相配合的螺钉旋具，使用时应对正螺钉垂直用力；带电作业时，最好把金属杆及金属箍用绝缘软管套上，以防带电作业时触电或引起短路；更不准用螺钉旋具代替凿子砸用或硬撬过紧件，以防止螺钉旋具的手柄砸坏和将螺杆撬弯。

4. 使用活扳手时，应根据螺母的规格选用尺寸适合的扳手，扳口应调节适当，扳唇应夹正，用力要均衡，不可过猛，并应让固定扳唇受主要作用力，以防扳口打滑，损伤螺母、扳口，或碰伤手指。

5. 使用电工刀剥削电线绝缘层时，手要握住电线的下面，被削件部分在上面，刀口向外削。电工刀在用完后应将刀身折入柄槽内。

6. 喷灯点火以前应进行下列各项仔细检查：

（1）气筒是否漏油或渗油，油桶及喷嘴丝口处是否漏油、漏气。

（2）油桶内的油量是否超过油涌容量的 3/4，加油的螺丝塞是否拧紧。

7. 用喷灯工作时须注意下列各点：

（1）喷灯附近不得有易燃物。

（2）尽可能在空气流通的地方工作，以免可燃气体充满室内。

（3）不可在火焰附近加油、放油或拆喷灯零件，点火时须先点着碗内注的汽油，待喷嘴烧热后，才可打气，再逐渐拧开节油阀，而且不可开放过急。

（4）喷灯使用时间不宜过长，筒体发烫时应停止使用。

（5）喷焊时，下面不准站人。

8. 常用的固化剂有聚酰胺树脂、多乙烯多胺类及 β-羟乙基乙二胺等种类。它们的主要特性有：

（1）聚酰胺树脂：微毒，用量配比可不必严格控制，与金属的粘附力很好。

（2）多乙烯多胺类固化剂：主要有二乙烯三胺、三乙烯四胺、四乙烯五胺、多乙烯多胺等四种，此类固化剂有一定的刺激性，对人体有一些不良影响，电性能、机械性能也很好，配比较严格。

（3）β-羟乙基乙二胺：微毒，电气、机械性能较好。

9. 首先与电缆图纸核对是否相符，并确切证实电缆无电后，用接地的带木柄的铁钎钉入电缆芯后，方可工作，扶木柄的人应戴绝缘手套并站在绝缘垫上。

10. 压接程度以上下模接触为佳，一经接触不宜继续加压，以免损坏模具和机具。但每压完一个坑后，应保持压力状态（停留 5～30s），以保持压接的铝金属变形状态稳定。

11. 作电缆纸带衔接式包缠时，一般是纸带一匝的边缘与相邻的另一匝的边缘紧密地接触。这种包缠方式保证绝缘具有较高的电气强度，但是当绝缘芯线弯曲时，内侧纸带凸起，而外侧纸带分离，结果绝缘的完整性受到破坏。所以这种包缠方式现在已很少使用。

12. 作电缆纸带搭叠式包缠时，一般是纸带的各匝略微搭叠在前面一匝的纸带上。用这种方式包缠时，所得的绝缘不够柔软。表面也不太平整，但是这种包缠方式常用于直接靠近芯线的最初两层（电场强度最大处），以提高绝缘的击穿电压。这一方式也有时被用于相绝缘的最外层。

13. 作电缆纸带间隙式包缠时，一般是纸带各匝的边缘间留有 0.5～2mm 的间隙。这种方式应用最广泛。

14. 在进行铝线局部压接时，应对压接工具进行以下内容的检查：

（1）油压钳内的油是否充足；

（2）铝接管、铝鼻子、压模的型号、规格是否与电缆线芯相符；

（3）压钳的附件是否齐全等。

15. 压接前应将线芯及铝接管内壁的氧化铝膜去掉。其方法可在线芯和铝接管内壁涂上一层中性凡士林，然后用钢丝刷（管内用钢丝刷）刷去氧化铝膜，擦去铝屑后，再涂一层中性凡士林，将线芯插入铝接管进行压接。因氧化铝膜极易形成，因此在用钢丝刷刷时也应让铝导体表面有一层凡士林，以保护铝的表面不再被氧化。

16. 对于非圆形线心可用专用模具将线芯压圆，也可用绑线将线芯扎成圆形并扎紧锯齐后再插入压接管内。插入前应根据铝接管长度或铝鼻子孔深，在线上做好记号，若是中间接头应使两端插入的长度相等，即各占铝接管长度的一半，铝鼻子应插到底。插入线芯时，线芯不应出现单丝突起现象，不宜用硬物敲打铝鼻子，防止变形，影响接触面积增加接触电阻。

17. 目前最常用的是采用铜-铝闪光焊和铜-铝摩擦焊作过渡。户内电缆头可用铜铝线鼻子；户外电缆头有铜铝过渡梗；中间接头可用铜铝过渡棒材车制铜铝连接管。由于铜铝接触极易产生电化腐蚀，因此应尽量避免铜铝直接连接。

18. 戳铅法封铅，是用喷灯加热封焊部位，再用硬脂酸清除待封铅部位的氧化层，同时熔化封铅焊条，将其均匀地戳于封焊部位，并用喷灯继续加热，同时用专用的抹布将封铅揩抹成所要求的形状。

19. 浇铅法封铅，是将配制好的封铅焊料放在铅缸中加热熔化，其温度一般不宜过高，最普通的检查温度的方法是将白纸放入铅缸后纸呈焦黄色时，温度正合适。封铅时用铁勺舀取焊料泼浇在封焊部位上，在浇铅的同时用抹布揩抹，使封铅均匀分布在封焊部位，然后用喷灯不断烘热封铅用抹布揩抹成所要求的封铅形状。

20. 配制封铅时，先将铅、锡按重量比称好，然后将铅放入铅缸内加热熔化，再将锡加入，待锡全部溶化后温度升至260°C左右，即可用勺将铅锡搅拌均匀，浇制封焊条。在浇制封焊条前，应先用勺舀一点焊料进行封焊试验，检查焊料是否好用；当焊料内含锡量少时，加热后较硬不容易抹动，且表面粗糙象豆腐渣一样不好封焊；当含锡过多时，虽表面光滑但成浆糊状的温度范围缩小了，在喷灯移去后可揩抹的时间缩短且锡容易从合金中分离出来，往下流淌形成锡疙瘩，增加了封焊的困难。

21. 结构检查是在每一制造长度的电缆上切下一段长约 300mm 的样品，小心的将其拆开加以检查，主要检查其绝缘的厚度、层数以及其包绕中层间搭盖是否正确，单根线直径或扇形高度是否满足要求，成缆外径及铅包外径是否符合要求，出厂的标志是否和实际情况符合等，并做好详细记录。

22. 电缆弯曲试验是取一段长度不小于 5m 的电缆试样，剥去铅套表面的保护层后，绕于圆柱上，圆柱直径为电缆直径的 15 倍（多芯电缆）或 25 倍（单芯电缆或分相铅包电缆中的一相）；然后将电缆从圆柱上取下、拉正，再从反方向绕上，重复三次；然后以 5 倍线电压试验 10min。

23. 接头的总长度主要满足压接工艺的要求，长度太短压接过程中易将三叉口的纸绝缘损坏，太长了浪费材料；从内部爬电距离的要求来看只要能满足压接工艺的要求，也是完全可以满足要求的。

24. 压接时应小心，不要损坏三叉口纸绝缘，为防止线芯伸长导致偏心，在压接时可先压压接管两头的两个压坑，然后再压中间两个压坑。

25. 电缆预热可采取以下预热方法：

（1）用提高周围空气温度的方法加热，当温度为 5 ~ 10°C 时，需 72h，如温度为 25°C 时则需 24 ~ 36h。

（2）用电流通过电缆芯导体加热：加热电流不得大于电缆的额定电流，加热后电缆的表面温度可根据各地气候条件决定，但不得低于 +5°C，用单相电流加热铠装电缆时，应采用能防止在铠装内形成感应电流的电缆芯连接方法。

26. 凡停电超过一个星期但不满一个月的电缆线路，应用绝缘电阻表测量该电缆导体对地绝缘电阻，如有疑问时，必须用低于常规直流耐压试验电压的直流电压进行试验，加压时间 1min。

27. 停电超过一个月但不满一年的电缆线路，必须作 50% 规定试验电压值的直流耐压试验，加压时间 1min；停电超过一年的电缆线路，必须作常规的直流耐压试验。

28. 电缆线路的油压示警系统每年用 500V 绝缘电阻表测试一次绝缘电阻，其值不应低于 1MΩ。

29. 制作环氧树脂电缆头主要的工具包括一般工具、专用工具和特殊工具及劳动保护设备。

一般工具为铁锤、手锯、旋凿、钳子、电工刀及锉刀等。

专用工具大多由自己制造，它不仅可以提高工作效率，而且也保证了某些工作的质量和精确度。这些工具主要有破铅刀、剖铅刀、胀铅楔、木敲棒、弯曲线芯用的样板、熔化铅锡焊料及浇焊锡用的大铁勺等。

特殊工具包括压接钳、喷灯、绝缘电阻表和用于驱除有害气体的通风机等。

保护设备有橡皮手套、防护眼镜、防毒面罩和验电笔等。

30. 应做以下工作：

（1）压接前应检查压接工具有无问题，检查铝接管或铝鼻子及压模的型号、规格是否与电缆的线芯截面相符合。

（2）压接前应将线芯及铝接管内壁的氧化铝膜去掉，再涂一层中性凡士林。

（3）对于非圆形线芯可用专用模具将线芯压圆，也可用绑线将线芯扎成圆形并扎紧锯齐后再插入管内。插入前应根据铝接管长度或铝鼻子孔深，在线上做好记号，中间接头应使两端插入的长度相等，即各占铝接管长度的一半，铝鼻子应插到底。插入线芯时，线芯不应出现单丝突起现象，不宜用硬物敲打铝鼻子，防止变形，影响接触面积增加接触电阻。

31. 标志牌的规格应统一。一般应填写的内容有线路名称编号、电缆的型号、电缆导体芯数、截面、电压、起迄点及安装日期。

32. 在下列地方应装标志牌：

（1）电缆线路的始端和末端；

（2）电缆线路改变方向的转弯处；

（3）从一个平面跨越到另一个平面的地方；

（4）隧道、地下室及建筑物引入、引出的地方；

（5）混凝土隧管的入口及出口处；

（6）穿过楼板、墙及间壁的两侧；

（7）隐蔽敷设的电缆标记处；

（8）在室内、隧道及沟道内敷设时不超过 30m 的地方；

（9）在水中敷设电缆不超过 10m 的地方；

（10）电缆头与电缆接头处。

33. 电缆管连接时，必须用螺扣和管接头连接。如采用焊接时，不能直接对焊，连接处要套一段粗管再进行焊接，以免焊渣进入管内。

34. 电缆架焊接后应无变形，焊缝应均匀牢固，同时要清除焊渣和药皮，并应做防锈、防腐处理。

35. 扳弯电缆线芯时不得损伤纸绝缘。芯线的弯曲半径不得小于电缆线芯直径的 10 倍。制作时要特别小心，应使线芯弯曲部分均匀受力，否则，极易损伤绝缘纸。

36. 塑料电缆的粘合密封法有两种：一种是用聚氯乙烯胶粘带作为密封包绕层，因其性能较差，只适用于 10kV 以下电缆头的密封，不能作长期密封；另一种是用自粘性橡胶带，它可以既作绝缘层，又作密封层。自粘性橡胶带本身在包缠后能紧密粘合成一体，但在长期运行中易产生龟裂，可在外面包塑料带保护。

37. 塑料电缆的模塑密封法对不同的电缆不尽一样。如对聚氯乙烯电缆可直接包聚氯乙烯带，然后用模具夹紧加温到 140°C，并保持 20min 即可热合成一整体，但对聚乙烯和交联聚乙烯电缆则因其为非极性材料而无法直接粘合，应在增绕绝缘层的内外各包 2~3 层未硫化的乙丙橡胶带，再加上模具加热到 160~170°C，保持 30~45min。

38. 塑料电缆的热收缩密封法适用于中、低压橡、塑电缆接头和终端头的密封，也可适用于不滴流和粘性浸渍纸绝缘电缆。采用交联聚乙烯型和硅橡胶型两大类遇热后能均匀收缩的热收缩管。将这种管材套于预定的粘合密封部位，并在粘合部位涂上热溶胶，当加热到一定温度后，热收缩管即收缩，同时热溶胶熔化，待自然冷却后即形成一道良好的密封层。

39. 相同金属不同截面的电缆相接，应选用与缆芯导体相同的金属材料，按照相接的两根缆线截面加工专用连接管，然后采用压接方法连接。

40. 铜和铝连接时，由于两种金属标准电极相位差较大会产生接触电势差，容易形成原电池，使铝产生电化腐蚀，增大接触电阻。所以连接时，除满足接触电阻的要求外，还应采取一定的防腐措施。常用的方法是在铜质压接管内壁上刷一层锡后再进行压接。

四、现场操作

1. 户外Ⅰ型环氧树脂电缆头的制作工艺程序是什么？
2. 如何打接地卡子？
3. 电缆试验记录的填写。
4. 如何决定户内干包电缆头的锯钢甲及剖铅尺寸？
5. 如何进行户内干包电缆头的接线鼻子压接和标志相色？
6. 电缆沟中支撑安装距离的要求如何？
7. 电缆隧道中如何装设接地线？
8. 如何处理电力电缆和控制电缆在同一托架上的安装？
9. 铅套管式中间接头安装时锯钢皮、剖铅工艺程序是什么？
10. 电缆沟如何开挖？应注意什么？
11. 10kV交联聚乙烯电缆头制作中剥塑料护套工艺。
12. 10kV交联聚乙烯电缆头制作中锯钢甲工作。
13. 10kV交联聚乙烯电缆头制作中焊接地线工作。
14. 10kV交联聚乙烯电缆头制作中剥切屏蔽层工作。
15. 10kV交联聚乙烯电缆头制作中包应力锥的工作。
16. 10kV交联聚乙烯电缆头制作中包保护层的工作。
17. 油压钳的正常维护。
18. 油压钳的漏油故障检查与处理。
19. 在吊装搬运工作中，表示起吊的旗语如何示意？
20. 在吊装搬运工作中，表示下降的旗语如何示意？
21. 在搬运工作中，表示开车的旗语如何示意？
22. 在搬运工作中，表示停车的旗语如何示意？
23. 用万用表测量一电阻值。
24. 用万用表测量直流电压。

25. 用万用表测量交流电压。

26. 10kV 户内、外油浸纸绝缘热缩电缆终端安装步骤。

27. 10kV 户内、外交联聚乙烯绝缘热缩电缆终端安装步骤。

28. 10kV 户内、外交联聚乙烯绝缘冷缩电缆终端安装步骤。

29. 10kV 户内、外交联聚乙烯绝缘预制式电缆终端安装步骤。

30. 10kV 热缩电缆接头安装步骤。

五、现场操作标准

1. Ⅰ型环氧树脂电缆头的制作工艺程序如下：

（1）准备工作（包括工具、材料、人员分工、有关措施）；

（2）检查电缆；

（3）打接地卡子；

（4）锯钢带，剥麻包；

（5）焊接接地线；

（6）剖切铅包（或铝包）统包绝缘、分芯；

（7）套耐油胶管；

（8）铝鼻子压接；

（9）配制涂料及包芯；

（10）外壳装配；

（11）配制及浇注环氧树脂复合物；

（12）包扎线芯耐油橡胶管的外加强层；

（13）整理记录及结尾，现场清理。

2. 打电缆接地卡子的方法步骤如下：

（1）确定打卡子的位置。可根据制作电缆头的总长度决定打卡子的位置。

（2）打卡子前，应先将钢带扭紧，卡子长度按电缆外径周长加 15～20mm，并在两端 5～7mm 处向相反方向弯成 60°角，并使弯角相互扣上咬牢。

（3）用钳子将咬口向钢带旋转方向打平，使卡子紧箍在电缆钢带上。

（4）咬口位置应在侧面。

（5）按上述方法打第二道卡子。

3. 电缆的试验记录（报告）的填写，可按表1-3 格式及实际试验题目、内容、数据填写。（此表是在原部颁《电力电缆运行规程》中所附记录表格的基础上，结合生产实际情况改进的，经过多年的使用，现场工作人员反映比较实用，供参考）

表1-3 ××电力电缆试验报告

编号_____   年   月   日

变电站（配电室）		线（机）电力电线		
型　式	额定电压 /kV	运行电压 /kV	电线长度 /m	线芯截面积 /mm²	线芯截面形状
心　数	中间接头盒数	绝缘类别	制造厂	试验原因	

1. 绝缘电阻测量：　使用仪表：　V　温度　°C湿度　　　　　%

绝缘电阻/MΩ 时间/s	试验结线	耐　压　前			耐　压　后		
		黄　相	绿　相	红　相	黄　相	绿　相	红　相
15							
30							
45							
60							
R60/R15							
换算 20°C MΩ							

2. 直流泄漏试验：（试验时间：1min）　温度　　°C湿度　　　　　%

试验结果	试验电压	直流峰值/kV	额定电压时泄漏电流换算 20°C 值	最大一相与最小一相不对称倍数
		交流有效值/kV		
		电压表读数/V		
泄漏电流 /μA	试　　具			
	黄　　相			
	绿　　相			
	红　　相			

（续）

3. 直流耐压：　　　　　　　　　　　　　　　　　　　　　换算20°C值

试验结线	试验电压峰值/kV	电压表读数/V	泄漏电流/μA	持续时间/min	备　　注
黄　相					
绿　相					
红　相					
试验结论					

主管：　　　　　　　　　审核：　　　　　　　　　　试验：

4. 根据干包头支架到连接设备之间的距离决定锯钢甲及剖铅尺寸。干包头支架应卡在干包头的两道绑线之间，铅包保留长度为75mm，尾线长度不小于200mm。根据此尺寸进行扎绑线，锯钢甲，剖铅及胀喇叭口。

5. 在户内干包电缆头的接线鼻子压接前，应首先弯好三相尾线，锯掉多余部分。然后按压鼻子孔深加5mm的长度切除相绝缘纸进行压接。最后在线鼻子至绝缘纸末端间的线芯上用塑料带包缠填平。切相色纸时，应将塑料管往下套，以便压接后能将塑料管套回至线鼻子上，并在线鼻子与塑料管重叠部分扎尼龙绳20mm（尼龙绳不应扎在压坑上）。再在尼龙绳外用相色塑料带扎紧包锥标明相色，其长度为80～100mm。

6. 电缆固定于电缆沟和隧道的墙上。水平装置时，当电缆外径等于或大于50mm应每隔1m加一支撑，外径小于50mm的电缆每隔0.6m加一支撑；排成三角形的单芯电缆，每隔1m应用绑带扎牢。垂直装置时，每隔1～1.5m加以固定。

7. 电缆隧道和沟的全长应装设连续的接地线，接地线应和所有电缆支架相连，两头和接地极连通。接地线的规格应符合《电力设备接地设计技术规程》的要求。电缆铅包和铠装除了有绝缘要求（如单芯电缆）以外应全部相互连接并和接地线连接。避免电缆外皮与金属支架间产生电位差，发生交流电蚀；另一方面也可防止在故障情况下电缆外皮电压过高，危及人身安全。电缆的金属支架和接地线均应涂刷防锈漆或镀锌以防腐蚀。

8. 电力电缆与控制电缆一般不应敷设在同一托架内；当电缆较少而将控制电缆与电力电缆敷设在同一托架内时，应用隔板隔开。

9. 进行铅套管式中间接头时，锯钢板、剖铅的工艺程序如下：

搁平电缆，确定接头中心位置，由中心位置向两端各量 400mm 锯钢皮（注意，锯钢皮时不得锯伤铅包）。然后揩清铅包，复量接头中心位置，向两端各量 250mm 进行剖铅（注意剖铅时，不可损伤纸绝缘），套进铅套管。

10. 开挖电缆沟要分两段进行，开挖地点应设置围栏和警告标志（日间挂红旗，夜间挂红色桅灯）。在经常有人行走处开挖时，应设置临时跳板，以免阻碍交通。因埋设电缆的最小深度在地坪以下 0.7m，故开挖土沟深度应大于 0.8m。如施工地点的土地还计划予以平整，则要使电缆埋入深度在计划平整土地后仍能有标准深度。开挖时应垂直开挖，不可上狭下宽或掏空挖掘，并把开挖出来的路面结构材料与下面的泥土分别放置于距沟边 0.3m 的两旁，这便于城建部门重新利用路面结构材料，同时以免石块等硬物滑进沟内而直接覆盖在电缆上，使电缆受到机械损伤，还留出了人工拉电缆时的走道。堆物也不能太远，否则会增加挖土工作量，扩大施工范围，影响公共交通。堆物与消防水龙头的距离不应小于 0.6m，以不影响消防的紧急需用。在不太坚固的建筑物旁挖掘电缆沟时，应事先采取加固措施。电缆沟的挖掘还必须保证电缆敷设后的弯曲半径不小于规定值。

11. 依据电缆头安装位置到连接设备间的距离决定剥切尺寸。一般要求从末端到剖塑口的距离 6kV 不应小于 800mm；10kV 不应小于 900mm。量好尺寸，用剖塑刀割除塑料护套即可。

12. 锯钢甲工作是在已剥除外护层后进行的。在离剖塑口 20mm 处扎绑线，在绑线处将钢甲锯掉。同时，在锯钢甲处将钢甲内的统包带及相间填料切除。

13. 将 25mm² 的多股软铜线分为三股，在每相的屏蔽上绕 3 圈扎紧后焊牢。若绝缘外为铜屏蔽时，应与钢屏蔽焊牢；若是铝屏蔽则应绑紧后将铜线本身焊牢。最后将三根地线合股后与钢甲焊牢从下端引出。

14. 在套入聚乙烯手套后，在距手套指口向上20mm处用镀锡铜丝（直径为1.25mm）绑扎3圈，将屏蔽层扎紧，剥除屏蔽层，并将屏蔽层内的半导体布带保留一段，临时剥开缠在手指上，以备包应力锥用。

15. 用汽油将线芯绝缘表面擦干净，用自粘橡胶带从距手套指口20mm处开始包锥。锥长140mm，在锥的一半（70mm）处。最大直径为绝缘外径加15mm。然后将半导体布带包至最大直径处，在其外面从屏蔽切断处用2.0mm的铅丝紧密包绕至锥的最大直径处（距手套指口90mm），用焊锡将铅丝焊牢，下端和绑线及铜屏蔽层焊在一起（铝屏蔽只和镀锡铜绑线焊牢），最后在应力锥外用自粘橡胶带包绕两层，并将手套的手指口扎紧封口。

16. 从线鼻子至手套分岔处包绕两层黑色聚氯乙烯带。包时应从线鼻子处开始，在线鼻子处收尾。

17. 油压钳必须经常擦拭，使表面不沾染油污，保持外表整洁。

使用一个时期后，油压钳要进行全面的清理检查，损坏的零件要及时更换，加油时，要使用带有滤网的漏斗，所加的油应是没有杂质合乎要求的机油，这样可使油压钳，经常处于完好的情况，避免发生事故。

18. 油压钳的活塞处以及油箱与油缸接合处如密封不严均会造成漏油，活塞处漏油可将活塞取出，检查皮碗边缘是否损坏；若有损坏，应更换新的。

油箱与油缸的螺纹接口处漏油时，可检查纸箔垫，如有损坏可更换新纸箔垫并拧紧螺钉。

19. 在吊装搬运工作中，表示起吊的旗语是两旗平行（相距50mm）然后一旗上指。

20. 在吊装搬运工作中，表示下降的旗语是两旗平行（相距50mm）然后一旗下指。

21. 在吊装搬运工作中，表示开车的旗语是红、绿旗上举。

22. 在吊装搬运工作中，表示停车的旗语是红、绿旗下指。

23. 测量时首先要选择万用表的档位，即选用"Ω"档；再根据被测量电阻的大小选择档次，最好让表针能稳定在表头中间，使视读清楚准确。在实测前应先把两表笔短接，将表头指针调"零"。

24. 选用万用表直流电压档，将表针调"零"，实测时，万用表应并联在被测电路中。

25. 选用万用表交流电压档，将表针调"零"，将万用表并联在被测电路中，且注意万用表的量限，以免被测电压过高，烧坏万用表。

26. 热缩式电缆附件用于油浸纸绝缘电缆，我国在 80 年代初开始生产。目前由于国内生产厂家较多，安装尺寸也不尽相同（施工时按说明书进行），但制做工艺步骤基本相同。

（1）准备阶段：检查热缩电缆附件材料是否齐全、合格，与应用电缆型号、规范是否一致。特别应检查附件管材有无破损裂口，密封胶是否涂均匀，测试应力管电阻值是否在规定范围内。

（2）切除多余电缆：根据安装要求切掉多余电缆。

（3）剥除外护层、钢带：根据安装说明书中要求的尺寸，剥除外护层、钢带。

（4）焊地线：将地线与钢带、铅接触良好后焊牢。

（5）剖铅：按预定尺寸剖铅，剖铅后去除喇叭口毛刺，使铅包口平整光滑。

（6）去除半导体电纸、扳弯线芯，擦去表面多余油脂。

（7）附件安装：

1）按规定尺寸套入绝缘管，从下往上开始加热收缩，逐相进行，注意火焰不要集中，以免烧伤电缆主绝缘或绝缘管；

2）按要求尺寸三相分别套入应力管，加热收缩；

3）在铅包喇叭口处绕包耐油填充胶，从铅包口到应力管呈苹果状，位于中部的最大直径为带绝缘外径加 15mm，填充胶与铅包重叠不少于 5mm，确保密封。在铅包口以上约 10mm 段绕 1～2 层半导电胶。

4）套入三指手套，由中部加热收缩。

5）剥切端子绝缘，其长度为端子长度 +5mm，套入端子并压接。再用热熔胶将 5mm 间隙填平。

6）套外绝缘管至三叉口根部，上端与端子重叠 5mm。由下往上均匀加热收缩，切除多余部分。

7）将三孔两裙、单孔两裙分别套入，按说明尺寸收缩完毕，即可。

27. 10kV 户内、外交联聚乙烯绝缘电缆热缩终端安装步骤如下：

第一步：电缆预处理，见图 1-30。

（1）电缆终端按预定位置固定好后，清洁其表面，然后由顶端向下量取 550mm（户外 750mm）剥去外护套，由外护套向上量取 30mm 铠装，绑扎好，其余剥除，由铠装断口向上保留 20mm 内衬层，其余剥除，绑好后，将三芯分开。

（2）将铠装表面清洁后焊接地线引出。将三芯铜屏蔽联通，焊好地线并引出。（注意两组地线要用绝缘胶带绝缘，相互间不能短路）。

（3）在三叉口根端绕包填充胶，最大直径大于电缆外径 15mm。将三指手套套入根部由中间加热向两端收缩。

第二步：应力控制　见图 1-31。

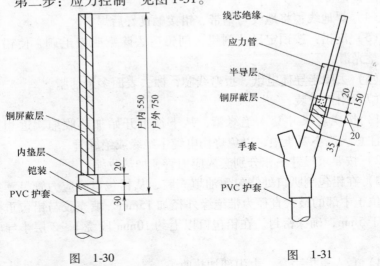

图　1-30　　　　　图　1-31

（1）由指套根部向上量取 55mm 铜屏蔽，包扎好，其余去掉，由铜屏蔽断口向上每相保留 20mm 半导电层，其余去掉，并清洁绝缘表面。

（2）将应力控制管搭接铜屏蔽 20mm，加热收缩。去掉终端绝缘，长度为线鼻子孔深 + 10mm。

第三步：见图 1-32。

（1）分别套入绝缘管至三叉口根部，由根部加热收缩，将三相密封套套入，分别与热缩绝缘管、接线端子搭接 10mm 加热收缩。（此时，户内终端制做完毕）。

（2）套入三孔雨裙加热收缩，再分别套入三相单孔雨裙加热收缩。

（3）用 scotch70 号硅橡胶带重叠接线端子和热缩绝缘管各 5mm 半重叠绕包 2 ~ 3 层（制做完毕）。

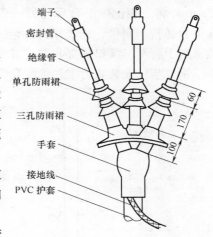

图 1-32

28. 10kV 三芯户内（外）终端安装程序：

第一步：电缆预处理，见图 1-33。

（1）把电缆终端头置于预定位置，清洁电缆表面，剥去外护套、铠装套，剥离长度为 $A + B$。再往下剥 25mm 护套，保留护套口 25mm 钢带，清洁钢带表面，并用砂纸打毛，将地线与钢带可靠接触后，用恒力弹簧固定。然后用 scotch23 带由钢带口向上 5mm 处向下 1/2 半重叠绕包至钢带下 5mm。铜接地线外表要绝缘（见表 1-4）。

表 1-4

绝缘外径/mm	24.1 ~ 27.0	28.6 ~ 33.3	35.5 ~ 37.8
导体截面积/mm^2	35 ~ 70	95 ~ 185	240 ~ 300
A	455	500	530
C	110	150	160
E	22	26.2	31.5
F	510	600	640

（2）在各芯铜屏蔽外来回绕包 sctoch23 带，绕包长度 C 减去

30mm，将各芯铜屏蔽带后向折叠。在绕包层外再 1/2 半重叠绕包一层 23 号半导电带，一直包到电缆分枝处，以固定铜带。在三叉口下 25mm 外将三相铜带汇合后与另一条接地线搭接，同恒力弹簧固定，在恒力弹簧、铜带、地线外表再包一层 23 号半导电带，套入 PST 电缆密封手套至三叉口根部收缩（注意铜带、钢带地线之间要绝缘）。

第二步：安装应力锥和绝缘套管，见图 1-34。

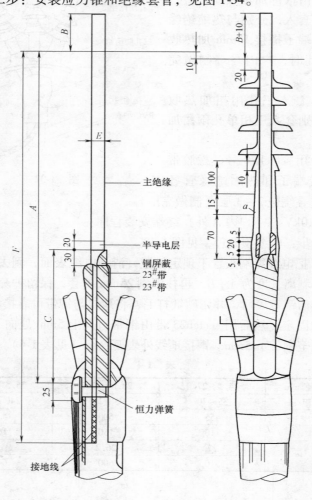

主绝缘

半导电层

铜屏蔽

23#带
23#带

恒力弹簧

接地线

图 1-33   图 1-34

（1）在各芯上半重叠绕包 13 号带，由 5mm 铜屏蔽至 5mm 主绝缘，从 13 号带下方 5mm 铜屏蔽处半重叠绕包 2220 号应力消除带 70mm 的 a 点然后返回起始点，再在各芯上包一层 23 号带，从 a 点向上 15mm 然后返回 2220 号带，并向下 30mm 再返回 a 点。

（2）将 PST 绝缘套管套入终端，重叠电缆密封分支手套 15mm，逆时针旋转，退出分瓣开合式芯棒，套管松端开始在 PST 密封分枝上收缩（如是户外头，在终端上部再套入 PST 带裙边绝缘套管，该套管与 PST 绝缘管重叠 10mm 开始收缩）。

（3）切除 PST 裙边绝缘管上端绝缘，长度为接线端子 +10mm。

第三步：

（1）套上接线端子，侧面对称压接、锤平、打光、清洁。

（2）用 23 号包带，填平接线端子和绝缘体之间空隙，包绕长度为与 PST 套管和接线端子各重叠 5mm，再用 70 号硅橡胶带覆盖 23 号带半重叠绕包 2 层，制做完毕。

29. 预制式终端安装步骤：

第一步电缆预处理，见图 1-35。

（1）将电缆终端固定至预定位置，清洁表面，由端部向下量取 700mm（750mm 户外），其余护套剥除。由护套断口向上保留 20mm 铠装绑扎好后，其余去掉。清洁铠装，打毛，焊接地线将内衬层去掉，把三相铜屏蔽联通，引出公共接地线，焊好。套入三指热缩套由中间向两端加热收缩，再把三相热缩管套入三指根部加热收缩。

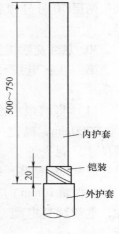

图 1-35

（2）由热缩管端部（热缩管保留长度根据需要定，但最小不得小于 250mm（330mm 户外），断口向上最取 20mm 铜屏蔽，绑扎好，其余去掉。由铜屏蔽断口向上保留 20mm 半导电屏蔽，其余去掉，清洁绝缘表面。

第二步：应力锥安装，见图 1-36。

（1）由半导电屏蔽断口向上保留 185mm 主绝缘。在铜屏蔽带前

2mm 处，向下绕包半导电带，覆盖热缩管 10mm，其外径与热缩管相等，在热缩套处做好标记。

（2）将硅脂均匀涂在电缆绝缘表面和电缆应力锥内，把应力锥终端推至热缩套相色带处。

第三步：压接。

（1）将终端底部裙边向外翻，在电缆上缠绕一层密封胶，然后恢复原状。

（2）将端部绝缘切除，其长度为接线端子 + 10mm，套入接线端子压接，然后再接线端子外表绕包两层 70 号硅橡胶带，制做完毕。

30. 热缩交联接头安装工艺

第一步：电缆预处理，见图 1-37。

（1）将两根电缆对直，重叠 200 ~ 300mm，确定中心。量取所需尺寸，剥去外护套，由户套断口量取 50mm 铠装，绑扎好，其余去掉。保留 20mm 内衬层，其余剥除，重新调整电缆，在中心点锯断。

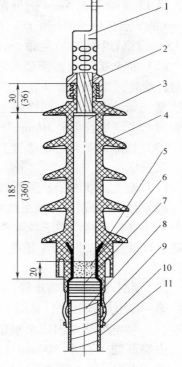

图 1-36

1—线耳 2—电缆线芯 3—电缆绝缘层 4—终端头 5—应力锥 6—电缆半导电层 7—半导电带缠绕体 8—铜屏蔽带 9—密封胶 10—卡带 11—热缩管

（2）自中心各量取 300mm 剥去屏蔽层，由断口保留 20mm 半导电层。

第二步：应力控制、对接、绝缘。

（1）将热缩应力管分别套入，与铜屏蔽搭接 20mm，加热收缩，将热缩管分别套入两端电缆（在较长一端分别套入长护套管、密封管、护套筒，每相分别套入绝缘管 2 根、半导体管 2 根及铜网，在较短一端套入较短护套管及密封管）。

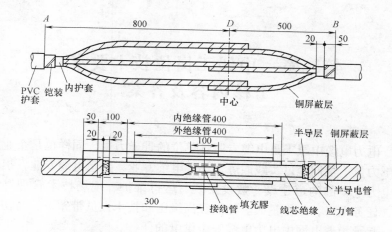

图 1-37

（2）在线芯各端部分别量取 $\frac{1}{2}$ 接管长度 + 5mm，切除绝缘，留出 5mm 半导体屏蔽，压接接管。打光、清洁后，在接管表面包一层半导电带并与两侧半导体屏蔽搭接。在半导体带外绕包 3mm 厚填充胶。

（3）将内绝缘管套在两端应力管之间，由中心向两端加热收缩，将外绝缘管在套内绝缘管中心位置收缩，将半导电管接两侧铜屏蔽各 50mm 依次由两端向中心加热收缩。

（4）用铜屏蔽网连通两端铜屏蔽层，端部绑扎，焊牢。用接地线旋绕扎紧芯线，与两端铠装铜带绑扎焊牢，再将铜网表面绕 3 层绝缘带，再用一组铜接地线，将两端铠装联接、焊牢。

第三步：金属铠装，防腐层。

（1）将两端护套与护套筒端部绑扎好，拉出热缩密封套，加热收缩。

（2）再外护防腐套接出，覆盖两侧外护套各 50mm，加热收缩。

第二章 中级工岗位技术要求、考核内容及答案

电力电缆中级工是电缆专业各单位的骨干力量，同样也是企业的骨干力量。他们经过实践锻炼，热爱电缆专业、熟悉电缆专业，担负着电力电缆的沟道建设、敷设安装、运行维护、现场技术管理等工作，任务艰巨，工作量大。他们在高级工和技术人员带领下，与初级工一起承担着电网中电力电缆安全供电的任务。

第一节 岗位技术要求

一、基本要求

在掌握初级以下技术等级应知应会要求的前提下，应具有比较高的理论水平，有比较丰富的电缆专业知识和实际工作经验，能组织和领导大型电缆工程的施工、比较复杂的电缆安装、维护、检修工作。承担110kV及以下电缆的检测、缺陷处理和故障排除工作，对电缆专业方面的新技术、新设备有较快的接受能力和消化能力，能对初级电缆工进行理论知识和现场工作的培训和指导。

二、应知范围

（一）应具有的知识

1. 比较全面的电工理论知识；
2. 有关电子设备，仪器仪表基础知识；
3. 110kV及以下电力电缆有关设计要求；
4. 电力电缆防腐和运行知识；
5. 一般变电设备及线路设备的运行知识；
6. 对电力电缆事故进行理论分析；
7. 电场和电场强度概念；
8. 放电和击穿的概念；
9. 供电可靠性、线损率、电压质量合格率及负荷率的相关知识；

10. 熟悉一次系统接线方式。

（二）应了解的原理

1. 电力电缆常用检测仪器、仪表工作原理；

2. 电力电缆各种试验换线原理；

3. 电力电缆结构及附件设计原理；

4. 一般施工机械及电缆附属设备工作原理；

5. 大气过电压、操作过电压等过电压种类和机理；

6. 避雷器等防雷装置的工作原理；

7. 线路保护、重合闸装置的一般工作原理。

（三）应熟悉的规定

1. 电力电缆运行及检修规程；

2. 电力电缆试验项目、方法及标准；

3. 工程预算的一般规定；

4. 电力电缆附件设计的有关规定；

5. 电缆附属设备运行规定；

6. 电缆及附件的验收、运输和贮存方面的相关规定；

7. 电缆工程施工质量标准；

8. 低压带电工作的规定。

（四）应掌握的技能

1. 电力电缆及其附属设备的结构及健康状况；

2. 电缆线路运行参数的要求；

3. 各种电缆沟的开挖技术；

4. 110kV 及以下电力电缆附件安装技术；

5. 电力电缆施工材料的技术鉴定；

6. 组织电缆工程竣工验收；

7. 掌握电缆腐蚀的原因、程度及防治方法；

8. 电缆预防性试验及标准；

9. 电缆的核相工作。

三、应会范围

（一）会写

1. 整理电力电缆各种运行资料；

2. 建立电力电缆的技术档案；

3. 编写一般电缆施工安全、技术措施计划；

4. 绘制电力电缆敷设施工图；

5. 绘制 35kV 及以下电缆线路附件安装图；

6. 会写电缆事故分析报告；

7. 电缆载流量的计算；

8. 编制电缆试验方案。

（二）会看

1. 电力电缆敷设施工图；

2. 电力电缆附件安装图；

3. 电力电缆检修数据、试验数据；

4. 常用仪器仪表原理图；

5. 电力电缆电气试验接线原理图；

6. 电缆故障测试波形图；

7. 电缆接头工艺结构图；

8. 各种电缆的施工方案、土建工程图。

（三）会干

1. 组织较复杂的电力电缆施工工作；

2. 110kV 及以下电缆交接试验工作；

3. 制作 110kV 及以下电力电缆接头、终端头；

4. 正确使用电缆常用敷设机具；

5. 组织查找电力电缆故障；

6. 指挥电缆盘的吊装及运输工作；

7. 在高级工指导下，进行充油电缆通用接头及油处理工作；

8. 电缆隧道、窨井排气、排水、防火工作；

9. 组织进行电缆的直埋、排管、隧道、水下、架空敷设工作；

10. 电缆耐压试验及试验方法和结果的判别。

第二节　应知基础知识考核内容

一、考核重点

1. 较复杂直流电路的分析计算；

2. 交流电路的分析计算；

3. 三相交流电路的简单分析计算；

4. 常用仪器仪表知识；

5. 电力系统基础知识。

二、考核习题

（一）名词解释

1. 电感	2. 电抗	3. 感抗
4. 阻抗	5. 容抗	6. 电功
7. 电能	8. 谐振	9. 串联谐振
10. 并联谐振	11. 线间电容	12. 对地电容
13. 极间电容	14. 布线电容	15. 寄生电容
16. 电功率	17. 视在功率	18. 瞬时功率
19. 电流的热效应	20. 戴维南定理	21. 时间常数
22. 雷电流	23. 配电线路	24. 输电线路
25. 线损率	26. 静电	27. 过渡过程
28. 火花放电	29. 电晕放电	30. 运行状态
31. 检修状态	32. 热备用状态	33. 冷备用状态
34. 额定电压	35. 额定电流	36. 额定容量
37. 磁通	38. 邻近效应	39. 磁铁
40. 电磁铁	41. 消弧线圈的欠补偿	42. 消弧线圈的全补偿
43. 消弧线圈的过补偿		44. 经消弧线圈接地
45. 高频电缆	46. 参数	47. 体积电阻率
48. 峰值	49. 瞬时值	50. 配电变压器
51. 无功负荷	52. 无功补偿	53. 无功电源
54. 不对称短路	55. 无励磁运行	56. 内绝缘
57. 外绝缘	58. 计算机网络	59. 计算机系统
60. 计算机控制		

（二）名词解释答案

1. 电感：电感是电路中的线圈反对流过线圈的电流的任何变化的特性。有自感和互感之分。

2. 电抗：感抗与容抗的统称。在具有电感和电容的交流电路中，感抗和容抗的作用是互相抵消的。它们的差值就叫做电抗。

3. 感抗：电感阻碍交流电流过的作用叫做感抗。

4. 阻抗：电流通过电阻、电感串联电路（或电阻、电容、电阻、电感、电容）时受到的阻碍作用，称作阻抗。

5. 容抗：交流电通过具有电容的电路时，电容有阻碍直流电通过的作用，这种作用叫做容抗。

6. 电功：电流所做的功称为电功。

7. 电能：是指在电路中由电源输出或负荷吸收的能量，它以电流所做的功进行度量。

8. 谐振：由电阻、电感和电容组成的电路中，若电压与电流出现了同相位的现象称为谐振。

9. 串联谐振：在电阻、电感和电容的串联电路中，出现端电压和总电流同相位的现象叫做串联谐振。

10. 并联谐振：在电阻电感和电容并联电路中，出现并联电路的端电压与总电流同相位的现象叫做并联谐振。

11. 线间电容：在电路中，两条导线之间形成的电容称为线间电容。

12. 对地电容：在电路中，架空导线（或导体）形成的对地电容和电力电缆对外皮的电容均称为对地电容。

13. 极间电容：一般是指晶体管电路中的输出电容或三个极之间形成的电容。

14. 布线电容：在电路中，在连线排列之间、铁壳之间相互形成的复杂的不规则的电容，称为布线电容。

15. 寄生电容：泛指由于各种外界原因所引起的附加电容，如极间电容、布线电容等。

16. 电功率：单位时间内电场力所做的功。

17. 视在功率：在具有电阻和电抗的电路中，电压与电流的乘积叫视在功率，也称为表观功率。

18. 瞬时功率：交流电路中，每一瞬间电压与电流的乘积称为瞬时功率。

19. 电流的热效应：当电流通过导体时，由于导体电阻的存在，会引起导体发热，这种现象称为电流的热效应。

20. 戴维南定理：对任何一个线性含源一端口网络，对外电路来说，可以用一条有源支路来等效地替代，该有源支路的电动势 E 等于含源一端口网络的开路电压 U_k，其电阻等于含源一端口网络化成无源一端口网络的入端电阻 R_r。

21. 时间常数：当电压或电流按指数规律变化时，其幅度变化达到最大变化的 63% 所需经历的时间。

22. 雷电流：直接雷击时，通过被击物体而进入大地的电流。

23. 配电线路，从降压变电站把电力送到配电变压器及用电点的电力线路称为配电线路。

24. 输电线路：从发电厂或升压变电站把电力输送到降压变电站的高压电力线路。

25. 线损率：线路上所损耗的电能占线路首端输出电能的百分数。

26. 静电：不流动的电荷，相对于电流（运动中的电荷）而言。

27. 过渡过程：电路以一个稳定状态到另一个稳定状态时所经历的过程。

28. 火花放电：在大气压下，如果电源的功率不足以产生和维持稳定的弧光放电，就会产生火花放电。在其它条件不变时，火花放电的击穿电压完全决定于极间距离。

29. 电晕放电：在带电体的尖凸表面附近具有很大的电场强度，因此使大气中的气体分子发生电离而形成自激导电，这称为电晕放电。

30. 运行状态：设备的隔离开关和断路器已合闸，电源和用电设备已构成电路，设备在额定电压或额定电流下运行称为运行状态。

31. 检修状态：设备的所有隔离开关和断路器都已断开而与电源分离，并挂牌和设遮栏，挂地线，检修工作人员在停电设备上工作，称为设备处于检修状态。

32. 热备用状态：该设备的电源由于断路器的断开而断电，但因断路器两端的隔离开关仍接通，一经合闸即可带电工作，这种状态称为热备用状态。

33. 冷备用状态：设备本身无异常，但所有隔离开关和断路器都在断开位置等待合闸，这种形状称为冷备用状态。

34. 额定电压：是指电气设备长时间运行时所能承受的工作电压。

35. 额定电流：是指电气设备允许长期通过的电流。

36. 额定容量：指电气设备在厂家铭牌规定的条件下，在额定电压、电流下连续运行时所输送或输出的容量。

37. 磁通：在均匀磁场中，磁感应强度 B 与垂直于 B 的截面积 S 的乘积，称为该截面的磁通。

38. 邻近效应：一个导体内交流电流的分布受到邻近导体中交流电流所产生磁场的影响，这种现象称为邻近效应。

39. 磁铁：能够吸引铁、钴、镍等物质的物体称为磁铁。

40. 电磁铁：通电后被磁化而产生的能够吸引铁、钴、镍等物质的物体称为电磁铁。

41. 消弧线圈的欠补偿：消弧线圈电感电流小于接地电容电流时称为欠补偿。

42. 消弧线圈的全补偿：消弧线圈电感电流等于接地电容电流时称为全补偿。

43. 消弧线圈的过补偿：消弧线圈电感电流大于接地电容电流时称为过补偿。

44. 经消弧线圈接地：经消弧线圈接地是为了降低单相接地电流，避免电弧过电压的发生而常采用的一种接地方式。当单相接时，消弧线圈的感性电流能够补偿单相接地的容性电流，使流过故障点的残余电流很小，电弧可以自动熄灭。

45. 高频电缆：通常采用单芯同轴电缆；在供电系统中，常用于室内的高频收发信机和室外变电站的结合滤波器的连接设备。

46. 参数：表明任何现象、设备或其工作过程中某一重要性质的量。

47. 体积电阻率：亦称"电阻率"。表征物质导电性能的物理量。电阻率越小，导电能力越强。

48. 峰值：周期波的最大值。正弦波的峰值就是它的振幅。

49. 瞬时值：亦称"即时值"。任何物理量某一瞬间的值。

50. 配电变压器：用以接受和分配电能，将电网较高的电压变成适合用户所需电压的变压器。

51. 无功负荷：电力负荷中不做功的部分。各种交流电动机既消耗有功功率，也吸收无功功率。发电机供应有功功率的同时需要供应无功功率。无功功率不足时，系统电压下降，需要安装无功补偿装置来补足，保持无功电力平衡，才能维持系统电压水平。

52. 无功补偿：无功补偿电源的简称。指为满足电力网和负荷端电压水平及经济运行的要求，必须在电力网内和负荷端设置无功补偿电源，如电容器、调相机等。

53. 无功电源：电力系统内能发出无功功率的电源，有以下几种：发电机，它既是有功功率电源，也是无功功率电源；同步调相机，改变它的励磁可以平滑地改变输出的无功功率；空负荷或轻负荷运行的同步电动机；静电电容器；静止补偿器；高压及超高压输电线路的充电电容。

54. 不对称短路：除三相短路外的其他短路故障。两相短路、单相接地短路或两相接地短路时，三相阻抗，三相电压、电流大小均不相等，相与相间的相位差也不相等，因此称为不对称短路。

55. 无励磁运行：发电机在正常运行时，由于种种原因会发生失去励磁故障，从而造成发电机只发有功功率，大量吸收无功功率的失磁异步运行状态，这种运行状态可使电力系统电压降低，发电机过热，严重时还可能造成电力系统的稳定性受到破坏。

56. 内绝缘：是指处于电气设备内部的固体、液体和气体绝缘。内绝缘不易受大气及其它外部条件的影响。

57. 外绝缘：空气间隙绝缘和电力设备固体绝缘外露于大气中的表面绝缘。外绝缘受大气条件及其它外部环境影响，如污秽、湿度、虫害等。外绝缘又可分为：户内外绝缘，经常在建筑物内运行，大气条件及其它外部环境较稳定；户外外绝缘，经常在建筑物外运行，直接受大气条件及其它外部环境的影响。

58. 计算机网络：以共享资源为目的，通过数据通信线路将多台通常在地理位置上分布的计算机互连而成的网络系统。资源共享包括共享计算机硬件、软件和数据。网络的连接方式是各种各样的，如总线形、星形、树状形和环形等。计算机网络中除主机和终端以外，还应有用户通信接口、通信子网、实现数据交换和网络控制的通信控制器及其相应的网路通信规约和必要的网络软件等。

59. 计算机系统：由计算机硬件（中央处理器、主存储器、输入输出设备、外存储器等）和计算机软件（系统软件及应用软件）两大部分组成。按照不同的应用目的，可构成不同的计算机系统，如数据处理系统、过程控制系统、汉字信息处理系统等。

60. 计算机控制：以计算机为自动化工具，实现对生产过程的离线监督或在线控制。这种自动化系统通过数据检测和运算，可进行工况分析、逻辑判断、实时指导或处理，实现运行的优化，兼作实时的显示。

（三）选择题（将正确答案的代号填写在空括号中）

1. 用一只 1.5 级 15V 的电压表和一只 0.5 级 150V 的电压表测量 10V 电压。测量误差（　　）表。

（A. 15V 的大于 150V 的　　　B. 150V 的大于 15V 的　　　C. 15V 的等于 150V 的）

2. 对于高压输电线路来说，空负荷的末端电压（　　）始端电压。

（A. 高于　　　B. 等于　　　C. 小于）

3. 有三相对称的交流系统中，采用三角形联结时，线电流的有效值（　　）相电流的有效值。

（A. 等于 $\sqrt{3}$ 倍　　　B. 等于 $\sqrt{2}$ 倍　　　C. 等于）

4. 判断载流导体在磁场中的受力方向，采用（　　）。

（A. 左手定则　　　B. 右手定则　　　C. 库仑定律）

5. 对平板电容器来说，其极间的距离越小，电容量（　　）。

（A. 越大　　　B. 越恒定　　　C. 越小）

6. 在国际单位制中，电功率的单位是（　　）。

（A. 焦耳　　　B. 瓦特　　　C. 千瓦小时）

7. 磁力线总是闭合的，它不可能（　　）。

（A. 中断　　　B. 连续　　　C. 自成回路）

8. 变压器的损耗可分为（　　　）和铁耗。

（A. 铜耗　　B. 不变损耗　　C. 短路损耗）

9. 磁电系仪表只能测量（　　　）。

（A. 直流　　B. 交流　　C. 最大值）

10. 交流电的周期越长，表明交流电变化（　　　）。

（A. 越平稳　　B. 越快　　C. 越慢）

11. 在由电感器、电容器组成的电路达到谐振时，电路的阻抗只呈现（　　　）。

（A. 纯电阻性　　B. 平衡　　C. 纯电抗性）

12. 如果三相负荷的视在功率为 8.053kVA，功率因数为 0.683，那么其有功功率为（　　　）。

（A. 5.5kW　　B. 0.72kW　　C. 0）

13. 一只理想电容器接在电压为 U 的直流电路中，在合闸的瞬间电容器电压为（　　　）。

（A. $\frac{1}{2}U$　　B. U　　C. 0）

14. 10kV 线路一般采用中性点（　　　）系统。

（A. 不接地　　B. 直接接地　　C. 经消弧线圈接地）

15. 10kV 以下供电用户的电压波动范围是（　　　）。

（A. -10%　　B. ±5%　　C. ±7%）

16. 单臂电桥，又叫惠斯登电桥，是用来测量（　　　）的仪器。

（A. 电压　　B. 电流　　C. 电阻）

17. 双臂电桥又叫凯尔文电桥，是专门用来测量（　　　）。

（A. 高电阻　　B. 低电阻　　C. 压敏电阻）

18. 接地电阻表可用来测量电气设备的（　　　）。

（A. 接地电阻　　B. 接地回路　　C. 接地电压）

19. 变压器是（　　　）电能的设备。

（A. 生产　　B. 传递　　C. 既传递又生产）

20. 变压器线圈和铁心发热的主要因素是（　　　）。

（A. 电流　　B. 电压　　C. 运行中的铁耗和铜耗）

21. 零序电流，只有在系统（　　　）才会出现。

（A. 相间故障时　　B. 接地故障或非全相运行时　　C. 振荡时）

22. 在小接地电流系统中，发生单相接地故障时，因（　　　），所以一般允许短时间运行。

（A. 不破坏系统电压的对称　　B. 接地电流较小造不成危害　　C. 因相电压低对系统造不成危害）

23. 在大电流接地系统中，发生单相接地故障时，零序电流和通过故障点的电流是（　　　）。

（A. 同相位　　B. 相差 90°　　C. 相差 45°）

24. 零序电流的分布，主要取决于（　　　）。

（A. 发电机是否接地　　B. 变压器中性点是否接地　　C. 用电设备的外壳是否接地）

25. 零序电压的特性是（　　　）。

（A. 接地故障点最高　　B. 变压器中性点零序电压最高　　C. 接地电阻大的地方零序电压高）

26. 隔离开关的主要作用是（　　　）。

（A. 隔离电源　　B. 切除故障电流　　C. 切除负荷电流）

27. 三相交流系统中，中性线接地时，中性线应涂（　　）色。

（A. 紫　　B. 褐　　C. 黑）

28. 跌落式熔断器只能用于（　　　）。

（A. 户内　　B. 户外　　C. 线路）

29. 自耦变压器在运行中，中性点（　　）接地。

（A. 必须　　B. 不　　C. 经避雷器）

30. 纯电容电路的平均功率等于（　　　）。

（A. 电源功率　　B. $I^2 X_C$　　C. 0）

31. 在纯（　　）交流电路中，电压与电流的关系遵从欧姆定律。

（A. 电容　　B. 电阻　　C. 电感）

32. 在纯净的半导体中掺入微量的杂质，能提高半导体的（　　）能力。

（A. 绝缘　　B. 导电　　C. 抗干扰）

33. 电力变压器的储油柜是一种（　　　）装置。

（A. 油保护　　B. 测温　　C. 备用)

34. 避雷针一般采用（　　　）接地。

（A. 单独　　B. 共用　　C. 间接)

35. 操作过电压、弧光接地过电压和谐振过电压统称为（　　　）。

（A. 大气过电压　　B. 感应过电压　　C. 内过电压)

36. 电动势的方向规定为由（　　　）。

（A. 低电位指向高电位　　B. 高电位指向低电位　　C. 电位的方向)

37. 各种电加热器都是利用（　　　）效应制成的。

（A. 温度　　B. 电流热效应　　C. 集肤)

38. 真空磁导率的单位是（　　　）。

（A. H/m　　B. H/cm　　C. T)

39. 阻碍磁通通过的物理量称为（　　　）。

（A. 磁势　　B. 磁阻　　C. 剩磁)

40. 在正弦电路中，纯电感元件的平均功率（　　　）。

（A. 为零　　B. 等于电源功率　　C. 为 U^2/X_L)

41. 若某块电压表的基本误差是 ±0.9%，那么该表的准确度等级就是（　　　）。

（A. 0.1 级　　B. 0.9 级　　C. 1.0 级)

42. 若某块电流表的基本误差是 2.25%，则该表的准确度等级是（　　　）。

（A. 1.5 级　　B. 2 级　　C. 2.5 级)

43. 有一台电桥的基本误差是 0.01%，表明该电桥的测量准确度是（　　　）。

（A. 0.01 级　　B. 无误差　　C. 万分之一)

44. 在用万用表测量电阻时，测试前在选择档位时的要求是（　　　）。

（A. 与被测电阻等值的档　　B. 选择大档后逐档降低　　C. 选择小档)

45. 用万用表测量电阻时，被测电阻（　　　）。

（A. 可在电路中运行　　B. 电路中不能有电流　　C. 看现场情

况而定）

（四）选择题答案

1. B　　2. A　　3. A　　4. A　　5. A　　6. B

7. A　　8. A　　9. A　　10. C　　11. A　　12. A

13. C　　14. A　　15. C　　16. C　　17. B　　18. A

19. B　　20. C　　21. B　　22. A　　23. A　　24. B

25. A　　26. A　　27. C　　28. B　　29. A　　30. C

31. B　　32. B　　33. A　　34. A　　35. C　　36. A

37. B　　38. A　　39. B　　40. A　　41. C　　42. C

43. C　　44. B　　45. B

（五）填空题

1. 1 马力（米制）=＿＿＿W（瓦）。

2. 焦耳-楞次定律的表达式（采用国际单位制）为＿＿＿。

3. 360°等于＿＿＿rad（弧度）。

4. 变压器的额定容量是指变压器在＿＿＿状态下的输出能力。

5. LDC-10 型表示＿＿＿电流互感器。

6. 电流互感器的准确级可分为五级，即＿＿＿、＿＿＿、＿＿＿、
＿＿＿、＿＿＿。

7. 对输电线路的基本要求是＿＿＿。

8. "三电"是指＿＿＿。

9. 直流电动机是依据载流导体在磁场中受＿＿＿作用而运动这个
原理工作的。

10. 变压器的空载损耗也称为＿＿＿或＿＿＿。

11. 二极管的两端电压与电流的关系称作二极管的＿＿＿特性。

12. 仪表的准确度等级为 0.1 级时，则基本误差为＿＿＿。

13. FS-10 表示＿＿＿避雷器。

14. 通常高压电气设备规定安装在海拔＿＿＿以下。

15. 25 号变压器油是指该油在＿＿＿时凝固。

16. 在低压回路上带电工作，工作人员＿＿＿不得＿＿＿接触＿＿＿线
头。

17. 在低压＿＿＿回路上工作，可填用＿＿＿工作票，也可用＿＿＿联

系。

18. 在保护盘或控制盘上工作，应将____设备与____设备以明显的____隔开。

19. 晶体管的内部结构分三个区，即____区、基区和____区。两个结是发射结和____。

20. 晶体管的最基本的作用是____。就是将微弱____通过晶体管组成的放大电路加以放大。

21. 表明晶体管的放大能力称为____，其数值一般在 20～100 之间。

22. 晶体管有三种工作状态：（1）____区；（2）____区；（3）____区。

23. 稳压管在材料结构个同____二极管一样。

24. 稳压管正反向都可以通过电流，这就是稳压管与____的不同点。

25. 稳压管可在电源上起到____和____的作用，如同负荷在电源上的一个并联电阻。

26. 电容器的放电过程就是电容器极板____电荷的过程。

27. 平行导线中通过同向电流时，导线互相____。

28. 自感电动势的大小和线圈中磁通的变化率成____比。

29. 正弦量在 $t=0$ 时的相位叫做____。

30. 电阻元件中的平均功率等于电阻元件中电压和电流____的乘积。

31. 三相对称电动势在任一瞬间的代数和等于____。

32. 带电作业的操作方法一般分为____和____两种。

33. 10kV 用跌落熔断器间安装距离，不应少于____。

34. 加在避雷器两端使其放电的最小工频电压，称为____。

35. 电气主接线主要指发电厂、变电所电力系统中传送____的通路。

36. 去游离的主要方式是____和____。

37. 在正常情况下，电流互感器在近于____状态下运行。

38. 电器的额定电压就是铭牌上标出的____。

39. 采用油作为灭弧介质的叫____断路器。

40. 1N（牛）= ____ kgf（千克力）。

41. 交流电焊机实际是一种特殊的单相____，它的一次绕组具有较多的匝数，二次绕组的匝数则____。

42. 电焊机是根据____的热效应原理制成的一种电力设备。

43. 避雷器的安装位置距被____物的距离一般不应大于____ m。

44. 避雷线的引线，若采用铜导线，其____积不应小于____。

45. 避雷线的引线，若采用铝导线，其____积不应小于____。

46. 电缆纸必须有足够的____强度、耐压强度和____能力。

47. 现在常采用的电缆纸是____、____和 K-17 三种。

48. 电力电缆中广泛地采用油松香浸渍剂来浸渍，制造这种浸剂的原料是____油和良好的净化过的____。

49. 现在比较常用的矿物油是一种称为____的油。

50. 在光亮油和松香制成的浸渍中，松香的加入量一般为____。

（六）填空题答案

1. 735.5

2. $Q = I^2 Rt$

3. 2π

4. 额定

5. 10kV 单匝套管式户内型

6. 0.2；0.5；1；3；10

7. 供电可靠

8. 计划用电、节约用电和安全用电

9. 电磁力

10. 铁耗；不变损耗

11. 伏安

12. < ±0.1%

13. 10kV 阀型

14. 1000m

15. −25°C

16. 人体；同时，两根

17. 照明；第一种；口头

18. 检修；运行；标志

19. 发射；集电；集电结

20. 放大；电信号

21. 共发射极电流放大系数

22. 截止；放大；饱和

23. 普通

24. 二极管

25. 稳压；均压

26. 释放

27. 吸引

28. 正

29. 初相位

30. 有效值

31. 零

32. 间接带电作业；直接带电作业

33. 600mm

34. 工频放电电压

35. 电能

36. 复合；扩散

37. 短路

38. 线电压

39. 油

40. 0. 102

41. 变压器；较少

42. 电流

43. 保护；15

44. 截面；16mm^2

45. 截面；25mm^2

46. 机械；抗皱

47. K-0. 8；K-12

48. 重矿物；松香

49. 光亮油

50. 30% ~ 50%

（七）计算题

1. 某人用 2000W 电炉子给环氧树脂加热，加热时间为两小时，问用了多少电能？

2. 一电热器，其输入功率为 10kW，输出功率为 9kW，那么该电热器的效率是多少？

3. 两根平行导线，每根长 5m，线间距离为 1m，每根导线的电流均为 10A，求两导线间作用力为多少？

4. 某正弦交流电流的表达式为 $i_0 = I_m \sin(\omega t + 30)$ 当 $t = 0$ 时，$i_0 = 10A$，求其最大值和有效值。

5. 一电源电压 $u = 380\sin\omega t$，负载电阻为 10Ω，求该电阻上消耗的有功功率为多少？

6. 某电容器的电容 $C = 0.5\mu F$，安在电压为 220V、频率为 50Hz 的电路中，求其电流及无功功率。

7. 如图 2-1 所示电路，求 ab 两端的总电阻 R_{ab}。

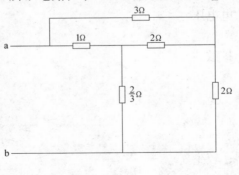

图 2-1

8. 如图 2-2 所示在 R-L 串联电路中，$f = 50Hz$，$L = 0.1H$，$R = 10\Omega$。求当电源电压等于 220V 时，回路中的电流 I。

9. 如图 2-3 所示电路中，已知 $U = 220V$，电源频率为 500Hz。求电路的总电流 I。

10. 如图 2-4 所示 *RLC* 串联电路中，电源频率 50Hz，$U = 380\text{V}$，$R = 100\Omega$，$L = 50\text{mH}$，$C = 25\mu\text{F}$，求电路总电流 I。

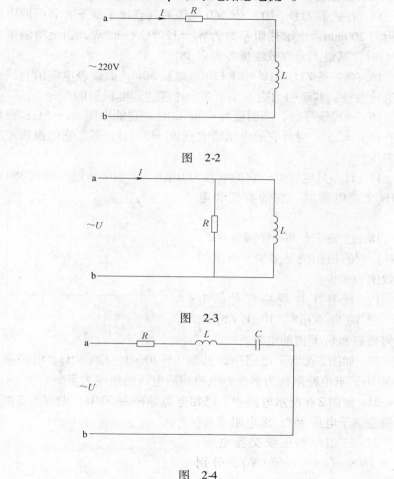

图　2-2

图　2-3

图　2-4

11. ZLQ_{20}-10·3×240 电缆，其敷设高差为 15m，常温 20°C 时，求由标高所引起的静油压为多少？

12. 某人用三乙烯四胺作为硬化剂配制环氧树脂复合物，用了 2kg 6101 环氧树脂，问需要多少石英料加固剂（取上限）？

13. 一台试验变压器其容量为 0.5kVA，电压比为 200V/60kV；

现用该设备对 10kV 交联聚乙烯绝缘的电力电缆做预防性试验，问低压电压表读数为多少才能达到所需电压值？

14. 有三条 ZLQ₂₀-10·3×240 电缆并列直埋于地下，邻近两电缆净距为 200mm，土壤热阻系数为 $\rho_T = 120°C \cdot cm/W$，当土壤温度为 10°C 时，其最大允许载流量各为多少？

15. 有一条 ZLQ₂₁-10·3×120 电缆长 50m，假设该电缆沿直线采用滑轮敷设，其牵引力应不小于多少才能达到敷设目的？

16. 一段铜导线，当温度 $t_1 = 20°C$ 时，它的电阻 $R_1 = 5\Omega$；当温度升到 $t_2 = 25°C$ 时，它的电阻增大到 $R_2 = 5.1\Omega$，那么它的温度系数是多少？

17. 有一只电容器，它的电容为 $10\mu F$，求当把该电容接在 380V，50Hz 交流电源时，它的容抗和电流。

18. 已知 $i = 38\sin(\omega t + 30°)$（A），它的初相位是多少？电流的有效值为多少？

19. 现有 3 种规格容量的电容，分别为 $50\mu F$、$10\mu F$、$5\mu F$，如何得到 $8.6\mu F$ 值的电容。

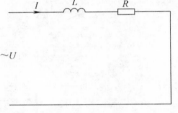

图 2-5

20. 如图 2-5 所示电路中，已知 $L = 20mH$，$R = 30\Omega$，电源频率为 50Hz，求电路阻抗为多少？电流滞后电压的角度为多少？

21. 如图 2-6 所示电路中，已知电源频率为 50Hz，电容为 $30\mu F$、电流超前于电压 45°，求电阻 $R = ?$

22. 三相对称正弦交流电源，$U_A = 380\sin(\omega t + 10°)$（V），分别写出 U_B、U_C 的表达式，并求出 U_B、U_C 的初相位。

23. 将一根导线放在均匀磁场中，导线与磁力线方向垂直，已知导线长度为 10m，通过的电流为 50A，磁通密度为 0.5T，求该导线

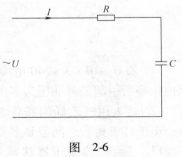

图 2-6

所受的电场力为多少?

24. 有一条直埋地下的 VJV29-103 × 95 的电缆,在周围温度为 25°C 时,其允许载流量为 215A,当温度升高到 40°C 时,其允许载流量为多少?

25. 有一台试验变压器,其变比为 200V/50kV,容量足够大,要用该设备对一条 35kV 电缆做耐压试验,采用什么方法? 此时,低压侧读数为多少?

26. 一条铝芯电缆长度为 100m,截面积为 240mm²,它相当于同样长度电阻相同的铜芯电缆的截面积为多少?

27. 用脉冲波法对一故障电缆进行测试,已知脉冲波在电缆中的传播速度为 160m/μs。当波的返回时间为 5.5μs 时,故障点的位置距始端多少米?

28. 配制 50kg 封铅,需要多少千克铅? 多少千克锡?

29. 修一条长 250m,宽 1.1m,深 1m 的电缆沟需取土多少立方米?

30. 一条电缆线路,长 150m,电缆重量为 12.05kg/m,成盘运至施工现场人工牵引放线。电缆盘和轴孔的摩擦力可折算成 15m 长的电缆所受的重力。已知滚轮的摩擦系数为 0.2,求施放电缆的牵引力是多少?

31. 变电所铝母线的截面积为 50mm × 5mm,电阻率 $\rho = 0.0295\Omega \cdot mm^2/m$,总长度 $L = 50m$,计算铝母线电阻是多少?

32. 聚氯乙烯绝缘软铜线的规格为 $n = 7$ 股,每股线径为 $D = 1.7mm$,长度为 $L = 200m$,求电阻是多少? (铜的电阻率为 $\rho = 1.84 \times 10^{-8}\Omega m$)

33. 二次回路电缆全长为 $L = 200m$,电阻系数为 $\rho = 1.75 \times 10^{-8}\Omega m$,母线电压为 220V,电缆允许压降为 5%,合闸电流为 $I = 100A$,求合闸电缆的截面积 S 为多少?

34. 在三相星形联结负荷电路中,已知电源电压为 380V,每相负荷电阻为 $R = 6\Omega$,感抗为 $X_L = 8\Omega$,求负荷的相电压、线电流。

35. 有一电阻器 $R = 10k\Omega$ 和电容器 $C = 0.637\mu F$ 的串联回路,接在电压为 $U = 224V$,频率为 $f = 50Hz$ 的电源上,试求该电路中的电流 I 及电容器两端的电压 U_C。

36. 在电容器 $C = 50\mu F$ 上加电压 U 为 220V，频率为 $f = 50Hz$ 的交流电，求无功功率 Q 为多少？

37. 已知三盏灯的电阻分别是 $R_A = 22\Omega$，$R_B = 11\Omega$，$R_C = 5.5\Omega$，三盏灯负荷按三相四线制接线，接在线电压 U_L 为 380V 的对称电源上，求三盏灯的电源 I_A、I_B、I_C 各是多少？

38. 有一三相对称电路，每相电阻 $R = 8\Omega$，感抗 $= 6\Omega$，如果三相负荷为三角形联结，接到 380V 的三相电源上，试求负荷的相电流、线电流及总的有功功率。

39. 有一电压为 $U = 200V$ 的单相负载，其功率因数为 $\cos\phi = 0.8$，该负荷消耗的有功功率为 $P = 4kW$，求该负荷的无功功率 Q、等效电阻 R 和等效电抗 X 各是多少？

40. 一电感性负荷的取用功率为 $P = 10kW$、$\cos\phi = 0.6$，把它接到 220V，50Hz 的交流电源上，若将电路的 $\cos\phi$ 提高到 0.9，应并联多大的电容器？

（八）计算题答案

1. $W = PT = 2000 \times 2 W \cdot h = 4kW \cdot h$

2. 根据公式：$\eta = \dfrac{输入功率}{输出功率} \times 100\% = \dfrac{9}{10} \times 100\% = 90\%$

3. $F = u_0 \dfrac{I_1 I_2}{2\pi D} L_1 = 4\pi \times 10^{-7} \times \dfrac{10 \times 10}{2\pi \times 1} \times 5N = 0.0001N$

4. $i_0 = I_m \sin 30° = 10A$

最大值 $I_m = \dfrac{i_0}{\sin 30°} = \dfrac{10}{1/2}A = 20A$

有效值 $I = \dfrac{I_m}{\sqrt{2}} = \dfrac{20}{\sqrt{2}}A = 14.14A$

5. 电源电压的有效值为

$$U = U_m / \sqrt{2} = 380V / \sqrt{2} = 220V$$

电流有效值 $I = \dfrac{U}{R} = \dfrac{220}{10}A = 22A$

消耗的功率为

$$P = UI = 220V \times 22A = 4840W = 4.84kW$$

6. $X_C = \dfrac{1}{2\pi fC} = \dfrac{1}{2 \times 3.14 \times 50 \times 0.5 \times 10^{-6}}\Omega = 6369.4\Omega$

$$I = \dfrac{U}{X_L} = \dfrac{220}{6369.4}\text{A} = 0.035\text{A}$$

$$Q_C = I^2 X_C = 0.035^2 \times 6369.4\text{var} = 7.8\text{var}$$

7. 图 2-1 所给电路中中间 2Ω 的电阻处于其它 4 个电阻的平衡电桥中,故不起作用

$$R_{\text{ab}} = \dfrac{1 \times 3}{1 + 3} + \dfrac{\dfrac{2}{3} \times 2}{\dfrac{2}{3} + 2}\Omega = 1.25\Omega$$

8. 电路中的感抗为

$X_L = 2\pi fL = 2 \times 3.14 \times 50 \times 0.1\Omega = 31.4\Omega$

$Z = \sqrt{R^2 + X_L^2} = \sqrt{10^2 + 31.4^2}\Omega = 32.95\Omega$

$U = IZ$

$I = \dfrac{U}{Z} = \dfrac{220}{32.95}\text{A} = 6.68\text{A}$

9. $X_L = 2\pi fL = 2 \times 3.14 \times 500 \times 0.1 = 314\Omega$

$Z = \dfrac{R \times \text{j}314}{10 + \text{j}314} = \dfrac{3140\ \underline{/90}}{314.2\ \underline{/88.1}}\Omega = 10\ \underline{/1.8}\,\Omega$

$I = \dfrac{U}{2} = \dfrac{220\ \underline{/0}}{10\ \underline{/1.8}}\text{A} = 22\ \underline{/-1.8}\,\text{A}$

即电流的有效值为 22A。

10. $Z = \sqrt{R^2 + (X_L - X_C)^2}$

$X_L = 2\pi fL = 314 \times 50 \times 10^{-3}\Omega = 15.7\Omega$

$X_C = \dfrac{1}{2\pi fC} = \dfrac{1}{314 \times 25 \times 10^{-6}}\Omega = 127.4\Omega$

$Z = \sqrt{100^2 + (15.7 - 127.4)^2}\Omega = \sqrt{22476.89}\Omega = 149.9\Omega$

$I = \dfrac{U}{2} = \dfrac{380}{149.9} = 2.5\text{A}$

11. 根据 $p = \rho_{\text{油}} La_2(\text{m}) \times 10^3 \times \text{g}$

式中 L——敷设高差(m);

$\rho_{油}$——电缆油的密度(20℃ 时取 0.97t/m³);

a^2——阻止系数(20℃ 时取 0.6)。

$p = 0.97 \times 15 \times 0.6 \times 10^3 \times 9.8 Pa = 85612 Pa \approx 85.6 kPa$

12. 根据配比:

石英粉用量 = 1.5 倍的环氧树脂的质量 = 1.5 × 2kg = 3kg

固化剂用量 = 0.13 倍的环氧树脂的质量 = 0.13 × 2kg = 0.26kg

13. 10kV 交联聚乙烯电力电缆预试时为 2.5 倍额定电压,即 25kV。那么低压表读数为

$$U_2 = \frac{200}{60} \times 25 = 83.3V$$

即低压表读数为 83.3V 时即可满足要求。

14. 查手册得,该电缆在 25℃ 时,载流量为 $I_1 = 325A$

$$I = k_1 k_2 k_3 k_4 I_1$$

式中 k_1——铅芯电缆化为铜芯电缆校正系数 (取 ≈1.0);

k_2——数条电缆并列校正系数,查手册得 0.88;

k_3——土壤热阻校正系数,查得 0.86;

k_4——周围环境温度校正系数。

$$I = 0.88 \times 0.86 \times \sqrt{\frac{60-10}{60-25}} \times 325A \approx 294A$$

15. 根据公式,$F = KwL$

式中 F——牵引力;

K——摩擦系数,取 0.2;

w——单位长度电缆重量,查表得 60.8N/m;

L——电缆长度 (m)。

代入公式得

$$F = 0.2 \times 60.8 \times 50N = 608N$$

即最少需要 608N。

16. 温度变化值,$\Delta t = t_2 - t_1 = (25 - 20)℃ = 5℃$

电阻变化值:$\Delta R = R_2 - R_1 = (5.1 - 5)\Omega = 0.1\Omega$

温度每变化 1℃ 时所引起的电阻变化:

$$\frac{\Delta R}{\Delta t} = \frac{0.1}{5}\Omega/℃ = 0.02\Omega/℃$$

温度系数：$\alpha = \dfrac{\Delta R}{\Delta t}/R_1 = 0.02/5\,°C^{-1} = 0.004\,°C^{-1}$

17. $X_C = \dfrac{1}{2\pi fC} = \dfrac{1}{2 \times 3.14 \times 50 \times 10 \times 10^{-6}}\Omega = 318.5\Omega$

$$I = \dfrac{U}{X_1} = \dfrac{380}{318.5}A = 1.2A$$

18. 当 $t = 0$ 时，可求得其初相 $= \omega t + 30° = 30°$

电流有效值 $I = \dfrac{38}{\sqrt{2}}A = 26.9A$

19. 如图 2-7 所示连接，即可得到所需电容值：

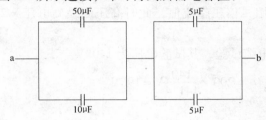

图 2-7

$$C_{ab} = \dfrac{(50+10) \times (5+5)}{(50+10)+(5+5)}\mu F = 8.6\mu F$$

20. $X_L = 2\pi f_L = 2 \times 3.14 \times 50 \times 20 \times 10^{-3}\Omega = 6.28\Omega$

$$\varphi = \arctan\dfrac{X_L}{R} = \arctan\dfrac{6.28}{30} = 11.8°$$

即电流滞后电压 $11.8°$。

21. $X_C = \dfrac{1}{2\pi fC} = \dfrac{1}{3.14 \times 30 \times 10^{-6}}\Omega = 106.2\Omega$

$$\tan\varphi = \tan45° = \dfrac{X_C}{R} = 1 \quad R = 106.2\Omega$$

22. $U_B = 380\sin(\omega t + 10° - 120°)\,V = 380\sin(\omega t - 110°)\,V$

初相 $\varphi_B = -110°$

$U_C = 380\sin(\omega t + 10 + 120°)\,V = 380\sin(\omega t + 130°)\,V$

初相 $\varphi_C = 130°$

23. $F = BLI = 0.5 \times 10 \times 50\text{N} = 250\text{N}$

24. 10kV 交联聚乙烯的长期允许工作温度为 90°。

$$\frac{I_1}{I_2} = \sqrt{\frac{Q - Q_{01}}{Q - Q_{02}}}$$

此时允许载流量 $I_2 = I_1 \sqrt{\dfrac{Q - Q_{02}}{Q - Q_{01}}} = 215 \sqrt{\dfrac{90 - 40}{90 - 25}}\text{A} = 188.6\text{A}$

即温度升高后其载流量减少了 $215 - 188.6\text{A} = 26.4\text{A}$

即 $\dfrac{26.4}{215} \times 100\% = 12.3\%$

25. 应采用二倍压整流值，此时高压侧最高电压 $= 2\sqrt{2} \times 50\text{V} = 141.4\text{V}$。

对 35kV 电缆试验，其试验电压为 140kV

低压读数 $U_2 = 200 \times \dfrac{140}{141.4}\text{V} = 198\text{V}$

26. $\rho_{\text{Al}} \dfrac{L_{\text{Al}}}{A_{\text{Al}}} = \rho_{\text{Cu}} \dfrac{L_{\text{Cu}}}{A_{\text{Cu}}}$ $\quad L_{\text{Al}} = L_{\text{Cu}}$

$A_{\text{Cu}} = A_{\text{Al}} \dfrac{\rho_{\text{Cu}}}{\rho_{\text{Al}}} = 240 \times \dfrac{0.0184}{0.031}\text{mm}^2 = 142.5\text{mm}^2$

即相当于 150mm² 铜芯电缆。

27. 设距离为 X，则

$$X = \frac{1}{2}UT = \frac{1}{2} \times 160 \times 5.5\text{m} = 440\text{m}$$

即始端距故障点 440m。

28. 需铅量 $= (50 \times 65\%)\text{kg} = 32.5\text{kg}$

需锡量 $= (50 \times 35\%)\text{kg} = 17.5\text{kg}$

29. $V = 长 \times 宽 \times 高 = (250 \times 1.1 \times 1)\text{m}^3 = 275\text{m}^3$

30. 电缆盘的摩擦力 T_1 按 15m 长的电缆重量计为，$T_1 = 15 \times 12.05 \times 10\text{N} = 1807.5\text{N}$

牵引力 $T = T_1 + 150 \times 12.05 \times 0.2 \times 10\text{N} = 5423\text{N}$。

31. 铝母线的电阻 $R = \dfrac{L}{S} \times \rho = \dfrac{50}{50 \times 5} \times 0.0295\Omega = 0.0059\Omega$

32. 铜线截面 $S = n(\pi r^2) = 7 \times 3.14 \times (1.7/2)^2 \text{mm}^2 = 15.88\text{mm}^2$

软铜线的电阻 $R = \dfrac{L}{S} \times \rho = \dfrac{200}{15.88 \times 10^{-6}} \times 1.84 \times 10^{-8}\Omega = 0.23\Omega$

33. 因为电缆允许压降 $\Delta U = 220 \times 5/100\text{V} = 11\text{V}$

电缆电阻 $R = \rho \dfrac{L}{S}$

$$\Delta U = IR = I\rho \dfrac{L}{S}$$

所以:$S = Il\rho/\Delta U = 100 \times 200 \times 1.75 \times 10^{-8} \times 10^6/11\text{mm}^2 \approx 32\text{mm}^2$

34. 相负荷的阻抗为

$$Z = \sqrt{R^2 + X_C^2} = \sqrt{6^2 + 8^2}\Omega = 10\Omega$$

负荷的相电压 U_{ph} 为

$$U_{ph} = U/\sqrt{3} = 380/\sqrt{3}\text{V} \approx 220\text{V}$$

负荷的相电流 I_{ph} 和线电流相等,所以

$$I = I_{ph} = U_{ph}/Z = 220/10\text{A} = 22\text{A}$$

35. 容抗 $X_C = \dfrac{1}{2\pi fc} = \dfrac{1}{2 \times 3.14 \times 50 \times 0.637 \times 10^{-6}}\Omega \approx 5000\Omega$

电路中的电流 $I = \dfrac{U}{\sqrt{R^2 + X_C^2}} = \dfrac{224}{\sqrt{10000^2 + 5000^2}}\text{A} = 0.02\text{A}$

电容器两端的电压 $U_C = I \cdot X_C = 0.02 \times 5000\text{V} = 100\text{V}$

36. 容抗 $X_C = \dfrac{1}{2\pi fc} = \dfrac{1}{2 \times 3.14 \times 50 \times 50 \times 10^{-6}}\Omega = 63.69\Omega$

无功功率 $Q = U^2/X_C = 220^2/63.69\text{Var} = 759.9\text{Var}$

37. 三相四线制的相电压为 $U_{ph} = U_L/\sqrt{3} = 380/1.732\text{V} \approx 220\text{V}$

根据公式 $I_{ph} = U_{ph}/R$

$$I_A = U_{ph}/R_A = 220/22\text{A} = 10\text{A}$$

$$I_B = U_{ph}/R_B = 220/11\text{A} = 20\text{A}$$

$$I_C = U_{ph}/R_C = 220/5.5\text{A} = 40\text{A}$$

38. 负荷阻抗为 $Z = \sqrt{R^2 + X_C^2} = \sqrt{8^2 + 6^2}\Omega = 10\Omega$

功率因数为:$\cos\varphi = R/Z = 8/10 = 0.8$

相电流为:$I_{ph} = U_{ph}/Z = 380/10\text{A} = 38\text{A}$

线电流为：$I = \sqrt{3} I_{ph} = \sqrt{3} \times 38\text{A} = 65.82\text{A}$

总的有功功率为：$P = 3U_{ph}I_{ph}\cos\varphi = 3 \times 380 \times 38 \times 0.8\text{kW}$
$$= 34.656\text{kW}$$

39. 因为 $\cos\varphi = P/S$

所以视在功率 $S = P/\cos\varphi = 4/0.8\text{kW} = 5\text{kW}$

则 $Q = \sqrt{S^2 - P^2} = \sqrt{5^2 - 4^2}\text{kVA} = 3\text{kVA}$

又因为阻抗 $Z = U^2/S = \dfrac{200^2}{5 \times 10^3}\Omega = 8\Omega$

所以电流为：$I = U/Z = 200/8\text{A} = 25\text{A}$

等效电阻为：$R = P/I^2 = 4 \times 10^3/25^2\,\Omega = 6.4\Omega$

等效电抗为：$X = Q/I^2 = 3 \times 10^3/25^2\,\Omega = 4.8\Omega$

40. 当 $\cos\varphi_1 = 0.6$ 时，感性负荷从电源取用的电流是：
$$I_1 = \frac{P}{U\cos\varphi_1} = \frac{10 \times 10^3}{220 \times 0.6}\text{A} = 75.76\text{A}$$

电流 I_1 的无功分量为
$$I_{1Q} = I_1\sin\varphi_1 = I_1\sqrt{1 - \cos^2\varphi_1} = 75.75 \times \sqrt{1 - 0.6^2}\text{A} = 60.6\text{A}$$

当 $\cos\varphi_2$ 提高到 0.9 时，感性负荷从电源取用的电流是：
$$I_2 = \frac{P}{U\cos\varphi_2} = \frac{10 \times 10^3}{220 \times 0.9}\text{A} = 50.5\text{A}$$

电流 I_2 的无功分量为
$$I_{2Q} = I_2\sin\varphi_2 = I_2\sqrt{1 - \cos^2\varphi_2} = 50.5 \times \sqrt{1 - 0.9^2}\text{A} \approx 22\text{A}$$

并联电容器后总电流的无功分量将减少，其减少的部分即为电容支路中的电流 I_C，即
$$I_C = 60.6 - 22\text{A} = 38.6\text{A}$$

对于电容支路，有 $U = I_C X_C = I_C\dfrac{1}{2\pi f c}$

所以并联电容器的电容量为
$$C = \frac{1}{2\pi f U} = \frac{38.6}{2\pi \times 50 \times 220}\text{F} = 558 \times 10^{-6}\text{F} = 558\mu\text{F}$$

（九）问答题

1. 互感电动势是怎样产生的？

2. 什么叫直击雷过电压？

3. 电压表与电流表有什么差别？

4. 电晕有什么危害？

5. 架空线路的电杆杆型有哪几种？

6. 放大器的增益指哪些内容？

7. 常用变压器按用途分为几类？各有什么特点？

8. 变压器并列运行时需要哪些条件？

9. 什么叫自动重合闸？有何意义？

10. 高压配电装置包括哪些设备？

11. 固定式熔断器有哪几种型号？各有什么用途？

12. 什么是熔断器的保护特性？

13. 什么是电容器的充电？

14. 为什么电容器能隔直流电？

15. 为什么要测量电气设备的绝缘电阻？

16. 变压器有几种常用的冷却方式？

17. 自耦变压器和双绕组变压器有什么区别？

18. 挖掘电缆工作有何规定？

19. 割锯电缆工作有何要求？

20. 电缆熬胶工作有何要求？

21. 半导体有哪些特性？

22. 绝缘电阻表为什么没有指针调零开关？

23. LCWD-110 代表什么？

24. 焦耳-楞次定律的内容是什么？

25. 画出单相半波整流电路图。

26. 什么叫倍压整流电路？

27. 电阻的温度系数如何规定的？

28. 电气测量仪表按工作原理分哪几种？

29. 电流互感器的误差分为几种，精确度等级有几级？

30. 减轻短路影响常采用哪些措施？

31. 什么是短路？短路的后果是什么？

32. 什么是接地短路？什么是接地短路电流？

33. 电力系统中性点的接地方式有哪几种？

34. 电抗器的作用是什么？

35. 常见的电抗器有哪几种形式？

36. 低频运行对送电设备有何影响？

37. 空载线路为什么会出现末端电压升高？

38. 电力系统为什么会产生内部过电压？

39. 二次回路的概念是什么？它有哪几个主要组成部分？

40. 二次回路的任务是什么？

41. 二次回路的电缆截面有何要求？

42. 什么叫放电记数器？

43. 常用的放电记数器有几种型号？各在什么场合下使用？

44. 为什么使用万用表不能带电进行切换？

45. 为什么用万用表测量电阻时，不能带电进行？

（十）问答题答案

1. 两个互相靠近的线圈（但不垂直）。当一个线圈接通电源时，由于本线圈电流的变化，将引起磁通的变化，这些变化的磁通除穿过本身线圈外，还有一部分穿过与它靠近的另一线圈，因此在另一线圈中也产生感应电动势，这个感应电动势产生的电流是变化的，反过来又在原来那个线圈中产生感应电动势，这种现象叫互感现象。由互感引起的电动势称为互感电动势。

2. 雷电放电的先导通道直接击中输电线路和其它电力设备时，大量的雷电流将流过被击中的设备，在被击物的阻抗接地电阻上产生电压降，使被击物产生很高的电压，称为雷击过电压。

3. 电压表与电流表的内部结构完全一样，但由于测量对象不同，在性能上有较大差别。因电压表在测量时与负荷或电源并联，所以电压表的内阻要分流掉一部分电流，因此，要求电压表内阻一定要足够大，以减少测量误差；而电流表与被测物串联，只有内阻很小时，才不致引起较大的误差，因此，电流表的内阻越小越好。

4. 电晕放电系高频脉冲电流，它对附近通信设施产生很严重的干扰，同时会引起较大的损耗，增大线损。因此，在实际应用中，要采取必要的技术措施，减少电晕放电发生的机会。

5. 根据用途不同，可分为以下几种：

（1）直线杆：它分布在承力杆中间，在正常情况下，只承担垂直荷重和水平风压。

（2）耐张杆（承力杆）：用在线路分段承力处，均用强力拉线加强，当一侧断线时，可以承受另一侧很大的不平衡拉力，使电杆不会倾倒。

（3）转角杆：承受不平衡拉力。

（4）终端杆：做为进入发电厂或变电所的线路末端杆塔，承受最后一个耐张段的拉力。

（5）特种杆：主要有换位杆，跨越杆和分支杆等。

6. 主要包括：

电压增益 $K_u = \dfrac{输出电压}{输入电压}$

电流增益 $K_i = \dfrac{输出电流}{输入电流}$

功率增益 $K_P = \dfrac{输出功率}{输入功率}$

7. 可分为以下几类：（1）电力变压器，用于输配电系统的升压或降压；（2）试验变压器，用于电气设备的高压试验；（3）仪用变压器，用于测量仪表和继电保护装置；（4）特殊用途变压器，如电炉变压器、整流变压器、电焊变压器等。

8. 变压器并列运行的条件为：（1）变比相等；（2）相同的联接组别；（3）短路电压相同。

9. 当开关跳闸后，通过自动装置使跳闸的开关重新合上，叫自动重合闸。因为线路跳闸的原因很多，有许多故障属于瞬时故障（如闪络等），通过装设自动重合闸装置，可以减少停电时间，使线路迅速恢复运行。

10. 主要包括：开关及其辅助设备；测量仪器及回路；连接母线，安全保护措施等。

11. 固定式熔断器通常有以下几种：

（1）角型熔断器，是用来保护电压互感器的。

（2）限流式熔断器：代替 RW_2-35 型熔断器和 RD_1-35 型限流器的产品。

（3）充石英沙熔断器：分保护电力线路用的，以及保护变压器和电压互感器等用的两种。

12. 熔断器的熔断时间与开断电流的关系特性，称为熔断器的保护特性。

13. 在电源的作用下，电容器上电压增加，说明有电荷从电源移到电容器的极板上，这种过程称为电容器的充电。

14. 由于直流电的频率为零，而容抗 $X_C = \dfrac{1}{2\pi fC}$；在 $f = 0$ 时，$X_C = \infty$，相当于开路，直流电流不能通过。另外，在稳定状态下，（就是电容器充电过程结束之后）电容器两端的电压与电源电压大小相等而方向相反因此也不会有电流继续通过电容器。这就是电容器的隔直流电作用。

15. 通过测量绝缘电阻，可以判断绝缘有无局部贯穿性缺陷、绝缘老化和受潮现象。如测得的绝缘电阻急剧下降，就说明绝缘受潮、严重老化或有局部贯穿性缺陷等，所以能通过试验就可初步了解绝缘的情况。

16. 电力变压器常用的冷却方式一般有三种：（1）油浸自冷式；（2）油浸风冷式；（3）强迫油循环。

油浸自冷式没有特别的冷却设备，是以油的自然对流作用将热量带到油箱壁，然后依靠空气的对流传导将热量散发。

油浸风冷式是在油箱或散热管上加装风扇，利用吹风帮助冷却，比自冷式可增加容量30%～35%。

强迫油循环又分强油风冷和强油水冷两种，它是把变压器中的油，利用油泵打入油冷却器后再返回油箱。油冷却器做成容易散热的特殊形状（如螺旋管式），利用风扇吹风或循环水做冷却介质，把热量带走。如果把油的循环速度提高3倍，则变压器的容量可增加30%。

17. 双绕组变压器一、二次绕组是分开绕制的，虽然装在同一铁心上，但相互之间是绝缘的，只有磁的耦合，没有电的联系。而自耦变压器实际上只有一个绕组，二次接线是从一次绕组抽头而来，因此，一、二次绕组之间除了电磁联系之外，还直接有电的联系。

双绕组变压器传送电功率时，全部是由两个绕组间的电磁感应传送的。自耦变压器传送功率，一部分由电磁感应传送，另一部分则是通过电路联接直接传送的。

18. 挖掘电缆工作应由有经验人员交代清楚后才能进行。挖到电缆保护板后，应由有经验的人员在场指导，方可继续进行。

另外，挖掘电缆沟前，应做好防止交通事故的安全措施。在挖出的土堆起的斜坡上，不得放置工具、材料等杂物。沟边应留有走道。

19. 锯电缆以前，必须与电缆图样核对是否相符，并确切证实电缆无电后，用接地的带木柄的铁钎钉入电缆芯后，方可工作。扶木柄的人应戴绝缘手套并站在绝缘垫上。

20. 熬电缆胶工作应有专人看管；熬胶人员，应戴帆布手套及鞋盖。搅拌或舀取溶化的电缆胶或焊锡时，必须使用预先加热的金属棒或金属勺子，防止落入水分而发生爆溅烫伤。

21. 半导体的导电性能随着外界因素的变化而变化，如某些半导体当受光线照射时，导电能力就增强。另外，在纯净的半导体中，适当地掺入极微量的杂质，导电性能将发生较大的变化。

22. 绝缘电阻表内没有设计产生反作用力矩的游丝，故其指针可以停留在任何位置上（没有使用前），因此也就没有必要设调零开关了。

23. LCWD-110 是 110kV 户外式带有差动保护用副绕组的电流互感器。

24. 电流通过导体时所产生的热量和电流值的平方、导体本身的电阻值以及电流通过的时间成正比，其表达式为 $Q = I^2Rt(\text{J})$。

25. 单相半波整流电路如图 2-8 所示，图中：VD 为二极管，T 为升压变压器。

26. 在整流电路始端输入低压交流电，而在输出端却得到高出输入电压多倍的直流电压时，称为倍压整流电路。

27. 导体的温度每增加 1℃时，它的电阻增大的百分

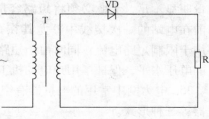

图 2-8

数叫电阻的温度系数。

28. 有电磁式、电动式、磁电式、感应式、整流式、电子式、热电式、静电式等。

29. 电流互感器的误差包括电流误差（或称变比误差）以及相角误差（或称角误差）两方面。常见等级有 0.2，0.5，1，3，10 等五种精度。

30. 一般是增大回路阻抗，如在电路中串入电抗器；或者使多台变压器或多条供电线路分开运行；采用继电保护快速切除故障，就可大大减轻短路造成的影响。

31. 电力系统中相与相之间短接，或中性点直接接地系统中一相或多相接地，均构成短路。

发生短路时，网络的总阻抗突然减小，回路中的电流可能超过正常运行电流的很多倍。短路电流使导线和设备过热，绝缘被损坏，短路持续时间越长，其危害越严重。导体流过短路电流时，还会产生强大的机械应力，使导体变形或支架损坏，短路还引起网络电压急剧下降，其结果可能导致部分或全部用户供电破坏。电网发生短路时，电流、电压及它们的相位均发生变化，严重时会引起电网瓦解。

32. 运行中的电气设备和电力线路，如果由于绝缘损坏而使带电部分碰到接地的金属构件或直接与大地发生电气连接时，称接地短路。

当发生接地时，通过接地点流入大地中的电流称接地短路电流。

33. 有中性点直接接地、中性点经消弧线圈接地和中性点不接地三种形式。

34. 随着系统的日益发展，短路容量增加很大，某些开关的遮断容量明显不足，为此必须将短路容量加以限制，以便选择轻型开关。目前在电站的一次接线中，尤其在 6～10kV 系统多采用电抗器，主要用于限制短路电流；同时由于短路时电抗压降较大，从而维持了母线的电压水平，保证了用户电动机工作的稳定性。

35. 电力网中常用的电抗器有空心电抗器、铁心电抗器、饱和电抗器等三种形式。

按安装的形式分，则有垂直、水平和品字形等三种形式。

36. 电力系统潮流的经济分配是以 50Hz 为前提的，当频率偏离 50Hz 时，网络参数发生变化，从而破坏了潮流的经济分配，增加了电网损耗，恶化了电力系统运行的经济性。

变压器在低频运行时，铁心磁密加大而使铁损加大，从而限制了变压器的容量的使用。

37. 对输电线路而言，除线路感性阻抗外，还有线路对地电容，一般线路的容抗大于线路的感抗，在无负载电流情况下，回路中将流过容性电流，由于线路感抗上的压降与线路电容压降反向，故线路末端将有较大电压升高。

38. 电力系统的内部过电压是由系统内部电磁能量的变换、传递和积聚而引起的。当系统内进行操作或发生故障时，就会引起上述能量的变换和传递。一般来讲，如果是在操作或故障的过渡过程中引起的过电压，其持续时较短，称作"操作过电压"。如果在操作或故障之后，系统的某些部分形成自振回路，并且其自振频率与电网频率满足一定关系而发生谐振现象时，就会出现持续时间很长的周期性过电压，这类过电压叫做谐振过电压。

39. 二次回路也称二次接线，它是由监察表计、测量仪表、控制开关、自动装置、继电器、信号装置、控制电缆等二次元件所组成的电气联接回路。

40. 二次回路的任务是通过对一次回路的监察、测量来反映一次回路的工作状态，并控制一次系统。当一次回路发生故障时，继电保护装置能将故障部分迅速切除，并发信号，保证一次设备安全、可靠、经济、合理地运行。

41. 二次回路电缆的选择常与它所使用的回路种类有关。如按机械强度要求选择时，当使用在交流回路时，最小截面积应不小于 $2.5mm^2$；当使用在交流电压回路或直流控制及信号回路时，不应小于 $1.5mm^2$。若按电气要求选择，一般应按表计准确等级或电流互感器 10% 的误差曲线来选择，在交流电压回路中，则应按允许电压降选择。

42. 放电记录器是监视避雷器运行，记录避雷器放电次数的电器。它串联接在避雷器与接地装置之间，避雷器每次动作它都会以数字累计显示出来。

43. 我国生产和常用的放电记录器有 FS 型和 JS 型, FS 型记录器为长方盒式, 结构简单, 重量轻, 透过正面玻璃窗, 可以看到记录数字, 这种记录器能连续记录 6 次。

JS 型记录器在与避雷器配合使用时, 要保证其本身压降占避雷器残压比例尽量小, 一般 JS-1 和 JS-3 型适用于 15kV 及以上的 FZ 型避雷器, JS-2 型适用于 FCD 型避雷器, 而 FCD 和 FS 型避雷器由于本身的残压都很低, 接入记录器后将使总的残压大为增加, 对电气设备的绝缘不利, 所以 FCD 和 FS 型避雷器不能使用 JS 型记录器, 可使用压降极小的 JLG 型感应式记录器。

44. 用万用表测量电流、电压时, 不得在带电的情况下进行量程切换, 特别是在高电压大电流的情况下, 以免烧坏万用表的转换开关。

45. 使用万用表测量电阻时, 不得在带电的情况下进行, 其原因之一是影响测量结果的准确性, 二是可能把万用表烧坏。

第三节　应知专业知识考核内容

一、考核重点

1. 电力电缆运行知识及预防性试验周期、标准;
2. 电力电缆敷设施工技术要求;
3. 110kV 及以下各种类型电力电缆结构特点;
4. 110kV 及以下各种类型电缆附件结构特点及安装工艺;
5. 电力电缆测试技术;
6. 常用电缆绝缘材料的特点。

二、考核习题

(一) 名词解释

1. 工作接地	2. 保护接地	3. 重复接地
4. 接地体	5. 接地电阻	6. 接地电流
7. 零线	8. 零点	9. 中性线
10. 中性点	11. 阀型避雷器	12. 磁吹避雷器
13. 氧化锌避雷器	14. 避雷针	15. 避雷线

16. 一级外护层　　17. 二级外护层　　18. 芯绝缘层

19. 统包绝缘层　　20. 充油电缆需油率　21. 充油电缆需油量

22. 绝缘层　　　　23. 环氧树脂　　　　24. 线规

25. 强度　　　　　26. 环境温度　　　　27. 闪点

28. 工频接地电阻　29. 接地装置　　　　30. 高温场所

31. 潮湿场所　　　32. 熔点　　　　　　33. 剖视图

34. 聚乙烯塑料　　35. 电缆探伤仪　　　36. 线路故障脉冲遥测仪

37. 电缆故障闪络测距仪　　　　　　　　38. 压电晶体拾音器

39. 振膜式拾音棒　40. 过载能力　　　　41. 波速

42. 波长　　　　　43. 反射　　　　　　44. 波阻抗

45. 特性阻抗　　　46. 防火门　　　　　47. 防火阀

48. 防火板　　　　49. 防火包　　　　　50. 灭火系统

51. 六氟化硫气体全封闭组合电器（GIS）52. 电压波动

53. 中央信号系统　54. 设备事故　　　　55. 动态稳定

56. 动稳定性　　　57. 地理接线图　　　58. 低频振荡

59. 故障录波器　　60. 供电可靠系数　　61. 非晶合金变压器

（二）名词解释答案

1. **工作接地：**在正常情况下，为了保证电气设备安全可靠地运行，必须在电力系统中某一点接地时，称为工作接地。例如，某些变压器低压侧的中性点接地即工作接地。

2. **保护接地：**为了防止电气设备的绝缘损坏而发生触电事故，将电气设备的在正常情况下不带电的金属外壳或构架与大地连接，称为保护接地。

3. **重复接地：**将零线上的一点或多点再次或多次与大地作电气连接，称为重复接地。

4. **接地体：**埋入地中直接与大地接触的金属导体，称为接地体。分自然接地体和人工接地体。

5. **接地电阻：**是指电气设备接地部分的对地电压与接地电流之比。

6. **接地电流：**当发生接地短路时，经接地短路点流入大地的电流，称为接地短路电流或接地电流。

7. 零线：由零电位点引出的导线称为零线。

8. 零点：即零电位点，故接地的中性点又称为零点。

9. 中性线：由中性点引出的导线称为中性线。

10. 中性点：在三相绕组的星形联接中，三个绕组末端连接在一起的公共点"0"称为中性点。

11. 阀型避雷器：阀型避雷器是避雷器的一种，主要由火花间隙和工作电阻两部分组成。火花间隙的电极由铜片制成，中间垫以环型云母垫圈。工作电阻是由碳化硅用水玻璃和石墨胶合后经烧制而成。火花间隙和工作电阻都安装在密封的瓷质容器中。

12. 磁吹避雷器：是避雷器的又一种，是在阀型避雷器的基础上发展而成的，其结构也由多个串联的间隙和阀片组成，但它的每个间隙的结构与普通阀型避雷器的不同，采用灭弧能力比一般间隙强的所谓"旋转电弧型磁吹间隙"。

13. 氧化锌避雷器，氧化锌避雷器是一种新型避雷器。这种避雷器的阀片以氧化锌（ZnO）为主要原料，附加少量能产生非线性特性的金属氧化物，经高温焙烧而成。氧化锌阀片具有很理想的伏安特性，在工作电压下流经氧化锌阀片的电流仅为 $1mA$，实际上相当于绝缘体。当作用在氧化锌阀片上的电压超过某一值（此值称为动作电压）时，将发生"导通"，当作用的电压降到动作电压以下时，氧化锌阀片"导通"终止，又相当于绝缘体，因此不存在工频续流。氧化锌避雷器因无间隙，所以瓷套表面污秽对它的电压分布及放电电压基本上无影响，特别适用于污秽地区，因无续流，故也能适用于直流。

14. 避雷针：为避雷针防雷装置的顶上部分，是装在高出被保护物顶端一定高度的金属导体。

15. 避雷线：也叫架空地线，它是敷设在高空的引雷导线，为避雷线防雷装置的顶上部分。

16. 一级外护层：就是只对金属护套具有可靠防蚀保护作用的外护层。

17. 二级外护层：对金属护套和铠装都具有可靠防蚀保护作用的外护层。

18. 芯绝缘层：包在每一线芯上的绝缘层称为芯绝缘层。

19. 统包绝缘层：包在绞合绝缘线芯外的绝缘层称为统包绝缘层。

20. 电缆的需油率，当电缆温度因某种原因（负载、环境条件等）发生变化时，每单位长度在单位时间从供油设备吸取或向供油设备送回的油量。

21. 需油量：单位长度电缆在整个温度变化过程中从供油设备所吸收或送回供油设备的油量。

22. 绝缘层：隔绝导体上的高压电场对外界的作用的护层。

23. 环氧树脂：分子式两端有两个或两个以上环氧基 $\left(\begin{array}{c} CH_2-CH- \\ \diagdown \ \diagup \\ O \end{array}\right)$ 的物质。

24. 线规：导线截面尺寸的规范。

25. 强度：材料或构件受力时抗破坏的能力。

26. 环境温度：指所在场所内月（旬）的平均温度。

27. 闪点：液体表面挥发的蒸气与空气形成混合物，当火源接近时，能发生闪燃现象而不能引起液体本身燃烧时的液体最低温度称为闪点。

28. 工频接地电阻：按通过接地体流入地中的工频电流而求得的电阻，称为工频接地电阻。

29. 接地装置：接地体和接地线的总和，称为接地装置。

30. 高温场所：温度经常超过 40°C 的处所。

31. 潮湿场所：相对湿度经常超过 75% 的处所。

32. 熔点：固体开始熔化为液体时的温度。

33. 剖视图：即用一假想平面剖切物体的适当部分，然后把观察者与剖开平面之间的部分移开，余下部分的视图。

34. 聚乙烯塑料：由乙烯聚合而成的塑料，具有半透明、无毒、耐水、耐腐蚀、绝缘性高的特点。

35. 电缆探伤仪：该仪器以 QF-A·R 为代表。仪器采用电桥法原理制成，可用来测量接地故障，相间短路故障和断线故障，此外，它还能测量电缆的电容及电阻值。

36. 线路故障脉冲遥测仪：是用以测量电缆线路及其它输电线路的断线或低电阻（100Ω以下）接地故障的仪器。测量的基本原理是在被测线路上送入一脉冲电压，当发射脉冲在传输线上遇到故障时便产生反射，脉冲波来回的时间差，通过仪器的指示器（示波系统）表示出来，从而可迅速而又准确地确定故障点的距离和性质，特别适用于断线故障的测定。

37. 电缆故障闪络测距仪：简称闪测仪，是用来测量电缆线路故障的仪器，它适用于闪络故障和高电阻接地故障，同时还可以对断线或接地故障进行测量。借助闪测仪寻找电缆故障，不需烧穿技术，使得故障测寻时间大为缩短。

38. 压电晶体拾音器：又名故障定点仪，由探头、接收放大器和耳机组成，它是闪测仪的组成部分之一，是能在地面上接收故障点放电的机械振动，经压电晶体变成电信号，加以放大，传到耳机而确定故障点的仪器。

39. 振膜式拾音棒：俗称"听棒"，在声测定点试验中用以辨别并找出故障点的工具。它是传统的声测定点工具，无放大作用，故有一定的使用范围，只能在粗测得到大致地段后才用它，但它准确度极高。

40. 过载能力：机械及电气设备的最大可能输出对额定输出之比。

41. 波速：波传播的速度。

42. 波长：波源振动时，波在一个振动周期内传播的距离。

43. 反射：波在传播过程中达到两种媒质的界面时返回原媒质的现象。

44. 波阻抗：表征在自由空间或波导内任何一点，电磁波的电场强度与磁场强度的比值的一个参数。

45. 特性阻抗：在无限长均匀传输线上，任何一点的复数电压与复数电流的比值都相等，这个比值称为"特性阻抗"。

46. 防火门：用于变压器室、开关室、电容器室、电缆夹层等防火分区的人员进出口。

47. 防火阀：用于变压器室的通风口，一旦确认火灾，它在灭火系统释放前关闭。

48. 防火板：用于电缆夹层中的电缆桥架，将上、下层电缆进行防火隔离。

49. 防火包：用于电缆分隔、设备的进出线端口、电缆穿越建筑物的洞口。

50. 灭火系统：水喷雾灭火系统、气体灭火系统、移动式灭火系统的统称。对于主变压器，在室外布置的变电站，应采用水喷雾灭火系统；对于室内主变压器、电容器室、电缆夹层接地变压器、开关室等，应采用气体灭火系统。

51. 六氟化硫气体全封闭组合电器（GIS）：将整个变电所（除变压器外）的电气元件，如母线、隔离开关、断路器、电流互感器、电压互感器、接地开关、避雷器等全部封闭在接地的金属压力密封容器内，充以 $300 \sim 600 kPa$（表压）的六氟化硫气体，作为相对地、相对相及断口间的绝缘，此全套电器称为六氟化硫气体全封闭组合电器。

52. 电压波动：电力系统中由于负荷变化，特别是无功负荷变动所引起的电压无规则的上下偏移。

53. 中央信号系统：以不间断灯光、音响或其它指示信号来表示各种设备在运行中所处状态的信号控制系统。它适用于帮助运行人员迅速判明事故或异常运行的性质、范围和地点，以便及时作出正确处理。

54. 设备事故：是指电力生产企业，发供电设备和电力系统发生异常运行时造成设备损坏，停止运行，降低出力，少送电（热），电能质量下降和造成经济损失等。

55. 动态稳定：电力系统在遭受具有突变性较大的扰动后，仍能恢复原来的运行状态或过渡到接近原来运行状态的能力。

56. 动稳定性：电气设备能够承受电动力的作用，而不会导致设备永久地变形和损坏的能力。

57. 地理接线图：将电力系统中主要部分，如发电厂、送电线路和变电所等，按他们实际所处地理位置和连接方式，用规定的图形或符号，在简化了的地图上绘制而成的接线图。一般用单线表示，图上以线条粗细表示不同电压等级的送电线路，还标注有发电厂的装机容量，送电线路导线型号和长度，变电所的规模等主要数据，以便于了解该电力系统的地理位置和范围、规模、电网结构等状况。

58. 低频振荡：电力系统遭受小扰动（如系统操作）引起的频率很低的机电自由振荡。

59. 故障录波器：为分析电力系统事故及保护装置和安全自动装置在事故过程中的动作情况，以及为迅速判定线路故障点的位置，而在主要发电厂、变电所装设的记录故障时，与电力系统有关参量（如电压、电流、功率等）的装置。

60. 供电可靠系数：全年小时数减去全年停电累计小时数的差，与全年小时数的比值即为供电可靠系数 K。$K = (8760 - t_0)/8760$（t_0 为全年停电累计小时数）。

61. 非晶合金变压器：这种变压器的铁心是采用一种非晶合金材料制作的，这种材料含铁 80%，含硅、硼 20%，具有异常的强度、硬度、韧性和较强的耐腐蚀性以及独特的磁特性，即具有高导磁率、低矫顽力、低铁损和高电阻率等特性。这种新型变压器的铁心损耗只有普通变压器铁损耗的 25% ~ 35%。

（三）选择题（将正确答案的代号填写在空括号中）

1. 制做充油电缆时（　　）松香焊剂。

（A. 可以使用　　B. 最好不用　　C. 不能使用）

2. 电缆在保管期间，应每（　　）检查一次木盘的完整、封端的严密等。

（A. 三个月　　B. 六个月　　C. 一个月）

3. 电缆穿管敷设时，电缆管的内径不应小于电缆外径（　　）。

（A. 2 倍　　B. 1 倍　　C. 1.5 倍）

4. 充油电缆的油压不宜低于（　　）。

（A. 196kPa（2kgf/cm²）　　B. 147kPa（1.5kgf/cm²）　　C. 294kPa（3kgf/cm²）

5. 20 ~ 35kV 铠装铅包电缆最大允许敷设高度为（　　）。

（A. 10m　　B. 15m　　C. 5m）

6. 外护层有绝缘要求的电缆在测其电阻时应使用（　　）。

（A. 500V 绝缘电阻表　　B. 1000V 绝缘电阻表　　C. 2500V

绝缘电阻表）

7. 电缆线芯的几何尺寸主要根据电缆（　　）决定。

（A. 传输容量　　B. 敷设条件　　C. 容许温升）

8. 注油设备着火应使用（　　）灭火。

（A. 水　　B. 二氧化碳　　C. 四氯化碳）

9. 雷电时，（　　）测量线路绝缘。

（A. 不能　　B. 最好不测　　C. 严禁）

10. 高压设备发生接地时，室内不得接近故障点（　　）。

（A. 4m　　B. 8m　　C. 2m）

11. 电缆在封焊地线时，点焊的大小为长 15～20mm，宽（　　）左右的椭圆形。

（A. 20mm　　B. 10mm　　C. 15mm）

12. 制作电缆终端头时，耐油橡胶管应套到离线芯根部（　　）。

（A. 10mm　　B. 30mm　　C. 20mm）

13. 使用压钳进行冷压接时，应先压（　　）鼻子口的坑。

（A. 靠近　　B. 远离　　C. 或后压）

14. 制作户外—Ⅰ型环氧树脂电缆头，打毛工序一般要求在喇叭口以下（　　）。

（A. 10mm 处　　B. 20mm 处　　C. 30mm 处）

15. 制作 10kV 环氧树脂电缆中间接头时，其极间距离为（　　）。

（A. 10mm　　B. 15mm　　C. 18mm）

16. 登杆用的脚扣静拉力试验周期为（　　）。

（A. 一年一次　　B. 半年一次　　C. 二年一次）

17. 竹（木）梯荷重试验周期为（　　）。

（A. 半年一次　　B. 一年一次　　C. 二年一次）

18. 安全带的静拉力试验周期为（　　）。

（A. 半年一次　　B. 一年一次　　C. 二年一次）

19. 安全腰绳的静拉力试验周期为（　　）。

（A. 半年一次　　B. 一年一次　　C. 二年一次）

20. 升降梯本身的静拉力试验周期为（　　）。

138

（A. 半年一次　　B. 一年一次　　C. 二年一次）

21. 某人在封电缆头时，发现揩搪时间太短，决定重新配制铅封，他需增加（　　）的含量。

（A. 铅　　B. 锡　　C. 两者同时增加）

22. 剥切梯步时，半导体屏蔽纸（　　）。

（A. 不应剥除　　B. 应全部剥除　　C. 应剥至离剖铝口 5mm）

23. 用绝缘胶来灌电缆头时，胶的收缩率（　　）。

（A. 越大越好　　B. 不应太大　　C. 越小越好）

24. 相同截面的铝导体与铜导体连接时，（　　）连接。

（A. 可直接用铝管连接　　B. 可直接用铜接管　　C. 可用镀锡的铝接管）

25. ZQP₃ 型号电缆的最大特别点是适用于（　　）敷设。

（A. 垂直或高落差　　B. 水底　　C. 电缆沟）

26. 钢丝铠装层的主要作用是（　　）。

（A. 抗压　　B. 抗拉　　C. 抗弯）

27. 根据运行经验，聚乙烯绝缘层的破坏原因，主要是（　　）。

（A. 树脂老化　　B. 外力破坏　　C. 腐蚀）

28. 在切断电缆的地方，须先缠上两道铁丝（　　）。

（A. 以防钢甲散开　　B. 做为标记　　C. 以检查电缆用）

29. 图 2-9 所示，是三种包绕绝缘应力锥控制曲线的形状，（　　）正确。

（A. B　　B. C　　C. A）

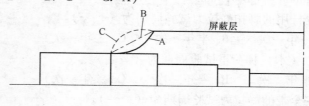

图　2-9

30. 电缆的额定电压越高，电场强度越大，空气的游离作用（　　）。

（A. 就越加显著　　B. 就越加减少　　C. 却不变）

31. 护层保护器的主要元件是由（　　）组成。

（A. 间隙　　B. 线性电阻　　C. 非线性电阻）

32. 558Z 型电缆头使用电缆复灌油，其浇灌温度是（　　）。

（A. 130~140℃　　B. 110~120℃　　C. 150℃）

33. 制做环氧树脂电缆中间接头后外面用沥青桑皮纸包绕，其主要作用是（　　）。

（A. 防潮　　B. 防外力　　C. 防腐）

34. 一般 10kV 以下电缆，将铅包胀到原来铅包直径的（　　）倍。

（A. 1.5　　B. 1.2　　C. 1.3）

35. 应力锥接地屏蔽段纵切面的轮廓线，理论上讲，应是（　　）曲线。

（A. 正弦　　B. 余弦　　C. 复对数）

36. 额定电压 10kV 粘性纸绝缘电缆的长期允许工作温度是（　　）。

（A. 60℃　　B. 65℃　　C. 80℃）

37. 额定电压 6kV 聚氯乙烯绝缘电缆的长期允许工作温度是（　　）。

（A. 60℃　　B. 65℃　　C. 80℃）

38. 额定电压 6kV 聚乙烯绝缘电缆的长期允许工作温度是（　　）。

（A. 60℃　　B. 65℃　　C. 70℃）

39. 额定电压 35kV 交联聚乙烯绝缘电缆的长期允许工作温度是（　　）。

（A. 60℃　　B. 70℃　　C. 80℃）

40. 额定电压 110kV 充油纸绝缘电缆的长期允许工作温度是（　　）。

（A. 70℃　　B. 75℃　　C. 80℃）

41. 交联聚乙烯绝缘电力电缆采用紧压形导体的目的是（　　）。

（A. 节省材料　　B. 工艺方便　　C. 防止水分进入）

42. 交联聚乙烯绝缘电力电缆耐热特性（　　）聚乙烯。

（A. 优于　　B. 不如　　C. 基本相同）

43. 超导材料在超导状态下，直流电阻等于零。在交流情况下，磁力线出入超导材料的表面内部，因此，交流电阻（　　）。

（A. 并不等于零　　B. 等于零　　C. 等同于直流情况）

44. 对额定电压为（　　）kV 的电缆线路可用 1000V 或 2500V 绝缘电阻表测量导体对地绝缘电阻代替直流耐压试验。

（A. 1.0/3　　B. 3.6/6　　C. 0.6/1）

45. 对 110kV 交叉互联系统的电缆外护层做绝缘直流耐压试验，试验时（　　）护层保护器断开。

（A. 不得将　　B. 必须将　　C. 可以将）

（四）选择题答案

1. C	2. A	3. C	4. B	5. C	6. A
7. A	8. B	9. C	10. A	11. A	12. C
13. A	14. C	15. C	16. B	17. A	18. A
19. A	20. A	21. A	22. C	23. C	24. C
25. C	26. B	27. C	28. C	29. C	30. A
31. C	32. A	33. C	34. C	35. C	36. A
37. B	38. C	39. C	40. B	41. C	42. A
43. A	44. C	45. B			

（五）填空题

1. 电力电缆的主要电气参数是线芯的____、____、____和____。

2. 电缆金属材料的腐蚀都属于____的范畴。

3. 钢带铠装层的主要作用是____。

4. 铝护套的耐蚀性一般认为比铅____。

5. 线芯的损耗主要由____和____来决定。

6. 并列运行的电缆，其长度应____。

7. 铅芯、纸绝缘、分相铅包、钢带铠装电力电缆的型号表示为____。

8. YJLV39 的含义为____。

9. 单芯电缆的铅包只在一端接地时，在铅包另一端正常感应电压一般不应超过____。

10. 喷灯在加油时，不准____。

11. 铅与锡的熔点分别为____和____。

12. 电缆引入电器设备或接线盒内，其进线口处应____。

13. 滚动电缆必须____电缆的____方向。

14. 在同一支架上敷设时，电力电缆应放在控制电缆的____。

15. ____、____、____称为电缆的二次参数。

16. 电缆沟内的金属结构物均应全部____或涂以____漆。

17. 电缆沟应有良好____措施，以防电缆长期被水浸____。

18. 电缆隧道应具有良好____措施，以使电缆隧道的温度不会____。

19. 露天敷设的电缆应尽量避免太阳____照射，必要时可加装____罩。

20. 裸露的铠装必要时涂以____漆，以防____。

21. 安装电缆接头或终端头应在____良好的条件下进行。

22. 安装电缆接头或终端头时应尽量避免在____、____环境下进行。

23. 安装户外接头的工作，应有防止____和外来____的措施。

24. 电缆两端的终端头均应安装____，记载____名称。

25. 电缆终端头的相位____应明显，并与电力系统的____符合。

26. 电缆在运输和装卸时，为避免压伤电缆，禁止将电缆盘____运输。

27. 排管通向人井应有不小于____的倾斜度。

28. 铜芯、铅包、径向铜带加固、充油电力电缆用____符号表示。

29. 1mmHg（毫米汞柱）= ____ atm（标准大气压）。

30. 在预防性试验中，15～35kV 油纸电缆的直流耐压试验电压为____额定电压。

31. 电化树枝的产生是由于孔隙中存在含____或其它____成分的溶液。

32. 要提高电缆的输送容量，要求电缆护层的介质损耗角正切____和____的稳定性。

33. 充油电缆铜带护层主要承受电缆____压力，而钢丝主要承受____。

34. 单芯交流电缆的护层不可采用____，应采用____材料。

35. 导体的连接主要分为____和____两种。

36. 封焊铅包时间过长会造成____而损伤电缆绝缘。

37. 35kV 户外电缆终端头，引线之间及引线与接地体之间的距离为____。

38. 耐油橡胶管是由____加工成型的薄壁管子。

39. 铜-铝导体连接，宜采用____过渡接头，如采用铜压接管，其内壁必须____。

40. 两种不同截面的铝导体压接时，必须用____ L1 级的铝棒加工成相应截面积的____。

41. 短路电流不大的电缆线路，铜导体的连接可以用____。

42. 铝导体和其它设备的铜件连接，应该用铜铝____。

43. 铜导体与其它设备的铝件连接，应该用铜铝____。

44. 当系统发生短路时，电缆线路有锡焊的中间接头，其最高允许温度不宜超过____。

45. 当系统发生短路时，电缆线路有压接的中间接头，其最高允许温度不宜超过____。

46. 充油电缆用的电缆油，一般每隔____进行一次测量试验。

47. 充油电缆的油样，一般应取自____油箱的一端。

48. 装有油位指示的电缆终端头，年年应检视油位的____。

49. 临界电流密度、临界磁感强度和临界温度称为____三个主要特性参数。

50. 单芯和三芯 XLPE 电缆的电场均可看作单芯电缆处理，理论计算用____电场。

（六）填空题答案

1. 有效电阻；电感；绝缘电阻；电容

2. 电化学

3. 抗压

4. 低

5. 导电截面；导电系数

6. 相等

7. ZLQF2

8. 铝芯、交联聚乙烯绝缘、聚氯乙烯护套、细钢丝铠装电力电缆

9. 65V

10. 吸烟

11. 230°C；327°C

12. 密封

13. 顺着；缠绕

14. 上面

15. 波阻抗；衰减常数；相移常数

16. 镀锌；防锈

17. 排水；泡

18. 通风；过高

19. 直接；遮阳

20. 沥青；腐蚀

21. 气候

22. 雨天；风雪天

23. 尘土；污物

24. 铭牌；线路

25. 颜色；相位

26. 平放

27. 0.1%

28. ZQCY22

29. 1/760

30. 4倍

31. 硫；化学

32. 较低；较高

33. 内部；拉力

34. 钢铠；非磁性

35. 焊接；压接

36. 局部过热

37. 400mm

38. 丁腈橡胶

39. 铜铝；镀锡

40. 高强度；压接管

41. 锡焊接法

42. 过渡接头

43. 过渡接头

44. 120°C

45. 150°C

46. 2～3 年

47. 远离

48. 高度

49. 超导材料

50. 同芯圆柱体

（七）问答题

1. 环氧树脂复合物有哪些优良的性能？

2. 电缆导体连接头应满足哪些基本要求？

3. 环氧树脂出厂规格中包括哪些项目？

4. 电缆纸有哪些基本性能？常见的规格尺寸有几种？

5. 电力电缆的截面应从哪几方面考虑？

6. 配制环氧树脂复合物时，为什么要严格掌握浇注时间？用三乙烯四胺做固化剂时，浇注温度为多少？

7. 粘性浸渍绝缘电缆的优缺点？

8. 电力电缆的绝缘层材料应具备哪些主要性能？

9. 导电线芯表面包绕的半导体屏蔽纸的作用？

10. 外护层由哪几部分组成，各起什么作用？

11. 对电缆的存放有何要求？

12. 对存放的充油电缆有何要求？

13. 发电厂、变电所的电缆线路的巡查周期有何规定？

14. 水底电缆线路的巡查周期有何规定？

15. 敷设在土中、隧道中的电缆巡查周期有何规定?

16. 巡查敷设在地下的电缆时,主要查哪些地方?

17. 巡查通过桥梁的电缆时,主要查哪些地方?

18. 巡查户外与架空线连接的电缆头时,主要查哪些地方?

19. 巡查多根并列电缆时,主要查哪些地方?

20. 巡查隧道内电缆时,主要查哪些地方?

21. 巡查充油电缆时,主要查哪些地方?

22. 巡查人员发现电缆有零显缺陷时如何处理?

23. 巡查人员发现电缆有普遍性的缺陷时如何处理?

24. 巡查人员发现电缆有重要缺陷时如何处理?

25. 低压四芯电缆的中性线起什么作用?

26. 电缆的容许载流量与哪些因素有关?

27. 为什么不允许电缆长时间过载运行?

28. 对安装前的新电缆验收试验项目有哪些?

29. 电缆在安装过程中应作哪些试验项目?

30. 新装电缆线路投入运行前的交接验收试验项目有哪些?

31. 试述缪雷环线法测量单相接地故障的原理。

32. ZQCY2 电缆所用电缆油有哪些性能数据?

33. 电缆接头和终端头的设计应满足哪些要求?

34. 超高压自容式充油电缆运输及堆放应注意什么?

35. 采用压接法连接铝芯电缆时,有什么优缺点?

36. 改善线芯三岔口处的电场分布和防止电晕,应采取哪些措施?

37. 对环氧树脂含氯及挥发量有什么要求? 为什么?

38. 根据《电力设备接地设计技术规程》,电缆的哪些部位应接地?

39. 机械敷设电缆时,牵引强度有何规定?

40. 电缆穿管时,应符合哪些规定?

41. 电缆的接地线的规格有何要求?

42. 电缆的分支箱处的接地线有何要求?

43. 有绝缘外壳的电缆终端头装设零序电流互感器时,其接地线怎样安装?

44. 有金属外壳的电缆头装设零序电流互感器时，其接地线怎样安装？

45. 采用什么办法防止电缆中间接头被腐蚀？

46. 对于电缆导体连接点的电阻有何要求？

47. 对于电缆导体连接点的机械强度有何要求？

48. 对于电缆导体连接点的耐腐蚀有何要求？

49. 对于电缆导体连接点的耐震动有何要求？

50. 何谓封铅操作的触铅法？

51. 何谓封铅操作的浇铅法？

52. 如何配制封铅焊条？

53. 新敷设的有中间接头电缆其直流耐压试验周期有何规定？

54. 无压力的 35kV 以下电缆的直流耐压试验周期有何规定？

55. 与机组连接的电缆的直流耐压试验周期有何规定？

56. 交联聚乙烯绝缘中杂质的存在对电缆安全运行有什么危害？

57. 交联聚乙烯绝缘电缆绝缘中含有微水，对电缆安全运行产生什么危害？

58. IEC 502 规定，在采用允许短路温度时必须考虑哪些因素。

59. 详述 10kV 电缆终端头制作前应做的安全准备工作的内容？

60. 10kV 电缆终端头制作工作结束时，收尾工作内容有哪些？

61. 10kV 三芯交联电缆的施工条件及要求有哪些？

62. 10kV 电缆施工前，对施工用工具、材料有何要求？

63. 电缆的半导体电层绝缘表面绕绝缘包带工作应准备哪些工具材料？

64. 电缆盘在运输工具上如何放置？

65. 充油电缆在运输中有何要求？

66. 充油电缆运到工地后应如何检查？

67. 对电缆管有哪些要求？

68. 对电缆管的内径有何要求？

69. 对电缆支架有哪些要求？

70. 哪些位置需挂电缆标志牌？

（八）问答题答案

1. 其优良性能有：

与金属材料和其它一些材料粘附性能很好，复合物有很高的机械强度和优良的物理性能；电气性能好以及耐化学药品稳定性高。

2. 应满足的基本要求包括：

（1）导体接头电阻要小而且稳定。这是最关键的一项性能指标，一般来说接头的电阻对相同长度同截面导线的电阻比为 1～1.2。

（2）有足够的机械强度。主要指接头的抗拉强度。

（3）耐腐蚀。

（4）便于施工安装、价廉。

3. 主要指标有：软化点（水银法）；环氧值（当量/100g）；挥发份（%）；有机氯基（当量/100g）；无机氯基（当量/100g）。

4. 电缆纸是由纯木质纤维素组成的片状材料，不溶于水、酒精及其它有机溶剂，也不和弱的酸碱起作用。当加热超过200°C时，才开始分解，具有很高的稳定性，但纸极易吸水，一般在大气中含有 8%～10% 的水分。电力电缆用的电缆纸有 0.08mm、0.12mm 及 0.17mm 三种厚度。1～10kV 的电缆芯绝缘常用 0.12mm 纸，带绝缘常用 0.17mm 纸。

5. 应考虑如下三方面：

（1）电缆长期允许通过的工作电流；

（2）一旦短路时的热稳定性；

（3）线路上的电压降不能超出允许工作范围。

6. 环氧树脂与石英粉混合物，温度越高可浇注期就越短。在加入固化剂前，环氧树脂和石英粉复合物的温度高对浇注质量是有利的，因为此时复合物粘度低，流动性好，能很好地淌流，充满各个缝隙，不易产生气孔。同时浇注后电缆头会在较短时间内固化，但反应前的温度过高，对施工是不利的，另外环境温度对浇注温度也有一定影响，因此对各种固化剂，都有对应的浇注温度。对乙烯四胺做固化剂，其浇注温度，夏天取 48°C，冬天取 55°C 为宜。

7. 其优点是：在浸渍温度下黏度低，以保证浸渍完善；在电缆工作温度范围内黏度高，基本上不流动。

其缺点是：在电缆生产和使用过程中，不可避免地会在绝缘层中产生气隙。

8. 应具备下列主要性能：

（1）高的击穿场强（脉冲、工频、操作波）；

（2）低的介质损耗角正切（tanδ）；

（3）相当高的绝缘电阻；

（4）优良的耐树枝（移滑）放电、局部放电性能；

（5）具有一定的柔软性和机械强度；

（6）绝缘性能长期稳定。

9. 由于电缆线芯一般由多根导线绞合而成，在线芯表面和绝缘层间形成较大的间隙，一般情况下，间隙中充满了浸渍剂。另外，在绝缘层外表面与金属护套间经常也有大的间隙存在，间隙对于高压电缆性能具有极坏的影响，会降低电缆的游离特性，降低电缆的击穿强度。因此，一般采用半导体屏蔽层，把间隙屏蔽在电场作用之外。

10. 由三部分组成，其作用如下：

内衬层：位于铠装层和金属护套之间的同心层，起铠装衬垫和金属护套防蚀作用。

铠装层：在内衬层与外衬层之间的同心层，主要起抗压或抗张的机械保护作用。

外被层：在铠装层外面的同心层，主要对铠装起防蚀保护作用。

11. 电缆应储存在干燥的地方，有搭盖的遮棚，电缆芯下应放置枕垫，以免陷入泥土中。电缆盘不许平卧放置。

12. 对充油电缆的备品，应定期检查其油压是否在规定范围内和有无渗漏现象。

13. 发电厂、变电所的电缆沟、隧道、电缆井，电缆架及电缆线段等的巡查，至少每三个月一次。

14. 水底电缆线路，由现场根据具体需要规定，如水底电缆直接敷于河床上，可每年检查一次水底路线情况。在潜水条件允许下，应派遣潜水员检查电缆情况，当潜水条件不允许时，可测量河床的变化情况。

15. 敷设在土中、隧道中以及沿桥梁架设的电缆，每三个月至少巡查一次。根据季节及基建工程特点，应增加巡查次数。

16. 对敷设在地下的电缆线路，应查看路面是否正常，有无挖掘痕迹及线路标桩是否完整无缺等。

17. 对于通过桥梁的电缆，应检查桥塊两端电缆是否拖拉过紧，保护管或槽有无脱开或锈烂现象。

18. 对户外与架空线连接的电缆和终端头，应检查终端头是否完整，引出线的接头有无发热现象，电缆铅包有无龟裂、漏油，以及靠近地面一段电缆是否被车辆撞碰等。

19. 多根并列电缆，要检查电流分配和电缆外皮的温度情况，防止因接点不良而引起电缆过负荷或烧坏接点。

20. 隧道内的电缆，要检查电缆位置是否正常，接头有无变形、漏油，温度是否正常，构件是否失落，通风、排水照明等设施是否完整，特别要留意防火设施是否完善。

21. 充油电缆线路不论其投入运行与否，都要检查油压是否正常，油压系统的压力箱、管道、阀门、压力表是否完善，并注意与构架绝缘部分的零件有无放电现象。

22. 在巡视检查电缆线路中，如发现有零星缺陷，应记入缺陷记录簿内，据此编制月度或季度的维护小修计划。

23. 在巡视检查电缆线路中，如发现有普遍性的缺陷，应记入大修缺陷记录簿内，据此编制年度大修计划。

24. 巡视人员如发现电缆线路有重要缺陷，应立即报告运行管理人员，并作好记录，填写重要缺陷通知单。运行管理人员接到报告后应及时采取措施，消除缺陷。

25. 低压四芯电缆的中性线除作为保护接地外，还担负着通过三相不平衡电流，有时不平衡电流的数值比较大，故中性线截面积为相线截面的30%～60%，不允许采用三芯电缆外加一根导线做中性线的敷设方法。因为这样会使三相不平衡电流通过三芯电缆的铠装从而使其发热，降低电缆的载流能力。

26. 电缆的容许载流量与电缆的敷设方式、电缆并排条数、敷设地点的土壤温度、土壤热阻系数及周围环境条件有关。

27. 当电缆的截面与长度一定时，电缆的温度与电流的平方及时间成正比，即其发热量 $Q = I^2 Rt$（J）。不难看出，电缆过载运行时电流增大，温度将按平方关系迅速增高而超过允许值，因而加速了电缆绝缘的老化。且由于温度升高，电缆中的油膨胀，导致电缆内部产生空隙，在电场的作用下，这些空隙将发生游离使绝缘性能降低，缩短了电缆的使用寿命。故电缆线路原则上不允许过载运行，在故障情况下也要尽量缩短过载时间，以免影响电缆的使用寿命。

28. 新电缆在安装前的验收试验项目一般有：

（1）结构检查；

（2）潮气试验；

（3）导体直流电阻测量；

（4）电容测量；

（5）绝缘电阻测量；

（6）阻抗测量（正序）；

（7）介质损失角测量；

（8）直流耐压及泄漏电流测量；

（9）工频交流耐压测量（无条件可不做）。

29. 电缆在安装过程中的试验项目一般有：

（1）潮气试验；

（2）绝缘电阻测量；

（3）导体及铅包连续性试验；

（4）直流电压及泄漏电流测量（必要时进行）。

30. 新装电缆线路投入运行前的交接验收试验项目一般有：

（1）两端相位的核定；

（2）绝缘电阻测量；

（3）直流电压及泄漏电流测量。

（4）充油电缆的绝缘油试验。

31. 图 2-10 所示是缪雷环线法测量单相接地故障的原理接线图，将电桥的测量端子 X_1 和 X_2 分别接往故障缆芯和完好缆芯，这两芯的另一端用跨接线短接构成环线，于是电桥本身有两臂；故障点两侧的缆芯环线电阻又构成两臂。当电桥平衡时，则有 $R_x X = (2L - X) R X = 2L \dfrac{R}{R + R_x} (\text{m})$

式中　X——从测量端到故障点的距离（m）；

　　　L——电缆长度（m）；

　　　R——测量臂电阻（Ω）；

　　　R_x——比例臂电阻（Ω）。

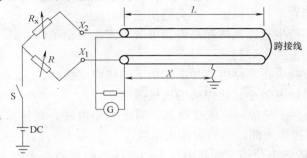

图 2-10　缪雷环线法接线图

32. 外观无色、透明，20°C 时运动粘度 6.5～8.5mm²/s，击穿强度不小于 240kV/cm，介质损失角正切 100°C 初始不大于 0.001，老化条件：温度 115±1°C，时间 96h。

33. 应满足的要求有：

（1）耐压强度高，导体连接好，耐压水平必须不低于完整电缆的电气强度；导体连接处的接触电阻要小而稳定；其温升不能高于完整电缆芯导体的温升。

（2）机械强度大，介质损失小，机械强度必须适应各种运动条件；介质损失在运行温度范围内不能有过大的变化。

（3）结构简单，密封性强，便于加工制样和现场施工。

34. 应注意：

（1）在运输中，电缆盘须用托架、枕木、钢丝绳加以固定并需专人押送；应随时注意盘内压力箱的油压变化，连接压力箱的铜管、压力表有否损坏，阀门是否打开，应使其处在打开位置，电缆盘固定应牢固。

（2）为了避免太阳直射（尤其夏天）致使电缆内油压变化过大，到达工地后，应将电缆盘放置在工棚内和户内等合适场所。

（3）电缆盘在装运和到达工地后应尽量减少滚动，如需滚动时必须按电缆盘的缠绕方向滚动。

35. 优点：

（1）压接方法简便，易于掌握，用同一模具压接，质量差别小。

（2）因它不产生高温，不会损伤绝缘。

（3）不产生有毒气体和高温，可改善工人劳动条件。

（4）不需使用焊料。

（5）压接头在短路电流冲击作用下的热稳定性好。

（6）接触电阻小，比焊接的机械强度大。

缺点：必须配备一套压接设备，对统包型电缆，在压接过程中，容易因线芯过多弯曲过多而损伤纸绝缘。

36. 采取等电位值，即在电缆头的各线芯根部绝缘表面上包一段金属带，并将其连接在一起。对于没有绝缘浇注材料的干包型电缆终端头和交联聚乙烯电缆头，等电位法的采用更为普遍。

37. 要求：挥发量一般控制在2.5%或10%以下，挥发量过大，当加入固化剂后，放热反应过程中，容易挥发而使固化后的环氧树脂中形成气孔，降低它的机械及电气性能。因此对含氯量有规定，过分小不但要降低其它电气性能，而且在固化后易产生小面积的鱼鳞状疵裂。

38. 下列各部分应用导线相互联通并接地：

（1）电缆终端头和中间接头的铅（铝）包和铠装；

（2）分相铅（铝）包电缆的三相终端法兰、中间接头、外壳和电缆铅（铝）包；

（3）电缆人井中电缆接头和金属支架。

39. 规定见表2-1。

表　2-1 （N/cm）

牵引方式	牵引头		钢丝网套	
受力部位	铜芯	铝芯	铅护套	铝护套
允许牵引强度	70	40	10	40

40. 应符合如下三方面：

（1）每根电力电缆应单独穿入一根管内，但交流单芯电力电缆不得单独穿入钢管内。

（2）裸铠装控制电缆不得与其它处护层的电缆穿入同一根管内。

（3）敷设在混凝土管、陶土管、石棉水泥管内的电缆，宜使用塑料护套电缆。

41．电缆接地线的规格，严格说来，应按电缆线路的接地电流大小而定。但在实际施工时，往往缺乏这方面的资料，通常可按表 2-2 所示选取。

表　2-2

（mm²）

电缆导体截面积	接地线截面积
35 以下	10
50～120	16
150～240	25

表 2-2 所列截面多指铜芯电缆的截面，铝芯电缆可按该表大一号截面相应选用。

42．电缆分支箱处一般需安装两根接地线，以长 2m、直径为 50mm 的钢管埋入地下，作为接地极。并应满足《电力设备接地设计技术规程》的要求。

43．有绝缘外壳的电缆终端头，如环氧树脂和尼龙终端头，当接地线安装在零序电流互感器以下时，接地线不需穿过零序电流互感器；当接地线安装在零序电流互感器以上时，接地线需穿过零序电流互感器，并使用绝缘导线。

44．为了防止由于电缆护套和铠装层中流动的杂散电流引起零序保护器的误动作，有金属外壳的电缆头，必须用绝缘材料将其支架隔离。继电保护规程规定，有零序保护的电缆头对地绝缘电阻应不小于 50kΩ，同时，电缆终端头接地线必须自上而下穿过零序电流互感器，接地线采用绝缘导线。

45．对于铅包电缆，通常的办法是采用热涂沥青与桑皮纸组合（沥青层与桑皮纸层间隔各两层）作为防蚀层。对于铝包电缆，则更需加强防蚀措施。例如在铝包电缆锯齐钢带处，需保留 40mm 长电缆本体的塑料带沥青防腐层。在用汽油将铝包表面揩擦干净之后，从接头盒封铅处起，至锯齐钢带止，加热涂沥青一层，即半重叠绕包聚氯乙烯塑料带两层、自粘性塑料带一层，然后再加上沥青、桑皮纸组合防蚀层。对于铝包电缆户外终端头下面的部分裸露铝包，也应该以半重叠绕包法包两层自粘性塑料带以防止铝包腐蚀。

46. 要求连接点的电阻小而且稳定。连接点的电阻与相同长度、相同截面的导体的电阻之比值，对于新安装的终端头和中间接头，应不大于1；对于运行中的终端头和中间接头，这个比值应不大于1.2。

47. 连接点的机械强度（主要指抗拉强度）一般低于电缆导体本身的抗拉强度。对于固定敷设的电力电缆其连接点的抗拉强度要求不低于导体本身抗拉强度的60%。

48. 因为电缆的接触点为铜和铝相接触，由于这两者金属标准电极电位相差较大（铜为 ±0.345V；铝为 −1.67V），当有电介质存在时，将形成以铝为负极、铜为正极的原电池，使铝产生电化腐蚀，从而使接触电阻增大。另外，由于铜铝的弹性模数和热膨胀系数相差很大，在运行中经多次冷热（通电与断电）循环后，会使接点处产生较大间隙而影响接触，从而产生恶性循环。因此，铜和铝的连接，是一个应该十分重视的问题。一般地说，应使铜和铝两种金属分子产生相互渗透，例如采用铜铝摩擦焊、铜铝闪光焊和铜铝闪光焊与铜铝金属复合层等。在密封较好的场合，如中间接头，可采用铜管内壁镀锡后进行铜铝连接。

49. 要能耐振动。在船用、航空和桥梁等场合，对电缆接头的耐振动性要求很高，往往超过了对抗拉强度的要求。这项要求主要通过振动（仿照一定的频率和振幅）试验后，测量接点的电阻变化来检验，即在振动条件下，接点的电阻仍应达到规定的要求。

50. 所谓触铅法是以喷灯加热封铅部位，同时熔化封铅焊条，将其粘牢于封铅部位上面，并用喷灯继续加热，同时用由牛羊油浸渍过的抹布将封铅加工成所要求的形状和大小。

51. 所谓浇铅法是将配制好的封铅焊条盛在特制的铅缸中，置于炉子上加热，使其呈液态，温度不宜过高（可用白纸插入铅缸取出而纸呈焦黄色为宜）。使用时用铁勺舀取，浇在封铅部位上。

52. 封铅焊条的配制方法如下，封铅配比以纯铅65%、纯锡35%（重量）为宜，选择这个比例是考虑到有较宽的操作温度范围，便于封焊并具有一定的机械强度。配置封铅时，先将铅、锡两种金属按重量比称好，然后将铅放在铅缸内加热熔化，再将锡加入；待锡全部熔化后，将温度维持在260℃左右。这时，为防止铅、锡表面氧化及其升华物影响工作人员健康，可在表面盖一层稻草灰。为试探温度是否适宜，可将一张白纸放于铅缸内，若过 1~2s 后纸被熏黄，则温度合适，如果纸被熏焦，则表明温度太高。温度过高，容易使锡氧化以及铅锡升华。用勺子均匀搅拌后，将铅锡材料舀到特制模具内，浇成封铅焊条，让其迅速冷却。一般封铅焊条长 700mm，重量约 2kg。

53. 新敷设的中间接头的电缆线路，在加入运行 3 个月后，应试验一次，以后按一般周期试验。

54. 无压力的重要电缆每年至少应试验一次；无压力的其它电缆，至少每三年试验一次。

55. 与机组连接的电缆，应在该机组大修时进行试验。

56. 在交联聚乙烯绝缘电缆中的杂质，可使电场强度集中而产生电晕放电。一些树枝生长的源头往往发源于绝缘中杂质颗粒，这是由于杂质颗粒介电常数远大于交联聚乙烯介电常数，电场在杂质表面形成畸变，使局部击穿，进一步扩大击穿通道，在上述过程不断往复循环后形成树枝状放电。因此，在生产过程中要严格控制杂质尺寸，特别是 110kV 以上超高压电缆。

57. 绝缘中含有微水，会引发绝缘体中形成水树枝，造成绝缘破坏，水树枝直径一般只有几个微米，由许多微观上的小水珠空隙组成放电通路，电场和水的共同作用形成水树枝。因此，在生产过程中严格控制绝缘中水的含量，以减少水树形成的机会。

58. 必须考虑以下因素：

（1）由于短路的热机械力而产生绝缘变形会减少绝缘的有效厚度。

（2）由于导体屏蔽和绝缘层受到不利因素影响而丧失屏蔽效果，而且外护套料的热性能也是限制因素。

（3）在电缆线路上采用的附件中机械和焊接方法连接导体的连接管必须适应电缆短路温度。

59. 应做的安全准备工作：

（1）按工作票所列的要求，断开有可能返回低压电源的断路器、隔离开关，加挂接地线。

（2）对验电器自检合格后再进行验电，验电时必须戴绝缘手套。逐相进行验电，先验低压，后验高压；先验下层，后验上层。

（3）验明无电压后，挂接地线。接地线应先挂接地端，后挂导线端，人员不能触碰接地线。

（4）根据作业任务、定置图及围栏布置安全措施。

（5）登杆作业时，根据作业环境，在杆塔下方的地面上设置与外界隔离的警示标志。

60. 收尾工作的内容有：

（1）进行自检、互检和验收检，应符合施工标准，无遗漏工具、材料等。

（2）负责人清点人数，由监护人监督拆除现场接地线及辅助安全措施，并核对拆除接地线组数，应与挂接地线组数一致。

（3）办理工作终结手续。

（4）检查无误后，全体作业人员撤离作业现场。

61. 工作条件及要求：

（1）电缆运至现场后，应尽量地放在预定的敷设位置，避免现场再次搬运。

（2）电力电缆的敷设，应由经过培训和考试合格的人员进行。

（3）环境温度在0℃以上，相对湿度在70%以下。

（4）电缆外观无损伤、绝缘良好，并经试验合格。

（5）敷设电缆的通道无障碍，悬挂电缆的支撑物要有足够的强度。

（6）悬挂电缆的钢绞线的截面积应在$50mm^2$及以上，并镀锌。

（7）电缆敷设在建筑物附近时，电缆外皮与建筑物的距离不应少于0.6m。

（8）电缆的对地高度不应少于5.5m，跨越铁路的高度不应少于7.5m。

62. 工作前对准备施工材料及工具、仪器的要求：

（1）不合格的工器具、材料不能带入工作现场，不合格者应及时更换。

（2）由现场工作负责人在进入现场前时，亲自检查成套电缆头内材料是否齐全，发现问题应及时向班长、工区（车间）、生产厂家反应并解决，不能到了工作现场再检查材料是否齐全。

（3）个人电工工具不全者不得参加该项工作。

63. 应准备的工具、材料有：

（1）聚四氧乙烯带1卷。

（2）硅油适量。

（3）若干玻璃片、一把自备刀、或专用剥削工具。

（4）半张或一张细砂纸、一条清洁的手帕或毛巾。

64. 电缆盘在运输工具上必须放稳和用三角楔塞牢，并用槽钢和钢丝绳加以固定。电缆盘不允许平放。

65. 运输电缆时必须有押车人员，应随时注意电缆盘固定的情况，压力箱的油压变化，连接压力箱的油管、压力表是否损坏，阀门应保持常开，如发现异常情况应立即处理。

66. 电缆运到工地后，应及时检查电缆是否在运输中有损坏。应将阀门保持常开；压力箱油压超过或低于规定范围时，应放油或补油；发现漏油时，应及时处理。

67. 电缆管不应有穿孔、裂缝和显著的凹凸不平，内壁应光滑；金属电缆管不应有严重的锈蚀；硬质塑料管不得用在温度过高或过低的场所。在易受机械损伤和在受力较大处直埋时，应采用足够强度的管材。

68. 电缆管的内径与电缆外径之比不得小于1.5cm；混凝土管、陶土管、石棉混凝土管应满足上述要求外，其内径尚不宜小于100mm。

69. 电缆支架的加工应符合下列要求：

（1）钢材应平直，无明显扭曲。下料误差应在5mm范围内，切口应无卷边、毛刺。

（2）支架应焊接牢固，无显著变形。各横撑间的垂直净距与设计偏差不应大于5mm。

（3）金属支架必须进行防腐处理。用于湿热、盐雾以及有化学腐蚀地区时，应根据设计要求做特殊的防腐处理。

70. 在电缆终端头、电缆接头、拐弯处、夹层内、隧道及竖井的两端、人井内等地方，电缆上应装设标志牌。

第四节　应会考核内容

一、考核重点

1. 熟练地填写电缆线路的各种巡视记录，事故报告和有关报表；
2. 组织指挥 35kV 及以下电力电缆的施工敷设工作；
3. 参加制做 110kV 电缆头工作；
4. 组织电缆运行分析会并制订相应的防范措施；
5. 看懂电缆附件安装图及施工图；
6. 对电缆试验中发生的异常能够分析和排除；得出正确的结论；
7. 参加充油电缆的消除缺陷工作。

二、应会笔试习题

1. 电缆线路的运行工作一般应包括哪些主要内容？
2. 如何防止电缆线路的外力损坏？
3. 手工绕包绝缘时应注意哪些问题？
4. 对于多芯扇形线芯电缆，如何作断面的对称性检查？
5. 对电缆的外护层如何进行检查？
6. 对电缆的铠装层如何进行检查？
7. 对电缆的金属护套的外表如何进行检查？
8. 如何测量电缆护套的外径？
9. 如何测量电缆护套的最小厚度？
10. 如何测量电缆护套的最大厚度？
11. 敷设电缆与城市街道、公路或铁路交叉时有何要求？
12. 直埋电缆引进隧道时应采取什么措施？
13. 电缆从地下或电缆沟引出地面时，应采取什么措施？
14. 电缆穿管敷设应符合哪些要求？
15. 电缆在敷设前搬运时应作哪些检查？
16. 电缆线盘在移动前应作哪些检查？
17. 电缆运至施工现场，如何放置？
18. 电缆在运输过程中有何要求？

19. 不同截面的铜芯电缆如何连接？

20. 不同截面的铝芯电缆如何连接？

21. 人工施放电缆时，如何放置滑轮？

22. 机械施放电缆时，如何掌握牵引速度？

23. 制作充油电缆接头时，拆接油管路应注意什么？

24. 制作充油电缆接头时，分割电缆应注意什么？

25. 采取哪些措施可提高充油电缆封铅的质量。

26. 在安装充油电缆接头时，如何处理加强带和铠装？

27. 制作充油电缆接头时，对环境有何要求？

28. 测量电缆线路绝缘电阻时应注意哪些事项？

29. 绘出交流充电法测量分相屏蔽电缆电容的接线图。

30. 绘出交流充电法测量电缆芯对铅（铝）包电容的接线图。

31. 绘制测量电缆正序阻抗的接线图。

32. 绘出测量电缆零序阻抗的接线图。

33. 简述剥除电缆保护层的步骤。

34. 终端头的绝缘计算包括哪几部分？

35. IEC 840 对交联电缆的出厂试验做了哪些规定？

36. 各项电气试验的试验顺序有何规定？

37. IEC 840 对交联电缆敷设后的电气试验做了哪些规定？

38. 电缆路径选择应符合哪些规定？

39. 同一层支架上电缆排列有哪些规定？

40. 电缆敷设在爆炸危险较小的场所时，有哪些规定？

三、应会笔试习题答案

1. 电缆线路的运行工作主要包括线路的巡查与守护、负荷测量、温度检查、预防腐蚀、绝缘预防性试验等五项工作。充油电缆还需增加油压和护层绝缘的监视。

2. 电缆线路本身的事故，很大一部分是由于外力机械的损伤而造成的。为了防止电缆线路的外力损坏，必须十分重视线路的巡查和守护工作。电缆线路的巡查应有专人负责，并根据具体情况制订设备巡查的周期和检查项目，较大的电缆网络还可划区分块，需配备充分的运行人员进行巡查与守护。电缆运行部门的主管局可报请当地政府批准颁发"保护地下电缆的规定"。重点通知各城市建设单位和各公用事业单位遵照执行。电缆运行部门应与这些单位建立经常联系的制度，及时了解各地区的掘土施工情况，参照"电力电缆运行规程"的规定，结合当地实际情况，加强巡查与守护。同时还可采取适当的宣传教育，促使广大群众注意，还应对经常肇事的单位加强督促与教育，促其总结经验教训，对于穿越河道铁路的电缆线路以及装置在杆塔上，桥梁上的电缆和敷设在水底的电缆，都较容易受到外力损伤，应特别注意。一些单位在电缆线路的路面上堆放重物，既容易压伤电缆和妨碍紧急修理，而且在采用简单起吊工具装卸重物须打桩时，也极易损伤电缆，因此要会同有关部门加以劝阻。对于在施工中挖出的电缆和中间接头应加以保护，并在其附近设立警告标志，提醒施工人员注意及防止外人损伤。对于巡查中所发现的缺陷，应分别轻重缓急，采取对策及时处理；并作好记录，归入资料专档内。

3. 手工绕包绝缘是电缆头安装中关键工序之一，它对电缆的安全运行关系很大。为保证安装质量，绕包过程中应注意下列几个问题。

（1）油浸绝缘带要经除潮处理，即用加热到 120～130°C 的电缆油，倒入置放包带的桶中，将包带全部浸没，数分钟后，将油倒出。如此再重复一次。

（2）电缆剥切部分，用加热到 150°C 的电缆油（俗称"浇油"）冲洗之，以便除去绝缘表面的潮气和脏污。

（3）采用半重叠法绕包，要求每层都包得紧密，并涂抹电缆油。

（4）屏蔽型和分铅（铝）包电缆，在绕包绝缘前，必须将屏蔽层（包括半导体绝缘纸）剥至剖铅口外 5mm。在绝缘带外层应绕包金属屏蔽层。金属屏蔽层一般用 0.02mm 厚的铅箔绕包，外用两根直径为 1.22mm 的镀锡铜丝疏绕扎紧，并将镀锡铜丝在铅包两端用焊锡焊牢。

（5）注意环境清洁，必须防止水分和灰尘落入绝缘内。绕包绝缘时，操作者应戴乳胶手套，以免手汗沾到绝缘上。

4. 用汽油棉纱将电缆剖验样品的断面擦干净，检查电缆断面的对称性，扇形线芯电缆，扇形的短轴（在扇形高的方面）应通过电缆的几何中心（即通过另外两线芯绝缘接触点的连线）。当扇形的短轴与电缆的几何中心不重合时，两者的夹角即为歪曲角。歪曲角不宜超过 $10° \sim 15°$。

5. 外护层的检查：用游标卡尺在同一截面上相互垂直的两个方向测量其外径，取其平均值；也可用纸带测量圆周长来计算电缆外径；在剥除外护层后直接测量电缆外径；外护层内外直径之差的一半，即为外护层厚度。剥外护层时应检查其质量。

6. 铠装层的检查：测量钢带的宽度、厚度，钢带必须平直，不允许有裂口和凸缘；外层钢带应盖没内层钢带的绕包间隙；钢带必须缠紧不得有滑动现象；如为钢丝铠装，则应测量钢丝的直径，并记录钢丝的层数及每层的根数和缠绕方向。

7. 将金属护套烘热用汽油棉纱将其表面擦净，检查护套表面是否光滑有无混杂的颗粒、氧化物、气孔和裂缝等。

8. 在护套圆周上均匀分布的五点处，测量护套外径取其平均值，得其平均外径。

9. 在电缆剖验样品末端 150mm 处将护套割断拔下，在均匀厚度处剪开并在平滑的钢板上展开轻轻敲平，以目测确定其厚度最薄部分；用一头平口一头为半圆形的千分尺，在这部分测量三处，以确定其最小厚度。

10. 护套最大厚度的测量应从电缆两端取样，拔下两端护套，在每一护套上的圆周方向用一头为平头另一头的半圆形的千分尺等距离测量五点，取其平均值，以确定护套的最大厚度。

11. 电缆与城市街道、公路或铁路交叉时应敷设于管中或管道内。管的内径不应小于电缆外径的 1.5 倍，且不得小于 100mm。管顶距路轨底或公路路面的深度不应小于 1m，距排水沟底不应小于 0.5m；距城市街道路面的深度不应小于 0.7m。管长除跨越公路或轨道宽度外，一般应在两端各伸出 2m，在城市街道管长应伸出车道路面。

12. 直埋电缆引进隧道、人井及建筑物时，应穿在管中，并在管口加以堵塞，以防渗水。管口堵塞的方法，可以在管内填以油麻，然后在管口内浇注沥青，或用混凝土白灰等将管口堵严，也可用在铁管上焊法兰，然后在电缆上缠上油麻用螺栓将法兰盘上紧。

13. 电缆从地下式电缆沟引出地面时，为了防止机械损伤，在地面上两米一段应用金属管或罩加以保护，其根部应伸入地面下 0.1m，施放在室内的铠装电缆如无机械损伤的可能，可不加保护，但对无铠装的电缆则应加保护。

14. 穿管敷设应符合：

（1）电缆管的埋置深度应符合《电力电缆运行规程》的要求。人行道下敷设不应小于 500mm。

（2）电缆管应有不少于 0.1% 的排水坡度。

（3）电缆管的内表面应光滑，连接时管孔应对准，接缝应严密，防止地下水和泥浆渗水。

15. 电缆在搬运前应检查其规范、型号是否符合要求，尤其应注意电压等级和导线截面积以及电缆外表是否完整，两端有无漏油现象。必要时应截 0.5m 电缆做解剖检查，校验潮气，并填写解剖记录。

16. 电缆线盘在移动前应检查线盘是否牢固，电缆两端应固定，线圈不应松弛。有时由于电缆线盘长期存放或保管不善，线轴松散，搬运时，容易造成电缆损伤，或运至现场后线盘松散无法放线，因此当线盘无法加固时，则应更换线盘，一般所用线盘的轴径不应小于旧线盘，以免弯曲半径小损伤电缆。

17. 电缆运至敷设现场后，应尽量放在预定的敷设位置，避免现场再次搬运。短距离的搬运允许将电缆线盘滚至敷设地点，但线盘的滚动方向必须与线盘上箭头指示方向一致，使电缆线圈越滚越紧，防止松散。另一方面还应考虑地面情况，防止地面上的凸起硬物挤伤电缆。

18. 电缆线盘在运输过程中不允许平放，以免压伤电缆。卸车时禁止将电缆线盘从车箱上推下，以免损伤电缆。

19. 不同截面的铜芯电缆连接，可采用开口弱背铜接管，以锡焊法连接，也可用紫铜棒按照不同的截面要求车制成铜接管，以压接法连接。

20. 不同截面的铝芯电缆连接，可采用铝棒车制成不同截面的铝接管，以压接法连接。

21. 人工施放电缆必须每隔 1.5～2m 放置一个滑轮，滑轮应尽量摆放在一条直线上。电缆端头从线盘上取下放在滑轮上，然后用绳子扣住向前牵拉。无论在何种情况下，都不能把电缆直接放在地上拖拽，以免擦伤电缆，影响施工质量。

22. 用机械施放电缆时，机械牵引的速度应缓慢，一般速度不应超过 8m/min。牵引头必须加装钢丝套。长度在 300m 以内的大截面电缆，可以直接绑住电缆芯牵引，但为了防止潮气侵入电缆，应用铅皮包住电缆芯且用铅封住。

23. 油管路的拆接：必须用油排除管路中的空气。接管路时不可把空气带入油系统内，一般应做到"低处进油，高处排气，喷油连接"。排气时要使管路尽量平直，或保持单一斜坡，避免出现波浪形状。因为从一根带有波浪形管路的低端进油，虽然高处也出了油，但由于管径与油流的原因，在波峰处空气没有被排尽，产生空气滞留现象。

24. 只有在电缆的两端接上压力箱后，才能将电缆分割，若在平坦的线路分割时，必须使分割处至少比两边的电缆高出一个电缆直径的高度或更多，如图 2-11 所示。

只有断口以上的油
在分割时流失

图　2-11

在水平位置割断充油电缆时，可用锯子锯断电缆，锯后用油流冲洗排除油道内少量剩余的锯屑，最好在有油压的情况下锯断。这样，在锯时，油流就可不断将锯屑冲出。在垂直部分分割电缆时，应用刀斩断导线，不可用锯子锯，以免锯屑落入油道。

25. 为了保证封铅质量，封铅的焊料在配制过程中应正确掌握铅锡的配比，在浇铸成封铅条时，要保证铅晶粒细小，使封铅有较长时间的糊状和良好韧性；其次封铅人员应有熟练技术，操作时间要短，温度要掌握适当，使铅包、尾管及铜盒能很好地焊接。除上述严格工艺要求外，应采用双层封铅，即在第一次较小封铅的外面再封一道铅，以保证封铅质量。为了加强封铅的机械强度，在其外面要绕铜扎线，在扎线上再用焊锡沿轴向均布焊三条（在扎线圆周上每隔120°），以避免扎线间的滑动。对有落差线路的封铅，除采取上述措施外，应在低处的接头和终端头第一次封铅后，铅包外面绕一层镀锡铜丝以增加机械强度，然后在铜丝外再进行第二次封铅。

26. 在安装充油电缆终端头和中间接头时，必须剥开部分加强带，剥开的加强带在封好铅后一定要按原节距绕包在铅包外面，并包到封铅边缘。铅包及加强带之间垫 1~2 层塑料带，复绕的加强带外要用镀锡铜丝缠绕并加以扎紧，铜扎线要包至封铅直径最大外，再用焊锡将扎线及加强带焊牢。

27. 安装充油电缆中间接头及终端头的现场应搭设防风、防尘棚，在潮湿环境中施工还进行空气调节，使相对湿度不超过 80%。制作终端头的棚要与脚手架相配合，棚的刚度及高度应能满足起吊瓷套管的要求。在潮湿的人井及隧道内制作时，应用空调装置控制湿度及进行通风。在炎热的气候施工时，如能用空调设备降温，可减少工作人员出汗。

28. 测量电缆线路绝缘电阻时的注意事项如下：

（1）试验前将电缆放电、接地，以保证安全及试验结果准确。

（2）绝缘电阻表应放置平稳的地方，以避免在操作时用力不匀使绝缘电阻表摇晃，致使读数不准。

（3）绝缘电阻表在不接被试品开路空摇时，指针应指在无限大"∞"位置。

（4）电缆终端头套管表面应该擦干净，以减少表面泄漏。

（5）从绝缘电阻表的相线接线柱"L"上接到被试品上的一条引线的绝缘电阻，相当于和被试设备的绝缘电阻并联，因此要求该引线的绝缘电阻较高，并且不应拖在地上。

（6）操作绝缘电阻表时，手摇发电机应以额定转数旋转，一般保持为 120r/min 左右。

（7）在测定绝缘电阻兼测定吸收比时，应该先把绝缘电阻表摇到额定速度，再把相线引线搭上，并从搭上时开始计算时间。

（8）电缆绝缘电阻测量完毕或需重复测量时，须将电缆放电、接地，电缆线路较长和绝缘好的电缆线路接地时间应长些，一般不少于 1min。

（9）由于电缆线路的绝缘电阻值受到很多外界条件的影响，所以在试验报表上，应该把所有可能影响绝缘电阻数值的条件（例如温度、相对湿度、电压等）都记录下来。

29. 如图 2-12 所示。

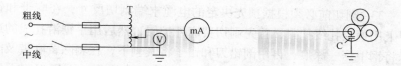

图 2-12　用交流充电法测量分相屏蔽电缆电容

mA—毫安表　V—电压表　T—调压器　C—每相缆芯对地电容

30. 如图 2-13 所示。

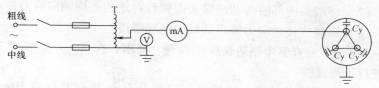

图 2-13　用交流充电法测量缆芯对铅（铝）包的电容

mA—毫安表　V—电压表　T—调压器

C_y—电缆线芯对铅（铝）包的电容

31. 如图 2-14 所示。

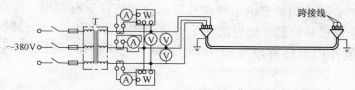

图 2-14　测量正序阻抗的接线图

T—抽头式的降压变压器　A—电流表　V—电压表　W—功率表

32. 如图 2-15 所示。

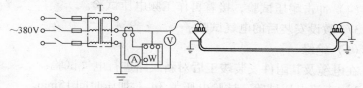

图 2-15　测量零序阻抗的接线图

T—抽头式的降压变压器　A—电流表　V—电压表　W—功率表

33. 剥切前必须根据预先决定的电缆末端剥切尺寸，在麻带和钢甲上用铜丝扎线扎紧，首先剥切黄麻外护层，然后用手锯沿扎线的边缘将钢甲锯一深痕，再用剖铅刀和钳子将其剥下，在剥除黄麻带及防腐纸带时，可先用喷灯稍微加热电缆，使沥青软化，再用刀割下麻带。

34. 包括

（1）瓷套管的绝缘水平；

（2）终端头内部沿缆芯绝缘表面爬行对地的平均轴向应力；

（3）铅包或接地应力锥口的轴向电场强度。

35. 为了检查整个制造长度是否符合要求，在每一制造长度上必须进行下列试验：

（1）局部放电试验：试验电压必须升至 $1.75u_0$ 并保持 10s，然后慢慢降低到 $1.5u_0$，在 $1.5u_0$ 时的放电量不得超过 10pC。

（2）电压试验：必须在室温下以工频电压进行。在导体与金属屏蔽之间的试验电压必须逐渐升高至规定值并保持 30min，试验电压为 $2.5u_0$，绝缘不发生击穿。

（3）非金属护套的电气试验：如合同或订货有要求，应在护套下的金属层和护套外电极之间施加负极性直流电压 1min，试验电压按挤包外护套标称厚度每 1mm 加 8kV 电压计算，但最大不超过 25kV。

36. 各项试验的规定顺序如下：

（1）弯曲试验，接着再作局部放电试验；

（2）$\tan\delta$ 测量；

（3）热循环电压试验，接着再作局部放电试验；

（4）冲击耐压试验，接着再作工频电压试验。

37. 敷设安装后的电气试验：

（1）绝缘

在电缆及其附件安装竣工后对新线路进行电气试验：

1）直流电压试验：试验电压为 $3u_0$，加压时间 15min。

2）交流电压试验：可用下列 a 项或 b 项的交流工频代替直流电压试验。

a. 以相对相电压（u）加在导体与金属套之间，5min。

b. 以系统的标称相对地电压（u_0）加在导体与金属套之间，耐压 24h。

（2）非金属护套：如个别合同或订货有要求时，必须按 IEC 229 规定进行现场试验。

38. 电缆路径的选择，应符合下列规定：

（1）避免电缆遭受机械性外力、过热、腐蚀等危害。

（2）在满足安全要求的条件下，电缆应尽量地短。

（3）便于敷设、维护。

（4）避开将要施工的地方。

（5）充油电缆线路通过起伏地形时，供油装置应有较合理地配置。

39. 同一层支架上电缆排列配置方式，应符合下列规定：

（1）控制和信号电缆应紧挨着放置或多层迭置。

（2）除交流系统中，用单芯电力电缆的同一回路中可采用品字形（三叶形）配置外，对重要的同一回路多根电力电缆，不宜迭置。

（3）除交流系统中单芯电缆情况外，电力电缆相互间应有 35mm 的缝隙。

40. 电缆应远离爆炸释放源，敷设在爆炸危险较小的场所时，应符合下列规定：

（1）易燃气体比空气比重重时，电缆应在较高处架空敷设，且对非铠装电缆应采取穿管或置于托盘、槽盒中等机械性保护。

（2）易燃气体比空气比重轻时，电缆应敷设在较低处的管、沟内，沟内非铠装电缆应埋砂。

四、现场操作

1. 冬季敷设电缆的措施有哪些？

2. 如何剖铅？标准及其要求如何？

3. 怎样安装 NTN 终端头？

4. 怎样配制封铅？

5. 如何判断运行中的电缆发生接地故障？

6. 如何判断运行中的电缆发生相间短路故障？

7. 如何判断运行中的电缆发生断线故障?

8. 怎样割锯钢甲?

9. 怎样胀铅?

10. 如何剥炭黑纸?

11. 用脚扣登线路电杆。

12. 用踏板登线路电杆。

13. 用手拉葫芦（导链）吊装电缆线盘。

14. 敷设直埋电缆的准备工作。

15. 敷设直埋电缆的放线工作。

16. 制作环氧树脂中间接头。

17. 准备制作环氧树脂电缆头的主要材料。

18. 10kV 户外 WD232、233、234 型电缆终端头的剥切尺寸。

19. 35kV 油浸纸绝缘电缆 558 乙型电缆头的安装工艺程序。

20. 准备安装一组 558 乙型瓷套管的电缆终端头所需主要材料。

21. 准备安装一组 558 乙型塑料外壳的电缆终端头所需主要材料。

22. 35kV 户内聚丙烯外壳电缆终端头的安装工艺程序。

23. 准备一组聚丙烯电缆终端头所需要的主要材料。

24. 110kV 交联聚乙烯绝缘电缆运输及保管有何要求?

25. 110kV 交联聚乙烯绝缘电缆试验时对试验条件有何要求?

26. 局部放电试验时，110kV 交联电缆的试验规定如何?

27. 10kV 交联预制式接头安装工艺要求。

28. 35kV 户内、户外、预制式终端安装步骤。

29. 10kV 三芯油纸电缆和交联电缆热缩过渡头安装步骤。

30. 现场组织电缆盘的检查和运输。

五、现场操作标准

1. 浸渍纸绝缘电缆在温度低时，电缆内部油的粘度加大，润湿性能降低，使电缆变硬不易弯曲，敷设时容易受损伤。因此，当敷设 35kV 以下电缆时，在周围温度低于 0℃ 时，应预先将电缆烘热，其方法有二：一种是把电缆放在有暖气的房子里，或装有安全火炉的帐篷里；另一种是用电流通过电缆芯使电缆本身发热。

2. 用喷灯均匀烘热电缆，将塑料带沥青层剥去，揩清铅包。在剥铅处用刀子将铅包刻一环形深痕，深度是铅包厚度的一半，不得损伤绝缘纸，然后用剥铅刀切一条直向切口，剥去铅包。剥去铅包后，将剥铅口用胀铅器胀成喇叭口，对封铅质量要求是：封铅要揉均，做到粘附密实，不得有夹渣、砂眼和裂纹，表面应光滑。

3. 根据终端头支架到连接设备之间实际距离决定剖铅尺寸。步骤如下：

（1）距钢皮到剖铅口为 150mm。

（2）焊接地线。

（3）套上进线套的压盖、垫圈等，然后胀铅。

（4）在胀铅口包上临时保护层，由胀铅口向上留 25mm 统包后，向上剥去统包绝缘，用带有汽油或酒精的布将线芯绝缘表面擦干净，剥线芯端绝缘，压线鼻子，铅包口向下 10mm 段打毛，然后用环氧涂料玻璃丝带包绝缘二层，三叉口以环氧带来回交叉包扎压紧三次，并在三叉口填满环氧树脂涂料，统包纸外的"环氧带"应将胀铅口包设，并包到胀铅口下 10mm。

（5）装好外壳，将配好的环氧树脂复合物浇入壳体内，盖好上盖，待固化后，经试验合格即可送电。

4. 配制封铅时应注意：

（1）锡（在加入液态铅以前）和触及铅锡合金液体的搅拌舀勺等物，应烘热去潮，表面不得附有水分，否则，当水分遇到液态铅时，会突然汽化，引起铅锡飞溅，以至烫伤操作人员。

（2）配制封铅的铅锡材料应当是工业用的纯铅、纯锡，电缆铅包一般是合金铅，不宜用作配置封铅材料。

（3）在浇铸焊条的过程中，应用铁棒搅拌，使铅锡均匀混合，以免二者分层。

（4）工作人员应戴防护眼镜，戴手套和护脚罩，穿长袖衫长裤。

5. 一般用 1000 或 2500V 绝缘电阻表在任意一端测量 A→地、B→地及 C→地的绝缘电阻值，测量时另外两相不接地，以判断是否有接地故障。

6. 用 1000 或 2500V 绝缘电阻表测量 A—B，B—C 和 C—A 各相间的绝缘电阻，以判断有无相间短路故障。

7. 在一端将 A、B、C 三相短路（不接地），到另一端用万用表测量各相间是否完全通路，相间电阻是否完全一致。例如发现 A—B 及 B—C 相间不通，而 A—C 通路则为 B 相断线。当发现三相都不通时则有可能发生两相断线或三相断线。必要时可利用接地极作回路以检查是否三相均断线。当用万用表检查发现三相之间的电阻不一致时，应用电桥测量各相间电阻，检查有无低阻断线故障。

8. 锯钢甲前应在电缆上绑两道绑线，绑第一道绑线后割除油麻，再在距第一道绑线 50mm（35kV 为 100mm）处的钢甲上绑第二道绑线。绑线的缠绕方向应与钢甲的缠绕方向一致，使钢甲越绑越紧不致松散。绑线应用 φ2.0mm 铜线，每道绑 3~4 匝。在第二道绑线边缘将钢甲锯一环形深痕，其深度不超过钢甲的三分之二，不得一次锯透，以免损伤铅包。剥除钢甲时，应在锯钢甲处用螺钉旋具或电工刀将钢甲尖端撬起，然后用钳子将钢

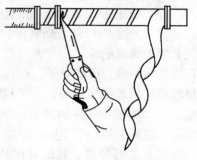

图 2-16

甲撕下从根部往末端剥除，禁止从末端往绑线处剥除钢甲，以防钢甲松散。然后用同一方法剥除第二层钢甲，如图 2-16 所示。

9. 胀铅时用胀铅楔顺统包线的缠绕方向与剥铅口约成 30°~45° 的角度将铅包胀成喇叭口。喇叭口应光滑、均匀、对称、无尖刺，不应用螺钉旋具、刀子架将剥铅口撬成喇叭口，因撬出来的喇叭口极不光滑容易出现尖刺，降低绝缘水平，胀铅不应损伤统包纸及环形后的铅包。

10. 不包应力锥的电缆头炭黑纸应剥至喇叭口内，不应留任何零碎纸边。因为炭黑纸导电，如撕得不齐，将它包在外包绝缘层内或伸出喇叭口外，都会使部分外包绝缘失去作用，并影响电场分布，使喇叭口失去作用。包应力锥的电缆头在喇叭口外要留 5mm 炭黑纸，以便与应力锥的屏蔽层连接。

11. 用脚扣登杆时应掌握如下要领：

（1）根据电杆的粗细，选择大小合适的脚扣，使脚扣可以牢靠

地扣住电杆，防止从高空滑下。

（2）穿脚扣时，脚扣带的松紧要适当，防止脚扣在脚上转动或脱落。

（3）登杆时，应用手抱着电杆（切不可用手臂搂着电杆），上身挺直，臀部要下坐。先抬一只脚，将脚扣扣住电杆后用力往下蹬，使脚扣与电杆扣牢，然后再抬另一只脚，这样两只脚依次交替上升，步子不宜太大。

（4）快到杆顶时，要防止横担碰头；到达杆顶后，要选好工作位置，两只脚扣交叉扣稳。挂安全带环时，用一手稳妥地抱住电杆，一手挂腰带环，看准挂好后，再将安全带的绳子在电杆上拴好，才可以进行工作。

12. 用踏板登杆时应掌握如下几点要领：

（1）上杆前扎好安全带，将一踏板背在肩上，用右手拿住另一踏板的绳子上端（距铁钩约 50cm 处），并将绳子和铁钩从杆后甩绕过来，同时右手用绳子套住铁钩并使铁钩把绳子向上扣紧，此时右手抓住靠近铁钩的绳子，手心向外，同时用左手按住踏板的左边并向下压。

（2）将右脚踏在踏板的右边，脚尖靠紧杆身，右手用力拉，左手用力压，左脚用力往地上一蹬，使身体自然上升。

（3）身体跃上杆后，左脚从左侧绳子外边踏上踏板，脚尖靠紧杆身，膝盖挺直，然后取下背在肩上的踏板，按1）的方法扣紧在杆身上，再按2）的方法上升一步。

（4）在身体上升的过程中用左脚斜踏电杆，将下方踏板的绳子向左拨动并弯下腰用左手解下铁钩，将踏板取下来背在肩上，此时右手拉紧，左脚一蹬，使身体再次上升，左脚仍由绳外踏上踏板。

（5）依照上述，循环上升，到杆顶后，将安全带挂牢方可进行工作。

（6）完成工作后，按上杆相反的顺序下杆。

13. 步骤和要求如下：

（1）在起吊前应估计一下线盘的重量，以防过载。

（2）在使用前必须对吊钩、起重链条及制动等部分，进行认真仔细的检查，确认完好无损后方能使用。

（3）起重前应检查上下吊钩是否挂牢，不得偏歪，起重链条应垂直悬挂，绝对不得绞扭。

（4）对上述各项检查确认无误后，操作者站在手拉链轮同一平面内，拉动手拉链条，使手拉轮顺时针方向运动，线盘即可上升。当线盘离开地面约 0.2m 时，停留一段时间，试验制动器部分是否可靠，并检查有无其它不正常现象，确认正常后，再继续起吊到所需高度。

（5）当需要降落时，拉动手拉链条的另一端，使手拉链轮反时针方向转动，线盘即可缓慢下降。

（6）在起吊过程中，无论线盘上升或下降，拉动手拉链条用力要均匀和缓，不要过快过猛，防止手拉链条跳动或卡住。

14. 直埋电缆敷设前的准备工作：

（1）估工估料：对于较大型的电缆敷设工程，一般都应做这项工作。当工程负责人详细研究工程设计书而明确工程要求后，即与现场负责人等有关人员一起到现场勘察线路地形并了解情况，然后组织施工人员讨论，从而得出施工步骤，订出技术措施和安全措施，并核对设计用料是否正确。根据电缆的截面大小（重量），整盘电缆制造长度，敷设路径是否弯曲及穿越地下管线的情况等，决定敷设电缆的方式。

（2）对外联系工作：敷设电缆线路影响到农田时，应事先与有关社队、村镇办理征地或赔偿青苗等手续；影响绿化时，应事先与有关的园林管理部门办理移植或砍伐树木手续；电缆需要敷设于公共道路下时，应与有关城市建设部门联系，事先办好管线工程的申请并获得掘路许可证，同时了解施工线路附近的地下管线情况，以便施工前与有关单位联系配合事宜；电缆需要穿越铁路时，事先与铁路局签订协议，如果敷设电缆线路需经过热闹市区或影响市内交通的，则还应与有关的公安局交通队联系，确保施工期间的交通安全；对于较大型的工程，需在工地搭建临时工棚时，则也应事先取得公安局交通处签发的临时占用道路许可证；对于其它需要外单位配合协作的大型敷设工程，应事先办妥安装工程的协议书。

（3）材料工具准备：敷设电缆需用的机具设备。如卷扬机、钢丝、钢套、千斤顶、滑轮、空气压缩机以及铁锹、铁棒等都需要事先备好，电缆及保护盖板等材料，按施工计划日期直接发运施工现场，以节约工程费用。

（4）决定电缆中间接头地点：当电缆线路较长而需要用几盘电缆连接时，就需要采用中间接头。由于电缆接头的故障率较电缆本体为多，而故障修理时需重新开挖出来，因此要求接头位置不放在道路交叉口、车辆进出多的建筑物的大门口、行人多的里弄口或与其它地下管线相交叉的地方，以免检修时影响交通或不便施工。

15. 根据设计图纸及开挖样洞的资料，决定拟敷设电缆的线路走向，然后可用石灰粉和细长绳子画出挖土范围；同时每隔适当距离作一记号，便于施工时安排分工。其宽度根据人体宽度和电缆条数、电缆间距而定，一般为敷设一条电缆时，挖沟宽度为 0.4～0.5m；同时敷设两条电缆时，则其宽度为 0.6m 左右。

16. 见图 2-17。

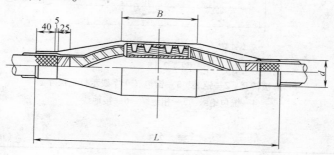

图 2-17

（1）做好准备工作，根据接头模具尺寸，决定剖铅尺寸，将铅包口下 60mm 范围内铅包用汽油洗净后打毛，做临时保护、焊地线。

（2）剖铅，胀喇叭口，预留 25mm 统包绝缘，分芯将三芯锯齐，剥芯绝缘（压接管 1/2 长度 +5mm）。

（3）压接，压接后打掉毛刺，用环氧树脂涂料涂抹线芯，用无碱玻璃丝带，采用半重叠方式边涂边包，各芯包两层，压接管包 4 层，三叉口包 4～6 层。

（4）沿铅包一直包到喇叭口以外60mm的铅包共包2～3层，然后，用红外线灯泡加热。

（5）安装模具，由模具上端浇环氧树脂复合物。等固化好后，即可拆模。

17. 主要材料有电缆头外壳、环氧树脂、固化剂、石英料、医用手套、聚乙烯带、无碱玻璃丝带、线鼻子（接管）、汽油、封铅、接地线、酒精、电缆油、硬脂酸等。

18. 剥切工艺尺寸见图2-18和表2-3。

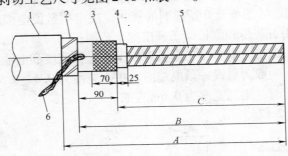

图　2-18

1—麻被护套　2—铠装　3—铅包（十字线示打毛尺寸）
4—统包绝缘　5—相绝缘　6—接地线

表　2-3　　　　　　　　　　（mm）

型　号	A	B	C
WD232	500	440	350
WD233	540	480	390
WD234	570	510	420

19. 558乙型电缆终端头安装工艺程序如下：

（1）组装检查：安装前，在进行预装配的同时要检验其密封性能是否完好。检验表压力为0.15MPa时，应不漏气。

（2）弯曲电缆芯：这项工作应在核对相位后进行。工作时要注意防止电缆芯过份弯曲，边上两相形状应力求对称。

（3）剖铅、切除绝缘纸：先将电缆芯按铅芯 430mm，铜芯 520mm 锯齐，按 450mm 标准高度调整好瓷套管。绝缘纸切除长度铜芯为 120mm，铅芯为接管长度加 30mm。将法兰和尾管松低，进行剖铅。剖铅长度：铜芯 620mm，铅芯 530mm。

（4）绕包应力锥：绕包成型后，其外所包软铅丝需贴紧胀铅口，并和铅护套用锡焊连接。

（5）装配：拧紧法兰盘与瓷套紧箍间的六只螺栓，应以对角位置成对逐渐拧紧。

（6）封铅：用触铅法封铅。封铅完毕后，对于室外装置，从封铅口起，量 250mm 剥除铅护套外塑料防腐层。

（7）灌电缆油：终端盒内灌注电缆油，油面加到接线盘紧管口下 10mm。灌油完毕，安装帽罩，并均匀拧紧帽罩螺栓。

（8）装接地线：三相终端头法兰和分线合用 25mm² 裸铜线连通接地。

（9）分线盒内灌沥青：分线盒底部用麻丝塞紧，浇灌沥青，灌满为止。

20. 主要材料如下：

终端盒 3 套；沥青绝缘胶 3kg；黑玻璃丝带 4 卷；封铅 3kg；汽油 3kg；煤油 0.15kg，接地线 6m；硬脂酸 0.25kg；电缆复灌油 20kg；软铅丝 1.5kg；分线盒 1 只。

21. 主要材料如下：

终端盒 3 套；沥青绝缘胶 3kg；黑玻璃丝带 4 卷；封铅 0.5kg；接地线 4m；电缆复灌油 10kg；软铅丝 1.5kg；分线盒 1 只；出线接梗 3 根；出线梗垫圈夹头和螺母 3 套。

22. 安装工艺程序如下：

（1）组装检查：在进行试装配的同时检验其密封性能是否良好，检验表压力为 1.5MPa 时不漏气。

（2）将出线梗横销位置预先做好记号。

（3）在核对相位后弯电缆芯。

（4）从终端头支架夹头上口，向上量 15mm 作为剖铅的起点。由此向上量 480mm 锯齐电缆芯。

（5）插入绝缘纸长度为接管深度加 30mm。

（6）根据装配记号摆正横销位置，压接出线梗。

（7）套进下壳体，绕应力锥。软铅丝需贴紧胀铅口，并和铅护套用锡焊连接。

（8）灌注电缆油，油面加到上壳体内肩胛向下约 10mm，然后装好密封圈和顶盖，扳紧出线梗螺母。

（9）在终端支架下 350mm 处装置电缆固定夹一只，用截面积为 $25mm^2$ 的软铜线一端接通固定夹向上 50～100mm 处的铅包，另一端接地。

23. 参照第 20 题。

24. 运输与保管有如下要求：

（1）电缆应尽量避免露天存放，电缆盘不允许平放。

（2）运输中严禁从高处扔下装有电缆的电缆盘，严禁机械损伤电缆。

（3）吊装包装件时，严禁几盘电缆同时吊装。在车辆、船舶等运输工具上，电缆必须放稳，并用合适方法固定，防止相互碰撞或翻倒。

25. GB11017—89 对试验条件规定如下：

（1）除另有规定外，电压试验的环境温度为 $20 \pm 15℃$，其他项目试验的环境温度为 $20 \pm 5℃$。

（2）交流试验的频率为 49～61Hz，电压波形基本上是正弦波形。

（3）冲击电压试验波形规定波前为 1～5μs，波尾为 40～60μs。

26. 局部放电试验测试系统灵敏度应不大于 10pC。

试验应在成盘电缆上进行，试验电压上升到 112kV（$1.75u_0$）后保持 10s，然后缓缓地降到 96kV（$1.5u_0$），在 96kV 电压下电缆的放电量应不大于 10pC。

27.

（1）电缆的剥切：先将电缆并齐，每端重叠 100mm，锯断多余部分。把两长一短热缩管分别套在两端电缆上，按图尺寸（$A = 660mm$，$B = 430mm$）剥切电缆外护套。用砂纸打磨电缆外护套的端部长约 120mm。擦亮外护套端部前 50mm 的铠装，并用铜丝绑扎 2 圈固定，沿扎线切去其余的铠装。保留铠装前 50mm 的内护套，其余的切除（包括填充料）。将三相分开弯曲好，把对接的电缆并齐，用铜丝绑扎固定，沿对接中心线锯去多余部分，详见图 2-19。

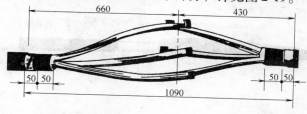

图　2-19

　（2）铜屏蔽带的剥切：从电缆外护套端部量取 210mm 的铜屏蔽，并缠绕一圈相色带作剥切标记，切除其余的铜屏蔽带。

　（3）外半导电层、绝缘层的剥切：按截面（按安装标尺）选择对应的 L 尺寸，用相色带缠绕作标记剥切外半导电层及 1/2 连接管长的绝缘层，绝缘层端部应倒角 2×45°。用相色带包扎 A 端电缆的线芯，以免安装滑入时，电缆线芯划伤中间接头。用砂纸打磨半导电层端部使其与绝缘层平滑过度。注意：剥切时应保证外半导电层的切口整齐，绝缘层上不允许留下划痕或残留有半导电颗粒。然后重新核实确认剥切的尺寸正误。用浸有清洗剂的清洁纸从绝缘层向外半导电层方向清洁各相（禁止往复清洗）。

　（4）套入铜编织网、安装中间接头：将三条铜编织网扩张内径大于接头的外径分别套入三芯电缆上，在电缆的绝缘层和外半导电层表面及中间接头内（用试管刷），均匀地涂上一层硅脂。然后用手掌堵住接头末端的出口持续将中间接头推入电缆，直至电缆的绝缘从另一端露出为止，抹去多余的硅脂。同样处理其余二相。

　（5）连接管的压接：拆除包扎在电缆线芯上的相色带，把连接管套在各相电缆线芯上，与另一端的电缆线芯连接，在每端上分别压接三道。再从连接管中间距外半导电层量取 1/2 长的中间接头尺寸，缠绕一圈相色带作回套的限位标记。然后用锉刀或砂纸清除连接管上的毛刺，用清洗剂清洗连接管及绝缘层。注意：连接管及绝缘的表面不能留有锐角和金属粉末及半导电颗粒。在连接管、绝缘层的表面均匀地涂上一层硅脂，再把接头套回至相色带缠绕的限位标记止，抹去多余的硅脂，拧动中间接头，以消除其安装的应力，详见图2-20。

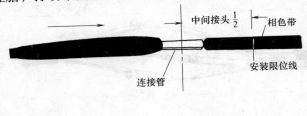

图　2-20

（6）缠绕半导电带、用铜编织网恢复屏蔽层：拆除缠绕电缆的限位相色带，在中间接头两端缠绕半导电带使其与电缆的外半导电层搭接过度，把扩张的铜编织网移至中间接头上双手将铜编织网向两侧左右拗动拉伸，使其与接头、电缆紧密贴复，与两端铜屏蔽带搭接，并附加连接一根铜编织带用铜丝绑扎，一起焊牢（锡焊），同样处理其余两相。

（7）填充及恢复电缆内护套：用白布带将三相挤拢扎紧，用填充泥填充接头之间的间隙及三相的间隙，在接头两端扎线的部位包绕一层填充泥，将一根长的热缩管拉至中间，使其两端与电缆内护套搭盖，用喷灯从中间接头部位开始向两端加热，使其均匀地收缩。

（8）恢复电缆铠装及外护套密封：用一根铜编织带连接电缆接头两端的铠装，用铜扎线绑扎焊牢（锡焊）。用填充泥包绕一圈扎线绑扎的部位，将热缩管移至适当位置，两根热缩管分别与电缆的两端外护套搭盖100mm，中间互相搭盖，用喷灯加热收缩，至此安装完毕。

28. 基本步骤如下：

（1）将电缆头按预定位置就位、固定，清洁其表面，参照图2-21剥除外护套，如有特殊需要外护套剥切长度可调整，分别由铜带、外护套铠装引出2组地线。

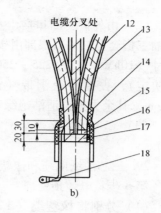

b)

户外终端头配套材料表

名称	数量		备注
	单芯	三芯	
终端头	3个	3个	
线耳	3只	3只	
热缩管		3根	
热缩手套		1只	
硅脂	1盒	1盒	
半导电带	1卷	1卷	
铜编织带	3条	1条	
接地线耳	3只	1只	试管刷只配
铜扎线	1扎	1扎	35kV 及 15kV
清洗剂	1瓶	1瓶	400mm² 以上
清洁纸	1包	1包	终端头
相色带	1件	1件	
焊锡丝	1根	1根	
焊膏	1盒	1盒	
安装标尺	1件	1件	
密封胶	1包	1包	
卡带	3条	3条	

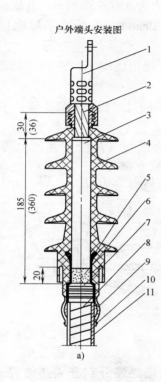

图 2-21

1—线耳 2—电缆线芯 3—电缆绝缘层
4—终端头 5—应力锥 6—电缆半导电层
7—半导电带缠绕体 8—铜屏蔽带
9—密封胶 10—卡带 11、12—热缩管
13—屏蔽铜带 14—热缩手套 15—焊
在屏蔽铜带相镶装钢带上的铜丝
16—镶钢带及内护套端头 17—外护套端头
18—焊在缠绕铜丝上的接地铜编织带

（2）由外护套断口向上量取需要尺寸，切除多余电缆，套入热收缩三指套至三叉口根部由中间加热收缩，由指套上口向上量取规定尺寸（10kV 一般为 225～250mm，35kV 为 350～380mm，由截面大小决定），去掉多余铜带（铜带保留 20mm），再保留半导电屏蔽 20mm，其余去掉，清洁绝缘表面。

（3）套入预制终端至预定位置，压接出线端子，密封（制做结束）。

29. 三芯油纸电缆和橡塑电缆热缩中间过渡接头安装步骤：

第一步：电缆预处理

（1）分别将橡塑缆（A 段）和油浸纸缆（B 段）就位、调直、清洁表面。

（2）将 A 段电缆和 B 段电缆按图 2-22 尺寸对好。

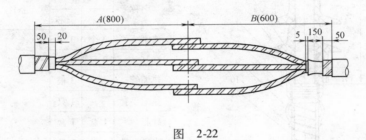

图 2-22

（3）A、B 段分别按交联终端和油纸终端分别套入热缩管，收缩。

第二步：导体连接

（1）因交联电缆线芯为紧压型，而油纸电缆线芯为非紧压型，因此接管除必须是堵油型外，同型号电缆，两侧内径、壁厚均应根据电缆实际截面现加工，否则，会引起事故。

（2）将两段电缆对接、压接。

第三步：屏蔽处理、绝缘及外护套安装

（1）按交联和油纸电缆联接后，用半导电管、热填充胶将接管填平，再在外面收缩绝缘管 2 层。

（2）连接铜网和接地线（安装时，可只装一组接地线）。

（3）加装外护套及其它防护套。

30. 电缆盘的检查和运输：

（1）工具材料准备：钢轴一根、钢丝绳一根、垫木若干。

（2）详细检查电缆盘尺寸、质量、铭牌及电缆头的密封情况。

（3）将钢轴平衡地穿于电缆盘轴孔中。

（4）指挥吊车缓缓地将电缆放置卡车上。

（5）在电缆盘下塞上垫木。

（6）用钢丝绳将电缆盘固定。

（7）电缆盘运至目的地后，卸车步骤与装车相反。

第三章 高级工岗位技术要求、考核内容及答案

电力电缆高级工是电缆专业的中坚力量，他们的技术业务已日臻成熟。在工作中负责带领中级工、初级工进行各种电力电缆的敷设安装、运行维护工作，在岗位上兢兢业业。有的高级工经过努力考取了电缆专业技师，他们考取电缆技师的资本就是在高级工岗位上努力学习，努力工作积累的结果。

第一节 岗位技术要求

一、基本要求

有丰富的电力电缆安装、维护、运行、检修经验，熟悉电力电缆各种试验方法、目的、验收标准，通晓现有各种电力电缆结构性能。能进行一般电缆线路设计工作，领导组织110kV及以上电力电缆敷设施工、运行维护、事故处理工作。担任大型电缆停电检修工作的负责人，对电缆专业方面的新技术、新设备有较快的接受能力和消化能力。能对初、中级工人进行理论知识和现场工作的培训和指导，能分析和解决电力电缆运行中出现的技术难题，接受和掌握电缆专业的新理论、新技术和新设备。

二、应知范围

（一）应具有的知识

1. 全面的电工理论知识；
2. 相关的变电、线路等专业的运行知识；
3. 各种类型及不同电压等级电力电缆理论知识；
4. 电力电缆附件设计理论；
5. 能从理论上正确分析电力电缆事故；
6. 接受新技术，新理论；
7. 脉冲与数字电路知识；

8. 电势和磁场知识；

9. 各种线路参数知识；

10. 无功补偿知识和提高功率因数的方法；

11. 直流输电、超高压输电的知识。

（二）应了解的原理

1. 各种绝缘介质电力电缆结构原理；

2. 电力电缆各种试验的原理及其依据；

3. 超高压充油电缆线路设计原理；

4. 超高压电缆附件设计知识；

5. 电缆常用材料性能机理；

6. 常用施工机械工作原理；

7. 在电缆敷设中，使用的各种工具、设备的机械原理和保养知识；

8. 电缆敷设、验收、运行维护、试验等方面规程制定的理论依据。

（三）应熟悉的规定

1. 电力电缆运行、交接验收标准；

2. IEC 有关电缆验收、试验标准；

3. 电力电缆试验的项目、方法及标准；

4. 电力电缆专业技术管理标准；

5. 有关工程预决算知识；

6. 配电设备质量标准；

7. 配电设备质量评价方法和评价程序。

（四）应掌握的技能

1. 高低压电力电缆的消除缺陷技术；

2. 看懂电力电缆附件安装图，并能按图施工；

3. 各种电缆常用材料使用技术；

4. 组织施工、验收、工程质量鉴定；

5. 相邻专业有关技能；

6. 疑难电缆故障分析、判断和查找工作，并能拿出处理方案；

7. 解决电缆施工、运行和检修中复杂的技术难题。

三、应会范围

（一）会写

1. 电缆线路技术档案；

2. 编写电力电缆检修计划、预试计划；

3. 编写超高压电缆及大型电缆工程施工方案、试验方案及施工理论计算书；

4. 起草本单位电力电缆运行规程、检修规程；

5. 编写城网电缆规划；

6. 绘制电力电缆施工图、附件安装图；

7. 计算分析电缆工程经济效益；

8. 编写初中级工培训讲义；

9. 电缆工作作业指导书。

（二）会看

1. 电力电缆各种试验报告书；

2. 大型电缆施工设计书、施工图、附件安装图；

3. 各种电缆工厂技术资料；

4. 审查或参加编写本单位运行规程中有关电缆专业方面规程条文；

5. 各种电缆材料、附件的感观质量；

6. 各种电缆和附件的试验方法和结果。

（三）会干

1. 各式电力电缆头检修、制作；

2. 领导组织大型电力电缆敷设、安装工作；

3. 电力电缆各类事故处理工作；

4. 各种电缆正常维护工作；

5. 对初、中级工进行技术业务培训工作；

6. 新技术、新设备的维护和试制工作；

7. 熟练地进行计算机操作；

8. 电缆施工、运行维护工作中危险点分析、预控措施及安全评价。

第二节 应知基础知识考核内容

一、考核重点

1. 较复杂交、直流电路的分析、计算；

2. 电力系统基础知识；

3. 主要电气设备专业知识；

4. 常用仪表工作原理；

5. 电缆常用试验设备有关知识。

二、考核习题

（一）名词解释

1. 磁滞回线	2. 泄漏电流	3. 雷电流
4. 耐雷水平	5. 复合管	6. 反馈
7. 限幅	8. 集成电路	9. 线损率
10. 负荷率	11. 标准电阻	12. 人体电阻
13. 感知电流	14. 摆脱电流	15. 致命电流
16. 击穿电压	17. 绝对安全电压	18. 闪点
19. 自燃点	20. 爆炸极限	21. 电磁屏蔽
22. 尖端放电	23. 金具	24. 涡流
25. 工作火花	26. 事故火花	27. 电火花
28. 电弧	29. 冲击电流	30. 零序电流
31. 隔爆型设备	32. 防爆安全型设备	33. 防爆充油型设备
34. 最小引爆电流	35. 负荷	36. 罐式结构
37. 全封闭组合结构	38. 单压式（压气式）灭弧室	
39. 双压式灭弧室	40. 连锁反应	41. 变电站报警系统
42. 母线充电	43. 自行掌握	44. 远后备
45. 近后备保护	46. 列车电站	47. 电能质量
48. 电能损耗	49. 沿面闪络电压	50. 远距离输电
51. 主网	52. 电网结构	53. 输电能力
54. 频率的一次调整	55. 频率的二次调整	56. 频率的三次调整

（二）名词解释答案

1. 磁滞回线：在 *B-H* 图上，表示磁滞现象的曲线叫磁滞回线。

2. 泄漏电流：电缆的耐压试验中，在直流电压作用一定时间以后，极化过程结束，这时流过绝缘介质的电流叫泄漏电流。

3. 雷电流：直接雷击时，通过被击物体而泄入大地的电流。

4. 耐雷水平：雷击线路时，线路绝缘介质不发生闪络的最大雷电流幅值。

5. 复合管：由两个或两个以上的晶体管组合而成的等效管子。

6. 反馈：在自动控制系统及晶体管电路中，将输出端的电压或电流用某种方法送回输入端，这种现象叫反馈。

7. 限幅：把输入信号限定在某个范围内变化，称限幅。

8. 集成电路：采用半导体薄、厚膜工艺，用外延生长技术、光刻技术、氧化物掩蔽扩散技术，把电路集中缩小在晶片上，构成一个完整的具有一定功能的电路，就是集成电路。

9. 线损率：表示线路上所损失的电能占线路首端输出电能的百分数。

10. 负荷率：在一定时间内，平均负荷与最高负荷之比的百分数。

11. 标准电阻：标准电阻是电阻单位（Ω）的度量器。标准电阻是用锰铜导线制成的，阻值在 10Ω 的一般用锰铜带绕制，阻值在 $10^{-2}\Omega$ 以上的则用锰铜线绕制。锰铜线是一种铜、锰、镍的合金材料，它具有很高的电阻率，可以制成很紧凑的线圈。同时它的电阻温度系数很小，与铜相接时的热电动势也小，通过适当的工艺处理和用特殊方法绕制，可以得到准确度很高、稳定性较好的标准电阻。

12. 人体电阻：人体电阻是由皮肤电阻和体内组织电阻组成。

13. 感知电流：感知电流是引起人的感觉的最小电流。成年男性平均感知电流约为 1.1mA，成年女性约为 0.7mA。

14. 摆脱电流：摆脱电流是人触电以后能自主摆脱电源的最大电流。成年男性约为 16mA，成年女性约为 10.5mA。

15. 致命电流：致命电流是指在较短时间内危及生命的最小电流。

16. 击穿电压：绝缘介质料在电压作用下，超过一定临界值时，介质突然失去绝缘能力而发生放电现象时称为击穿，这一临界值称为击穿电压。

17. 绝对安全电压：无论在什么情况下都不会对人体造成危害的电压称为绝对安全电压。有的国家把绝对安全电压定为 2.5V。我们国家一般规定为 24V、36V 等几个不同的安全电压。

18. 闪点：是指可燃液体挥发出的蒸气与空气混合后，当火焰接近时能发生闪电状燃烧的最低温度。

19. 自燃点：是指可燃物不需要外来火源就能自己引起燃烧的最低温度。

20. 爆炸极限：是指爆炸危险物质与空气形成的混合物，能引起爆炸的最低浓度（爆炸下限）和最高浓度（爆炸上限）。

21. 电磁屏蔽：为了避免外界电磁场对电或非电设备的影响，而把这些设备放在封闭或近于封闭的金属材料制成的外壳内。

22. 尖端放电：导体尖端处发生的放电现象。

23. 金具：在架空线路上，用于悬挂、保护、连接、固定导线和绝缘子的金属附件的统称。

24. 涡流：置于变化磁场中的导体，其内部将产生感应电流以反抗磁通的变化，这种电流以磁通的轴线为中心呈涡旋形态，故称涡流。

25. 工作火花：工作火花是指电气设备正常工作时或正常操作过程中产生的火花，如直流电机电刷与换向器滑动接触处、开关或接触器开合时的火花等。

26. 事故火花：事故火花是线路或设备发生故障时出现的火花，如发生短路或接地时出现的火花、绝缘介质损坏时出现的闪络、导电连接体松散时的火花、过电压放电火花以及修理工作中错误操作引起的火花等。

27. 电火花：电火花是电极间的击穿放电，电火花也包括工作火花和事故火花。

28. 电弧：电火花的大量汇集形成电弧。

29. 冲击电流：在电力系统运行中发现短路故障时出现的短路电流的最大瞬时值，称为冲击电流。冲击电流主要用于校验电气设备和导线的电动力稳定度。

30. 零序电流：在电力系统中任一点发生单相或两相以上的接地短路故障时，系统中就产生零序电流。零序电流 I_0 是在接地故障点出现的一个零序电压 U_0 的作用下产生的。零序电流是从故障点经大地至电气设备中性接地点后返回故障点为回路的特有的一种反映接地故障的电流。

31. 隔爆型设备：这类设备有坚固的防爆外壳，能承受爆炸压力而不损坏，而且构件接合处留有与传爆能力相适应的间隙，即使设备内部发生爆炸时，也不会引起外部爆炸性混合物的爆炸。

32. 防爆安全型设备：这类设备正常运行时不产生火花、电弧或危险温度，并在其设备上采取适当措施以提高安全性能。

33. 防爆充油型设备：这类设备是将可能产生火花、电弧或危险温度的带电部件浸在绝缘油里，从而不引起油面上爆炸性混合物的爆炸，其油温不应超过 80℃，油面应高出发热和产生火花的部件 10mm以上。

34. 最小引爆电流：是引起爆炸性混合物发生爆炸的最小电火花所具备的电流。

35. 负荷：也叫"负载"。动力或电力设备在运行时所产生、转换、消耗的功率。当实际负荷与额定负荷相等时称为"满负荷"或"全负荷"；若小于额定负荷时称为"低负荷"；若超过额定负荷时则称为"过负荷"。

36. 罐式结构：将断路器的灭弧室及触头系统装接在接地的金属罐（箱）中，导电回路靠套管引出，这种形式称为罐式结构。它的优点是便于在进出线套管上安装电流互感器，其抗振强度大于支柱型结构。

37. 全封闭组合结构：把断路器、隔离开关、互感器、避雷器和连接引线全部封闭在接地的金属箱中，与出线回路的连接采用套管或专用气室，这种形式称为全封闭组合结构。

38. 单压式（压气式）灭弧室：是 SF_6 断路器灭弧室一种基本结构形式，它只有一个气压系统，灭弧室的可动部分带有气压装置，靠分闸过程中活塞汽缸的相对运动，造成短时气流来吹灭电弧。

39. 双压式灭弧室：是 SF_6 断路器灭弧室一种基本结构形式，有高压和低压两个气压系统。灭弧时，高压室控制阀打开，高压 SF_6 气体经过喷嘴吹向低压系统，再吹向电弧使其熄灭。

40. 连锁反应：是指由于一条输电线路（或一组变压器）的过负荷或事故跳闸而引起的其它输电设备和发电机组的相继跳闸（包括防止设备损坏而进行的人员操作在内）。连锁反应是事故扩大的一个重要原因。

41. 变电站报警系统：由探测系统和联动控制系统组成的火灾报警系统。其主要功能是及早发现事故隐患，发出报警信号，提示值班人员采取相应措施或启动联动控制系统，抑制火灾发生或扩大。

42. 母线充电：是指向空母线（也称空载母线）送电的一种操作。母线充电必须用断路器进行，不得用隔离开关对母线充电。用母联断路器充电时，其充电保护必须投入，充电正常后停用充电保护。

43. 自行掌握：是指变电所值班人员可根据工作需要不通过调度和其它部门批准的对设备的操作。其设备范围有：低压侧总断路器、站用变压器运行方式的改变，电力电容器的拉、合。

44. 远后备：是指当元件故障而其保护装置或开关拒绝动作时，由各电源侧的相邻元件保护装置动作将故障切除。

45. 近后备保护：用双重化配置方式加强元件本身的保护，使之在区域内故障时，保护无拒动的可能，同时装设开关失灵保护，以便当开关拒绝跳闸时启动它来切开同一变电所的高压开关，或摇切对侧开关。

46. 列车电站：装在火车车辆底盘上的整套发电设备。可以方便地沿铁路驶往无电或缺电地区以应用电急需，或供大型工程的施工用电。

47. 电能质量：电能质量的主要指标是频率和电压的最大偏移值。我国规定，在 $3 \times 10^6 kW$ 以上系统，频率偏移的容许值正常不得超过 $\pm 0.2 Hz$，不足 $3 \times 10^6 kW$ 的系统，不得超过 $\pm 0.5 Hz$；供电电压对额定电压的偏差值应不超过下述范围：35kV 及以上电力用户为额定电压的 $\pm 5\%$，10kV 及以下电力用户为额定电压的 $\pm 7\%$，低压照明用户为额定电压的 $+5\% \sim +10\%$。

48. 电能损耗：电能沿送电线路传输和通过变压器绕组时所发生

的能量损失。

49. 沿面闪络电压：使固体表面的气体发生闪络时的电压，称为固体介质的沿面闪络电压。

50. 远距离输电：是指 220kV 及以上电压等级的输电线路，距离大于 500km 的输电线路又称为"超高压输电"系统。

51. 主网：是指最高电压输电网，在形成初期也包括一次电压，共同构成电网的骨架。如 500kV 电网习惯上称为主网。

52. 电网结构：主要是指主网的接线方式、区域电网电源和负荷大小及联络线功率交换量的大小。

53. 输电能力：是指在电力系统之间，或在电力系统中从一个局部系统（或发电厂）到另一个局部系统（或变电所）之间的输电系统容许的最大送电功率（一般按受端计算）。

54. 频率的一次调整：由发电机组的调速器自动实现的不改变变速机位置的调节过程就是频率的一次调整。这一调节是有差调节，是对第一种负荷变动引起的频率偏差进行的调整。

55. 频率的二次调整：在电力负荷发生变化时，仅靠发电机调速系统频率特性而引起的一次调频是不能恢复原运行频率的，为使频率保持不变，需要运行人员手动或自动操作调速器，使发电机的频率特性平行地上下移动，进而调整负荷，使频率不变。保持系统频率不变是由一次调整和二次调整共同完成的。

56. 频率的三次调整：即有功功率的经济分配。按最优化准则分配预计负荷中的持续分量部分，安排系统内各有关发电厂按给定的负荷曲线发电，在各发电厂、各发电机组之间最优分配有功功率负荷。

（三）选择题（将正确答案的代号填在空括号中）

1. 电子式极化可发生在一切电介质中，极化（　　　）能量。

（A. 不消耗　　B. 消耗　　C. 不一定消耗）

2. 绝缘纸、云母属于（　　　）绝缘介质。

（A. 气体　　B. 液体　　C. 固体）

3. 变压器绝缘属于（　　　）绝缘。

（A. 组合　　B. 液体　　C. 固体）

4. 电动系仪表（　　　）。

（A. 不能测交流 　　B. 不能测直流 　　C. 能测交直流有效值）

5. JOJ-10 表示（ 　　）。

（A. 电流互感器 　　B. 避雷器 　　C. 电压互感器）

6. 避雷针、避雷器（ 　　）接地。

（A. 不必 　　B. 可以 　　C. 必须）

7. 电力系统在正常工作时三相（ 　　）。

（A. 不对称 　　B. 对称 　　C. 只用二相）

8. 在配电系统短路故障中（ 　　）占的比例最大。

（A. 两相接地 　　B. 单相接地 　　C. 三相接地）

9. 电力系统的功率分布，也称（ 　　）分布。

（A. 电压 　　B. 电流 　　C. 潮流）

10. 物质的密度指该物质单位体积的质量，单位为（ 　　）。

（A. 千克力/米^3 　　B. 千克力/厘米^3 　　C. 克/厘米^3）

11. 油品的透明度取决于（ 　　）的含量。

（A. 杂质 　　B. 浓度 　　C. 温度）

12. 决定接地电阻的主要因素是（ 　　）。

（A. 土壤温度 　　B. 土壤粘度 　　C. 土壤电阻）

13. 电容器的放电回路（ 　　）。

（A. 不允许装开关 　　B. 不允许装熔丝 　　C. 允许装熔丝）

14. 静电电压表（ 　　）。

（A. 应并联在被测量的两端 　　B. 串联在测试回路 　　C. AB 说法均对）

15. 电荷的（ 　　）运动就形成电流。

（A. 杂乱无章 　　B. 定向 　　C. 有规律）

16. 电力系统发生短路故障时，系统网络的总阻抗会（ 　　）。

（A. 突然增大 　　B. 突然减小 　　C. 忽大忽小）

17. 电力系统发生故障时，系统的电压和电流都将发生变化，其变化特点是（ 　　）。

（A. 电流发生突变 　　B. 电流变化速度大于电压的变化速度 C. 由于系统网络中存有电感，所以电流不能突变）

18. 用有载调压变压器的调压装置调整电压时，对系统来说

（　　　）。

（A. 起很大作用　　B. 能提高功率因数　　C. 补偿不了无功不足的情况）

19. 采取无功补偿设备调整电压时，对系统来说（　　　）。

（A. 作用不明显　　B. 既补偿系统的无功容量，又提高系统的电压　　C. 不起无功功率补偿的作用）

20. 所谓电力系统的稳定性，是指（　　　）。

（A. 系统无故障时间的长短　　B. 系统同步发电机并列运行的能力　　C. 系统抵抗突发故障的能力）

21. 电力系统在很小的干扰下，能独立地恢复到它的初始运行状况的能力称为（　　　）。

（A. 初态稳定　　B. 静态稳定　　C. 系统的抗干扰能力）

22. 对电力系统的稳定性干扰最严重的是（　　　）。

（A. 投切大型空载变压器　　B. 发生三相短路故障　　C. 发生两相接地短路）

23. 一般铝金属的电力设备接头过热后，其颜色会变得（　　　）。

（A. 呈红色　　B. 呈黑色　　C. 呈灰白色）

24. 一般铜金属的电力设备接头在过热后，其颜色会变得（　　　）。

（A. 呈黑色　　B. 呈紫色　　C. 呈浅红色）

25. 涂有相色漆的设备接头在过热后，其相色漆会变得（　　　）。

（A. 相色漆的颜色变深，漆皮裂开　　B. 相色漆的颜色变浅，漆开始熔化　　C. 相色漆的颜色更加明显，并有冒湿现象）

26. 220kV 单相电容分压式电压互感器用（　　　）表示。

（A. JCC_1-220　　B. JDJ-220　　C. YDR-220）

27. 当发电机、变压器、电动机等元件的感抗为一常数时，即相当于（　　　）元件不饱和。

（A. 磁性　　B. 容性　　C. 阻性）

28. 国际电工委员会标准规定高压测量的误差不大于（　　　）。

（A. ±5%　　B. ±1%　　C. ±3%）

29. 用做观察和记录冲击波放电时瞬间变化的脉冲现象的仪器是

（ 　 ）。

（ A. 峰值电压表 　 B. 静电电压表 　 C. 高压示波器）

30. 空气在标准状态下均匀电场中的击穿强度为（ 　 ） kV/cm。

（ A. 10 　 B. 30 　 C. 50）

31. 一条母线分别通直流和交流电时其直流电阻（ 　 ） 交流电阻。

（ A. 大于 　 B. 小于 　 C. 等于）

32. 交流电路中电压与电流瞬时值的乘积叫（ 　 ）。

（ A. 瞬时功率 　 B. 瞬时电能 　 C. 瞬时效率）

33. 单位正电荷在电场中某一点的势能称作（ 　 ）。

（ A. 电压 　 B. 电势 　 C. 电位差）

34. 用电设备最理想的工作电压就是它的（ 　 ）。

（ A. 允许电压 　 B. 工作电压 　 C. 额定电压）

35. 调相机是向电网提供（ 　 ） 电源的设备。

（ A. 有功 　 B. 无功 　 C. 交流）

36. 要使晶体管（三极管）具有电流放大作用发射结必须（ 　 ） 偏置，集电结必须（ 　 ） 偏置。

（ A. 正；反 　 B. 反；正 　 C. 正；正）

37. ⊥ 表示（ 　 ） 系仪表。

（ A. 电动 　 B. 电磁 　 C. 磁电）

38. 行波电压与行波电流的比值 $\sqrt{L_0/C_0}$ 叫线路的（ 　 ）。

（ A. 波速 　 B. 传播系数 　 C. 波阻抗）

39. 为防止变压器中性点出现过电压应在中性点装设（ 　 ）。

（ A. 接地开关（接地刀闸） 　 B. 避雷器 　 C. 电流互感器）

40. 在对称的三相输电系统中（ 　 ） 谐波分量。

（ A. 没有 　 B. 基本没有 　 C. 也存在）

41. 对 110kV 的电缆进线段，要求在电缆与架空线的连接处装设（ 　 ）。

（ A. 放电间隙 　 B. 管型避雷器 　 C. 阀型避雷器）

42. 对 35kV 的电缆进线段，要求在电缆与架空线的连接处装设（　　）。

（A. 放电间隙　　B. 管型避雷器　　C. 阀型避雷器）

43. 凡是技术状况良好、外观整洁、技术资料齐全、正确，能保证安全运行、经济运行、满负荷供电、稳定供电的电气设备应定为（　　）。

（A. 名牌设备　　B. 一类设备　　C. 优良设备）

44. 有重大缺陷，不能保证安全运行，三漏严重，外观很不清洁，主要技术资料残缺不全或检修预试超周期的电气设备应定为（　　）。

（A. 二类设备　　B. 不合格设备　　C. 三类设备）

45. 凡是个别次要部件或次要测试项目不合格、暂不影响安全运行或影响较小、外观尚可、主要技术资料齐备并基本符合实际的电气设备应定为（　　）。

（A. 一类设备　　B. 二类设备　　C. 三类设备）

（四）选择题答案

1. A	2. C	3. A	4. C	5. C	6. C
7. B	8. B	9. C	10. C	11. A	12. C
13. B	14. A	15. C	16. B	17. C	18. C
19. B	20. B	21. B	22. C	23. C	24. C
25. A	26. C	27. A	28. C	29. C	30. B
31. B	32. C	33. B	34. C	35. B	36. A
37. A	38. C	39. B	40. C	41. C	42. C
43. B	44. C	45. B			

（五）填空题

1. 对电力系统的要求概括地说是＿＿＿、＿＿＿、＿＿＿和＿＿＿。

2. 所谓电能质量是指＿＿＿、＿＿＿和＿＿＿等三个技术指标。

3. 电荷有＿＿＿形式，一种带有正电叫做＿＿＿电荷，一种带有负电叫做＿＿＿电荷。

4. 电子既不能＿＿＿，也不能＿＿＿，只能从一个物体转移到另一个＿＿＿。

5. 阀型避雷器主要由____、____及并联电阻等主要部件组成。

6. 晶体管的输出特性曲线可以划为三个区，即____、____和____区。

7. 电力系统中常用的电工测量仪表有：电压表、____表、____表、功率因数表和频率表等。

8. 常用的电工测量仪表的工作原理与类型有：电磁式、____式、____式、感应式、静电式、热电式和整流式等。

9. 常用的电工仪表的准确度等级有：0.2级、____、____、____和2.5级。

10. 一般说的精密级仪表是指：精密级为0.5级，很精密级是____级，较精密级是____级。

11. 常说的测量仪表的一般等级是指1.5级的仪表。这种仪表常用于____仪表和____测量用。

12. 粗测级仪表是指：____级仪表。这种仪表常作为小型配电盘的____仪表和用于精度要求不高的测量场所。

13. 常用仪表的指针有：____形指针、____指针、纤条指针和框架指针等型式。

14. 由于环境温度变化而引起的测量仪表误差称作受____影响而引起的____。

15. 在仪表使用场所存有磁场和电场，由于磁场和电场的干扰，也能引起____测量仪表的____。

16. 电气测量仪表在使用时，由于使用人在读取仪表指示数的方法引起的____，称作是测量____引起的误差。

17. 电力系统发生故障时，部分地区的供电____大幅度下降，用户的正常工作、生产将受到____，甚至会停工停产。

18. 在发生故障时，故障设备和某些非故障设备由于通过很大____电流而产生热效应和电动力，使设备遭到____和损伤。

19. 电力系统发生故障时，若是严重的故障，可能破坏系统稳定性，产生系统____，甚至引起系统____。

20. 由于电气设备过____、电网过电压，尚未发展成故障时，称为电网不正常____状态。

21. 电力系统发生故障时，电流会____，特别是短路点与电源间直接联系的电气设备上的电流会____增大。

22. 电力系统发生故障时，电压会____，故障相的____或相间电压下降，而离故障点越近，电压下降越多，甚至下降为零。

23. 电力系统发生故障时，系统频率会____或升高，电流和电压____角也会发生变化。

24. 在大接地电流系统中，任何一点发生单相____短路，便会立即出现零序电流和____。

25. 当发生单相接地短路时，零序电压的大小等于非____相电压几何和的____。

26. 固体介质的击穿大致可分为____和____。

27. 电桥是一种比较式的测量仪器，是指被测量与已知的____进行比较，而测定被测量大小。

28. 直流单臂电桥又称____电桥，其主要作用是用来测量阻值为 $1 \sim 10^7 \Omega$ 的____。

29. 直流双臂电桥又称____电桥，是一种测量小电阻的常用仪器，它可以测量阻值为 $1 \sim 10^{-5} \Omega$ 的____。

30. 直流双臂电桥共有四个接线端钮，其中 C_1 和 C_2 端钮为____端钮，P_1 和 P_2 为____端钮。

31. 常用的绝缘油有____、____和45号油。

32. 绝缘油在充油电气设备中，主要起____、____作用，在油断路器中，还起____作用。

33. 仪表的绝对误差与该仪表的测量上限之比称为____误差。

34. 二极管是____电阻元件。

35. 纯锗、纯硅组成的半导体叫做____半导体。

36. 原子是由原子核和其外面绕原子核运动的____组成。

37. 电介质的极化有四种形式即____极化、____极化____极化和____极化。

38. 电场的表现是对于引入场中的静止____有____的作用。

39. 磁场作用于运动电荷的力称为____力。

40. 不随时间变化的磁场；叫____。

41. 110kV 以上变电站接地电阻应在____以下。

42. 星形联接时，相、线电流的关系为 I_ϕ ____ I_1。

43. 三角形联接时，相、线电流的关系为 I_ϕ ____ I_1。

44. $1M\Omega =$ ____ $k\Omega$。

45. 在三相电路中有功功率与功率因数之比 $P/\cos\varphi$ 为____功率。

46. 载流导体周围存在磁场，若两导体相互平行，则每根导体都处于另一根导体的____。

47. 平行载流导体在通以同方向电流时，两导体所产生的____力是相互____的。

48. 平行载流导体在通以反方向电流时，两导体所产生的____力是相互____的。

49. 电缆检修后，可能根据不同的情况实行三级验收、即班组、车间、公司；或两级验收，即____、车间；或一级验收，即____人员验收。

50. 电力电缆检修后，验收时如有的设备个别项目未达验收____，而系统急需投入运行时需经主管局总工程师批准。

（六）填空题答案

1. 安全；经济；多供；损耗少

2. 电压；频率；波形

3. 两种；正；负

4. 创造；消灭；物体

5. 间隙；阀片

6. 截止区；饱和区；放大

7. 电流；功率

8. 磁电；电动

9. 0.5 级；1.0 级；1.5 级

10. 0.2；1.0

11. 配电盘；一般

12. 2.5；测量

13. 标准；刃形

14. 外界；误差

15. 电气；误差

16. 误差；方法

17. 电压；损失

18. 短路；破坏

19. 振荡；瓦解

20. 负荷；工作

21. 增大；急剧

22. 降低；相电压

23. 降低；相位

24. 接地；零序电压

25. 故障；1/3

26. 电击穿；热击穿

27. 标准量

28. 惠斯顿；电阻

29. 凯尔文；电阻

30. 电流；电位

31. 10 号；25 号

32. 绝缘；冷却；消弧

33. 引用

34. 非线性

35. 本征

36. 电子

37. 电子式；离子式；偶极式；夹层

38. 电荷；力

39. 洛仑兹

40. 恒定磁场

41. 0.5Ω

42. 等于

43. 等于$\sqrt{3}$

44. 10^3

45. 视在

46. 磁场中

47. 电磁；吸引

48. 电磁；排斥

49. 班组；运行

50. 标准；批准

（七）计算题

1. 一台电动机，铭牌上标出功率为 750kW，效率为 80%，求电动机本身损耗功率为多少。

2. 图 3-1 所示的电桥电路，其参数如图中所示，当将开关 S 合上后，流过检流计的电流 I 为多少？

3. 已知一正弦电动势，$e = 380\sin(314t + 30°)$ V，试求 $t = 0.1s$ 的电动势的瞬时值。

4. 一只 $100\mu F$ 的电容器，它两端加上 $u = 220\sin314t$ V 的电压，求容抗 X_C，电流 I。

5. 如图 3-2 所示电路，电流互感器的电流比为 300/5，电阻 $R = 400\Omega$。已知电流表的读数为 4A，求电阻两端电压为多少？电源电动势 E 的有效值为多少？

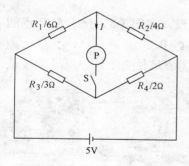

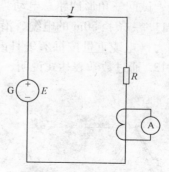

图 3-1　　　　　　　　　　　图 3-2

6. 一只晶体管的放大系数 $\beta = 50$，现已知 $I_b = 20\mu A$，求 $I_c = ?$

7. 如图 3-3 所示，为一直流耐压试验接线，试验变压器的电压比为 220V/60kV，即 $U_{bc}/U_{AO} = 200V/60kV$，表侧线圈的电压比为

400V/60kV，即 $U_{ab}/U_{AO} = 400V/60kV$，如果高压侧输出 50kV 时，低压侧输入电压应该多少，此时仪表线圈所接电压表的读数为多少？

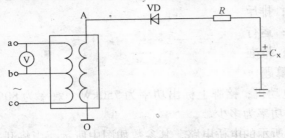

图 3-3

8. 如果在图 3-3 中，$U'_{bc} = 156V$，用仪表线圈测电压，应选用多大的电压表最佳，高压输出电压为多少？

9. 已知一负序正弦系统，其中 $u_a = 20\sin(\omega t + 10°)$ V，分别写出 u_b、u_c 的表达式。

10. 图 3-4 所示是对称三相电源的三角形联接，如果将 CZ 绕组反接，试问三角形回路总电动势为多少？

11. 一条长 50m 的电缆，沿斜面敷设，如图 3-5，试求在 C 点的牵引力（电缆重量按每米 9.1kg 计算，$\mu = 0.2$）。

12. 通过数学表达式说明，单芯电缆满足什么条件，电场强度最小。

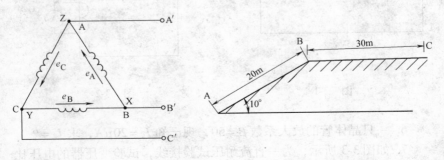

图 3-4 图 3-5

13. 以石蜡作绝缘介质的平行板电容器的极板上的电荷 $Q = 8.6 \times 10^{-6}C$，每一金属极板的面积 $S = 500cm^2$，加在极板上的电压 $U = 500V$，试求电容器的电场强度，极板间的距离，电容器绝缘强度的储备是多少？

14. 有一条 10kV 铝芯纸绝缘电缆，截面积为 $3 \times 120mm^2$，长度为 330m，在预防性试验中；A 相对地绝缘击穿，用 QF1-A 型电桥测得结果如下：

（1）绝缘电阻：三相相间及 B、C 相对地的绝缘电阻均在 2000MΩ 以上，A 相对地经直流击穿后为 9.76kΩ。

（2）回线电阻：另一端 A、B 相接跨接线，测得回线电阻为 0.194Ω，引线电阻为 0.017Ω；实际回路电阻为 $(0.194 - 0.017)\Omega = 0.177\Omega$。

（3）用正接法测量得 $R_{r1} = 0.236\Omega$

用反接法测量得 $R_{r1} = 0.765\Omega$

试根据以上记录数据；计算故障点距离？

15. 有一条电压为 10kV 的铜芯纸绝缘电缆，截面积为 $3 \times 95mm^2$，全长为 998m，在运行中发生一相接地故障，在首端测得结果如下：

（1）绝缘电阻见表 3-1。

表　3-1

测量结果　　　测量接线		对　　　地			相　　　间		
测量地点		A	B	C	A-B	B-C	C-A
在首端测量		200MΩ	160Ω	150MΩ	200MΩ	150MΩ	200MΩ

（2）回线电阻：末端 A、B 相接跨接线后，在首端测得回线电阻为 0.375Ω。

（3）用回线法测故障点时，电桥两臂的读数见表 3-2。

表　3-2

测 量 地 点	接 线 方 式	电 桥 读 数	
		M	N
首　　端	正接法	1000	1900
	反接法	1000	526

根据以上测量结果试计算出故障的位置?

16. 有一段导体，长度 $L = 100\text{m}$，截面积 $S = 0.1\text{mm}^2$，试求当温度 $T_2 = 50℃$ 时，导体的电阻为多少（$\rho = 0.0172 \times 10^{-6}\Omega \cdot \text{m}$，$\alpha = 0.004℃^{-1}$）。

17. 如图 3-6 所示电路已知 $I_1 = 10\text{A}$、$I_2 = 8\text{A}$，试求 I_3 的值及其实际方向?

18. 某宿舍装有 20W、60W、40W 灯泡各一只、45W 电视机一台、70W 电冰箱一台，若平均每日用电按 3h 计算，每月用多少电? 若电费 0.17 元/kW·h，则每月应缴多少电费?（按 30 天计）

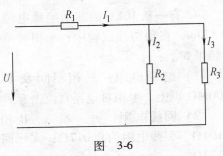

图 3-6

19. 如图 3-7 所示 $u_1 = U_m\sin(\omega t + 30°)$，写出 u_2 的表达式。

20. 如图 3-8 所示电路 $U = 35\text{kV}$，线路频率 $f = 50\text{Hz}$，$R = 100\Omega$，$C = 20\mu\text{F}$，求 I 和 U 与 I 的夹角各为多少?

21. 一条粘性浸渍电缆，标定温度为 60℃，环境温度为 25℃ 时载流量为 165A，求环境温度为 40℃ 允许载流量。

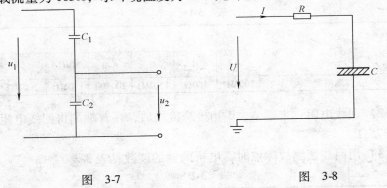

图 3-7　　　　　　　　　　　图 3-8

22. 6～10kV 电力电缆芯线对地电容电流常用下式计算。即 $I_1 = UL/10$。如有一条 10kV 电缆线路长 3km。其充电电流为多少?

23. 在上题中，求其充电功率为多少?

24. 一条 ZLQ20-10、$3 \times 240\text{mm}^2$ 电缆线路长 10km，测得其日负荷如表 3-3 所示，求均方根电流为多少?

表 3-3

时间/h	1	2	3	4	5	6	7	8	9	10	11	12
电流/A	100	50	50	50	50	50	100	300	300	300	200	200
时间/h	13	14	15	16	17	18	19	20	21	22	23	24
电流/A	100	200	300	300	300	200	100	100	100	50	50	50

25. 在上题中，如果每月按 30 天计算，每月消耗多少电能?

26. 如图 3-9 所示，$R_1 = 100\Omega$，$R_2 = 70\Omega$，$U = 50\text{kV}$，由于一次电流较大，在电流互感器二次测量，问选用多大的 CT 电流比，二次电流为多少?

27. 如图 3-10 所示电路，$R = 50\Omega$，$L = 10\text{mH}$，$C = 20\mu\text{F}$，$f = 60\text{Hz}$，求阻抗为多少?

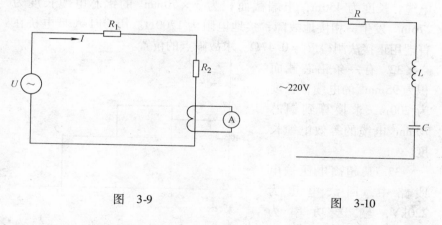

图 3-9   图 3-10

28. 在上题中，若使电路达到谐振，求其谐振频率及谐振时电流?

29. 如图 3-11 某电缆线路采用直埋敷设，图示是其开掘的断面图，线路长度 500m，问需挖多少立方米?

30. 如图 3-12 所示为某用户代表日负荷曲线，求其均方根电流，如果其负荷为 $30 + j40\Omega$ 有功损耗为多少?

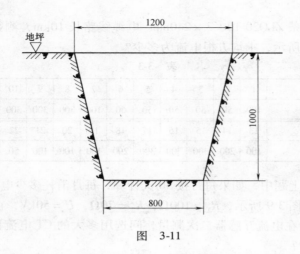

图 3-11

31. 有一条长度为 726m 的电缆，首端截面积为 $3 \times 50mm^2$ 铜芯电缆，长度为 450m，末端截面积为 $3 \times 70mm^2$ 的铝芯电缆长度为 276m。发生一相接地故障，接地电阻为 1700Ω。用 QF1-A 型电桥在首端用正接法测得 $R_x = 0.47\Omega$。求故障点的位置。

32. 有一条铝芯截面积为 $95mm^2$ 的电缆，长度为 200m，求换算到铜芯 $70mm^2$ 电缆的等效电缆长度。

33. 某超高电压输电线路中，回线电压为 220kV，输送功率为 240MW。若输电线路的每

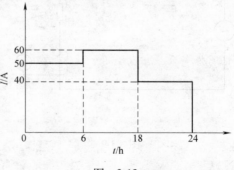

图 3-12

相电阻为 10Ω，试计算负载功率因数为 0.9 时线路上的电压降及输电线上一年的电能损耗。若功率因数从 0.9 降为 0.6 时，线路上的电压降与一年的电能损耗又是多少？（一年按 365 天算）

34. 有一外径为 40mm 的钢管，穿过一个边长为 40mm 的正方形孔洞，现要求钢管与正方形孔洞之间余留部分用铁板堵住，求最少需

多大面积的铁板？

35. 有一台绞磨在鼓轮上的钢丝绳牵引力 $S_K = 29400N$，已知鼓轮轴中心到推力作用点距离 $L = 200cm$，鼓轮半径 $r = 10cm$，求需要多大的推力 P（效应系数 n 为 0.91）？

36. 起吊一台变压器的大罩，其质量 Q 为 11t，钢丝绳扣与吊钩垂线成 30°，四点起吊，求钢丝绳受多大力？

37. 钢丝绳直径 d 为 39mm，用安全起重简易计算公式计算允许拉力为多少？（简易计算公式 $S = 9 \times d^2$，式中 S = 安全起吊质量（kg），d = 钢丝绳直径（mm））。

38. 在设备起吊中，常常利用滑轮来提升重物，现提升重物的质量 $m = 100kg$，绳索材料的许用应力是 $[\sigma] = 9.8 \times 10^6 Pa$，求绳索的直径 d 应是多少？

39. 用某公司生产的白棕绳作牵引用，白棕绳直径 $d_1 = 25mm$，瞬时拉断力 $T_b = 23.52kN$，使用的滑轮直径 $d_2 = 180mm$，安全系数 $K = 5.5$，求白棕绳的最大使用拉力。

40. 有一直径 $d = 14mm$ 的白棕绳，最小拉断力 $S_b = 800kg$，考虑安全系数 K 为 5，允许起吊重量是多少？

（八）计算题答案

1. **解**：因为 $\eta = \dfrac{P}{P_\Sigma}$

所以 输入功率 $P_\Sigma = \dfrac{P}{\eta} = \dfrac{750}{0.8} kW = 937.5 kW$

损失功率 $\Delta P = P_\Sigma - P = (937.5 - 750) kW = 187.5 kW$

2. **解**：因为 $6 \times 2 = 3 \times 4$，即 $R_1 R_4 = R_2 R_3$

此时电桥已经平衡，所以 $I = 0$。

3. **解**： $e = 380\sin(314t + 30°) V$

$$= 380\sin(2\pi \times 50 \times 0.1 + 30°) V$$

$$= 380\sin\left(10\pi + \frac{\pi}{6}\right) V$$

$$= 380\sin\frac{\pi}{6} V = 190 V$$

4. 解：$X_C = \dfrac{1}{2\pi fC} = \dfrac{1}{314 \times 100 \times 10^{-6}}\Omega = 31.8\Omega$

$$I = \dfrac{U}{X_C} = \dfrac{220/\sqrt{2}}{31.8}A = 4.9A$$

5. 解：此时一次侧电流 $I = \dfrac{300}{5} \times 4A = 240A$

因为　电阻两端电压 $U = IR = 400 \times 240V = 96kV$

电源电动势 $E = U = 96kV$

6. 解：$I_c = \beta I_b = 50 \times 20\mu A = 1000\mu A = 1mA$

7. 解：$U'_{bc} = \dfrac{U_{bc}}{U_{A0}}50 = \dfrac{200}{60} \times 50V = 166.7V$

$$U'_{ab} = \dfrac{U_{ab}}{U_{A0}}50 = \dfrac{400}{60} \times 50V = 333.3V$$

8. 解：此时 $U'_{A0} = \dfrac{U_{A0}}{U_{bc}} \times 156 = \dfrac{60}{200} \times 156kV = 46.8kV$

$$U'_{ab} = \dfrac{U_{ab}}{U_{A0}}U'_{A0} = \dfrac{400}{60} \times 46.8V = 312V$$

所以应选用 300~350V 范围的电压表。

9. 解：因为　$U_a = 20\sin(\omega t + 10°)V$

所以　$U_b = 20\sin(\omega t + 130°)V$

$U_c = 20\sin(\omega t - 110°)V$

10. 正接时，因三相对称电动势的瞬时值的代数和或有效值相量的和为零，即

$$e_A + e_B + e_C = 0 \quad 或 \quad \dot{E}_A + \dot{E}_B + \dot{E}_C = 0$$

当 CZ 绕组反接时：$\dot{E}_A + \dot{E}_B - \dot{E}_C = -2\dot{E}_C$

11. 解：电缆盘的摩擦力 T_A 按 15m 长的电缆重量计为 $T_A = 15 \times$

$9.1g = 1365N$

$T_B = T_A + WL(\mu\cos Q_1 + \sin Q_1)g$

$= 136.5N + 9.1 \times 20(0.2\cos10° + \sin10°)g$

$= 136.5N + 9.1 \times 20(0.2 \times 0.198 + 0.156)9.81N$

$$= 200.8 \text{N}$$

$$T_\text{C} = T_\text{B} + WL\mu g = (2008 + 9.1 \times 30 \times 0.2 \times 9.81) \text{N}$$

$$\approx 2210 \text{N}$$

12. 单芯电缆绝缘中任何一点的电场强度 E_x （kV/cm）

$$E_x = \frac{U}{X \ln R/r} \quad (\text{kV/cm})$$

式中　U——导体对地的电压（kV）；

　　　R——电缆绝缘外半径（cm）；

　　　r——导体半径（cm）；

　　　X——绝缘中任何一点与导体中心的距离（cm）。

由此可见当 $\ln R/r = 1$ 时，E_x 最小，即 $R/r = 2.72$

13. $C = \dfrac{Q}{U} = \dfrac{8.6 \times 10^{-6}}{500} \text{F} = 0.0172 \times 10^{-6} \text{F}$

因为　$C = \varepsilon_绝 \dfrac{S}{d}$　$U = \dfrac{Q}{C}$　$\varepsilon = \dfrac{U}{d}$

所以　$\varepsilon = \dfrac{Q}{S\varepsilon_绝} = \dfrac{Q}{S\varepsilon_0 \varepsilon}$

$$= \frac{8.6 \times 10^{-6}}{500 \times 10^{-4} \times 8.84 \times 10^{-12} \times 3.5} \text{V/m}$$

$$= 5.56 \times 10^6 \text{V/m}$$

$$d = \frac{U}{\varepsilon} = \frac{500}{5.56 \times 10^6} = 0.9 \times 10^{-4} \text{m} = 0.09 \text{mm}$$

绝缘强度的储备是 $\dfrac{\varepsilon_{击穿}}{\varepsilon} = \dfrac{20}{5.56} = 3.6$

14.

（1）从绝缘电阻中可知电缆为一相接地故障，又系预试击穿，不会发生断线故障。

（2）回线电阻：铝导线的电阻率为 $0.031 \times 10^{-6} \Omega \cdot \text{m}$，回线电阻 $R = 0.031 \times 10^{-6} \times \dfrac{330}{120 \times 10^{-6}} \times 2 \Omega = 0.17 \Omega$，此电阻与实际测量接

近，证明无断线故障且跨接线接触良好。

（3）正接法时 $L_x = R_{r1} \times 2L = 0.236 \times 2 \times 330\mathrm{m} = 155.8\mathrm{m}$

反接法时 $L_x = (1 - R_{r1}) \times 2L$

$$= (1 - 0.765) \times 2 \times 330\mathrm{m} = 155.1\mathrm{m}$$

从正反两次测量结果可知，故障点在距测量端155m处左右。

15.

（1）根据所测绝缘电阻可知 A、C 相对地绝缘及三相相间绝缘均好，只有 B 相对地电阻很低，为一相接地故障，但还不能证明 B 相未断线；

（2）铜的电阻率为 $0.0184 \times 10^{-6}\Omega \cdot \mathrm{m}$，截面积为 $95\mathrm{mm}^2$，长度为 $2 \times 998\mathrm{m}$ 的电缆线芯，其电阻 R 为：$R = \rho L / A = 0.0184 \times 10^{-6} \times$ $\dfrac{2 \times 998}{95 \times 10^{-6}}\Omega = 0.387\Omega$，实际测得为 0.375Ω，小于计算的 0.387Ω，可能是电阻率比 0.0184 更小之故，与实测接近，故未发生断线故障；

（3）根据回线法测得的结果进行计算，得：

1）正接法时 $M = 1000$，$N = 1900$

$$L_x = \frac{M}{M+N} \times 2L = \frac{1000}{1000 + 1900} \times 2 \times 998\mathrm{m} = 688.3\mathrm{m}$$

2）反接法时 $M = 1000$，$N = 526$

$$L_x = \frac{N}{M+N} \times 2L = \frac{526}{1000 + 526} \times 2 \times 998\mathrm{m} = 688\mathrm{m}$$

正反两次测量，其结果几乎完全相同，说明测量正确，无必要到另一端测试，电缆故障点在距首端688m左右处。

16. 在 20℃ 时：

$$R_{20} = \rho \frac{l}{S} = 0.0172 \times 10^{-6} \times \frac{100}{0.1 \times 10^{-6}}\Omega = 17.2\Omega$$

所以 50℃ 时电阻为

$$R_{50} = R_{20}[1 + \alpha(T_2 - T_1)]$$

$$= 17.2[1 + 0.004(50 - 20)]\Omega = 19.3\Omega$$

17. 由图知 $I_1 = I_2 + I_3$

即 $I_3 = I_1 - I_2 = (10 - 8)\mathrm{A} = 2\mathrm{A}$

I_3 的实际方向与电路图上所示方向相同。

18. 每月用电量 $= (20 + 60 + 40 + 45 + 70) \times 3 \times 30 \div 1000 \text{kW} \cdot \text{h}$
$$= 21.15 \text{kW} \cdot \text{h}$$

应缴电费 $= 21.15 \times 0.17$ 元 ≈ 3.60 元

19. $\dfrac{u_1}{u_2} = \dfrac{C_1 + C_2}{C_1}$

所以 $u_2 = \dfrac{C_1}{C_1 + C_2} u_1 = \dfrac{C_1}{C_1 + C_2} U_m \sin(\omega t + 30°)$

20. $X_C = \dfrac{1}{\omega C} = \dfrac{1}{314 \times 20 \times 10^{-6}} \Omega = 159.2 \Omega$

$$Z = \sqrt{R^2 + (X_C)^2} = \sqrt{100^2 + 159.2^2} \Omega = 188 \Omega$$

$$I = \dfrac{U}{Z} = \dfrac{35 \times 10^3}{188} \text{A} = 186 \text{A}$$

所以 $\tan\delta = \dfrac{X_C}{R} = \dfrac{159.2}{200} = 1.592$

$$\delta = \arctan 1.592 = 57.8°$$

21. 由公式 $\dfrac{I_1}{I_2} = \sqrt{\dfrac{\theta_{c1} - \theta_{o1}}{\theta_{c1} - \theta_{o2}}}$

得 $I_2 = \dfrac{I_1}{\sqrt{\dfrac{\theta_{c1} - \theta_{o1}}{\theta_{c1} - \theta_{o2}}}} = \dfrac{165}{\sqrt{\dfrac{60 - 25}{60 - 40}}} \text{A} = 125 \text{A}$

22. $I_C = \dfrac{UL}{10} = \dfrac{10 \times 3}{10} \text{A} = 3 \text{A}$

23. $Q = U_C I_C = 10 \times 10^3 \times 3 \text{var} = 30 \times 10^3 \text{var} = 30 \text{kvar}$

24. $I = \sqrt{\dfrac{I_1^2 + I_2^2 + I_3^2 + \cdots\cdots + I_{22}^2 + I_{23}^2 + I_{24}^2}{24}} = 180.3 \text{A}$

25. $R = \rho \dfrac{l}{S} = 31.5 \times \dfrac{10}{240} \Omega = 1.3 \Omega$

每月消耗电能 $\Delta A = 3I^2 Rt = 3 \times 180.3^2 \times 1.3 \times 720 \times 10^{-3} \text{kW} \cdot \text{h}$

$$=91283\text{kW}\cdot\text{h}$$

26. $I = \dfrac{U}{R_1 + R_2} = \dfrac{50 \times 10^3}{100 + 70}\text{A} = 294\text{A}$

应选用电流比为 300/5 的 CT。

此时 $I_2 = \dfrac{5}{300} \times 294\text{A} = 4.9\text{A}$

27. $X_L = \omega L = 2\pi \times 60 \times 10 \times 10^{-3}\Omega = 3.77\Omega$

$$X_C = \dfrac{1}{\omega C} = \dfrac{1}{2\pi \times 60 \times 20 \times 10^{-6}}\Omega = 132.7\Omega$$

$$Z = \sqrt{R^2 + (X_L - X_C)^2} = \sqrt{50^2 + (3.77 - 132.7)^2}\Omega = 138.3\Omega$$

28. 谐振时：$\omega L = \dfrac{1}{\omega C}$

即 $\quad \omega = \sqrt{\dfrac{1}{LC}} = \sqrt{\dfrac{1}{10 \times 10^{-3} \times 20 \times 10^{-2}}}\text{rad/s} = 2236\text{rad/s}$

所以 $\quad f = \dfrac{\omega}{2\pi} = \dfrac{2236}{3 \times 3.14}\text{Hz} = 356\text{Hz}$

此时 $\quad I = \dfrac{U}{R} = \dfrac{220}{50}\text{A} = 4.4\text{A}$

29. 断面 $S = \dfrac{1}{2}(1.2 + 0.8) \times 1.0\text{m}^2 = 1.0\text{m}^2$

需挖土方 $= SL = 1.0 \times 500\text{m}^3 = 500\text{m}^3$

30. $I = \sqrt{\dfrac{50^2 \times 6 + 60^2 \times 12 + 40^2 \times 6}{24}}\text{A} = 53.2\text{A}$

$$P = I^2R = 53.2^2 \times 3\text{W} = 8490\text{W} = 8.49\text{kW}$$

$$W = Pt = 8.49 \times 24\text{kW}\cdot\text{h} = 203.78\text{kW}\cdot\text{h}$$

31.

（1）由于在首端（铜芯端）测试，因此将铝芯部分换算成铜芯的等值长度来计算。

总等值长度 $L_{\text{等值}} = \left(450 + 276 \times \dfrac{0.031}{0.0184} \times \dfrac{50}{70}\right)\text{m} = 782.1\text{m}$

按等值长度计算的到故障点的等值长度为

$$L_{x等值} = 0.47 \times 2 \times 782.1 \mathrm{m} = 735.1 \mathrm{m}$$

因到故障点的长度已超过铜芯电缆450m的长度，故障在铝芯电缆上，还需将等值长度复算到铝芯电缆的长度，故实际故障距首端的长度为

$$L_x = \left(450 + (735.1 - 450) \times \frac{0.0184}{0.031} \times \frac{70}{50}\right) \mathrm{m} = 687 \mathrm{m}$$

（2）从所测得故障 $R_x = 0.47\Omega$，可以估计故障点在末端铝芯电缆上，因此可将铜芯电缆换算成等值铝芯电缆来计算。

$$L_{等值} = \left(450 \times \frac{0.0187}{0.031} \times \frac{70}{50} + 276\right) \mathrm{m} = (374 + 276) \mathrm{m} = 650 \mathrm{m}$$

按等值长度计算的到故障点的等值长度为

$$L_{x等值} = 0.47 \times 2 \times 650 \mathrm{m} = 611 \mathrm{m}$$

实际故障点距首端的长度

$$L_x = (611 - 374 + 450) \mathrm{m} = 687 \mathrm{m}$$

32. 已知 $L_1 = 200 \mathrm{m}$

$$\rho_1 = 0.031 \times 10^{-6} \Omega \cdot \mathrm{m}$$

$$A_1 = 95 \mathrm{mm}^2$$

$$\rho_2 = 0.0184 \times 10^{-6} \Omega \cdot \mathrm{m}$$

$$A_2 = 70 \mathrm{mm}^2$$

因为 $\quad R = \rho_1 \dfrac{L_1}{A_1} = \rho_2 \dfrac{L_2}{A_2}$

所以 $\quad L_2 = L_1 \dfrac{\rho_1}{\rho_2} \times \dfrac{A_2}{A_1} = 200 \times \dfrac{0.031}{0.0184} \times \dfrac{70}{95} \mathrm{m} = 248 \mathrm{m}$

33. 输电线路中的电流

$$I = \frac{P}{\sqrt{3} U \cos\varphi} = \frac{240 \times 10^6}{\sqrt{3} \times 220 \times 10^3 \times 0.9} \mathrm{A} = 700 \mathrm{A}$$

线路压降

$$U = IR = 700 \times 10 \mathrm{V} = 7000 \mathrm{V}$$

一年的线路损耗

$$W_{耗} = 3I^2Rt = \frac{700^2 \times 10 \times 365 \times 24}{1000} \times 3\text{kW} \cdot \text{h} = 1.29 \times 10^8 \text{kW} \cdot \text{h}$$

若功率因数从 0.9 降至 0.6 则

$$I' = \frac{P}{\sqrt{3}U\cos\varphi} = \frac{240 \times 10^6}{\sqrt{3} \times 220 \times 10^3 \times 0.6}\text{A} = 1050\text{A}$$

线路压降

$$U' = I'R = 1050 \times 10 = 10500\text{V}$$

一年的线路损耗：

$$W_{耗} = 3I^2Rt = \frac{3 \times 1050^2 \times 10 \times 365 \times 24}{1000}\text{kW} \cdot \text{h} = 2.9 \times 10^8 \text{kW} \cdot \text{h}$$

34. 正方形孔洞面积 $S_1 = 40 \times 40\text{mm}^2 = 1600\text{mm}^2$

钢管圆面积 $S_2 = \pi r^2 = 3.14 \times (40/2)^2 = 3.14 \times 400\text{mm}^2 = 1256\text{mm}^2$

堵余孔用的铁板面积 $S_3 = S_1 - S_2 = 1600\text{mm}^2 - 1256\text{mm}^2 = 344\text{mm}^2$

最少要用面积为 344mm^2 的铁板才能堵住。

35. 根据公式：$S_k r = PLn$

$$P = \frac{S_k r}{Ln} = \frac{29400 \times 10}{200 \times 0.91}\text{N} = 1615\text{N}$$

需要 1615N 的推力。

36. 根据题意，钢丝绳受力为

$$S = \frac{Q}{4\cos\varphi} = \frac{11 \times 10^3 \times 9.8}{4 \times \cos30°}\text{N} = \frac{11000 \times 9.8}{2 \times \sqrt{3}}\text{N} = 31120\text{N} \approx 31\text{kN}$$

37. 根据简易公式，钢丝绳允许拉力为

$$S = 9 \times d^2 = 9 \times 39^2 = 9 \times 1521\text{kg} = 13689\text{kg} = 136890\text{N}$$

38. 绳索截面：$F \geqslant \frac{mg}{[\sigma]} = \frac{100 \times 9.8}{9.8 \times 10^6}\text{cm}^2 = 1\text{cm}^2$

根据圆面积公式 $F = \frac{1}{4}\pi d^2$

所以绳索直径 $d = \sqrt{\frac{4 \times F}{\pi}} = \sqrt{\frac{4 \times 1}{3.14}}\text{cm} = 1.13\text{cm}$

39. 因为 $d_2/d_1 = 180/25 = 7.2 < 10$

所以白棕绳的使用拉力降低 25%，即

$$T \leqslant \frac{T_b}{K} \times 75\% = \frac{29.52}{5.5} \times 75\% \, \text{kN} \approx 4.025 \text{kN}$$

40. 允许起吊重量：

$$P \leqslant S_b/K = 800/5 = 160 \text{kg} = 1568 \text{N}$$

（九）问答题

1. 为什么避雷针能够防雷？
2. 为什么要提高功率因数？
3. 对电气主结线有哪些基本要求？
4. 常用的电工测量仪表一般有哪些误差？
5. 如何减小电气测量中的误差？
6. 系统发生短路故障有什么危害？
7. 电力系统频率出现较大波动有什么危害？
8. 电力系统电压偏移过大有什么危害？
9. 从电弧的形成过程来看，游离放电可分为哪几个阶段？
10. 电压互感器一次侧熔断器的作用是什么？
11. 三相交流电动势是怎样产生的？
12. 电气设备连接处使用垫圈时有何要求？
13. 如何观察瓷质部件的放电火花？
14. 目前常用的绝缘油有几种牌号？各是什么颜色？
15. 电气设备中用的绝缘油有哪些特点？
16. 新建线路的空载合闸试验有何作用？
17. 超高压输电线路采用哪些措施限制操作过电压？
18. 线损由哪几部分组成？
19. 500kV 变电站的电气主接线一般有哪些方式？
20. 一般 500kV 线路输送功率是多少？
21. 电力系统由哪几部分组成？各部分的主要作用是什么？
22. 输电线路为什么要装设重合闸？
23. 变压器在运行中常出现哪些故障？
24. 在什么情况下易发生操作过电压？

25. 哪些电气装置必须接地？

26. 瓷表面涂硅油后为什么能有效地防止污闪？

27. 试验变压器与电力变压器的主要区别是什么？

28. 电力变压器的基本结构由哪几部分组成？

29. 为减轻短路故障的影响常采取哪些措施？

30. 二次回路图按用途可分为几种？

31. 接地装置的接地电阻值有哪些规定？

32. 铝导线的局部压接法有何优点？

33. 铝导线的局部压接法有何缺点？

34. 铝导线的整体压接法有何优点？

35. 铝导线的整体压接法有何缺点？

36. 常用的锡焊成分有哪些？

37. 铜导体的锡焊有何缺点？

38. 对沥青绝缘胶有何要求？

39. 对沥青绝缘胶的贮存有何要求？

40. 电缆线路过负荷可能损坏电缆的哪些部件？

（十）问答题答案

1. 避雷针利用它的尖端放电作用，使雷云中的电荷与大地电荷中和，从而减弱带电雷云和带电设备间的电场。在发生雷击时，则引导雷电流经接地线入地，避免对建筑物和设备造成危害。

2. 因为（1）可以提高发电、供电设备的供电能力，使设备可以充分得到利用；（2）可以提高用户设备（如变压器等）的利用率，节省供、用电设备投资，挖掘原有设备的潜力；（3）可以降低电力系统的电压损失，减少电压波动，改善电能质量；（4）可以减少输、变、配电设备中的电流，因而降低了电能输送过程的电能损失；（5）降低企业电费开支。

3. 要求有（1）供电可靠性；（2）保证运行上的安全性和灵活性；（3）接线简单操作方便；（4）建设及运行的经济性；（5）主接线应考虑将来扩建的可能性。

4. 无论我们用什么方法测量一个量，由于测量的方法不完善，环境影响和人们感觉器官的不同，总会存有一定的误差。根据误差的性质和产生的原因，一般可分为：（1）系统误差又称规则误差，即在重复测一个量时，保持不变或按一定规律而变的误差；（2）偶然误差：在测量过程中，如果已经消除引起规则误差的因素，而由于接触不好，电阻元件偶然过热及各种暂时干扰等引起的误差；（3）疏失误差，也称过失误差，是指有明显错误的数值，一般是由于试验人员不注意使用了有毛病的测量设备，或读取数值时的错误所引起的，这类误差是可以避免的。

5. 测量中的误差是客观存在的，要想完全消除很难做到。但是，如果采用不同的测量方式及选用适当的仪表进行测量，则可以使误差控制在最小范围内，一般减小系统误差的方法有：（1）替代法：它属于比较法的一种，将被测量与标准量先后替代接入同一测量装置，在保持测量装置工作状态不变的情况下，用标准量值来确定被测量；（2）正负消去法：为消除系统误差，有时需对一个量重复测量两次，若第一次测量时误差为正，而第二次测量时误差为负，然后取两次测量的平均值；（3）引入更正值：在测量中如果系统误差为已知值，在读取数值时。应引入相应的更正值，以消除误差；（4）疏失误差是人为的测量误差，所以要求测量时应精力集中，一经发现应立即更正。

6. 当发生短路时，网络总阻抗突然减小，回路中的电流可能超过正常运行电流很多倍。使导线和设备过热，绝缘破坏。同时还会产生强大的机械力，使导线及支架变形，短路时还会引起网络电压急剧下降，其结果可能导致部分或全部用户的供电破坏。另外，短路时电流、电压和它们之间的相位均发生变化，严重时还会引起电网瓦解。

7. 频率波动较大时，会影响电机和其它电气设备的性能。轻则要影响工农业产品的质量和产量；重则会损坏汽轮机等重要设备；严重时甚至会引起系统性的频率崩溃，造成大面积停电，使系统瓦解。

8. 电压偏移过大时，发电机、变压器、电动机和电容器等设备会由于电压过高而损坏，或者会由于电压过低而出率不足，严重时，也会引起"电压崩溃"造成大面积停电。

9. 从其形成过程可分为四个阶段：（1）强电场发射：当触头刚分开时，虽然电压不一定很高，但触头间距离很小，因此产生很强的电场强度；（2）热电发射：这是弧隙中自由电子的又一来源；（3）

碰撞游离：从阴极表面发射出来的自由电子，在电场力的作用下向阳极作加速运动；（4）热游离：这是电弧得以维持燃烧的主要原因。

10. 其作用是：（1）保护电压互感器本身，当电压互感器本身故障时，熔断器迅速熔断，防止事故扩大；（2）防止电压互感器本身或其高压引线上发生故障时。对系统造成的影响。

11. 三相交流电势是由三相发电机产生的。在三相发电机中；电枢铁心槽内放置了三个完全相同但空间相隔 120° 的绕组，这三个绕组称三相绕组。

当电枢在磁场中做迅速旋转时，根据电磁感应定律。在绕组中就会产生振幅相同，频率相同而相位依次互差 120° 的三相电势，如果每相电势的有效值为正，角频率为 ω，并以 e_A 为参考正弦量，则三相电势可以表示为

$$e_A = \sqrt{2}E\sin\omega t$$

$$e_B = \sqrt{2}E\sin（\omega t - 120°）$$

$$e_C = \sqrt{2}E\sin（\omega t + 120°）$$

12. 使用垫圈时要求：

（1）接头螺栓的两端原则上均应加垫圈，在电流的平压式接头中，可根据现场使用情况制作厚度大平面面积大的特殊型式的钢垫圈。

（2）垫圈使用在接头中，严禁通过电流。

（3）安装在振动地方的接头，应加弹簧垫圈，弹簧垫圈压紧时，其断口端翘起的部分应压平。

（4）使用垫圈时，应与螺栓配套。

13. 电器瓷套或棒型支柱绝缘子表面污秽、天气潮湿时，可能发生放电。因为该类绝缘子瓷裙内干燥区域小，放电时会形成电火花，应注意观察以下三种情况：

（1）放电火花的颜色；

（2）放电的部位和密集程度；

（3）放电面积。

14. 我国目前生产的绝缘油有 10 号（凝固点 -10℃）、25 号（凝固点 -25℃）、45 号三种牌号，颜色均为亮黄色，运行后呈浅红色。

15. 电气设备中用的绝缘油的特点：

（1）具有较空气大得多的绝缘强度；

（2）具有良好的冷却作用；

（3）是良好的灭弧介质；

（4）对绝缘材料起保养、防腐作用。

16. 因线路空载冲击合闸会产生相当高的"操作过电压"，所以新建线路常用空载合闸试验来检查线路绝缘质量。

17. 限制操作过电压的措施，不外乎都是从发生操作过电压的原因和影响因素两方面着手，大体有：

（1）开关加分、合闸电阻。

（2）装并联电抗器（并联电抗器用饱和型和可控型的）。

（3）并联电抗器中性点加装小电抗器，破坏谐振条件，让其不致发生。

（4）线路中增设开关站，将线路长度减短。

（5）改变系统运行接线。

18. 电力系统的线损大体是由下述两大方面组成的：

（1）输电网络损耗

1）发电厂升压变压器损耗；

2）变电站主变压器损耗；

3）输电线上用户专用变压器（当在低压计算其电能时）损耗；

4）调相机损耗；

5）输电线路的损耗（其中包括电晕损失）；

6）电抗器的损耗。

（2）配电网络损耗

1）配电变压器损耗；

2）配电线用户专用变压器（当在低压计算其电能时）的损耗；

3）高压配电线路损耗；

4）降压配电线路损耗；

5）接户和进户线损耗；

6）用户电能表电压线圈损耗。

19. 一般常用的主接线方式有以下几种：

（1）变压器—母线组接线；

（2）四角形接线；

（3）一个半断路器接线；

（4）双母线带旁路接线；

（5）单母线接线；

（6）三角形接线；

（7）桥形接线。

20. 它决定于线路输送容量，一回 500kV 线路正常输送功率在 800～100MW 左右，当功率因数为 0.95 时，其负荷电流为 970～1215A；如考虑双回线路中一回线路故障或环网供电事故状态，则负荷电流将达 1940～2430A。因此当线路采用 4×LGJ-300 导线时，取断路器的额定电流为 2500A，可满足上述事故状态，达到 2000MW 功率的要求。当线路采用 4×LGJ-400 导线时，为了满足输送 2400MW 功率的要求，断路器的额定电流是 3150A。

21. 电力系统是由发电机、变压器、输配电线路、电力用户四个部分组成。

发电机：是将机械能转化为电能。

变压器：为线路输送、分配电能。

电力用户：用户的电动机、电炉、电灯等用电器消费电能。

22. 由于被保护线路或设备发生故障的因素是多种多样的，特别是在被保护的架空线路发生故障时，常常属于暂时性故障。故障消失后，只要将开关重合，便可恢复正常运行，从而减小了停电所造成的损失。

23. 变压器故障可分为外部故障和内部故障两类，外部故障最常见的是绝缘套管及引出线上的故障，它能引起相间短路和接地短路。

内部故障是指变压器油箱里发生的故障。故障多为变压器绕组匝间短路或层间短路、单相接地短路等。

24. 在下列情况下易产生操作过电压：

（1）切合电容器组成的空载长线路；

（2）开断空载变压器或电抗器；

（3）在中性点不接地电网中，一相间歇性电弧接地。

25. 下列装置必须接地：

（1）电机、变压器、断路器及其附属电气设备的金属底、外壳；

（2）断路器、隔离开关等电气装置的操作机构；

（3）配电盘与控制盘的柜架；

（4）电流互感器及电压互感器二次侧；

（5）室内及室外配电装置的金属构架；

（6）电力电缆的金属外皮、电缆终端头金属外壳；

（7）居民区内无避雷线的小接地电流线路的金属杆塔和钢筋混凝土杆；

（8）有架空避雷线的电力线路杆塔；

（9）装在配电线路构架上的电气设备的金属外壳；

（10）避雷针、避雷器、避雷线及各种过电压保护间隙。

26. 涂硅油后形成一层硅油层，导电颗粒落到瓷绝缘上，立即被硅油层所吞噬，在粘雪、毛毛雨及大雾时不易形成大片导电薄膜，从而提高污闪电压，故能有效地防止污闪。

27. 两者基本原理相同。所不同的是试验变压器的工作电压高，使用时间短，温升小，一般没有散热器，而电力变压器长时间运行，温升高，必须加散热器；另外，试验变压器的负载小，且多为容性负载，而电力变压器的负载大，且多为感性负载；试验变压器的容量比电力变压器的容量就小得多。

28. 变压器基本组成：

变压器 ┤
　器身 ┤ 铁心
　　　　 绕组
　　　　 绝缘
　　　　 引线
　调压装置
　油箱及冷却装置
　保护装置（储油柜、安全气道、吸湿器、气体继电器及测温装置）
　出线套管
　变压器油

29. 为减轻短路故障，需限制短路电流的数值，一般是增大短路阻抗，如串入电抗器，多台变压器、多条供电线路分开运行；采用继电保护快速切除故障，也能大大减轻短路造成的影响。

30. 按用途可分为三种：

（1）原理接线图；

（2）展开接线图；

（3）安装接线图。

31. 有如下规定：

（1）阀型避雷器（装在变配电所母线上的）接地装置的接地电阻，$R \leqslant 5\Omega$；

（2）独立避雷针的接地电阻 $R \leqslant 10\Omega$；

（3）大接地短路电流系统的接地电阻 $R \leqslant 0.5\Omega$；

（4）小接地短路电流系统的接地电阻 $R \leqslant 10\Omega$；

（5）高压设备的接地装置的接地电阻 $R \leqslant 10\Omega$；

（6）高低压设备的共用接地装置的接地电阻，$R \leqslant 10\Omega$；

（7）与 100kVA 以上变压器连接的接地装置的接地电阻 $R \leqslant 4\Omega$；

（8）与小于 100kVA 变压器连接的接地装置的接地电阻 $R \leqslant 10\Omega$；

（9）低压线路金属杆的接地电阻 $R \leqslant 30\Omega$；

（10）零线重复接地的接地电阻 $R \leqslant 10\Omega$；

（11）工业电子设备接地的接地电阻 $R \leqslant 10\Omega$；

（12）烟囱接地（包括水塔、料仓、灯塔）的接地电阻 $R \leqslant 30\Omega$。

32. 局部压接的优点是：需要的压力较小，小吨位压接工具即可满足；较容易使局部压接处接触面间产生金属表面透渗；由于压坑的特殊形状，在运行中虽然温度不断变化，热胀冷缩频繁，但接管不易扩张，较容易保持稳定的压接比，因而接触电阻比较稳定，变化较小。因此，局部压接得到广泛采用。

33. 局部压接的缺点是：中间接头的连接管压接后压坑的变形较大，将引起电场畸变，在高压电缆中应采取防止电场畸变的措施；在纸绝缘电缆的户内头上，容易从压坑表面渗漏电缆油。

34. 整体压接的优点是，压接后接管比较平直，形状好，容易解决连接管处电场过分集中的问题。与局部压接比较，户内头压接处的漏油问题较易解决。

35. 整体压接的缺点是，需用的压力较大，即要求压接工具吨位较大。在压接过程中铝连接管因蠕变而伸长，压接时应预留伸长部位，更重要的是因连接管伸长而减小了压模内连接管的截面积，以致达不到足够的压接比。此外，在运行中也比较容易受热胀冷缩的影响，导致连接管扩张，因而不能保持稳定的压缩比。因此，与局部压接比较，整体压接的缺点较多，压接质量不易保证，应用较局部压接少。

36. 锡焊所用的焊锡是一种铅锡合金，常用的焊锡成分是铅50%锡50%（重量比）。

锡焊所用的助焊剂是松香和焊锡膏，不应使用酸性助焊剂以防引起腐蚀。

37. 锡焊的缺点是不耐高温，当温度升高超过183℃时，焊锡开始熔化失去机械强度，当温度约升高到220℃时，焊锡可能流失引起接触电阻升高。

38. 沥青绝缘胶是石油高分子烃混合物。用于浇灌电缆头中的沥青，要求交流击穿强度高，收缩率小，粘附性强和软化点适当，并不得含有游离硫和酸、碱性物质。根据使用环境温度的不同，可以用不同的配方和生产工艺，制成各种牌号的沥青绝缘胶。

39. 沥青绝缘胶在贮藏和使用中，不应渗入灰尘、铁屑、纤维及水分，沥青绝缘胶应当用双底铁桶盛装。

40. 在电缆线路设备上因过负荷反映出来的损坏部件大体上可分为下面几类：

（1）造成导线接触的损坏，或造成终端头外部接触损坏；

（2）加速绝缘的枯干、老化；

（3）使金属铅包再结晶而发生龟裂现象，整条电缆铅包膨胀，在铠装缝隙处裂开；

（4）电缆终端头和中间接头胀裂，此类胀裂的终端头和中间接头是因为灌注盒内的沥青绝缘胶受热膨胀所致。

第三节 应知专业知识考核内容

一、考核重点

1. 电缆专业技术管理理论水平；
2. 电力电缆各类电气试验的检测技术；
3. 电力电缆敷设施工技术要求；
4. 电力电缆故障分析、查找；
5. 电力电缆常用材料技术要求。

二、考核习题

（一）名词解释：

1. 爬行距离　　　2. 环氧值　　3. 热膨胀油压
4. 增绕绝缘　　　5. 反应力锥　6. 工厂绝缘
7. 填充绝缘　　　8. 例行试验　9. 检查试验
10. 介质安全试验　11. 电缆纸　　12. 电缆平面布线图
13. 电缆排列剖面图　14.（固定电缆用的）零件结构图
15. 电缆清册　　　16. 干燥场所　　17. 接地体
18. 超导状态　　　19. 干包头　　　20. 高电压技术
21. 电缆终端头　　22. 搪铅　　　　23. 封铅
24. 金属化纸　　　25. 声测法　　　26. 感应法
27. 低压脉冲法　　28. 粗测　　　　29. 接地故障
30. 短路故障　　　31. 断线故障　　32. 闪络性故障
33. 软化点　　　　34. 电缆截面图　35. 电缆头装配图
36. 紧压系数　　　37. 同轴中线电缆　38. 充气电缆
39. 充油电缆　　　40. 高频电缆　　41. 接地网
42. 接地开关　　　43. 接地电阻　　44. 接地装置
45. 接地引下线　　46. 雷电侵入流　47. 半导体内屏蔽
48. 半导体外屏蔽　49. 自恢复绝缘　50. 负荷中心
51. 冲击合闸　　　52. 冲击负荷　　53. 电气设备交接试验
54. 功率分布　　　55. 功率损耗　　56. 支线
57. 扎线　　　　　58. 户内配电装置　59. 户外配电装置
60. 箱式变电所

（二）名词解释答案

1. 爬行距离：在接头和终端头中，自缆芯导体露出部分沿绝缘表面至最近接地点的距离。

2. 环氧值：指每 100g 环氧树脂中含有环氧基的当量数。

3. 热膨胀油压：电缆通电时发热引起的油压。

4. 增绕绝缘层：在电缆终端绝缘层表面，增绕了多层绝缘纸。

5. 反应力锥：填充绝缘与电缆工厂绝缘交接面。

6. 工厂绝缘：靠近连接端的电缆绝缘称为工厂绝缘。

7. 填充绝缘：包绕到与工厂绝缘相同的外径后，再在其外面包绕以形成应力锥的绝缘称为填充绝缘。

8. 例行试验：是制造厂对所有电缆成品长度均应进行的试验，以证明电缆的总体性能。

9. 检查试验：包括电缆敷设后的竣工试验和运行中的预防性试验等。竣工试验是为了检查电缆线路的安装质量。预防性试验在电缆运行中定期进行，一般每年一次，是为了预防发生意外事故。

10. 介质安全试验：在不短于 10m 长的试样上，施加 2.5 倍的额定工频电压，24h 不发生击穿，称为介质安全试验。

11. 电缆纸：电缆纸是由植物纤维制成的片状材料。纤维素是固态不溶物质，在加热超过 220℃ 时开始分解。它具有很高的稳定性，不溶解于水，酒精、醚及其他有机溶剂中，同时也不和弱酸、弱碱等氧化剂起作用。电缆纸一般都用木质纤维来制造。

12. 电缆平面布线图：绘有电缆起讫点的电气设备（如配电盘、起动器、电动机及端子扣），电缆构筑物（如隧道沟、排管、穿管及竖井等）及电缆构筑物内电缆敷设的根数等的平面图纸。

13. 电缆排列剖面图：表明每根电缆在电缆支架上的排列位置的图样，称为排列剖面图。施工时以此作为依据，使电缆的排列有规律和运行、维护、检修时便于辨认构筑物内的电缆，并给扩建时的电缆布线提供了正确的原始资料。

14. 固定电缆用的零件结构图：是表明每个零件结构尺寸，作为加工制作零件用的图样。

15. 电缆清册：电缆清册根据电气主结线系统、厂用电系统、照明系统图，列出全厂的电力电缆；根据直流系统图，列出全厂的直流电缆；根据二次线的端子排列图列出全厂的控制电缆。清册中表明每根电缆的编号、型号、截面、起讫点及长度，与电缆布线图相对照，用于指导施工，并作为施工单位订购电缆的依据。

16. 干燥场所：相对湿度经常在60%以下者。

17. 接地体：埋入地中并直接与大地接触的金属导体。

18. 超导状态：在一定的条件下，导体电阻等于零的状态。

19. 干包头：电缆末端不用金属盒子或绝缘胶而只用绝缘漆和包带来密封时，称为干包电缆头，简称干包头。

20. 高电压技术：即研究高压绝缘和过电压防护的技术。

21. 电缆终端头：系指一段电缆的终端封头。

22. 搪铅：系指封铅的工艺。

23. 封铅：搪铅时所用的铅锡合金材料。

24. 金属化纸：在厚度为 0.12mm 的电缆纸的一面贴有厚度为 0.014mm 的铝箔的纸。

25. 声测法：声测法是利用直流高压试验设备向电容器充电储能，当电压达到某一数值时，经过放电间隙向故障线芯放电。由于故障点具有一定的故障电阻，在电容器放电过程中，此故障电阻相当于一个放电间隙，在放电时产生机械振动。根据粗测时所确定的位置，用拾音器在故障点附近反复听测，找到地面振动最大、声音最大处，即为实际电缆故障点的位置。

26. 感应法：当电缆线芯通过音频电流时，其周围将产生一个同样频率的交变磁场，这时，若在电缆附近放一个线圈，线圈中将因电磁感应而产生一个音频电势，用音频信号放大器将此信号放大后送入耳机或电表，则耳机中将听到音频信号，电表也将有所指示。若将线圈沿着电缆线路移动，则可根据声音和电表指示变化来判断电缆故障点位置。这种方法称之为感应法。

27. 低压脉冲法：低压脉冲法探测电缆故障是由仪器的脉冲发生器发出一个脉冲波，通过引线把脉冲波送到故障电缆的故障相上，脉冲波沿电缆线芯传播，当传播到故障点时，由于故障点电缆的波阻抗发生变化，因而有一脉冲信号被反射回来，用示波器在测试端记录下从发送脉冲和反射脉冲之间的时间间隔即可。

根据公式 $L_x = vt_x/2$ 算出测试端距故障点的距离。

式中　L_x——从测量端到电缆故障点的距离（m）；

　　　t_x——发送脉冲和反射脉冲之间的时间间隔（μs）；

　　　v——脉冲波在纸绝缘电缆中的传播速度，一般为 160m/μs。

28. 粗测：当电缆发生故障后，测寻故障时首先要在电缆的一端或两端用仪器进行测试，测出故障点距测试端的大概范围，这个过程就叫电缆故障的粗测，粗测只能测出故障点的大概范围，不能指出具体地点。

29. 接地故障：电缆一芯或三芯故障，其中又可分为低阻接地或高阻接地，一般接地电阻在 $10 \sim 100\text{k}\Omega$ 以下，能直接用低压电桥进行测量的故障，称为低阻故障。100kV 以上需要进行烧穿或用高压电桥进行测量的故障，称为高阻故障。

30. 短路故障：电缆两芯或三芯短路，或两芯或三芯短路且接地；其中也可分为低阻短路或高阻短路故障，其划分原则与接地故障相同。

31. 断线故障：电缆一芯或数芯被故障电流烧断或受机械外力拉断，形成完全断线或不完全断线，其故障点对地的电阻也可分为高阻或低阻故障，一般以 $1\text{M}\Omega$ 为分界线，小于 $1\text{M}\Omega$ 为低阻，原则上以能较准确地测出电缆的电容，用电容量的大小来判断故障点的即可称为高阻断线故障。

32. 闪络性故障：这类故障绝大多数在预防性试验中发生，并多出现在电缆中间接头或终端头内。试验时绝缘被击穿，形成间隙性放电，当所加电压达到某一定值时，发生击穿；当电压降至某一数值时，绝缘恢复而不发生击穿。有时在特殊条件下，绝缘击穿后又恢复正常，即使提高试验电压，也不再击穿，这种故障称为封闭性故障。以上两种现象均属于闪络性故障。

33. 软化点：绝缘剂愈趋于固体其热性能愈高，软化点也愈高。硬质绝缘剂硬度的比较一般也以软化点温度的高低为标准，用于普通环境的硬质绝缘剂，其软化点约在 $60 \sim 70℃$ 左右，用于高温地区一般为 $90 \sim 110℃$。

34. 电缆截面图：电缆的制造规范各厂并不完全一致，即使型式、电压等级及导体截面相同，其结构尺寸也难完全一样，因此，每种电缆都必须有一张截面图，图上注明需要的参数，图的比例为1:1，这张图对于接头设计、系统保护计算以及敷设在特殊要求的地方的电缆附件的设计等都有用处。电缆截面图上还须记载制造厂名、采购日期、采购数量和装置使用地点等，以供将来统计参考之用。

35. 电缆头装配图：每一种型式的电缆中间接头或终端头均涂有一份标准装置设计总图，总图必须配有详细注明材料的分件图、图样的编号可用以代表电缆头型式的符号，进行系列化，并保持不变，以便于记录、查考。标准装配图是统一工艺、提高施工质量和制定验收标准的依据，在采购电缆头材料时也可参考，也是培训电缆工和制定工艺标准的重要依据。

36. 紧压系数：导体的标称截面与导体外半径对应面积的比值。

37. 同轴中线电缆：在三芯电缆外层绕包导线作为中性线的电缆。一般在橡塑电缆的表面纵向疏绞多根铜线作为中性线，它的根数按电力网一相接地电流数值决定。这种电缆发生一相接地故障时，故障电流将通过表面的中性线返回电源，因此对保证人身、设备安全以及减少电磁干扰都有一定效果。

38. 充气电缆：用干燥的氮气做绝缘介质的电缆。充气电缆所充氮气的压力需要1.4MPa以上。如将三根单芯电缆放在钢管中，管内注入1.4MPa的氮气，则称作钢管充气电缆。

39. 充油电缆：以有油压的油纸做绝缘介质的电缆，全称自容式充油电缆。单芯充油电缆的导线通常是空心的，三芯充油电缆在三芯绞合的空隙间，也是中空的，在这些空间灌注有压力的绝缘油，油的压力在300kPa以下者，称作低油压充油电缆，在700kPa以下者，称作中油压充油电缆。

40. 高频电缆：用来连接结合滤波器和载波机的高频传输线，有同轴电缆和对称电缆两种。

41. 接地网：发电厂、变电所内埋于地下一定深度，由金属连接成格状或网状的接地体的总称。

42. 接地开关：供电器设备接地用的隔离开关。合上接地开关后，可使停电的电器设备上的残留电荷泄放入地，以保证人身安全，它在结构上、技术参数上与一般隔离开关相似。

43. 接地电阻：施加于接地体上的电压与通过其中的电流之比值。接地电阻的大小影响到接地效果，一般愈小愈好，但接地电阻愈小，消耗的材料、人力、资金就愈多。有关规程按不同的电器设备、不同的场所对接地电阻值做了相应的规定。

44. 接地装置：将设备需接地的部分与大地之间连接起来的装置，包括接地体（接地网）和接地线两部分。埋入地中与大地紧密接触的金属导体，称为接地体，将设备或杆塔的接地螺栓与接地体连接的金属导体称为接地线。

45. 接地引下线：防雷装置中将接受雷电部分和接地装置连接起来的一段金属导体，其作用是引导雷电流流向接地装置并泄入大地，一般用镀锌铁绞线或扁钢。

46. 雷电侵入流：雷击后沿架空线路传播并侵入到变电所的雷电波。雷电侵入流有可能危及电气设备绝缘，故应采取一定的保护措施。

47. 半导体内屏蔽：包在电缆多股芯线外面的一层半导体层，以均匀金属绞线表面凹凸不平所引起的不均匀电场。电缆的导电线芯，同上都是用多股圆形金属线绞成，其表面凹凸不平，凸起的部分因电场应力比较集中，易引发尖端放电，因此较高电压电缆的每根导电线芯上都要包一层半导电纸、带或挤压半导电层，以均匀电场分布。

48. 半导体外屏蔽：包在电缆绝缘层外面的半导电纸、带或半导电的挤压层，它的作用是均匀绝缘表面的电场分布。这些半导体材料的电阻率一般在 $10^4 \sim 10^5 \Omega \cdot cm$ 之间。

49. 自恢复绝缘：由过电压引起破坏性放电后，能自行完全恢复其绝缘性能的绝缘。外绝缘一般属于自恢复绝缘。

50. 负荷中心：是指从某一点向一定范围内各分散负荷供电最经济的地点。变电所或配电所的位置要尽可能地靠近其相应的负荷中心。

51. 冲击合闸：用断路器对变压器、线路或母线等电气设备进行全电压合闸试验，以考核该设备的质量和性能。

52. 冲击负荷：周期性或非周期性突然变化很大的负荷，一般出现最大负荷的时间很短，但其峰值可能是其平均负荷的数倍或数十倍。如电弧炼钢炉、轧钢机等负荷，这类负荷对电力系统影响较大。

53. 电气设备交接试验：新安装的电器设备在投产前，根据国家颁发的有关规范规定的试验项目和试验标准进行的试验，以判明新安装的电器设备是否可以投入运行，以确保安全。

54. 功率分布：又称潮流分布，指电力网中电压、电流的分布情况，通过潮流分布可以分析电力网的运行情况。

55. 功率损耗：一定功率沿送电路输送和通过变压器绕组时所发生的有功和无功功率损失。超高压长距离送电线路的容性电抗较大，有很大的充电功率，因此线路末端的无功功率往往反而有所增加。

56. 支线：在配电系统中从干线分出来的线路。由于配电干线只能伸展到供电范围内的多数用户，偏离干线路径的少数用户，只能由干线分支出来的支线供电。

57. 扎线：将导线扎紧固定于绝缘子上的一种单股金属线。使用针式、棒式绝缘子或瓷横担的架空线路，在完成紧线和调整弧垂后，均使用扎线将导线扎紧在针式、棒式绝缘子或瓷横担上。

58. 户内配电装置：将常规的断路器、隔离开关、接地开关、电压互感器、电流互感器等电气设备安装在耐火的建筑内，并以金属导体将各个电气设备适当地连接起来构成一个整组的配电装置。

59. 户外配电装置：将常规的断路器、隔离开关、接地开关、电压互感器、电流互感器等单个电气设备安装于露天一定高度的构架上或地面上，周围以遮栏隔开以免人员触及带电部位，然后用裸露的导体把各个电气设备连接起来，成为一个整组的配电装置。按布置方式可分为低式、中式、高式及半高式。

60. 箱式变电所：把所有的电气设备按配电要求组成电路，集中装于一个或数个箱子内构成的配电所。

（三）选择题（将正确答案的代号填在空括号中）

1. 堤坝上的电缆敷设，其要求（　　　）。

（A. 与直埋电缆相同　　B. 有特殊规定　　C. 与沟内敷设相同）

2. 敷设在混凝土管、陶土管、石棉混凝土管内的电缆，宜使用（　　）护套的电缆。

（A. 铅　　B. 塑料　　C. 没有）

3. 电缆终端头处电场比电缆本体复杂的多，（　　）。

（A. 只存在径向分量　　B. 只存在轴向分量　　C. 不仅有径向而且还有轴向分量）

4. 对于分相铅包型和分相屏蔽型电缆，通常采用（　　）办法改善铅包的电场分布。

（A. 包绕应力锥　　B. 胀喇叭口　　C. 半导体屏蔽带）

5. 当应力锥长度固定后，附加绝缘加厚，会使轴向应力（　　）。

（A. 减少　　B. 增大　　C. 略有减少）

6. 无碱玻璃丝带的含碱量必须保证在（　　）。

（A. 0.5%以下　　B. 0.5%以上　　C. 0.1%左右）

7. 采用石油部统一编号的 E-44，即产品编号（　　）环氧树脂。

（A. 618　　B. 6101　　C. 634）

8. 制作 NTN 电缆头时，耐油胶管应套至离线芯根部（　　）处即可。

（A. 30mm　　B. 50mm　　C. 20～25mm）

9. 制作热缩电缆头时，其温度应掌握在（　　）。

（A. 150℃　　B. 140℃　　C. 20℃）

10. 配制环氧树脂复合物应采取（　　）措施。

（A. 防毒与防火　　B. 防火　　C. 防毒）

11. 胀铅口下 10～30mm 段打毛，主要是起（　　）作用。

（A. 绝缘　　B. 屏蔽　　C. 加强密封）

12. 半导体屏蔽纸除了起均匀电场作用外，也可以起（　　）作用。

（A. 改善老化　　B. 改善绝缘　　C. 改善老化和绝缘性能）

13. 手工包绕环氧树脂涂料无碱玻璃丝带厚度为（　　）。

（A. 4～6层　　B. 8层以上　　C. 10层）

14. 保护管埋入地面的深度不应少于（　　）mm。

（A. 150　　B. 200　　C. 100）

15. 电缆沿沟内敷设时，其最上层横档至沟顶或楼板最小距离为（　　）mm。

（A. 300　　B. 200　　C. 100）

16. 单芯交流电缆采用（　　）铠装。

（A. 钢带　　B. 磁性材料　　C. 黄铜带）

17. ZLQ5 型号的电缆主要应用于敷设在（　　）中。

（A. 水　　B. 隧道　　C. 土壤）

18. 同型号不同截面的纸绝缘电力电缆，截面较大者，热膨胀油压（　　）。

（A. 较小　　B. 较大　　C. 基本不变）

19. 某人在配制环氧树脂复合物时，采用下列三种方法，哪种正确（　·　）。

（A. ［（环氧树脂＋填充剂）拌匀＋硬化剂］拌匀、硬化　　B. ［（环氧树脂＋硬化剂）拌匀＋填充剂］拌匀、硬化　　C. （环氧树脂＋填充剂＋硬化剂）拌匀、硬化）

20. 用多乙烯多胺在冬季配制环氧树脂交合物，加入固化剂时，环氧树脂与石英粉混合物的温度为（　　）。

（A. 55℃　　B. 48℃　　C. 45℃）

21. 对于交流电气线路，电缆与其净距为（　　）m。

（A. 2　　B. 3　　C. 10）

22. 对有剧烈震动的柴油机房、空压机房、锻工间等处以及移动机械的供电采用（　　）电缆。

（A. 铝　　B. 铜　　C. A、B 均可）

23. 为防止电缆相互间的粘合及施工人员粘手，常在电缆皮上涂（　　）粉。

（A. 白垩　　B. 石英　　C. 白灰）

24. 铠装用的钢带钢丝一般用（　　）制造。

（A. 中碳钢　　B. 铁皮　　C. 低碳钢）

25. 在三相系统中，（　　）将三芯电缆中的一芯接地运行。

（A. 不得　　B. 可以　　C. 应）

26. 充油电缆安装在支架时，支持点的水平距离为（　　）m。

（A. 2.0　　B. 1.0　　C. 1.5）

27. 悬吊架设的电缆与桥梁构架间应有小于（　　）m 的净距，以免影响桥梁的维修作业。

（A. 0.5　　B. 1　　C. 2）

28. 在均匀电场和稍不均匀电场中，起始电压和击穿电压（　　）。

（A. 不一样　　B. 完全一样　　C. 差别较大）

29. 绝缘体和半导体，导体的区别于（　　）不同。

（A. 电阻　　B. 导电机理　　C. 电阻率）

30. 对于敷设在土中、隧道中的电缆，其巡视周期是（　　）。

（A. 3 个月　　B. 6 个月　　C. 9 个月）

31. 电缆竖井内的电缆，巡视规定为（　　）。

（A. 1 年一次　　B. 半年至少一次　　C. 三个月一次）

32. 电缆竖井内的电缆终端头巡视周期是（　　）。

（A. 1 年　　B. 半年　　C. 3 个月）

33. 电缆铅包腐蚀生成物如为痘状及有黄或淡粉红、白色时可判定铅包为（　　）。

（A. 化学腐蚀　　B. 电解腐蚀　　C. 杂散电流腐蚀）

34. 电缆的腐蚀化合物是褐色的过氧化铅时可判为（　　）。

（A. 化学腐蚀　　B. 阳极地区杂散电流腐蚀　　C. 气体腐蚀）

35. 在户内 GIS 安装电缆时，应在（　　）打开排气扇通风。

（A. 开工前　　B. 收工后　　C. 中间休息时）

36. 进入 GIS 母线筒体内工作前，应用风扇对内部吹（　　）左右。

（A. 10 分钟　　B. 20 分钟　　C. 30 分钟）

37. 电缆隧道内应由（　　）照明。

（A. 常用的　　B. 充足的　　C. 普通的）

38. 运行中的各级电压的电缆和附件均应备有（　　）。

（A. 备件　　B. 备品　　C. 事故备品）

39. 电缆接头的施工人员应为经过专门训练的合格的（　　）。

（A. 电缆技工　　B. 检修工人　　C. 电工）

40. 敷设在土中的电缆线路，每（　　）至少巡查一次。

（A. 一个月　　B. 二个月　　C. 三个月）

41. 敷设在隧道的电缆线路，每（　　）至少巡查一次。

（A. 一个月　　B. 二个月　　C. 三个月）

42. 敷设在电缆竖井中的电缆线路，每（　　）至少巡查一次。

（A. 三个月　　B. 六个月　　C. 九个月）

43. 电缆终端头，每（　　）停电检查一次。

（A. 半年　　B.1 年　　C.1～3 年）

44. 有油位指示的电缆终端头，每年（　　）检查一次。

（A. 夏季　　B. 冬季　　C. 夏、冬季）

45. 沿桥梁敷设的电缆线路，应每（　　）巡查一次。

（A. 一个月　　B. 二个月　　C. 三个月）

（四）选择题答案

1. A	2. B	3. C	4. A	5. B	6. A
7. B	8. C	9. B	10. A	11. C	12. C
13. A	14. C	15. A	16. A	17. A	18. B
19. A	20. A	21. B	22. B	23. A	24. C
25. A	26. C	27. A	28. B	29. C	30. A
31. B	32. C	33. A	34. B	35. A	36. B
37. B	38. C	39. A	40. C	41. C	42. B
43. C	44. C	45. C			

（五）填空题

1. 污闪的必要条件是____。

2. 包绕纸带时一般留有 1.5～3.5mm 空隙，其目的是____。

3. 110kV 以上运行中的电缆（油纸绝缘）其试验电压为____。

4. 油浸纸绝缘电缆交接、重包电缆头时的试验时间为____。

5. 绝缘介质在直流电压作用下产生的电流由____、____、____三部分组成。

6. 240mm² 电缆采用铝接管压接时，坑深度为____。

7. 电缆头所用绝缘材料主要可分为____、____两种。

8. 电缆与直流电气化铁轨距离不得小于____ m。

9. 如图 3-13 所示，两条电缆电压等级均为 35kV 时，$A = $ ____ mm $B = $ ____ mm。

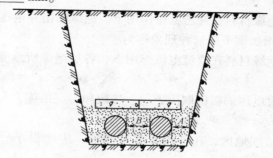

图　3-13

10. 一根电缆管只允许穿____根电力电缆。

11. 最大负荷利用时间 3000h/年的铝芯电缆，经济电流密度为____。

12. 聚乙烯的绝缘性能比聚氯乙烯____。

13. 我国目前生产的最高电压等级电缆为____ kV。

14. 单芯电缆的防腐层除了起防腐作用外，还必须满足金属护套在一端接地时耐受____的要求。

15. 电缆的波阻抗一般为架空线的____。

16. 户外终端头需有比户内终端头更完善的____性能和____性能。

17. 10kV 以下的电缆每盘长约____ m 至____ m。

18. 35kV 电缆每盘长约____至____ m。

19. 将两段电缆连接起来的装置叫做电缆____。

20. 电缆终端头和中间接头总称为____。

21. 电缆在作直流耐压试验时，被试电缆的另一端，应有可靠的____。

22. 电缆试验地点周围应设____，以防无关人员接近。

23. 电缆试验地点设置的围栏，不准用____。

24. 电缆试验工作不得少于____进行。

25. 在进行试验前，现场负责人检查____无误后方可工作。试验电源应有____断开点。

26. 固体绝缘材料在冲击电压作用下，绝缘的击穿电压随冲击电压作用次数的增加而下降这种现象称为____。

27. 组合绝缘材料在直流电压作用下，各层绝缘所承受的____与其绝缘电阻成____。

28. 大气过电压的幅值取决于____参数和____措施，与电网额定电压____。

29. 对于结冻地区，在埋设电缆线路时，应埋设于____土层以下。

30. 现常用的 10kV 以下户内终端头有____、____、____、____、____、____、____、____等 11 种。

31. 用于铠装的钢带应____、____、____、____、____等缺陷。

32. 铅有____变特性，同时易受____腐蚀。

33. 铅的熔点为____，锡的熔点为____。

34. 电力电缆架空敷设时，在跨越公路和城市街道时，对地高度____小于____ m。

35. 电力电缆架空敷设时，在跨越铁路时，要求对地距离____小于____ m。

36. 制作电缆头所用的绝缘包缠材料有____纸、____丝带、____带、____带和聚四氟乙烯带等。

37. 制作热缩电缆中间接头时，应撕去喇叭口____的半导体纸，保留统包绝缘____ mm。

38. 铝芯电缆压接时，当电缆线芯截面积为 120mm^2 时，应采用的压接管外径为____，压坑的深度为____。

39. 铝芯电缆压接时，当电缆线芯截面积为 185mm^2 时，应采用的压接管外径为____，压坑的深度为____。

40. 在杆塔和建筑物附近挖电缆沟时，应有防止沟边____的措施。

41. 在开挖电缆沟的施工中，工作人员之间应保持一定的____防止互相____。

42. 用滑车放电缆时，不要在滑车转动时用手搬动____，工作人员应站在滑车的____。

43. 用机械牵引放电缆时，应事先订好联系____，工作人员应站在安全位置，精神集中地听从____指挥。

44. 将电缆盘架在汽车上放电缆时，千斤顶或其它设备必须与汽车____，汽车前进，线盘上应加____，禁止工作人员用手制止线盘转动。

45. 施放水底电缆时，船上工作人员应穿____，应遵守航务部门的有关____。

46. 绝缘胶加热时，禁止用____架绝缘胶桶。容器内的绝缘胶应不超过容器____的3/4。

47. 在高处灌绝缘胶时，下面不准____。工作人员应站在____。

48. 检修故障电缆时，在未明确是否停电和____之前，任何人不准直接用手或其它零件接触电缆____和铅包。

49. 检修电缆必须____进行，对已停电的电缆进行验电及____后，方可开始工作。

50. 在处理故障锯开电缆之前，必须根据____核对____位置。

（六）填空题答案

1. 污湿

2. 避免弯曲时纸带被挤破

3. 3.5 倍额定电压

4. 10min

5. 传导电流；几何电流；吸收电流

6. 15.6mm

7. 绝缘填充物；绝缘包缠物

8. 10

9. 100；250

10. 1

11. 1.92

12. 好

13. 500

14. 护套过电压

15. 1/15

16. 密封；防水

17. 200；1000

18. 100；500

19. 中间接头

20. 电缆头

21. 安全措施

22. 围栏

23. 金属线

24. 2 人

25. 接线；明显

26. 累积反应

27. 电压；正比

28. 雷电；防雷；无直接关系

29. 冻

30. 铸铁头；铁皮漏斗；铅手套；环氧树脂头；热缩头；瓷手套；塑料手套；塑料外壳；干包头、冷缩、预制式

31. 光滑；清洁；无锈；无毛刺；缺口；裂纹

32. 蠕；电化

33. 327℃；232℃

34. 不应；5.5

35. 不；7.5

36. 电缆；黑玻璃；聚氯乙烯；橡胶自粘

37. 以外；20

38. 23mm；12.5mm

39. 26.5mm；13.4mm

40. 倒塌

41. 安全距离；碰伤

42. 滑车；下游方向

43. 信号；统一

44. 绑牢；刹车

45. 救生衣；规定

46. 圆铁棍；体积

47. 站人；上风头

48. 接地；钢甲

49. 停电；接地

50. 电缆图样；电缆

（七）问答题

1. 在铠装层里面的内衬里面应由哪些同心结构组成？

2. 交联聚乙烯绝缘电力电缆具有哪些优点？

3. 电缆绝缘老化的主要原因是什么？

4. 电缆的结构质量检查包括哪些项目？

5. 高压充油电缆采用金属护套交叉换位的目的是什么？加装护层保护器的作用是什么？

6. 有时在检查户内外电缆头时，常发现铅脖处膨胀得很严重，这种现象是由什么引起的？如何处理？如果一条电缆线路发生这种现象，问哪个头更易受潮？

7. 对充油电缆定期巡视工作有什么特殊要求？

8. 对电缆管的加工有哪些要求？

9. 为什么相同材料电压等级越高的电缆，导体的最高允许温度越低。

10. 电缆的常见敷设方式有哪几种？

11. 电力、控制电缆同敷设于一条电缆沟中时如何处理？

12. 对电缆沟内和电缆隧道内的接地线有何要求？

13. 充油电缆在运输中应注意什么？

14. 电缆出厂时主要试验项目有哪些？

15. 电缆出厂作交流耐压试验的目的是什么？

16. 电缆出厂作导体直流电阻测量的目的是什么？

17. 电缆出厂作绝缘电阻的测量的目的是什么？

18. 电缆出厂作介质损耗角正切的测量的目的是什么?

19. 对电缆头常用绝缘材料的膨胀系数有何要求?

20. 对电缆头常用绝缘材料的黏度有何要求。

21. 电缆线路的选择应符合哪些要求?

22. 电缆线路为什么不装设重合闸装置?

23. 过负荷运行对电缆线路有什么危害?

24. 对 110kV 终端头、接头盒抽真空、充油的步骤及规定如何?

25. 电缆终端头、电缆接头的封铅工作应符合哪些要求?

26. 电缆专业人员应掌握哪些基本功?

27. 怎样维护户外电缆终端头?

28. 如何处理环氧树脂电缆头电缆本体渗油?

29. 对电缆线路的验收应进行哪些检查?

30. 根据试验的目的电缆试验可分为哪几类?

31. 重力箱一端供油方式的特点和使用条件是什么?

32. 压力箱一端供油方式的特点和使用条件是什么?

33. 一端重力箱、另一端压力箱的供油方式的特点和使用条件是什么?

34. 两端压力箱供油方式的特点和使用条件是什么?

35. 何谓核相器?

36. 何谓高压硅堆?

37. 对敷设于地下的电缆巡视内容一般有哪些?

38. 电缆终端头巡视内容一般有哪些?

39. 对隧道内的电缆巡视内容有哪些?

40. 对水底电缆的巡视内容有哪些?

41. 电缆头产生电晕放电的原因?

42. 如何解除电缆头电晕放电现象?

43. 为何要进行新电缆的验收试验?

44. 为何要在电缆安装过程中进行试验?

45. 为何要进行电缆预防性试验?

46. 为何要进行电缆交接试验?

47. 何时检查电缆的相位?

48. 常用的电缆桥架有几种?

49. 防捻器有何作用?

50. 对冻土层直埋电缆如何施工?

51. 敷设在桥梁上的电缆若不采取防振措施后果如何?

52. 造成电缆火灾的原因有哪些?

53. 哪些电缆应采用铜芯?

54. 哪些电缆宜用铜芯?

55. 对电缆终端头类型选择有何要求?

56. 对电缆终端头绝缘性能选择有何要求?

57. 电缆终端头的机械强度应满足哪些要求?

58. 电缆接头的绝缘特性应满足哪些要求?

59. 电缆与道路交叉时如何处理?

60. 对电缆敷设位置图的比例有何要求?

(八) 问答题答案

1. 应由下列同心结构组成:

(1) 电缆沥青;

(2) 聚氯乙烯塑料带;

(3) 浸渍皱纹纸带;

(4) 电缆沥青;

(5) 聚氯乙烯塑料带;

(6) 浸渍皱纹纸带;

(7) 电缆沥青。

2. 其优点:

(1) 高的电气强度(交联聚乙烯几乎完全保持聚乙烯固有的高的电气性能),击穿强度高,绝缘电阻大,介电常数小,介质损耗角正切值小;

(2) 输电容量大,由于交联聚乙烯具有较高的耐热性和耐老化性能、$\tan\delta$ 值小,长期容许工作温度可达 90℃;

(3) 重量轻,交联聚乙烯电缆不用金属护套,交联聚乙烯的密度小,因此单位长度电缆重量小,敷设方便;

(4) 宜于垂直、高落差和有振动场所的敷设,交联聚乙烯绝缘电缆属于干绝缘式电缆，不含浸渍剂；

（5）耐化学药品性能好。

3. 主要原因是：由于浸渍纸绝缘的油剂，在热和电压的长期作用下分解成蜡状，结果使部分纸绝缘层间因油质减少，产生空隙，介质损耗加大，造成局部发热，而介质损耗受温度升高的影响又进一步加大，这样恶性循环，最后导致绝缘崩溃。

4. 电缆结构质量的检查，一般是从整盘末端割下一段样品，按下列项目检查：

（1）查看芯线的形状与结构是否与制造厂提供的规格相符；

（2）用外卡钳测量电缆总外径，同时检查内部浸渍液的质量；

（3）记录铠装层层数，钢带的宽度和厚度；

（4）检查防腐带是否与铅（铝）包紧贴；

（5）检查护套表面是否光滑，有无混杂颗粒、氧化物气孔和接合处有无裂缝；

（6）检查绝缘的纤维厚度等尺寸是否与说明书一致；

（7）检查芯线导体光滑度等，并计算它的截面积。

5. 其目的是使线路较长及负荷较大的电缆线路的护层电压限定在规定值以内，减少及消除护层循环电流，提高电缆传输容量和降低线路损耗。护层保护器的原理与避雷的基本相同，主要是为了降低护套或绝缘接头夹板两侧护套间的冲击过电压。

6. 产生这种现象的原因：目前 6～35kV 级电缆大多采用黏性浸渍剂，敷设高度虽一般在规定范围内，但由于长期运行，各种环境温度及负荷量大小的影响，高处的电缆油缓慢地流向低处电缆头（特别当电缆头处于沿线最低点时），使低处电缆头发生铅脖膨胀现象；此外，由于过负荷、线芯温度过高等也会出现这种现象。

处理方法：如膨胀得不太严重，可申请停电，用环氧树脂玻璃丝带缠绕好，然后恢复运行；如膨胀很严重，应更换电缆头。

当发生上述现象时，由于高处电缆头油压相对降低，所以此时高处电缆头比低处电缆头更易受潮。

7. 除包括一般电缆的巡视项目外，其特殊要求是：要定期检查终端盒、绝缘连接盒有无渗漏油、发热、放电现象；为了保证绝缘连接盒不受水浸泡，还要特别巡视排水系统及自动排水装置；同时为了使电缆油压在规定的范围以内，就要对供油系统的油压特别监视；为了使电缆安全运行，对温度信号、护层保护箱、避雷器支持绝缘子、端子箱等，都要作定期巡视。

8. 金属电缆管不应有穿孔、裂纹、显著的凹凸不平及严重锈蚀等情况，管子内壁应光滑无毛刺。

电缆管在弯制后不应有裂缝或显著的凹痕等现象，一般弯扁程度不大于管子外径的10%，管口应做成喇叭形并磨光。

9. 因为电缆的额定电压越高，电场强度就越大，空气隙的游离作用就越显著，所以导体的最高允许温度就必须相应地降低。

10. 常见敷设方式有以下几种：

（1）地下直埋敷设；

（2）沿电缆沟敷设；

（3）敷设在地下隧道内；

（4）敷设在建筑物内部墙上；

（5）敷设在桥梁构架上；

（6）敷设在排管内；

（7）敷设在水底；

（8）架空敷设。

11. 电力电缆与控制电缆应分别安装在沟的两边，如果不能分别安装在两边时，则控制电缆应该放在电力电缆的下面，这样可以减轻电力电缆发生故障时，对于控制电缆造成的损害。

12. 在电缆隧道和沟内,应装设有贯穿全长度的连续的接地线,接地线的两端和接地极连通。接地线的规格应符合《电力设备接地设计技术规程》的有关规定。电缆铅包和铠装除了有绝缘要求的以外,应全部互相连接,并和与电缆支架等金属结构连通的接地线连接起来。

13. 充油电缆运输过程中,应经常监视油压,发现漏油或油压严重降低时,应及时采取措施。

14. 电缆出厂检查试验主要包括：工频交流耐压试验,导体直流电阻测量,绝缘电阻测量,介质损耗角正切的测量等四个主要项目。

15. 电缆出厂作交流耐压试验的目的是检查电缆的耐压强度，它可以发现绝缘内部显著的与集中的缺陷。

16. 电缆出厂作导体直流电阻测量的目的是检查其电导率是否符合标准，电缆导体直流电阻率的标准是 20℃时铜芯不大于 $0.0184 \times 10^{-6} \Omega \cdot m$，铝芯不大于 $0.031 \times 10^{-6} \Omega \cdot m$。

17. 绝缘电阻是判别黏性油浸纸绝缘电缆干燥、浸渍质量和所用绝缘材料品质的最敏感特性之一。

18. 电缆的介质损耗角正切值越大，表示其单位体积中消耗的功率越大，越容易加速其绝缘老化；当绝缘中受潮和含有空气时，它又标志其发生游离的程度。因此，电缆在出厂前需测量介质损耗角正切及其增加值。

19. 绝缘材料的膨胀系数不宜过大，一般为 $0.0006 \sim 0.00081K^{-1}$，膨胀系数越小越好。在安装和维护电缆头时，必须考虑绝缘材料热胀冷缩所带来的问题，如户外终端头经几次补胶后就很容易发生因绝缘胶膨胀而将终端头胀裂的现象。

20. 要求流质绝缘材料应具有足够的黏度，在运行温度下，绝缘剂不应有大量的流失，否则会使电缆头内造成空隙而降低绝缘水平；另外，绝缘剂流入电缆内，可能促使电缆铅包过度膨胀而损坏。

21. 应符合下列要求：

（1）投资省，路径短，转弯少；

（2）尽量减少穿越管道、公路、房屋建筑和电缆沟道；

（3）远离机械振动和化学腐蚀的场所，以及各种管路和水管路等；

（4）选择户外电缆线路时，还需考虑土壤过分干燥以及含有大量砂砾、石子等因素；

（5）便于开挖、检查和维修。

22. 由于电缆线路都是埋入地下，不会发生鸟害、异物、搭挂等故障，故障多属于永久性的，所以电缆线路不装设重合闸装置，而且也不应人为重合闸，以免扩大事故范围。

23. 过负荷运行的危害：

（1）造成导线连接点的损坏，或造成终端头外部接点的损坏；

（2）加速绝缘老化；

（3）使金属铅包再结晶，从而发生龟裂现象，整条电缆铅包膨胀，在铠装缝隙处裂开；

（4）电缆终端头和中间接头会胀裂，此类胀裂的终端头和接头是因为灌注在盒内的沥青绝缘胶受热膨胀所致，有些在接头封铅和铠装剥切之间，因施工而露出的一段电缆铅包会引起膨胀而裂开，这种接头又以电缆截面较大而采用紫铜皮焊制的较多，老式的水底电缆接头盒就属于这一类。

24. 当终端头及接头盒安装完毕，需抽真空，并计算真空度达到0.1（麦氏真空计）的时间。

时间到后，在真空下由终端尾管、油嘴接头盒最低部的油嘴注油，溢满后，停止抽真空，再在大气压下进行适量冲洗。

该油需在油车里连续取气，到液面无气泡，取油样的 $\tan\delta$ 在100℃时小于0.003，击穿电压大于52kV/2.5mm，真空充油隔24h之后，在终端头顶端由接头盒最高端油嘴取油样，要求110kV 的 $\tan\delta$ 在100℃时≤0.005，击穿电压不小于45kV，如不合格应继续用合格油样冲洗直至合格。

取油样时应注意油杆、油管、出油口的清洁，可以先出一些油，认为清洁后，放入油杆中。

安装结束后，裸铅包部分铜带应恢复，并用铜丝扎紧，直至铅封处。

25. 应符合如下要求：

（1）搪铅时间不宜太长，在铅封未冷却前不得撬动电缆；

（2）铅护套电缆搪铅时，应选涂擦铝焊料；

（3）充油电缆的铅封应分两层进行，以增加铅封的密封性，铅封和铅套均应加固。

26. 电力电缆的施工、运行是一项专业性很强的工作，要求具备如下较强的专业知识：

（1）了解各种类型电缆的性能、结构特点；

（2）各种电缆的敷设方法；

（3）常用类型电缆终端头、中间接头的制作工艺标准；

（4）看懂，会画电缆线路施工图和简单装配图；

（5）了解常用绝缘材料的性能；

（6）学会登杆高空作业；

（7）电缆试验方法、理论知识；

（8）了解掌握有关专业规程；

（9）学会电路基础、电缆理论；

（10）掌握一些钳工工艺。

27．一般维护工作有：

（1）清扫终端盒及瓷套管，检查壳体及瓷套管有无裂纹，瓷套管表面有无放电痕迹；

（2）检查终端头引出线接触是否完好，特别是铜铝接头是否有腐蚀；

（3）核对线路铭牌，有无丢失损坏，相色是否清晰；

（4）修理保护管及油漆锈蚀的铠装，更换锈烂支架；

（5）检查铅包龟裂和铅包腐蚀情况；

（6）检查接地情况是否良好，接地是否标准；

（7）对充油电缆定期取油样、化验；

（8）定期巡视压力箱油压并记录。

28．根据有关资料介绍，环氧树脂电缆头可承受的最大压力为 $1.2 \sim 1.4 \mathrm{MPa}$（$12 \sim 14 \mathrm{kgf/cm^2}$），而正常运行中的油浸纸电缆头最大压力为 $0.59 \mathrm{MPa}$（$6 \mathrm{kgf/cm^2}$），但由于施工工艺上的缺陷，也出现渗漏油现象，当渗油不严重时，停电后将漏油点凿去，清洗干净，重新包绕或浇灌环氧涂料，如渗油严重无法修复，应锯掉重做。

如属电缆本体渗油，可视情节在停电后加以处理。如渗油不严重，将渗油点清洗干净，用封铅封住或用环氧带绕数圈。

29．应进行下列检查：

（1）电缆规格应符合规定，排列应整齐，无机械损伤，标志牌应装设齐全、正确、清晰。

（2）电缆的固定、弯曲半径、有关距离及单芯电力电缆的金属护层的接线等应符合要求。

（3）电缆终端头、电缆接头及充油电力电缆的供油系统安装牢固，不应有渗漏现象，充油电力电缆的油压及表计整定值应符合要求。

（4）接地应良好，充油电力电缆及护层保护器的接地电阻应符合设计。

（5）电缆终端头、电缆接头、电缆支架等的金属部件，油漆完整，相色正确。

（6）电缆沟及隧道内应无杂物，盖板齐全。

30. 可分为四类：

（1）例行试验：是制造厂对所有电缆成品长度均应进行的试验，以证明电缆的总体性能。它可发现电缆生产过程中偶然性缺陷，校验电缆产品质量是否与设计要求一致。

（2）抽样试验：从一批产品中抽出一部分电缆长度进行试验，该试验手续比较复杂，可能损坏电缆，因此仅取一部分试验。

（3）型式试验：是对新产品作为大量使用前所做的试验，该试验可以在较短时间内确定新产品相对于老产品的相对质量和新产品的性能要求。

（4）敷设后检查和预防性试验：检查电缆线路的安装质量。预防发生意外停电事故或引起更大故障。

31. 重力箱一端供油的特点有：

（1）供油段的长度较长；

（2）油压稳定；

（3）即使线路有落差，重力箱供油容量不变；

（4）对倾斜的线路供油段可延长。

重力箱一端供油使用条件如下：

1）要有可利用的高建筑物或高构架放置重力箱；

2）比较短的电缆线路（1000～2000m）；

3）重力箱放置在线路的最高点或高处的终端侧。

32. 压力箱一端供油的特点有：

（1）油压随气候、电缆及附件的温度而异；

（2）供油段较短（1000m以下）；

（3）线路有落差时，压力箱个数要增加；

（4）放在线路高端，可充分利用压力箱的吞吐量。

压力箱一端供油的使用条件如下：

1）不需要高构架放置压力箱；

2）使用重力箱有困难的场合。

33. 一端重力箱、一端压力箱供油的使用条件是供油段长（3000~4000m）的线路，其特点是：

（1）瞬态过程中由两端补偿，瞬态油压变化小；

（2）稳态时由重力箱供油，因此油压稳定。

34. 两端压力箱供油的特点有：

（1）瞬态油压变化比一端压力箱供油时小，供油段可放长；

（2）在落差较大的线路中，低端压力箱的吞吐量降低；

（3）何端放置较多压力箱可获得较长的供油段由线路特性而定。

其使用条件是：

（1）高差不大的线路，供油段较长（1000~2500m）；

（2）使用重力箱有困难的场合。

35. 由一只零值在中央的 ±5V 直流电压表与由三节 1 号干电池串联成的电源盒组成的仪器，称为核相器。

36. 高压硅堆是用以将试验变压器高压侧的交流电压变为直流电压的设备。其额定反峰电压应不小于电缆试验电压的两倍。利用电容器作两倍压试验时，其反峰电压不小于电缆试验电压值。当无高压硅堆时，可用适当规格的高压整流管及灯丝变压器代替使用。

37. 对敷设在地下的每一电缆线路，一般巡视内容有：查看路面是否正常，有无挖掘痕迹及路标桩是否完整无缺。

电缆线路上，不应堆积瓦砾、矿渣、建筑材料、笨重物体，酸碱性排泄物或砌堆石灰坑等。

38. 电缆终端头的一般巡视内容有：套管是否完整清洁，引出线有无松动发热现象，有无漏胶、漏油现象以及防雷设施是否完善等。

39. 对隧道内的电缆，要检查电缆位置是否正常，接头有无变形、漏油，温度是否正常，构件是否失落、通风、排水、照明等设施是否完整。特别要注意防火设施是否完善。

电缆隧道内不应积水或堆积污物。不允许向隧道或沟内排水。电缆隧道内的支架必须牢固，无松动或锈烂现象。

40. 应经常检查临近河岸两侧的水底电缆是否有下沉或被拖拉变动位置的情况；在低潮时检查水底电缆埋在河岸两侧浅滩部分是否有受潮水冲刷的现象；检查水底电缆河岸两侧"禁止抛锚"的警告牌和照明装置是否完整。

41. 户内干包电缆头、小手套塑料电缆头、环氧树脂电缆头和尼龙电缆头在三芯分支处电缆芯引包部位会发生电晕放电，这是因为三芯分支处的距离小，芯与芯之间的空隙形成一个电容，在电压的作用下，空气发生游离所致。另外，通风不良、空气潮湿、绝缘降低也会导致产生电晕放电。

42. 干包电缆头可在各电缆芯绝缘表面包上一段金属带，并相互连接在一起，使其等电位，以消除电晕放电。另外，可将附加绝缘包成一个应力锥，改善电场分布，而对室内电缆通风不良、空气潮湿，可采用改善通风的办法解决。

43. 对新电缆在验收时进行试验，其目的是为了检查电缆在制造上是否有缺陷以及运输过程中有无造成损伤。

44. 安装过程中的试验，其目的是为了检查电缆在安装过程中有无造成损伤。

45. 电缆线路的预防性试验是对运行的电缆按规定周期进行的试验，试验的目的是检查电缆线路在长期运行中是否保持良好状态，以便发现缺陷及时处理。

46. 电缆线路的交接试验，是在电缆敷设工程竣工、所有中间接头和两端终端头安装完毕，并在交付运行前进行，试验的目的是检查电缆线路安装施工的质量，以确定是否允许投入运行。

47. 新装电力电缆竣工交接时、运行中电力电缆新装接线盒或终端头后，必须检查电缆的相位，一般采用万用表或绝缘电阻表检查，然后将两端的相位标记一致。

48. 常用的电缆桥架种类有：钢制电缆桥架、铝合金制电缆桥架和玻璃钢（玻璃纤维增强塑料简称为玻璃钢）制电缆桥架。最常用的是钢制电缆桥架，铝合金和玻璃钢电缆桥架在个别工程中也有应用。

49. 防捻器是一种两端可以自由转动的装置，敷设电缆时将防捻器加在牵引钢缆与牵引头或钢丝网套之间，使钢缆的扭力不致传到电缆上。

50. 东北等地区的冻土层厚达 2~3m，要求电缆埋在冻土层以下有困难。施工时在电缆上下各铺以 100mm 厚的河砂；还有用混凝土或砖块在沟底砌一浅槽，电缆放于槽内，槽内填充河砂，上面再盖以混凝土板或砖块，这样可防止电缆在运行中受到损坏。

51. 根据电缆长期运行经验，敷设在桥梁上的电缆，如不采取防振措施，会使电缆长期受到振动，造成电缆护层疲劳龟裂、加速老化。

52. 造成电缆火灾事故的原因不外乎外部火灾引燃电缆和电缆本身事故造成电缆着火。因此，除保证电缆敷设和电缆附件安装质量外，在施工中应按照设计做好防止外部因素引起电缆着火和电缆着火后防止延燃的措施。

53. 用于下列情况的电力电缆，应采用铜芯电缆：

（1）电动机励磁、重要电源、移动式电气设备等需要保持连接具有高可靠性的回路。

（2）振动剧烈、有爆炸危险或对铝有腐蚀等严酷的工作环境。

（3）耐火电缆。

54. 用于下列情况的电力电缆，宜采用铜芯电缆：

（1）紧靠高温设备配置。

（2）安全性要求高的公共设施中。

（3）水下敷设，当工作电流较大需要增多电缆根数时。

55. 电缆终端头类型选择要求：

（1）电缆与六氟化硫全封闭电器直接连接时，应采用封闭式终端头。

（2）电缆与高压变压器直接连接时，应采用象鼻式终端头。

（3）电缆与电器相连具有整体式插接功能时，应采用可分离式（插接式）终端头。

（4）除上述情况外，电缆与其它电器或导体相连时，应采用敞开式终端头。

56. 电缆终端头的绝缘性能选择，应符合下列规定：

（1）终端头的额定电压及其绝缘水平，不得低于所连接电缆额定电压及其要求的绝缘水平。

（2）终端头的外绝缘，应符合安置处海拔、污秽环境条件所需泄漏比距的要求。

57. 电缆终端头的机械强度，应满足安置处引线拉力、风力和地震力作用的要求。

58. 电缆接头的绝缘特性应符合下列规定：

（1）电缆接头的额定电压及绝缘水平，不得低于所连接电缆的额定电压及要求的绝缘水平。

（2）电缆接头的绝缘环两侧耐受的电压，不得低于所连接电缆护层绝缘水平的 2 倍。

59. 电缆与铁路、公路、城市街道、厂区道路交叉时，应敷设于坚固的保护管或隧道内。电缆管的两端宜伸出道路路基两边为 2m；伸出排水沟为 0.5m；在城市街道应伸出车道路面。

60. 直埋电缆输电线路的敷设位置图，比例宜为 1:500。地下管线密集的地段不应小于 1:100，在管线稀少、地形简单的地段可为 1:1000；平行敷设的电缆线路，宜合用一张图样。图上必须标明各线路的相对位置，并标明地下管线的剖面图。

第四节　应会考核内容

一、考核重点

1. 电缆分支接头技术；
2. 电缆专业的技术管理及设备定级工作；
3. 电缆的运行维护、消除缺陷工作及其内容要求；
4. 电力电缆的试验工作、事故分析及预防；
5. 高压电力电缆附件安装。

二、应会笔试习题

1. 电缆的分支接头如何处理？
2. 如对两条截面不相同的缆芯进行"T"形连接时，如何处理？

3. 电缆施工中如何使用安全标志？

4. 电缆终端头位置移动后应注意什么？

5. 在电缆线路上面进行挖掘工作时应注意什么？

6. 紧急修理运行中的电缆外皮损伤时应注意什么？

7. 带电处理电缆缺陷时有哪些方法？

8. 电缆线路单相接地（未跳闸）故障的处理？

9. 户内电缆头在预防试验中被击穿时如何处理？

10. 电缆的最小弯曲半径是如何规定的？

11. 如何使用电缆网络总图？

12. 如何使用电缆网络的系统接线图？

13. 如何填写电缆线路技术（资料）档案？

14. 如何对电缆备品、备件进行管理？

15. 如何对电缆线路运行人员进行技术培训？

16. 户内电缆终端头的维护工作一般有哪些内容？

17. 户外电缆终端头的维护工作一般有哪些内容？

18. 隧道、电缆沟、人井、排管的维护工作？

19. 桥上电缆及专用电缆桥的维护工作有哪些内容？

20. 在分析电缆故障时应收集哪些资料？

21. 如何对电缆外力损伤故障原因进行分析？

22. 如何对运行维护不良引起电缆终端头故障的原因进行分析？

23. 如何对因材料质量不良引起的电缆中间接头故障的原因进行分析？

24. 充油电缆在切断后应符合哪些要求？

25. 标志牌的装设应符合哪些要求？

26. 绘出整流管灯丝在低压侧、微安表处于高压侧的泄漏试验接线图。

27. 绘出用硅堆整流、微安表处于高压时的泄漏试验接线图。

28. 绘出用硅堆整流、微安表处于低压时的泄漏试验接线图。

29. 绘出两倍压直流试验接线图。

30. 绘出三倍压直流试验接线图。

31. 根据规定，在订购 110~330kV 自容式充油电缆时，订货方需向制造厂提供哪些资料？

32. 在订购交流 110kV 交联聚乙烯绝缘电缆时，订货方需向制造厂提供哪些资料？

33. 电缆沿易燃气体管道敷设时，有哪些规定？

34. 电缆敷设在易振场所时，应采用哪些措施？

35. 在哪些部位电缆不得敞露敷设？

36. 哪些地区适合电缆直埋方式敷设？

37. 哪些地区适合电缆穿管方式敷设？

38. 哪些地区适合电缆浅槽方式敷设？

39. 哪些地区适合电缆沟方式敷设？

40. 哪些地区适合电缆隧道方式敷设？

三、应会笔试习题答案

1. 分支接头一般是一条电缆与另两条电缆相接，或叫"T"字接头。铜芯电缆的分支连接，需采用特别的接管，"T"字形铜接管，然后浇焊锡连接。铝芯电缆线芯的分支连接，可用铝压接管。这种压接管的一端内径尺寸根据一条电缆线芯截面积而定，另一端内径尺寸根据其它两线芯截面积之和而定。

2. 在一条 $95mm^2$ 的铝芯电缆上，如果分支一条 $25mm^2$ 的铝芯电缆，则压接管的一端内径按 $95mm^2$ 确定，另一端内径按 $95 + 25 = 120mm^2$ 来选用。压接时，将 95 和 $25mm^2$ 线芯并拢、扎紧，并用圆口钳夹圆，然后套上接管并压接。

3. 施工场地四周应设置安全用具，如红白安全带、栏杆等，作为警告标志。红色桅灯仅在夜间使用。

4. 终端头位置移动后，还要注意与电缆连接的相位排列、接线标准等相符，切勿弄错相位，以免使电缆不能并入系统运行或用户电动机反向倒转。

5. 在电缆线路上面进行挖掘工作，首先要防止外力损伤电缆。因此，施工负责人必须向每个施工人员详细布置挖掘的要求。在揭去电缆保护板后，就不应再用风镐、铁棒、铁锄等工具，应使用较为迟钝的工具将表面土层轻轻挖去，以防伤及电缆外护层。对于一端接地的单芯电缆或铝包电缆，绝对不能损伤外护层，应使用木锹轻轻除去土层。

6. 紧急修理运行中的电缆外皮损伤应注意以下几点：

（1）了解电缆的安装历史、运行情况、绝缘水平；

（2）了解电缆损伤的时间、方式和现场情况；

（3）向调度部门了解供电情况、负荷大小、用电性质、保护设备运行情况；

（4）装有自动重合闸保护装置的线路应停用自动重合闸保护装置；

（5）需要由熟练的电缆技工进行检修；

（6）一般可采用环氧树脂带修补，避免使用高温封焊。

7. 现有的带电处理缺陷方法基本上有三种：

（1）在电缆中间接头或终端头金属外壳地电位上的检修；

（2）用绝缘操作在系统电位上的检修；

（3）等电位的检修。

以上方法都需要遵照有关现场专用规程的规定进行，目前综合已能进行的项目计有：（1）电缆金属外皮的不停电修补；（2）终端头漏油修理；（3）终端头缺油补油；（4）更换终端头引出线；（5）终端头外接点发热检修。

8. 此类故障一般来说，电缆芯导体的损伤只是局部的。如果是属于机械损伤。而故障点附近的土壤又较干燥时，一般可进行局部修理，加添一只假接头，即不将电缆芯锯断，仅将故障点绝缘加强后密封即可。对 10～35kV 分相铅包电缆，修理单相或两相的较多。

9. 户内电缆头在预试中被击穿时，也可进行拆接和局部修理。其工艺与重新进行安装类似，要求清除潮气。一般因终端头部分留有一定余线，因此可适当将铅包再切割一段，条件比拆制中间接头更为有利。

10. 电缆的最小弯曲半径一般用其与电缆外径的比值来表示，见表3-4。

表 3-4

电缆种类	电缆护层结构	单 芯	多 芯
油浸纸绝缘电力电缆	铠装或无铠装	20	15
橡皮绝缘电力电缆	橡皮或聚氯乙烯护套	—	10
	裸铅护套	—	15
	铅护套钢带铠装	—	20
塑料绝缘电力电缆	铠装或无铠装	—	10
控制电缆	铠装或无铠装	—	10

11. 电缆网络总图，是一个地区全部电缆线路的地形平面总布置图，主要标明线路名称和电缆间的相对位置及变电所的地点等。在电缆线路密集的城市里，可将总图按电压等级分别绘为数张，但不宜过多，尽可能地集中，以便一目了然。总图能使管理人员对全区线路布置情况充分了解，在进行电缆线路扩建和改建时，便于参考选择新的路径；也可以从总图上引出各地段电缆埋设情况，便于迅速查出各地段的电缆情况，便于查清线路，对巡视电缆线路和维护电缆工作有重大作用。总图应按电缆线路的增减和变更及时修正，保持高度准确。

12. 电缆网络的系统接线图是表示电缆网络在整个电力系统中供电情况的布局，系统接线图可以表明各电缆在系统中供电的重要性和负荷分布情况，便于在检修电缆和试验工作时向系统调度部门办理停役申请手续，电缆网络系统接线图标出发电厂、变电所及各线路的系统接线、电压等级、机组及变压器容量等。系统接线图无比例尺，但线条不应过密，同输电线路的并行电缆可以简化合并为一根粗线条表示。

13. 每条电缆线路必须有一个专门的档案，一切有关该线路的技术文件资料（例如线路设计书、原始安装资料、验收文件、协议书以及后来更改线路的记录等，运行维护报表、检修工作报表、预防性试验报告、故障测试记录、故障修理报告、负荷和温度记录、腐蚀检查记录、现场巡视记录等），都应分类归入专门的档案内。

14. 电缆的备品，包括电缆和电缆终端头等材料，都是特殊材料，一般不易零星购置；为了保证及时排除事故和按期进行检修工作，运行部门应有一定数量的备品，并有一定的保管制度。备品必须保存在交通便利，易于取用的地点，并且按不同的规范分别放置。备品的数量不仅取决于运行设备的多少，而且还和安装的情况有关，例如电缆备品的长度应足够替换同一电压级在一次事故内损坏电缆的需要，其长度可以根据过去运行经验决定。水底电缆、过桥电缆及隧管电缆一般应分别备有能跨越主航道、桥梁全长及两个人井间长度的备品。电缆的中间接头较容易发生故障，备品数量可适当地增加一些。备品应放在干燥的地方，应有专人负责并严格验收，合格品才可以入库，防止在使用时才发现缺陷而影响工作进展。备品的保管和补充，应每年核实一次，并遵照备品管理制度进行。

15. 在技术培训方面，首先要培养学员掌握各项操作的基本功，学习内容有：

(1) 技工工作方法；

(2) 各种电缆的敷设方法；

(3) 各种中间接头、终端头的制作方法；

(4) 看懂电缆线路图及简单的装配图；

(5) 绝缘材料的热处理；

(6) 进行杆塔上高空工作的实习；

(7) 有关电缆试验的常识；

(8) 有关规程的内容包括城建、公用事业、交通运输等有关的规定；

(9) 一般电缆理论知识。

这些基本功除了必要的课堂讲解和场内实习外，主要结合现场条件进行。

16. 户内电缆头一般的维护工作有：

(1) 清扫终端头，检查有无电晕放电痕迹及漏油现象；

(2) 检查终端头引出线接触是否良好；

(3) 核对线路铭牌的相位颜色；

(4) 支架及电缆铠装刷油漆防腐；

(5) 检查接地情况是否符合要求。

17. 户外的电缆终端头的一般维护工作有：

(1) 清扫终端头；

（2）检查终端头引出线接触是否良好，特别是铜铝接头有无腐蚀现象；

（3）核对线路铭牌及相位颜色；

（4）修理保护管及油漆锈蚀的铠装，更换锈蚀的支架。

（5）检查铅包龟裂和铝包腐蚀情况；

（6）检查接地情况是否符合要求；

（7）检查终端头有无漏胶、漏油现象、盒内绝缘胶（油）有无水分，绝缘胶（油）不满者应用同样绝缘胶（油）予以补充。

18. 隧道、电缆沟、人井、排管的维护工作有：

（1）检查门锁是否开闭正常，门缝是否严密，各进出口、通风口防小动物进入的设施是否齐全，出入通道是否通畅；

（2）检查隧道、人井内有无渗水、积水，有积水时要排除，并将渗漏处修复；

（3）检查隧道、人井内电缆及接头情况，应特别注意电缆和接头有无漏油，接地是否良好，必要时测量接地电阻和电缆的电位，防止电腐蚀；

（4）检查隧道、人井电缆在支架上有无撞伤或蛇行擦伤，支架是否有脱落现象；

（5）清扫电缆沟和隧道，抽除井内积水，清除污泥；

（6）检查人井井盖和井内通风情况，井体有否沉降及有无裂缝；

（7）检查隧道内防水设备，通风设备是否完善正常，并记录室温；

（8）检查电缆隧道的照明；

（9）疏通备用排管，核对线路铭牌。

19. 桥上电缆及专用电缆桥的维护工作有：

（1）检查桥墩两侧地面沉降情况；

（2）检查桥墩两侧电缆是否受拉力过大；

（3）两桥墩之间电缆是否受拉力过大；

（4）通航部分是否曾受船舶冲撞或有无篙伤情况；

（5）油漆支架及外侧的铁管、铁槽；

（6）检查电缆铠装护层。

20. 为了便于对电缆故障的原因进行分析，在未对故障部位进行解剖检查前，应先收集与故障有关的运行及装置资料：

（1）线路的名称及起止地点；

（2）电缆的规范，如电压等级、型号、导线截面、制造厂名及购置日期；

（3）装置记录，如安装日期及气候、中间接头和终端头的设计型式、绝缘剂种类及热处理温度、安装人等；

（4）故障发生的时间，故障发生时的气候情况、运行情况、继电保护设备动作情况等；

（5）故障的准确地点；

（6）周围环境，如临近故障处的地面情况，有无新的挖土、打桩或埋设其它管、线等工程，泥土中有无酸、碱的成分，附近有无化工厂和热力管道等；

（7）现场安装情况，如电缆弯曲半径的大小、终端装置的高度，三相单芯电缆的排列方式及接地情况、埋设方式、标高、盖板位置等；

（8）运行情况，如电缆的负荷及温度，有无过负荷运行等；

（9）试验记录，包括试验电压、时间、泄漏电流及绝缘电阻等；

（10）故障记录，了解历次故障的原因和采取的措施。

21. 这类故障比较容易识别，在电缆事故的次数中占很大的比例，一般约占事故总数的50%左右，主要有以下几种原因：

（1）直接受外力损伤：主要是市政建设，交通运输或进行各种地下管线工程的挖土、打桩起重、搬运中误伤电缆。

（2）在安装过程中损伤：如机械牵引力过大易拉损电缆；电缆穿越管道时挤伤、划破，或因电缆弯曲过度而损伤金属护套、绝缘层或屏蔽层；在搬运或施工过程中碰伤电缆等。

（3）自然现象造成的损伤：如因地基下沉、地震等引起的过大的拉力。拉断电缆；地基震动使铅包疲劳龟裂等。这类故障很少发生。

22. 运行维护不良而引起故障的原因有：

（1）终端头瓷套管表面污秽，未及时进行清扫，引起表面闪络；

（2）未按期检查终端头内有无水分和对绝缘胶（油）不满者未进行补灌绝缘胶（油）；

（3）未及时检查发现引出线的接触不良；

（4）未及时发现和处理瓷套管或终端头的裂纹。

23．材料质量不良引起的故障原因有：

（1）接头盒或铅套、铜套有砂眼、裂痕；

（2）绝缘带日久变质发脆，绝缘强度降低；

（3）压接管质量不好，不合规格，压接后产生裂纹；

（4）松香基绝缘油产生结晶，绝缘油流失，形成空隙。

24．应符合下列要求：

（1）在任何情况下,充油电缆的任一段都应有压力油箱保持油压；

（2）连接油管路时，应排除管内空气，并采用喷油连接；

（3）充油电缆的切断处必须高于邻近两侧的电缆，避免电缆内进气；

（4）切断电缆时，应防止金属屑及污物浸入电缆。

25．应符合下列要求：

（1）电缆应装设标志牌的地方有：电缆终端头、电缆接头处；隧道及竖井的两端；人井内等。

（2）标志牌上应注明线路编号（当设计无编号时则应写明型号、规格及起止地点），并联使用的电缆应有顺序号，字迹应清晰与不易脱落。

（3）标志牌的规格应统一，标志牌应能防腐且挂装应牢固。

26．见图3-14。

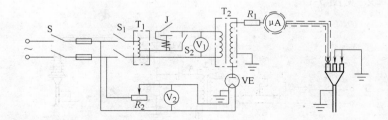

图 3-14　整流管灯丝在低压侧、微安表处于高压侧时
的泄漏试验接线图

VE—高压整流管　R_1—限流保护电阻　T_1—调压器　R_2—调节
灯丝电压的电阻　T_2—高压实验变压器　V—电压表
μA—微安表　S—开关　J—脱扣线圈

27. 见图 3-15。

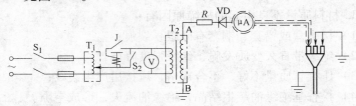

图 3-15　用硅堆整流微安表处于高压时的接线图

VD—高压硅堆　J—脱扣线圈　T_1—调压器

R—限流保护电阻　T_2—高压试验变压器

28. 见图 3-16。

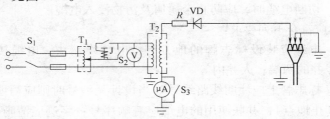

图 3-16　用硅堆整流微安表处于低压时的接线图

29. 见图 3-17。

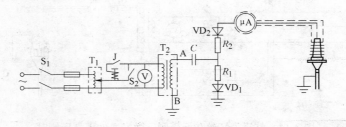

图 3-17　二倍压试验接线图

VD—高压硅堆　μA—微安表　S—开关　C—脉冲电容器

J—脱扣线圈　A、B—T_2 高压侧的两个端点　T_1—调压器

R—限流保护电阻　T_2—高压试验变压器　V—电压表

30. 见图 3-18。

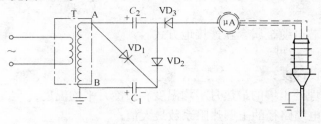

图 3-18　三倍压试验原理图

31.

用户向制造厂询价、招标时，应参照 DL 401《高压电缆选用导则》，一般应提供下列资料。

（1）使用条件：

1）电力系统的额定电压和频率；

2）电力系统的长期最高工作电压；

3）电力系统中性点接地方式；

4）电力系统单相接地、相间和三相短路最大故障电流和持续时间；

5）基准雷电冲击耐受水平和（或）基准操作冲击耐受水平；

6）电缆的持续载流量、紧急过负荷和短时过负荷载流量；

7）终端头所处的环境条件，例如海拔超过 1000m 时的海拔，污秽等级和地震烈度等；

8）终端头与封闭电器或变压器连接时要求的终端头的型式，例如 SF$_6$ 终端头或象鼻式终端头等。

（2）敷设条件：

1）电缆线路布置。

a. 每段电缆的长度和电缆线路长度，必要时提供线路高程图和路径图；

b. 各电缆回路之间的距离和每回路内三根单芯电缆的排列方式（平面、三角形或其它排列方式）和相间净距；

c. 对影响产品结构的特殊敷设的说明，如水底敷设、垂直高落差敷设等；

d. 单芯电缆金属套互连接地方式。

2）地下敷设。

a. 埋设深度；

b. 深埋处土壤的最热月平均温度和最冷月平均温度；

c. 沿电缆路径的土壤热阻系数最大值；

d. 与附近带负荷的其它电缆线路或热源的距离和详情；

e. 电缆沟槽、排管或管子的长度以及工井之间的间距；

f. 排管或管子的数量、内径和构成材料；

g. 排管或管子之间的距离，排管中有无积水。

3）空气中敷设。

a. 空气最高平均温度和最低平均温度；

b. 敷设方式；

c. 隧道的通风方式；

d. 是否直接受阳光曝晒。

4）水下敷设。

a. 敷设水深；

b. 在河床或海床下的埋深；

c. 相间距离。

（3）特殊要求：

1）单芯或三芯；

2）导体的结构和材料；

3）油道直径或供油段长度；

4）金属套的厚度和材料；

5）对外护层的要求；

6）对电缆冷却方式的要求；

7）对电缆牵引头和包装运输等方面的要求；

8）终端出线杆与连接金具相配合的尺寸；

9）其它方面的要求。

（4）其它要求：如有必要，用户应向制造厂提出要求在工厂参加见证试验的项目，以及要求进行抽样试验、监督生产过程等。

32.

用户向制造厂询价、招标时，参照 DL 401《高压电缆选用导则》，一般应提供下列资料。

（1）使用条件：

1）电力系统的额定电压和频率；

2）电力系统的长期最高工作电压；

3）电力系统中性点接地方式；

4）电力系统单相接地、相间和三相短路最大故障电流和持续时间；

5）基准雷电冲击耐压水平；

6）电缆的连续载流量、紧急过负荷和短时过负荷载流量；

7）终端所处的环境条件，例如海拔超过 1000m 时的海拔、污秽等级和地震烈度等；

8）终端与封闭电器或变压器连接时要求的终端型式，例如 SF_6 终端或象鼻式终端等。

（2）敷设条件：

1）电缆线路布置。

a. 每段电缆的长度和电缆线路的长度，必要时提供线路高程图和路径图；

b. 各电缆回路之间的距离，每回路内三根单芯电缆的排列方式（平面、三角形或其它排列方式）和相间净距；

c. 对影响产品结构的特殊敷设的说明，如水底敷设、垂直高落差敷设等；

d. 单芯电缆金属套和（或）金属屏蔽互连接地方式。

2）地下敷设。

a. 埋设深度；

b. 埋深处土壤的最热月平均温度和最冷月平均温度；

c. 沿电缆路径的土壤热阻系数最大值；

d. 与附近带负荷的其它电缆线路或热源的距离和详情；

e. 电缆沟槽、排管或管子的长度以及工井之间的间距；

　f. 排管或管子的数量、内径和构成材料；

　g. 排管或管子之间的距离，排管中有无积水。

（3）空气中敷设。

　a. 空气最高平均温度和最低平均温度；

　b. 敷设方式；

　c. 隧道的通风方式；

　d. 是否直接受阳光曝晒。

（4）水下敷设。

　a. 敷设水深；

　b. 在河床或海床下的埋深；

　c. 相间距离。

（3）特殊要求：

　1）导体的结构和材料；

　2）防水层的结构和材料；

　3）金属套厚度和材料；

　4）对外护层的要求；

　5）对电缆冷却方式的要求；

　6）对电缆牵引头和包装运输等方面的要求；

　7）终端出线杆与连接金具相配合的尺寸；

　8）其它方面的要求。

（4）其它要求：如有必要，用户应向制造厂提出要求在工厂参加见证试验的项目，以及要求进行抽样试验、监督生产过程等。

33. 电缆沿输送易燃气体的管道敷设时，应符合下列规定：

（1）易燃气体比空气重时，电缆宜在管道上方。

（2）易燃气体比空气轻时，电缆宜在管道下方。

34. 电缆敷设在有周期性振动的易振场所，应采用能减少电缆承受附加应力或避免金属疲劳断裂的措施。可采用下列方法：

（1）在支持电缆部位设置由橡胶等弹性材料制成的衬垫。

（2）使电缆敷设称波浪状且留有伸缩节。

35. 在有行人通过的地坪、堤坝、桥面、地下商业设施的路面或通行的隧洞中，电缆不得敞露敷设于地坪上或楼梯走道上。

36. 电缆直埋敷设方式的选择，应符合下列规定：

（1）同一路少于六根的 35kV 及以下电力电缆，在厂区通往远距离辅助设施或城郊不易有经常性开挖的地段，易用直埋；在城镇人行道下较易翻修情况或道路边缘，也可用直埋。

（2）厂区内地下管网较多的地段，可能有熔化金属、高温液体溢出的场所，待开发有较频繁开挖的地方，不宜用直埋。

（3）在化学腐蚀或杂散电流腐蚀的土壤范围，不得采用直埋。

37. 电缆穿管敷设方式的选择，应符合下列规定：

（1）有爆炸危险场所明敷的电缆，露出地坪上需加保护的电缆，地下电缆与公路、铁道交叉时，应采用穿管。

（2）地下电缆通过房屋、广场的区段，电缆敷设在计划中将作为道路的地段，宜采用穿管。

（3）在地下管网较密的工厂区，城市道路狭窄且交通繁忙或道路挖掘困难的通道等电缆数量较多的情况下，可用穿管敷设。

38. 浅槽敷设方式的选择，应符合下列规定：

（1）地下水位较高的地方。

（2）通道中电力电缆数量较少，且在不经常有载重车通过的户外配电装置等场所。

39. 电缆沟敷设方式的选择，应符合下列规定：

（1）有化学腐蚀液体或高温熔化金属溢流的场所，或载重车辆频繁经过的地段，不得使用电缆沟。

（2）经常有工业水溢流、可燃粉尘弥漫的厂房内，不宜用电缆沟。

（3）在厂区、建筑物内地下电缆数量较多但不宜采用隧道时，城镇人行道开挖不便且电缆需分期敷设时，又不属于上述（1）、（2）项的情况下，宜用电缆沟。

（4）有防爆、防火要求的明敷电缆，应采用埋砂敷设的电缆沟。

40. 电缆隧道敷设方式的选择，应符合下列规定：

（1）同一通道的地下电缆数量众多，电缆沟不足以容纳时采用隧道。

（2）同一通道的地下电缆数量较多，且位于有腐蚀性液体或地面水溢流的场所，或含有 35kV 以上高压电缆，或穿越公路、铁道等地段，宜用隧道。

（3）受城镇地下通道条件限制或交通流量较大的道路下，与较多电缆沿同一路径有非常高温的水、气和通信电缆管线共同配置时，可在公用性隧道中敷设电缆。

四、现场操作

1. 用铅焊补漏法修理充油电缆漏油点。
2. 用环氧带补漏法修理充油电缆漏油点。
3. 10kV 纸绝缘电缆垫缩头的安装。
4. 画出 35kV 电缆中间接头的绝缘梯步，并简述其工艺过程。
5. 制做电缆头时，如何弯曲芯线才能不致损伤其绝缘？
6. 户内环氧树脂电缆头的漏油故障处理。
7. 户内干包电缆头的漏油故障处理。
8. 户内尼龙电缆头的漏油故障处理。
9. 户内铁皮漏斗式电缆头的漏油故障处理。
10. 户内生铁电缆头的漏油故障处理。
11. 现场评定一类电缆设备。
12. 现场评定二类电缆设备。
13. 对电缆的绝缘进行评级。
14. 写一份电力电缆故障报告。
15. 列出 35kV 分相铅包电缆 5582 型终端头的主要材料。
16. 对自容式充油电缆线路油介质损耗不合格时，应如何处理？
17. 110kV 充油电缆终端头安装工艺程序。
18. 220kV 直线和绝缘接头安装工艺程序。
19. 220kV 塞止接头的安装工艺。
20. 采取哪些措施可以防止发生电缆机械损伤？
21. 编写一份 110kV 交联电缆竣工后的验收试验方案？
22. 以乔思林 J9289-4G 型终端安装过程为例，简述 110kV 及以上交联电缆终端头的安装过程。
23. 简述 110kV 预制式接头的安装工艺。
24. 编写一份 110kV 沟道敷设电缆施工的方案？

25. 电缆工程量计算规则是怎样规定的?

26. 某单位动力进户线采用 VLV 型聚氯乙烯绝缘铝芯电缆沿电缆沟敷设,芯线截面积为 $3 \times 50mm^2$,敷设长度为 38m,试计算电缆敷设的定额直接费。若电缆为铜芯时,其费用又是多少?

27. 电缆的半导电层绝缘表面绕绝缘包带。

28. 10kV 电缆终端头固定地线。

29. 10kV 电缆终端头安装接线端子。

30. 10kV 电缆终端头安装终端套管。

五、现场操作标准

1. 铅焊补漏法（需要在电缆停电条件下进行）

（1）将电缆内油压调至允许最低值。

（2）剥去电缆漏油点的铠装层、外护层、铜带、防水层等,暴露出铅层漏油裂口后,用棉纱团蘸电缆油把铅层表面擦净。

（3）按照铅层上漏油裂口的大小,截取适当尺寸的铅皮,做补漏铅皮,并在其上钻一小孔。

（4）将补漏用铅皮包覆在电缆铅层上,盖没漏油点,形成套筒状,在补漏过程中,使小孔位于下方,从电缆内溢出的油从该孔往外淌流,使铅焊顺利进行。

（5）铅包覆在电缆铅层上铅套筒边缘进行铅封焊,使套筒焊牢在铅层上,焊毕,用小螺钉拧入排油小孔,旋紧,堵住油流,再在外面焊平小孔。

（6）铅封焊完毕后,可对电缆补油,升高油压至 0.29MPa $(3kg/cm^2)$,维持 1h 后,如没有渗漏油现象,则压力可调至正常运行油压。

（7）重新恢复防水层,加固铜带层、外护层,铠装层,并分别扎紧焊牢。

（8）如由于铅包漏油后,电缆终端头或电缆发生失油时,电缆补漏完毕后应按终端头安装规程中真空注油的要求进行处理。

2. 环氧带补漏法可在电缆带负荷的条件下进行,但应做好如下安全措施:

（1）电缆漏油点铅包直接接地,如电缆线路铅层一端接地且线路较长而漏油点位于中段时，则可临时改换一下接地点，补修点铅层直接接地，线路两端铅层改接限压装置。

（2）补漏时，操作人员应利用绝缘板对地绝缘。

（3）操作现场备有防火砂、灭火机等。

环氧带补漏工艺如下：

1）剥去漏油段的外护层，暴露出铅层上漏油裂口，用棉纱团蘸电缆油和苯，把该段铅层擦洗干净；

2）制作堵油层，先根据铅层漏油口的大小，剪取耐油橡皮环一个，放到漏油点铅层表面，再叠盖绕包聚氯乙烯带数层，把耐油橡皮紧紧地缚牢在铅层上，再在聚乙烯带外面紧密绕包一层软铜丝，绕包时要不断擦净绕包层表面；

3）制作加固层，先用锉刀打毛铜带，绕包两端的铅层表面，以便于粘接面，用苯清洗油污。将铅层擦洗干净，再将配好的环氧树脂涂上，并用除蜡烘干的玻璃丝带叠盖绕包数层，并用红外线灯泡或热吹风加热环氧带层，以加速固化；

4）经检视无渗漏后，重新修复电缆外护层、补强层。

3. 安装工艺要点如下：

（1）将三相线芯同时套上白色绝缘隔油管，下端插到铅包根部由下向上逐相收缩；

（2）再套上三个黑色应力管，距铅包口 80mm 由下向上收缩；

（3）包黄胶与铅包口重叠 15mm 中部最大直径为电缆外径再加 15mm；

（4）套分支手套与铅包重叠不少于 70mm，由铅包口向两侧收缩；

（5）切剥端部线芯绝缘（套管长 +5mm）套入线鼻子并压接，然后用黄胶填充压线鼻子；

（6）套红色绝缘管，上端与线鼻重叠 5mm 即可；

（7）预热接线端子，套上密封套并热缩；

（8）最后热缩相色管、结束。

4. 见图 3-19 图中第一梯步 25% 是指剥切绝缘占电缆绝缘纸总层数的 25%。剥切时，不可切伤不应剥去的绝缘纸，更不应切伤导电线芯，半导体纸剥至离铅口约 5mm 处，梯步剥切完毕，用油浸棉纱线将绝缘纸扎紧，然后用热油浇一遍，以除去表面污垢。

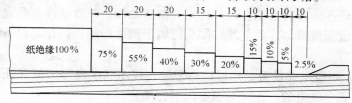

图　3-19

5. 弯线芯时应保持一定的弯度，一般不应小于芯线直径的 10 倍，以免损伤绝缘，同时受力要均匀。

6. 一般说来，环氧树脂电缆头能承受较高的油压，质量好的可承受 1.1～1.4MPa（12～14kgf/cm²）。但由于工艺上的缺陷，有时也有渗油现象。

修漏方法：如漏油部位是壳体本身，则可将漏油点环氧凿去一部分，将油污清洗干净，再绕包防漏橡胶带，然后再浇注环氧树脂。如果是环氧杯杯口三芯边漏油，则将三芯绝缘在杯口绕包环氧带后，将杯口接高一段，再灌注环氧树脂。

7. 干包终端头主要在三芯分叉口漏油的较多，现采用加套沾制软手套后已大大改善，在工艺上要将三芯分叉口扎紧，绕包绝缘带要分层涂胶，在外面用尼龙绳扎紧。

8. 尼龙头三芯手指口是用橡胶手指套包扎的，此橡胶手指套设计时虽已考虑到电缆头内油压的变化，但实际运行中这部分包扎处较易漏油，橡胶也较易老化破裂。因此，可在手指套外用塑料带、尼龙绳加固扎牢。另外一种方法是将尼龙头壳体的上盖拆开，将电缆芯导体在适当位置锯断，增添一只塞止连接管，压接后，用事先已准备好的加高了手指的上盖替换原来的上盖，复装后在上盖手指加高部位灌注环氧树脂，使电缆芯油路全部堵死。

9. 铁皮漏斗终端头的绝缘水平最差，漏油现象也很严重，无法防漏，根本的办法是将其更换成新型电缆头（此型电缆头早已被淘汰）。

10. 生铁电缆头一般是在瓷套管口漏油较多，主要是封口不良引起。修理办法是凿去原有封口材料，挖清油污，并清洁缆芯和瓷套管内壁，重新封口。这类电缆终端头已属于淘汰产品，但在老设备上用的还很多。

11. 一类电缆设备是经过运行考验，技术状况良好，能保证在满负荷下安全供电的。评级可参考以下标准进行：

（1）规格能满足实际运行需要，无过热现象；

（2）无机械损伤，接地正确可靠；

（3）绝缘良好，各项试验符合规程要求；

（4）电缆头无漏油、漏胶现象，瓷套管完整无损；

（5）电缆的固定和支架完好；

（6）电缆的敷设途径及中间接头盒位置有标志；

（7）电缆头分相颜色和铭牌正确清楚；

（8）技术资料完整正确；

（9）装有油压监视和外护层绝缘监视的电缆，要动作正确，绝缘良好。

12. 二类电缆设备是基本完好的设备，能经常保证安全供电的，但个别部件有一些缺陷，仅能达到一类设备评级标准的（1）~（4）项，即为二类设备。

13. 电缆的绝缘评级可参照各单位自行制订的电气设备绝缘监督工作条例进行，大体可分为三类，供参考：

一类绝缘：试验项目齐全，结果合格，未发现缺陷。

二类绝缘：漏试次要项目或次要项目数据不合格，发现绝缘有缺陷，但仍能安全运行或影响较小的（如泄漏不对称系数大于标准值）。

三类绝缘：漏试主要项目或主要项目数据不合格，发现绝缘有重大缺陷，威胁安全运行的（如耐压时闪络，泄漏电流极大且有升高现象，超周期未试等）。

14. 报告应详细写明故障部分的原有安装资料、故障现象、修理情况以及故障原因分析等，必要时可将故障部分摄成照片或绘图附在报告上。完整的故障统计资料，是制订反事故措施和年度检修计划等技术政策的主要依据。

15. 5582 型终端头主要材料见表 3-5。

表　3-5

材料名称	规　格	单　位	数　量	备　注
电缆终端盒	5582 型	套	3	包括瓷套及全套零件
保护管槽		套	1	
电缆头支架		套	1	
黑漆玻璃丝带	宽 20mm	盘	6	
白布带	宽 25mm	盘	2	
电缆油		kg	25	
沥青		kg	4	
软铅丝	36A	kg	0.6	
软铅丝	75A	kg	0.1	
封铅		kg	4	
硬脂酸		kg	0.3	
医用手套		付	2	
汽油		kg	6	
接地线		m	5	

16. 当油不合格时，一般作大气压下冲洗。先由电缆两端来冲洗，再在上油嘴接压力箱，下油嘴放油冲洗，冲洗油量为 2～3 倍盒内的油量，终端头如油样不合格的，因油量较大，按接头冲洗方式太费油，一般将油放空，重新做真空注油处理。

17. 110kV 充油电缆终端头的安装工艺程序如下：

（1）组装检查。安装前需将终端进行预装配或检测各部件的尺寸是否配合。对瓷套管、顶盖及尾管作水压试验，检查有无渗漏现象。

（2）加热绝缘材料。纸卷用感应桶加热，冲洗油用电炉间接加热，高压电缆油加热温度为 65～70℃。瓷套管在安装前揩拭干净后，用红外线灯烘干。

（3）固定电缆及剥除护层。

（4）剖铅、切断电缆芯。剖铅长度根据瓷套管高度及出线梗线芯孔深度而定。自尾管平面上口向上 1160mm 处切断线芯，切时关小压力箱，用扁钢凿断线芯。第一次剖铅为 120mm，剥去纸绝缘长度为 90mm，套上出线梗，然后卡装或压接，吊直电缆。第二次剖铅至尾管平面向下 100mm 处，剥除半导体屏蔽纸，在剖铅口留 5mm，冲洗线芯。离剖铅口向上 880mm 处至出线梗，绕包清洁的临时塑料带。

（5）绕包纸卷。纸卷离剖铅口 10mm 处开始绕包。绕包纸卷过程中，应将端压力箱适当调节，使油道内充满油，纸绝缘中有油渗出。在绕包过程中勤冲洗、并用油勤洗手。套入环氧锥的支撑环及环氧锥。沿应力锥表面从剖铅口向上绕包半导体绉纹纸至应力锥的下口，绉纹纸外绕包直径为 2.6mm 的镀锡铜线，用焊锡将铜线与铅口焊牢、并装环氧锥接地极及支架并冲洗干净。关闭两端压力箱。

（6）组装及封铅。吊装瓷套管，组装终端头；封铅分二次进行。开启两端压力箱冲洗，油自尾管油嘴排出油量约 5～10L 后，关小两端压力箱，改用出线梗接压力箱，再冲洗 5～10L 油。绕包加强带及护层绝缘。

（7）按标准进行真空注油。

18. 简述 220kV 直线和绝缘接头安装工艺。

220kV 充油电缆的直线接头（见图 3-20）和绝缘接头（见图 3-21）的安装工艺程序如下：

（1）组装检查：安装前，接头盒作水压或气压试验，检查有无渗漏现象。封铅处应有良好热镀锡的镀层。

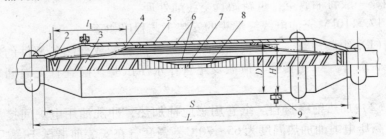

图 3-20　110～220kV 自容式充油电缆普通接头

1—封铅　2—接地屏蔽　3—电缆芯　4—半导体屏蔽　5—外壳

6—增绕绝缘　7—芯管　8—压接管　9—油嘴

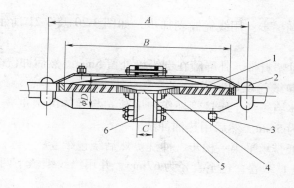

图 3-21
1—增绕绝缘 2—铅封 3—油嘴 4—工厂绝缘阶梯
5—导电线芯 6—绝缘法兰

（2）加热绝缘材料：纸卷用感应桶加热，冲洗油用电炉间接加热，高压电缆油加热温度为 65～70℃。

（3）剥护层：剥麻护层的长端为 21.20mm，短端为 900mm（绝缘接头为两侧各 1520mm）。

锯铜带自中心起两侧各长为 700mm，各松开 400mm，揩净并绕包在铅包上。

揩净铅包，包临时塑料带，套入铜套管，铜套管不应碰到护层的沥青（绝缘接头套铜套管时，要注意接地柱的方向应该成对，并套入绝缘法兰）。

（4）剖铅：剖铅自中心起两侧各长 685mm，中心处锯线。将锯屑冲洗干净后，关小两端压力箱。

自剖铅口处，包上干净的临时塑料带，长为 270mm，切纸长为 85mm。

（5）压接：插入钢衬芯及压接管。

共压两次，每次压四道。先压中间，后压两侧，表压力为 69MPa（700kgf／cm²）持续 1min。每道压两次，在第一次压好后，压模转 45°，再压第二次。

压接管锉平打毛，冲洗干净。

（6）切剥梯步：用线铊撕剥梯步，如图 3-20 及 3-21 所示，内屏蔽留 10mm。

拆除临时塑料带，外屏蔽在剖铅口处留 5mm，然后冲洗线芯。

（7）绕包纸卷及外屏蔽

包半导体绉纹纸于压接管外作内屏蔽，与导体屏蔽重叠为 5mm，离梯步距离为 5mm。然后用热油冲洗。

用绉纹纸带填平第一梯步、冲洗。然后绕包纸卷：

1）绕包 1#纸卷，包至直径为 67mm，并用绉纹纸填平两端梯步，冲洗；

2）绕包 2#纸卷，直径同线芯绝缘外径，用绉纹纸填平两端梯步，冲洗；

3）绕包 3#，4#，5#纸卷，包至直径为 103mm，两侧锥长 180mm，冲洗；

4）绕包 6#，7#纸卷，包至直径为 120mm，两侧锥长 70mm，冲洗。

包外屏蔽用半导体绉纹纸与线芯绝缘屏蔽连通，其外绕包直径为 26mm 镀锡铜线及屏蔽铜带，两端铜线绕包方向相反，铜带间隙为 2mm。铜带两端按样板裁剪圆角。铜线与铅包，铜线与铜带用焊锡焊牢。绝缘接头内层外屏蔽长为 785mm（自剖铅口起算），屏蔽间纸卷厚为 2mm，外层铜屏蔽长为 635mm。

冲洗后，关闭两端压力箱。

（8）封铅：腰箍处以螺钉固定，然后锯断伸出螺帽的螺钉，并封焊腰箍，两端封铅分两次封焊。

绕包加强带。

冲洗，开两端压力箱，提供冲洗两接头盒的油量；然后在上油嘴接压力箱后再冲洗两接头盒。

（9）真空注油：按标准工艺进行。

（10）接引线、包护层：注油后、绝缘接头中间隔板处包临时塑料带。

取五昼夜油样试验合格后，在绝缘接头上装置同轴引出线。

接头处及两侧铅包外涂沥青并包塑料带（组合护层包六层）。绕包的绝缘护层要与引出线和电缆护层连接并密封。

（11）装混凝土保护盒或绝缘保护盒。

19. 简述 220kV 塞止接头安装工艺。

220kV 充油电缆塞止接头（见图 3-22）的安装工艺程序如下：

（1）组装检查：安装前，接头盒用水压或气压试验，检查有无渗漏现象。封铅处有良好热镀锡的镀层。

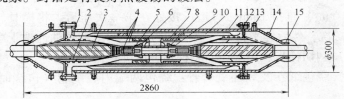

图 3-22   220kV 双室式塞止接头的结构

1—环氧树脂套管   2—电缆室增绕绝缘   3—电缆   4—填充绝缘
5—芯管   6—导体连接   7—带有绝缘的电极   8—轴封螺帽
9—密封垫圈   10—外腔增绕绝缘   11—外壳   12—密封
垫圈   13—油嘴   14—接地端子   15—封铅

（2）加热绝缘材料：将环氧套管，高压屏蔽电极和纸卷分别用感应桶加热，冲洗油用电炉间接加热，高压电缆油热温度为 65 ~ 70℃。

（3）剥护层：在工井中制作接头时，先在接头架上定中心，再移至工作位置。

剥塑料带自中心起两侧各剥除塑料带长为 1650mm。

锯铜带比塑料带的长度短 400mm 处将铜带锯断，并将其松开，在揩净铜带及铅包后，将铜带绕在铅包上，并绕包临时塑料带。

套入接头盒（单室尾管上下各有一油嘴，中段铜套管套在双室端），尾管两端不应碰到护层的沥青。

套入密封垫圈。

（4）剖铅：自接头中心起两侧各长为 1368mm。剖铅分两次进行。

锯线自中心起两侧各 163mm 处锯断电缆线芯，锯屑冲洗干净后插入钢衬芯,然后关小两端压力箱。

第一次剖铅长为 180mm,切纸长度为 95mm。第二次剖铅自中心起向两侧各长度为 1368mm。

(5)压接:套入压接管,单室端用凹形接梗,双室端用凸形接梗,高压屏蔽电极引线螺孔向上。

压接两端接梗二次,每次每端各压两道,压力为 69MPa(700kgf/cm²)维持 1min,每道压接处在第一次压后,将模具转 45°再压第二次,然后锉平打毛,用温度为 65~70℃的热油冲洗干净。

(6)剥切梯步:用线铊撕剥梯步,内屏蔽留 15mm。

(7)绕包纸卷及装环氧套管:绕包两端内腔纸卷(包绕时勤冲洗)。

套入环氧套管,压接梗卡装密封后,开大两端压力箱,检验环氧套管内腔油道是否畅通。接梗要伸出环氧套管端面,单室为 130mm,双室为 65mm。

套入高压屏蔽电极。

凸形接梗插入钢衬芯,进行凹凸压接梗的压接,工艺如上述工序。

装高压屏蔽电极引线。

绕包外腔纸卷,两端应力锥上包炭黑绉纹纸及绕直径为 2.6mm 的镀锡铜线。铜线与铅包焊接,冲洗。

(8)组装塞止盒外壳:组装时密封圈应放入法兰槽内,紧螺栓时。要使环氧法兰受力均匀,防止其破裂,同时应使油嘴在垂直的位置。

(9)封铅:关闭两端压力箱,拆下所有闷头;两端封铅分两次封焊;绕加强带。

(10)按标准进行真空注油。

20. 应采取以下措施:

(1)电缆线路的巡视应有专人负责,并根据具体情况制定设备巡视周期和检查项目,较大的电缆网络还可以划区域块,分片包干以利于运行人员较详细地了解所管区域内的电缆位置及各项工程的进展情况。

（2）电缆线路运行单位的主管局可报请当地政府批准颁发"保护地下电力电缆的规定"，重点通知城市建设单位和各公用事业单位遵照执行。

（3）电缆运行部门应与市政建设有关单位建立正常的联系制度，及时了解各地区的掘土施工情况，向市政刨路执照的批准单位提供管辖区内电缆的分布图，以便在批准各单位刨路执照时，通知刨路单位在电缆附近施工时与电缆维护单位取得联系，派人进行守护，并签定在电缆附近刨路施工的协议书，共同维护和保证电缆不受外力损伤。

（4）电缆进入或穿越工厂、机关、学校等单位时，要向该单位提供图纸并签定维护协议书，以便该单位在管辖区内的电缆线路上动土时，能与电缆运行维护单位直接联系。

（5）对于被挖掘而全部露出的电缆，应加保护罩及悬吊。悬吊点间的距离应不大于 1.5m。挖土工作完毕后，守护人员应检查电缆外部情况是否完好无损，安放位置是否正确，待回填土并盖好保护板后，方可离开。

（6）加强电缆的技术资料管理工作，要求电缆的原始资料必须准确，并不断提高巡线人员的技术业务水平。

（7）可通过电视台向广大群众进行宣传教育，说明保护地下电力电缆的重要性，以及损伤电缆的危险性，以引起广大群众的重视。

21.

（1）试验项目及要求

1）绝缘电阻试验

本试验项目应在电缆敷设前，敷设后（具备试验条件时），电缆头制做完毕及电缆进行耐压试验前对电缆的线芯与金属护套，金属护套与非金属护套分别测量其绝缘电阻值以作比较。

其目的是发现电缆敷设前后及安装中比较不易被目测发现的电绝缘故障的附件中的故障。

测量金属护套与非金属护套绝缘电阻时，应使用 1000V 绝缘电阻表，其相线端子接在金属护套上，电缆线芯及非金属护套表面炭黑层接地。

测量线芯与金属护套绝缘电阻时，使用 2500V 及以上绝缘电阻表，其相线端子接在线芯上、金属护套、非金属护套分别接地。

为保证该项试验的安全，应在相线上装一开关（刀闸），摇测结束时，先断开开关（刀闸），再停止转动绝缘电阻表，以免停止转动绝缘电阻表后，引线未断开，电缆的电容电流放电烧坏绝缘电阻表。

2）直流试验

根据 GB11017—89 附录 C 及 IEC840（1986）电缆安装后的试验规定，本试验项目只在电缆全部安装完毕后进行，其试验电压为 DC192kV（$3U_0$）15min 不击穿。

为了确定电缆及附件绝缘性能，在 DC 耐压试验时应记录 U-I 和 t-I 曲线，直流试验是否合格，应根据这两条曲线的变化作出具体方法如下：

a. U-I 曲线作法（电压-电流曲线）。

当试验电压升到 20%（$3U_0$）40%（$3U_0$）60%（$3U_0$）100%（$3U_0$）时分别停留 1min，测量泄漏电流值，并作出 U-I 曲线。

正常绝缘情况，U-I 曲线为有一定倾斜角的直线，此直线的斜角越小越好。

如果随着电压的升高，泄漏电流非线性增加，则证明电缆或附件中存在较严重的缺陷。

b. 当电压升到 $3U_0$ 时，分别在 1min、4min、8min、12min、15min 时测量泄漏电流的值，由此作出 t-I（时间-电流曲线），绝缘良好时应为一水平直线，否则将会有非线性曲线出现。根据此图可以判断绝缘状况。

为消除试验误差，提高试验精度，采用屏蔽法接线，即将电缆终端瓷套、引线用绝缘物外涂铝泊或其它金属做成的屏蔽帽套入电缆终端瓷套上，试验结束时，屏蔽帽应充分放电。

3）交流电压试验

根据 GB11017—89 附录和 IEC840 有关规定，经双方协商后可用交流电压代替直流电压试验，试验可选用下述方法：在导体和金属屏蔽间施加（U_0）电压 64kV，持续时间为 24h。

通过上述试验后，即认为合格。

4）非金属护套电压试验

电缆附件安装完毕后，金属外护套应进行 DC 电压试验。根据 IEC840 GB11017—89 及订货合同规定，在非金属外护套内金属层和外导电层之间（以内金属层为负极性）施加 25kV 直流电压，保持 1min 外护套应不被击穿。

在进行该项试验时，应将护套层保护器解除，也可分段进行。

5）其它试验

a. 电缆护层保护器试验应根据有关规定及厂家说明进行。

b. 电缆终端接地电阻应符合有关规程要求。

c. 沿线电缆沟接地电阻应符合设计要求。

22. 该电缆终端重约 273kg，借助于升降装置可以简便地安装。

电缆准备　见图 3-23、图 3-24。

（1）准备终端安装面。在安装面上规定的距离内把电缆伸直，排好并切断：

压接头类型	安装面上距离
铝压接头	1921mm
铜压接头	1940mm
CADWELD 压接头	1899mm

（2）从切断的电缆一端剥去护层和金属屏蔽层露出 305mm 长的绝缘屏蔽层。

（3）剥去电缆的绝缘屏蔽层，绝缘层和导体屏蔽层，以如下规定的距离露出导体：

压接头类型	导体露出距离
铝压接头	100mm
铜压接头	87mm
CADWELD 压接头	76mm

（4）压接头

清理导体和安装压接头。在所附的工具表和压杠表 UD 225AL 或 UD 225CU 上查出相应的工具和压模，把压接头紧压。不要损坏压接头上的螺纹或环型垫片。首先，在压接头筒体上的压扁范围标记处进行压扁。在压扁后铝压接头上所有多余的抗蚀剂都必须除去。压接头筒身上的任何尖口都应除去并清理。

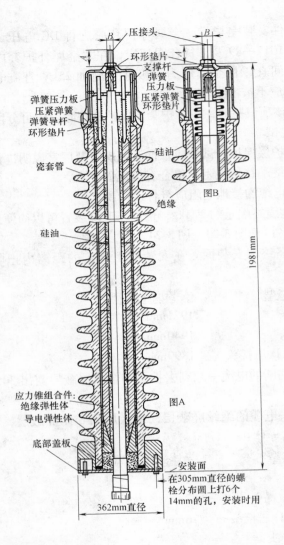

压接头
环形垫片
支撑杆
弹簧
压力板
压紧弹簧
环形垫片

弹簧压力板
压紧弹簧
弹簧导杆
环形垫片

硅油

图B

瓷套管

绝缘

硅油

1981mm

应力锥组合件:
绝缘弹性体
导电弹性体

图A

底部盖板

安装面

在305mm直径的螺
栓分布圆上打6个
14mm的孔,安装时用

362mm直径

图　3-23

以下的各项测量均在安装压接头以后进行,并且从柱状螺栓端开始。这些测量都必须精确无误。

(5) 按照说明书上的尺寸准备电缆。在绝缘屏蔽层末端起在屏蔽层周围足够的长度上倒角，去掉任何台阶，使电缆绝缘层平滑地过渡到绝缘屏蔽层。如果电缆绝缘外径去 82mm 以下时，绝缘端倒角深 6mm，长 152mm；如果电缆绝缘外径大于 83mm 时，绝缘端倒角深 13mm，长 305mm。

如果在终端安装后间隙受到限制，电缆的屏蔽层和护套可以在这时进行封端。建议这项工作应在去除电缆屏蔽层之前完成，以避免损伤绝缘层。

（6）从露出的绝缘层上去掉所有半导电材料的痕迹，并依次用 80、150 和 220 号铝砂布打光绝缘层。用合适的溶剂擦清绝缘层。在半导体屏蔽层不得使用溶剂，不得损伤绝缘层及其屏蔽层。

（7）从安装位置上自下撑起电缆，使压接头柱状螺栓的顶端伸出基准安装面 2067mm。支撑在终端向电缆放下时应能承受 273kg 以下的压力。

终端安装：

安装时所有之位应保持清洁、干燥。

（1）取出 6 个 8mm

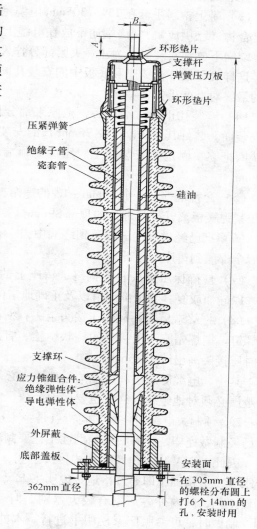

图 3-24

之角螺钉和青铜终端铸座。在底部通过铝外壳底座顶端，把 3 个 13 ～76mm 长的安装螺栓部分地撑入底板上的螺旋孔。

（2）在一根支杆上吊两根绳子或吊环，从顶部的瓷裙边下把终端垂直地在电缆的上方吊起。

（3）带上塑料手套在 254～305mm 电缆绝缘层上涂上一层薄薄的硅复合物（已供应）。在终端向下放在电缆上之前涂以硅复合物，直到终端向下放到安装面上为止。夹紧部分拧入的螺栓，调整终端的位置，这样可以使外壳铸座和底板中的安装孔同安装表面上的安装孔之间的最终对准变得方便些。

（4）安装孔正确对准以后，把原来部分地拧入的螺栓全部地拧入安装面。装好其余 3 个 13～76mm 长的安装螺栓。用底部上的螺帽和垫圈把终端固定在安装面上。压接头顶端现在超过青铜外壳铸座 330mm。

（5）交替地拧入 2 个 13mm～13 的螺帽，压紧 4 个压紧弹簧，直到压紧弹簧板离开柱状螺栓的顶部 89mm。

（6）把已经供应的硅油灌到终端中去。有大的气泡应让其消失，然后全部灌到铸座的顶部。

（7）应确保压接头和青铜终端铸座上的环形垫片不被损坏，清洁，以硅油或复合物全部润滑以及正确地定位。

（8）把终端铸座下放到压接头上去，对准和装好 6 个 8mm 六用角螺钉。把螺帽旋入压接头的柱状螺栓，直到其紧贴在终端铸座上，同时压接头高出铸座 86mm。

其中，电缆屏蔽层和终端的底部铸座必须直接连接。如果电缆的屏蔽层必须对地绝缘，终端也要对地绝缘。

23．预制式电缆附件的共同特点是：工厂化，即主要工作在制造厂已经制做完毕，只有一些辅助性工艺要到现场制做。

因此 110kV 以上电缆预制式接头工艺，与 10kV 基本一致，只是要求工艺更精细，即要严格地按说明书上尺寸制做，保持清洁。具体制做工艺，国内外各厂家有较大差别，但对电缆预处理要求基本相同。制做时，可参照厂家说明书进行。本处不再细论。图 3-25 是预制式接头剖面图。

图 3-25

24.

（1）敷设前的检查验收：

电缆到货后，在公司电缆验收组组织领导下，应立即进行检查验收，主要项目如下：

1）电缆截盘面，本体上的标志、印记应完整清晰，包括额定电压、截面、长度、制造厂家、生产日期、买方名称等。

2）电缆结构，规格应符合技术条件，主要包括导体直径，绝缘最小厚度及不同结构材料的径向尺寸。

3）详细检查电缆各部分材料情况，应与技术条件相符。

4）电缆盘金属框架结构牢固，结合部不得有脱焊开裂现象。

5）两端密封完好，牵引头完整牢固，封头无开脱，无孔洞等破损，必要时应做进水检测。

（2）电缆敷设的前期准备工作：

1）进行下列检查：

a. 型号、技术条件应与合同要求相符。

b. 输送机、牵引机送电试验，正反向转动，机械制动正确灵活。

c. 机器运转无杂声，输送履带调节孔和电缆夹紧轴手动操作灵活方便。

d. 减速箱油位指示正确，传动链条弛度合适。

e. 主分控制箱的接触器，按钮连接线完整，开断正确，无导体裸露部分。

f. 转弯、直线和环形滑轮应光滑无毛刺，转动灵活。

g. 放线架结构牢固，无脱焊开裂变形，支撑轴与电缆盘轴孔相符。

h. 所有电气部分在检查中发现问题或有疑问时，视情况做绝缘电阻等试验并及时通知制造厂家。

2）电缆沟检查验收：

安装单位在进入施工现场前，结合验收会同有关部门进行全线检查，以便发现问题，及时解决，既不贻误工期，又便于电缆敷设的顺利进行，检查项目如下：

a. 检查转弯处的弯曲半径是否符合设计要求。

b. 过路管应平直光洁，管口无毛刺，必要时应做辅助胀口处理。

c. 电缆支架安装平正，立柱应紧贴沟壁，横撑光滑无毛刺无变形。

d. 接地装置应符合设计要求，接地带与支架间接触良好，各种金属件无锈蚀，防腐处理完好。

e. 电缆沟清洁，无渗漏，无积水和无积淤。

3）准备好过桥，过路管的弹性衬垫，以防在运行中因振动或剪切应力造成外护套摩擦，疲劳龟裂。

4）按设计要求，做好电缆引上部分的底部衬垫搁架。

5）备齐过路管两端电缆过渡的临时支撑。

6）因电缆沟狭窄黑暗，保证有充足的照明和良好的通风装置。

7）整平、加固电缆盘，提升机，车辆放置地点的地面和行车运输路径。

8）根据现场实际测量，制做竖井及其它立面弯曲的专用支架和滑轮。

（3）电缆的起重运输：

由于电缆单盘重量重，体积大，制定妥善的技术措施才能保证起重运输的绝对安全。

1）组织有专职负责人的运输小组，制定措施并有明确的分工。

2）勘查路径，清除行车障碍，做好途中的联系协调和所有的行车标志工作。

3）有足够载荷裕度的吊车、拖车，用适当的速度平稳地起吊、装卸、行车。起吊前，应由工作负责人重新检查电缆盘悬吊及捆绑情况，认为可靠后方准试行起吊。

4）当电缆盘稍一离地，应再次检查上述情况，无误后方准继续起吊。

5）缆盘的支撑，枕木及楔子要坚固严密，封车牢固，不得有绳索，结节的缓松。

6）电缆盘中心支撑轴应有足够的强度（直径115mm，45号钢）确保能承受电缆盘的重量。

7）电缆放线架应放置平稳可靠，保证将电缆盘调至水平位置，以防在转动时受到异常应力。

（4）电缆敷设：

1）敷设的一般原则

a. 敷设方式采用终端牵引，机械输送，人工辅助引导的同步敷设法，机具是否同步是敷设质量的关键。

b. 根据施工图布置好机具后，应认真检查电气接线和全线联动操作试验，同时应对沟内的敷设用通信系统进行试验，保证可靠通话。

c. 为了保证同步敷设，所有输送机的启动均有中心控制箱集中操作，不得任意变更单机的运行方式。

d. 敷设前，再次检查电缆盘是否牢固、水平，缆盘转动方向应为电缆的束紧方向。

e. 沿电缆走径的任何方向、位置，其侧压力、牵引力、弯曲半径不得超过制造厂的规定值。

f. 单条电缆敷设结束，立即对电缆终端进行密封，分段敷设后，应进行全面的外观检查，按图纸要求调整间距。

g. 每段电缆敷设结束后，应及时加装明显的相序和线路名称标志，敷设全过程应进行中间及竣工验收。

h. 电缆敷设是匀速的，应随时监视，发现异常情况，应迅速停机，查明原因，并通知现场指挥。

i. 为减少摩擦力，过路管内应涂中性润滑剂。

j. 在敷设前，电缆存放地点24h内的平均温度及现场温度不得低于0℃，否则应将电缆预先加热。

k. 经过加热的电缆应尽快敷设，当电缆冷却至低于0℃时，不得再弯曲。

l. 敷设在桥上的电缆，因经常受到振动，应加垫弹性材料的衬垫，如沙枕或橡胶。

2）敷设的技术要求

a. 各岗位人员要熟知职责范围，熟练地操作所辖设备。

b. 输送机、牵引机安装牢固，不得有纵向、横向位移和振动。

c. 间隔 3.6m 放置一个直线滑轮，疏密一致，以防电缆与电缆支架摩擦损伤外护套。

d. 转弯滑轮组要安装牢固，与沟壁形成一合适的夹角，以免电缆下滑磨损外护套。

e. 在正常情况下，第一台输送机距电缆距离为 15～20m，此段电缆应保持松弛，这样既可以减少了牵引力，又可以防止受强制力而损坏电缆。

f. 为使电缆平正地进入输送机，机器前后 1m 处均应放置直线滑轮，并保持同一高度。

g. 输送机均应安装在转弯前的直线部分，以降低侧压力。

h. 根据电缆的外径，将输送机下滚筒调至适当高度以使电缆置于履带中部，同时取下上滚筒，张开履带，做好电缆进入的准备。

i. 电缆进入输送机 1.5～2m 后，开启本机，插入上滚筒，旋动夹紧手柄，其夹紧力以目测履带和电缆间不相对滑动为宜。

j. 电缆始端在敷设全过程中必须有专人引导，输送机履带的操作有专人负责，转弯滑轮组有专人管理。

k. 缆桥两端，过路管两端应设有专人看管，保证缓慢地过渡。

l. 当过路管没做胀口处理时，为防止管口划伤电缆，必须保证电缆从管中心通过，必要时做临时胀口保护。

m. 考虑到温度变化而造成的伸缩应力，电缆应按 1‰的余度做蛇形布置。

n. 在任何情况下，杜绝电缆在地面、沟壁、管口、机具上的摩擦，一经发现，应立即停机，在机具上取下时，要轻抬轻放。

o. 用钢丝绳牵引电缆，在达到一定的张力后，电缆会受到扭转应力，为了消除扭转应力，电缆牵引端应加装防捻器。

p. 输送机、牵引机在每天使用前，应检查蜗轮箱机油情况，不足时应加 40 号机油。

q. 发现外护套磨损，立即作好标记，以便于准确及时修补。

（5）安全技术措施：

1）电缆盘的起重运输工作，应在开工前，指定专人对运输道路进行检查，确定运输路线中易发生事故的路段，并详细告之运输人员。

2）电缆盘放置地点要平整、夯实，周围应设置围栏及标志，夜间应装红灯。

3）自电缆盘置于现场至安装工作全部结束时，必须设置足够人员昼夜巡逻值班。

4）每天在敷设电缆开工前，现场负责人，都要详尽交待安全措施及注意事项。

5）应分工明确，责任到人。在正常情况下，各专职组负责人对现场总负责人负责，各组成员不得擅自行动。

6）每天敷设前，全部机具都要做空载试验，以重新确认机具的转向和完好。

7）保证供电电源的可靠性，加强监视，杜绝输送机、牵引机缺相运行等故障。

8）因输送机、牵引机外壳须接地，电源应采用三相四线制，中性点重复接地。

9）敷设电缆应有专人统一指挥，电缆走动时，禁止用手搬动输送机滚轮，各种滑轮，以防压伤。

10）各转弯处、穿管处都有专人看管，应站立在转弯处外侧，以保证安全和转弯滑轮组正常工作及保护外护套不被磨损。

11）现场指挥，相互联络要明确信号，并使用统一的用语。

12）工作间断及每天收工时，要切断所有施工电源，做好所有机具的临时保护。

13）当电缆沟内有湿浊气，应作好通排风措施，并在工作时佩戴安全帽，做好井口防高空落物措施。

14）所有有碍交通的地段和电缆沟敞开处，应设置明显的标志或遮栏，夜间应设红灯。

15）电缆竖井上口装设围栏，上下竖井用专用梯子，井内工作应系安全带，佩戴安全帽。

（6）组织措施：

要成立临时指挥小组，每项重点工作要有专人负责，对现场工作人员要交待好工作任务及安全措施，定岗、定职、定责，统一指挥，确保工程顺利完成。

以上施工方案可以做参考。对于具体工程，还要结合工程特点，采用的敷设方式制订更为具体的施工方案。

25．工程量计算规则

（1）电缆沟铺砂盖砖、盖板，按埋设电缆根数以沟长米计算。

（2）电缆保护管，按管径、分材质以米计算。

（3）电缆敷设按铝芯考虑，截面积以米计算。计算其工程量时，应加计电缆在各部位的预留量。

（4）高压电缆终端头按电缆截面，以个数计算。

（5）电缆沟内支架按安装层数，以沟长米单位计算。

（6）电缆梯架、托架、槽盒按宽度，以米单位计算。

26．

（1）解：

1）根据题意和定额的编制说明，芯线截面积为 $3 \times 50 mm^2$ 的聚氯乙烯绝缘铝芯电缆敷设应执行定额1-3-18 子目。定额单位为100m，电缆敷设长度为38m，则工程量为 0.38

套用定额　$0.38 \times 465.13 = 176.75$（元）

其中人工费：$0.38 \times 125.15 = 47.56$（元）

材料费：$0.38 \times 317.18 = 120.53$（元）

机械费：$0.38 \times 22.80 = 8.66$（元）

2）计算主材费（略）。

（2）若为铜芯时，根据说明，铜芯电缆敷设按相应截面定额人工和机械乘以系数1.36，则

1）人工费：$0.38 \times 125.15 \times 1.36 = 64.68$（元）

材料费：$0.38 \times 317.18 = 120.53$（元）

机械费：$0.38 \times 22.80 \times 1.36 = 11.78$（元）

合计为：64.68 + 120.53 + 11.78 = 196.99（元）

（2）计算主材费（略）。

27. 应准备的工具材料有：

（1）聚四氧乙烯带 1 卷。

（2）硅油适量。

（3）若干片玻璃片、一把自备刀，或专用剥削工具。

（4）半张或一张细砂纸，一个清洁帕或一条毛巾。

28. 固定地线

（1）在铠装上，打光宽度为 25mm，将一铜编织地线一端向下（电缆末端为上），另一端与铜绑线平放紧贴在打光的铠装上，用恒力弹簧将铜编织地线与铠装可靠地绕箍。在外护层断口下 25mm 处绕包两层防水胶带（对户内终端头应包两层 25 号绝缘带，拉伸率为 100%）。

（2）将另一铜编织地线一端向下，另一端拆分为三等份，用恒力弹簧分别绕箍在上距外护层断口上 90mm 处的铜屏蔽带上，两根铜编织地线之间的距离应大于 30mm。

（3）在铠装上包绕 4~8 层 23 号绝缘带，拉伸率为 100%。使用铜屏蔽引出地线与铠装绝缘。

（4）将两铜编织地线下端分别镀锡、套上接地端子并压接。

（5）在第一层水胶带（对户内终端头用 25 号绝缘带）的外面再绕包第二层水胶带，并将引出地线包在中间。

29. 安装接线端子：

（1）清洗接线端子内孔表面，清除电缆端部绝缘层，接线端子孔深为 10mm。

（2）套入接线端子校正方向后压接，清除掉接线端子上的毛刺。

30. 安装终端套管：

（1）在已收缩的绝缘套管上口向下户内终端 25mm 处，户外终端 40mm 处用聚氯乙烯带做标记，作为绝缘套管安装基线。

（2）清洗绝缘表面，在 13 号半导体带与主绝缘及铜屏蔽搭接处涂上硅胶脂，剩余硅胶脂涂在主绝缘表面。

（3）套入户外终端套管定位于聚氯乙烯标记处，逆时针拉出芯使其收缩。

附　　录

附录 A　常用电力电缆的型号、名称和用途

表 A-1　纸绝缘电缆的型号、名称和用途

型　号	名　　称	主　要　用　途	备注
ZQ	铜芯油浸纸绝缘裸铅套电力电缆	敷设在室内、沟道中及管子中，电缆不能承受机械外力作用，且对铅层呈中性的环境	
ZLQ	铝芯油浸纸绝缘裸铅套电力电缆	同 ZQ 型	
ZQ1	铜芯纸绝缘铅包麻被电力电缆	同 ZQ 型	
ZLQ1	铝芯纸绝缘铅包麻被电力电缆	同 ZQ 型	
ZQ2	铜芯纸绝缘铅包钢带铠装电力电缆	敷设在土壤中，电缆能承受机械外力作用，但不能承受大的拉力	
ZLQ2	铝芯纸绝缘铅包钢带铠装电力电缆	同 ZQ2 型	
ZQ20	铜芯纸绝缘铅包裸带铠装电力电缆	敷设在室内、沟道中及管子内电缆能承受机械外力作用，但不能承受大的拉力	
ZLQ20	铝芯纸绝缘铅包裸钢带铠装电力电缆	同 ZQ20 型	
ZQ3	铜芯纸绝缘铅包细钢丝铠装电力电缆	敷设在土壤中，电缆能承受机械外力作用，并能承受相当的拉力	
ZQD3	铜芯不滴油纸绝缘铅包细钢丝铠装电力电缆	敷设在土壤中，能承受一般机械外力作用，并能承受相当拉力	
ZLQD3	铝芯不滴油纸绝缘铅包细钢丝铠装电力电缆	同 ZQD3 型	
ZQD30	铜芯不滴油纸绝缘裸细钢丝铠装电力电缆	敷设在室内及矿井中，能承受一般机械外力作用，并能承受相当的拉力	

（续）

型　号	名　　称	主　要　用　途	备注
ZLQD30	铝芯不滴油纸绝缘裸细钢丝铠装电力电缆	同 ZQD30 型	
ZQD5	铜芯不滴油纸绝缘粗钢丝铠装外麻被电力电缆	敷设在水中，能承受较大的拉力	
ZLQD5	铝芯不滴油纸绝缘粗钢丝铠装外麻被电力电缆	同 ZQD5 型	
ZQD22	铜芯不滴油纸绝缘二级防腐层钢带铠装电力电缆	敷设在有严重腐蚀的环境中，能承受一般机械外力作用，不能承受拉力	
ZLQD22	铝芯不滴油纸绝缘二级防腐层钢带铠装电力电缆	同 ZQD22 型	
ZQD23	铜芯不滴油纸绝缘二级防腐层细钢丝铠装电力电缆	敷设在有严重腐蚀的环境中，能承受一般机械外力作用，并能承受相当的拉力	
ZLQD23	铝芯不滴油纸绝缘二级防腐层细钢丝铠装电力电缆	同 ZQD23 型	
ZLQ3	铝芯纸绝缘铅包细钢丝铠装电力电缆	同 ZQ3 型	
ZQ30	铜芯纸绝缘铅包裸细钢丝铠装电力电缆	敷设在室内、矿井，电缆能承受机械外力作用，并能承受相当的拉力	
ZLQ30	铝芯纸绝缘铅包裸细钢丝铠装电力电缆	同 ZQ30 型	
ZQ5	铜芯纸绝缘铅包粗钢丝铠装电力电缆	敷设在水中电缆能承受较大的拉力	
ZLQ5	铝芯纸绝缘铅包粗钢丝铠装电力电缆	同 ZQ5 型	
ZQF2	铜芯纸绝缘分相铅包钢带铠装电力电缆	同 ZQ2 型	
ZLQF2	铝芯纸绝缘分相铅包钢带铠装电力电缆	同 ZQ2 型	
ZQF20	铜芯纸绝缘分相铅包裸钢带铠装电力电缆	同 ZQ20 型	
ZLQF20	铝芯纸绝缘分相铅包裸钢带铠装电力电缆	同 ZQ20 型	

（续）

型　号	名　　称	主　要　用　途	备注
ZQF5	铜芯纸绝缘分相铅包粗钢丝铠装电力电缆	同 ZQ5 型	
ZLQF5	铝芯纸绝缘分相铅包粗钢丝铠装电力电缆	同 ZQ5 型	
ZL	铜芯粘性油浸纸绝缘铝包裸铝护套电力电缆	敷设在干燥的室内、隧道、沟道及管道中，不能承受一般机械外力作用，对铅包具有中性环境	
ZLL	铝芯粘性油浸纸绝缘裸铝护套电力电缆	同 ZL 型	
ZL11	铜芯纸绝缘铝包一级防腐麻被护层电力电缆	敷设在室内，隧道及沟道中，对电缆应无外力作用，可用于对铝护层有腐蚀环境	
ZLL11	铝芯纸绝缘铝包一级防腐麻被护层电力电缆	同 ZL11 型	
ZL12	铜芯纸绝缘铝包一级防腐钢带铠装外麻被护层电力电缆	敷设在对铝护层有腐蚀的室内，隧道及沟道中，能承受一般机械外力作用，但不能承受拉力	
ZLL12	铝芯纸绝缘铝包一级防腐钢带铠装外麻被护层电力电缆	同 ZL12 型	
ZL120	铜芯纸绝缘铝包一级防腐裸钢带铠装电力电缆	敷设在对铝护层有腐蚀的室内，隧道及沟道中，能承受一般机械外力作用，但不能承受拉力	
ZLL120	铝芯纸绝缘铝包一级防腐裸钢带铠装电力电缆	同 ZL120 型	
ZL13	铜芯纸绝缘铝包一级防腐层细钢丝铠装外麻被电力电缆	敷设在对铝护层有腐蚀的土壤和水中，能承受一般机械外力作用，并能承受相当的拉力	
ZLL13	铝芯纸绝缘铝包一级防腐细钢丝铠装外麻被电力电缆	同 ZL13 型	
ZL130	铜芯纸绝缘铝包一级防腐裸细钢丝铠装电力电缆	敷设在对铝护层有腐蚀的室内及矿井中，能承受一般机械外力作用，并能承受相当的拉力	
ZLL130	铝芯纸绝缘铝包一级防腐裸细钢丝铠装电力电缆	同 ZL130 型	

（续）

型　号	名　称	主要用途	备注
ZL15	铜芯纸绝缘铝包一级防腐粗钢丝铠装外麻被电力电缆	敷设在对铝护层有腐蚀的土壤和水中，能承受一般机械外力作用，并能承受较大的拉力	
ZLL15	铝芯纸绝缘铝包一级防腐粗钢丝铠装外麻被电力电缆	同 ZL15 型	
ZL22	铜芯纸绝缘铝包二级防腐钢带铠装电力电缆	敷设在对铝护层和钢带有严重腐蚀的环境中，能承受一般机械外力作用，但不能承受拉力	
ZLL22	铝芯纸绝缘铝包二级防腐钢带铠装电力电缆	同 ZL22 型	
ZL23	铜芯纸绝缘铝包二级防腐细钢丝铠装电力电缆	敷设在对铝护层和钢带有严重腐蚀环境中，能承受一般机械外力作用，并能承受相当的拉力	
ZLL23	铝芯纸绝缘铝包二级防腐细钢丝铠装电力电缆	同 ZL23 型	
ZL25	铜芯纸绝缘铝包二级防腐粗钢丝铠装电力电缆	敷设在对铝护层和钢带有严重腐蚀的环境中，能承受一般机械外力作用并能承受较大的拉力	
ZLL25	铝芯纸绝缘铝包二级防腐粗钢丝铠装电力电缆	同 ZL25 型	

表 A-2　橡皮绝缘电缆的型号、名称和用途

型　号	名　称	主要用途	备注
XQ	铜芯橡皮绝缘裸铅包电力电缆	敷设在室内、隧道内及管道中，电缆不能受到振动和机械外力作用，且对铅层应有中性的环境	
XLQ	铝芯橡皮绝缘裸铅包电力电缆	同 XQ 型	
XQ2	铜芯橡皮绝缘铅包钢带铠装电力电缆	敷设在地下或隧道中，电缆不能承受大拉力	
XLQ2	铝芯橡皮绝缘铅包钢带铠装电力电缆	同 XQ2 型	
XQ3	铜芯橡皮绝缘铅包裸钢带电力电缆	敷设在室内、隧道内及管道中，电缆不能承受大的拉力	

（续）

型　号	名　　称	主　要　用　途	备注
XLQ3	铝芯橡皮绝缘铅包裸钢带电力电缆	同 XQ3 型	
XQ30	铜芯橡皮绝缘铅包裸钢丝铠装电力电缆	敷设在室内、隧道内及管道中，电缆能承受相当的拉力	
XLQ30	铝芯橡皮绝缘铅包裸钢丝铠装电力电缆	同 XQ30 型	
XV	铜芯橡皮绝缘聚氯乙烯护套电力电缆	敷设在室内、隧道内及管道中	
XLV	铝芯橡皮绝缘聚氯乙烯护套电力电缆	同 XV 型	
XV2	铜芯橡皮绝缘聚氯乙烯护套钢带铠装电力电缆	敷设在地下或隧道内，电缆不能承受大的拉力	
XLV2	铝芯橡皮绝缘聚氯乙烯护套钢带铠装电力电缆	同 XV2 型	
XV20	铜芯橡皮绝缘聚氯乙烯护套裸钢带铠装电力电缆	同 XQ20 型	
XLV20	铝芯橡皮绝缘聚氯乙烯护套裸钢带铠装电力电缆	同 Q30 型	
XHF	铜芯橡皮绝缘非燃性橡套电力电缆	敷设在室内、隧道内及管道中，电缆不能承受机械外力的作用	
XLHF	铝芯橡皮绝缘非燃性橡套电力电缆	同 XHF 型	
XHF2	铜芯橡皮绝缘非燃性橡套钢带铠装电力电缆	同 XV2 型	
XLHF2	铝芯橡皮绝缘非燃性橡套钢带铠装电力电缆	同 XV2 型	
XHF20	铜芯橡皮绝缘非燃性橡套裸钢带铠装电力电缆	同 XV2 型	
XLHF20	铝芯橡皮绝缘非燃性橡套裸钢带铠装电力电缆	同 XV2 型	

表 A-3　聚氯乙烯绝缘电缆的型号、名称和用途

型　号	名　　称	主　要　用　途	备注
VV	铜芯聚氯乙烯绝缘聚氯乙烯护套电力电缆	敷设在室内、隧道、沟道及管道中，不能承受外力作用，有防腐能力	
VLV	铝芯聚氯乙烯绝缘电力电缆	同 VV 型	
VV29	铜芯聚氯乙烯绝缘内钢带铠装电力电缆	直埋于土壤中，能承受一般机械外力作用，不能承受拉力，有防腐能力	
VLV29	铝芯聚氯乙烯绝缘内钢带铠装电力电缆	同 VV29 型	
VV30	铜芯聚氯乙烯绝缘裸细钢丝铠装电力电缆	敷设在室内、矿井中，能承受一般机械外力作用，并能承受相当的拉力	
VLV30	铝芯聚氯乙烯绝缘裸细钢丝铠装电力电缆	同 VV30 型	
VV50	铜芯聚氯乙烯绝缘裸粗钢丝铠装电力电缆	敷设在室内、矿井中，能承受较大的拉力	
VLV50	铝芯聚氯乙烯绝缘裸粗钢丝铠装电力电缆	同 VV50 型	
VV59	铜芯聚氯乙烯绝缘内粗钢丝铠装电力电缆	敷设在水中，能承受较大的拉力，有防腐能力	
VLV59	铝芯聚氯乙烯绝缘内粗钢丝铠装电力电缆	同 VV59 型	

表 A-4　交联聚乙烯绝缘电缆的型号、名称和用途

型　号	名　　称	主　要　用　途	备注
YJV	铜芯交联聚乙烯绝缘聚氯乙烯护套电力电缆	敷设在室内、沟道、隧道及管道中，允许直埋在松散的土壤中，不能承受机械外力作用，但可经受一定的敷设牵引力	

（续）

型　号	名　　称	主要用途	备注
YJLV	铝芯交联聚乙烯绝缘聚氯乙烯护套电力电缆	同 YJV 型	
YJVL	铜芯交联聚乙烯绝缘分相聚氯乙烯护套电力电缆	同 YJV 型	
YJLVF	铝芯交联聚乙烯绝缘分相聚氯乙烯护套电力电缆	同 YJV 型	
YJV29	铜芯交联聚乙烯绝缘内钢带铠装聚氯乙烯护套电力电缆	直埋于土壤中，能承受一般机械外力作用，不能承受拉力，有防腐能力	
YJLV29	铝芯交联聚乙烯绝缘内钢带铠装聚氯乙烯护套电力电缆	同 YJV29 型	
YJV39	铜芯交联聚乙烯绝缘内细钢丝铠装聚氯乙烯护套电力电缆	敷设在水中或落差较大的土壤中能承受一般机械外力作用，并能承受相当的拉力，有防腐蚀能力	
YJLV39	铝芯交联聚乙烯绝缘内细钢丝铠装聚氯乙烯护套电力电缆	同 YJV39 型	
YJV30	铜芯交联聚乙烯绝缘裸细钢丝铠装电力电缆	敷设在室内、矿井中，能承受一般机械外力作用，并能承受相当的拉力	
YJLV30	铝芯交联聚乙烯绝缘裸细钢丝铠装电力电缆	同 YJV30 型	
YJV50	铜芯交联聚乙烯绝缘裸粗钢丝铠装电力电缆	敷设在室内，隧道及矿井中，能承受一般机械外力作用，并能承受较大的拉力	
YJLV50	铝芯交联聚乙烯绝缘裸粗钢丝铠装电力电缆	同 YJV50 型	
YJV59	铜芯交联聚乙烯绝缘粗钢丝铠装聚氯乙烯护套电力电缆	敷设在水中，电缆能承受较大的拉力	
YJLV59	铝芯交联聚乙烯绝缘粗钢丝铠装聚氯乙烯护套电力电缆	同 YJV59 型	

附录 B　电缆导体允许温度、载流量和电压降

表 B-1　电缆导体允许长期最高工作温度 （℃）

	3kV 及以下	6kV	10kV	20 ~ 35kV	110 ~ 330kV
天然橡皮绝缘	65	65			
粘性纸绝缘	80	65	60	50	
不滴流纸绝缘			65	65	
聚氯乙烯绝缘	65	65			
聚乙烯绝缘		70	70		
交联聚乙烯绝缘	90	90	90	80	
充油纸绝缘				75	75

注：表中所列数字与制造厂规定有出入时，应以制造厂规定为准。

电缆线路的长期允许载流量 I 可通过下式算出：

$$I = I_表 K_1 K_2 K_3 K_4$$

K_1——铝芯电缆折算为铜芯电缆的校正系数；

K_2——环境温度校正系数；

K_3——土壤热阻校正系数；

K_4——多条电缆并列校正系数。

表 B-2　电缆线路的电压降 （V/A·km）

电缆截面积/mm²	铝　芯		铜　芯	
	两　芯	三芯和四芯	两　芯	三芯和四芯
4	18.3	15.9	10.8	9.38
6	12.3	10.6	7.23	6.26
10	7.32	6.34	4.33	3.75
16	4.58	3.91	2.71	2.34
25	2.93	2.54	1.73	1.50
35	2.12	1.83	1.24	1.07
50	1.46	1.27	0.866	0.750
70	1.05	0.906	0.620	0.537
95	0.770	0.667	0.456	0.395
120	0.614	0.532	0.362	0.314
150	0.496	0.430	0.294	0.255
185	0.404	0.350	0.239	0.206
240	0.314	0.272	0.186	0.161

表 B-3　铝芯纸绝缘、聚氯乙烯绝缘和交联聚乙烯绝缘电缆长期允许载流量　　（25℃时）

长期允许载流量/A

导体截面 /mm²	1kV 两芯电缆 纸绝缘	1kV 两芯电缆 聚氯乙烯绝缘	1kV 三芯电缆 纸绝缘	1kV 三芯电缆 聚氯乙烯绝缘	1kV 四芯电缆 纸绝缘	1kV 四芯电缆 聚氯乙烯绝缘	3kV 纸绝缘	6kV 纸绝缘	6kV 聚氯乙烯绝缘	6kV 交联聚乙烯绝缘	10kV 纸绝缘	10kV 交联聚乙烯绝缘	20~35kV 纸绝缘	20~35kV 交联聚乙烯绝缘
2.5	26	27	24	23	24	23	24							
4	34	35	32	30	32	30	32							
6	44	46	40	40	40	40	40							
10	60	62	55	54	55	54	55	48	43	48				
16	80	81	70	73	70	73	70	60	56	60	60	60		
25	105	99	95	88	95	92	95	85	73	85	80	80	75	85
35	128	123	115	111	115	115	115	100	90	100	95	95	85	110
50	160	152	145	138	145	141	145	125	111	125	120	120	110	135
70	197	185	180	167	180	174	180	155	143	155	145	145	135	165
95	235	215	220	194	220	201	220	190	168	190	180	180	165	180
120	270	246	255	225	255	231	225	220	194	220	205	205	180	200
150	307		300	257	300	266	300	255	223	255	235	235	200	230
185			345	305	345		345	295	256	295	270	270		
240			410		410		410	345	301	345	320	320		

注：1. 铜芯电缆的载流量为本表中数值乘以 1.3 系数。
2. 本表为单根电缆容量。
3. 单芯塑料电缆为三角排列，中心距等于电缆外径。

附录 C 有关电缆的几个校正系数

表 C-1 环境温度变化时载流量的校正系数

导体工作 温度/℃	环境温度/℃								
	5	10	15	20	25	30	35	40	45
80	1.17	1.13	1.09	1.04	1.0	0.954	0.905	0.853	0.798
65	1.22	1.17	1.12	1.06	1.0	0.935	0.865	0.791	0.707
60	1.25	1.20	1.13	1.07	1.0	0.926	0.845	0.756	0.655
50	1.34	1.26	1.18	1.09	1.0	0.895	0.775	0.633	0.447

表 C-2 土壤热阻系数不同时载流量的校正系数

导体截面积 /mm²	土壤热阻系数/℃·cm·W⁻¹				
	60	80	120	160	200
25~16	10.6	1.0	0.9	0.83	0.77
25~95	10.8	1.0	0.88	0.80	0.73
120~240	10.9	1.0	0.86	0.78	0.71

注：土壤热阻系数划分为：潮湿地区（指沿海、湖、河畔地区，雨量多地区，如华东、华南地区等），取 60~80；普通土壤（指一般平原地区，如东北、华北等）取 120；干燥土壤（指高原地区，雨量少的山区、丘陵等干燥地带），取 160~200。

表 C-3 直接埋在地下电缆并列敷设时载流量的校正系数

	1	2	3	4	5	6	7	8	9	10	11	12
100	1.00	0.90	0.85	0.80	0.78	0.75	0.73	0.72	0.71	0.70	0.70	0.69
200	1.00	0.92	0.87	0.84	0.82	0.81	0.80	0.79	0.79	0.78	0.78	0.77
300	1.00	0.93	0.90	0.87	0.86	0.85	0.85	0.84	0.84	0.83	0.83	0.83

附录 D 电缆故障类型及其检测方法

故障类型	判别方法	故障点测寻方法	故障点检测原理图	故障点检测工作原理图	故障距离计算
1. 低阻接地故障（接地电阻在 100kΩ 以下） （1）单相接地 （2）两相或三相回路接地	导线与铅护层或导线与导线之间绝缘电阻低于 100kΩ，导线连续性良好	1. 电桥法（QJ-23 型或 QF1-A 型电桥） 2. 连续扫描脉冲示波器法（MST-1A 型或 LGS-1 型数字式测试仪）	1. 电桥法原理图 电源 $U/\frac{1}{=}$ R_1 R_2 G A L A' B B' L_x 故障点 R_x 2. 示波器法 短路或接地故障，反射波为负反射。示波器荧光屏图如下	发送脉冲 T A' B' 负反射脉冲	$L_x = 2L\dfrac{R_2}{R_1 + R_2}$ $L_x = \dfrac{vT}{2}$ 式中 v——波速（m/μs） T——反射时间（μs）

（续）

故障类型	判别方法	故障点测寻方法	故障点检测工作原理图	故障距离计算
2. 高阻接地故障（接地电阻在100kΩ以上） （1）单相接地 （2）多相短路接地	导线与铝护层或导线与导线之间绝缘电阻低于正常值甚多，但高于100kΩ，导线连接性良好	1. 高压电桥法（QF1-A型电桥附臂线桥臂） 2. 一次扫描示波器（711型） 3. 加电压烧穿后应用其它方法	1. 高压电桥法接线原理与低阻接地故障的方法相同。但电桥、检流计均处于高电位，应很好与地绝缘。要求测试迅速。 2. 一次扫描示波器法，是采用高压一次扫描描示波器，记录故障点放电振荡波形，确定故障点。示波器荧光屏图如下： 	$$L_x = \frac{vT}{2}$$ 式中 v——波速（m/μs） T——振荡周期（μs）

（续）

故障类型	判别方法	故障点测寻方法	故障点检测工作原理图	故障距离计算
3. 完全断线故障	各相绝缘良好，一相或多相导线不连续	1. 电桥法（电容电桥 QF1-A 型电桥） 2. 连续扫描示波器法（MST-1A 或 LGS-1 型）	1. 电桥法 在线路二端测量故障的电容与标准电容器之比。接线原理图如下 2. 示波器法 断线故障，反射波为正反射，示波器荧光屏图如右 	$L_x = L\dfrac{C_E}{C_E + C_F}$ 式中 C_E、C_F——故障相在 E 端、F 端所测得的电容 $L_x = \dfrac{vT}{2}$ 式中 v——波速（m/μs） T——反射时间（μs）

故障类型	判别方法	故障点测寻方法	故障点检测工作原理图	故障距离计算
4. 不完全断线故障 （1）高电阻断线（导体电阻大于1000Ω） （2）低电阻断线（导体电阻小于1000Ω）	各相绝缘良好，一相或多相导线不完全连续	1. 高电阻断线用交流电桥法测量 2. 低电阻断线，先用低压低电流使其烧断，然后再按完全断线故障测寻	交流电桥法接线原理图 在线路两端测量故障相的电容器与标准电容之比 	$$L_x = L \frac{C_E}{C_E + C_F}$$

（续）

故障类型	判别方法	故障点测寻方法	故障点检测工作原理图	故障距离计算
5. 完全断线并接地故障	一端各相绝缘良好，另一端接地	采用完全断线故障测寻		
6. 不完全断线并接地故障	各相绝缘良好，一相或多相导线不完全连续，经电阻接地	用交流电桥法按高阻断线故障测寻		
7. 闪络性故障	各相绝缘电阻良好，而且导线连续性亦好，故障点已经封闭	1. 一次扫描示波器（711型）2. 烧穿后用其它方法	用一次扫描示波器的测寻方法同高阻接地故障	

附录 E　橡皮和塑料类材料性能参考值

表 E-1　常用橡皮品种性能参考值

序号	名　称	单位	天然橡皮 NR	丁苯橡皮 SBR	三元乙丙橡皮 EPDM	丁基橡皮 HR	氯丁橡皮 CR	丁腈橡皮 NBR	氯磺化聚乙烯 CSM	氯化聚乙烯 CPE	硅橡皮	氟橡皮(26型)
1	密度	$/g \cdot cm^{-3}$	0.94	0.94	0.86	0.91	1.24	0.98	1.20	1.24	0.97	1.85
2	脆化温度	/℃	≤-50	≤-30	≤-40	≤-40	≤-35	≤-15	≤-40	≤-70	≤-70	≤-35
3	长期工作温度	/℃	60~65	65~70	80~90	80~85	70~80	80~85	90~105	90~105	180~200	200
4	耐辐照剂量	/Gy	$\geq10^4$	$\geq10^4$	$\geq10^5$	$\geq10^4$	$\geq10^5$	—	$\geq10^5$	$\geq10^5$	$\geq10^5$	$\geq10^5$
5	抗张强度	/MPa	20	26	18	18	15	30	20	13	5	12
6	断裂伸长率	/%	700	450	300	700	750	550	400	400	250	300
7	体积电阻率	$/\Omega \cdot m$	$\geq10^{13}$	$\geq10^{13}$	$\geq10^{14}$	$\geq10^{15}$	$\geq10^9$	$\geq10^9$	$\geq10^{12}$	$\geq10^{11}$	$\geq10^{12}$	$\geq10^{10}$
8	击穿强度	$/kV \cdot mm$	20	20	35	30	20	20	25	25	30	25
9	相对介电常数	$10^3 Hz$	2.5	2.9	3.2	2.3	8.3	13.0	8.5	8.5	3.2	3.5
10	介质损失角正切	$10^3 Hz$	0.0025	0.0032	0.004	0.003	0.035	0.055	0.050	0.020	0.005	0.30

表 E-2　常用电缆塑料品种性能参考值

序号	名 称		聚氯乙烯 PVC①		聚乙烯 PE②			聚丙燃 PP
			绝缘级	护套级	LDPE	HDPE	XLPE	PP
1	密度	/g·cm⁻³	1.45	1.25	0.92	0.95	0.92	0.91
2	硬度		D95	D33	R10	R50	D45	R100
3	长期工作温度	/℃	60~105	60~90	70	75	90	110
4	抗张强度	/MPa	18	12	13	25	17	30
5	断裂伸长率	/%	200	300	550	500	400	550
6	体积电阻率	/Ω·m	$\geq 10^{11}$	$\geq 10^7$	$\geq 10^{14}$	$\geq 10^{13}$	$\geq 10^{13}$	$\geq 10^{14}$
7	击穿强度	/MV·m	20	16	28	28	28	28
8	相对介质电常数	50Hz时	5.5	—	2.3	2.3	2.3	2.2
		10³Hz时	5.0	—	2.3	2.3	2.3	2.2
		10⁶Hz时	4.0	—	2.3	2.3	2.3	2.2
9	介质损失角正切（×10⁻⁴）	50Hz时	800	—	2	2	5	2
		10³Hz时	1000	—	2	2	5	3
		10⁶Hz时	1200	—	2	2	5	5

（续）

序号	名称	单位	氟塑料③ F-4	F-46	F-40	F-2	F-3	PVDF	聚酰胺 Nylon	氯化聚醚	聚氨酯弹性体 TPU	乙烯共聚物 EVA	乙烯共聚物 EEA
1	密度	/g·cm⁻³	2.15	2.16	1.70	1.76	2.14	1.76	1.04	1.40	1.15	0.93	0.94
2	硬度		D55	D55	D70	D75	R112	D80	R118	R100	A87	A84	A86
3	长期工作温度	/℃	260	200	150	130	150	150	105	120	90	70	70
4	抗张强度	/MPa	22	22	40	60	35	50	70	40	40	10	11
5	断裂伸长率	/%	250	300	250	300	150	300	250	120	550	650	650
6	体积电阻率	/Ω·m	$\geq 10^{15}$	$\geq 10^{15}$	$\geq 10^{14}$	$\geq 10^{12}$	$\geq 10^{15}$	$\geq 10^{10}$	$\geq 10^{12}$	$\geq 10^{13}$	—	$\geq 10^{14}$	$\geq 10^{13}$
7	击穿强度	/MV·m	20	22	18	30	20	12	15	16	—	20	20
8	相对介电常数 50Hz时		2.0	2.1	2.5	8.4	2.6	8.0	3.5	3.0	—	3.2	2.8
	10³Hz时		2.0	2.1	2.5	7.7	2.6	7.0	3.5	3.0	—	3.0	2.8
	10⁶Hz时		2.0	2.1	2.5	6.4	2.6	6.0	3.5	3.0	—	2.8	2.7
9	介质损失角正切 (×10⁻⁴) 50Hz时		2	1	6	500	12	500	300	100	—	30	10
	10³Hz时		2	1	8	190	25	200	300	100	—	50	20
	10⁶Hz时		2	5	50	160	100	1900	300	100	—	410	90

① 聚氯乙烯可根据使用要求不同而选择不同配方，其工作温度可分为60、70、90和105℃。

② 聚乙烯中LDPE，HDPE和XLPE分别为低密度，高密度和交联聚乙烯。

③ 含氟塑料中F-4为四氟乙烯；F-46为全氟乙丙烯；F-40为乙烯四氟乙烯共聚物；PVDF为聚偏氟乙烯；F-2、F-3为偏氟氯乙烯。

参 考 文 献

［1］ 中华人民共和国技能鉴定规范［M］. 北京：中国计划出版社，1999.

［2］ GB 50389—2006. 750kV 架空线路施工及验收规范［M］. 北京：中国计划出版社，2006.

［3］ 山东电力集团公司. 高压线路带电检修工［M］. 北京：中国电力出版社，2005.

［4］ 北京电力公司. 输电线路标准化作业操作导则［M］. 北京：中国电力出版社，2007.

［5］ 安徽省电力公司. 线路运行与检修［M］. 北京：中国电力出版社，2007.

［6］ 宋光云. 电力工程管理与务实［M］. 北京：中国建筑工业出版社，2005.

［7］ 孟祥泽. 现代电力建设施工与技术管理［M］. 北京：中国电力出版社，2005.

［8］ 张涛. 电力工程监理手册［M］. 北京：机械工业出版社，2006.

［9］ 华北电力调度通信中心. 电力通信［M］. 北京：中国电力出版社，2007.

［10］ 曾克娥. 电力系统继电保护原理［M］. 北京：中国电力出版社，2005.

［11］ 天津电力公司. 变电运行现场操作技术［M］. 北京：中国电力出版社，2007.

［12］ 周武仲. 电力设备维修诊断与预防性试验［M］. 北京：中国电力出版社，2008.

［13］ 王立波等. 装表接电［M］. 北京：中国电力出版社，2007.

［14］ 王广惠，王红艳等. 电力销售与用电管理［M］. 北京：中国电力出版社，2007.

［15］ 上海久隆电力科技有限公司. 用电检查［M］. 北京：中国电力出版社，2005.

［16］ 尤德同，杨东. 高低压电器装配工［M］. 北京：化学工业出版社，2004.

［17］ 李斌，李兆华. 电能表修校［M］. 北京：中国电力出版社，2006.

［18］ 马振良. 变电检修工［M］. 北京：中国电力出版社，2007.

［19］ 刘贵先. 变电检修技师考核题解［M］. 北京：中国电力出版社，2008.

［20］ 陈家斌. 电气作业质量控制卡［M］. 北京：中国电力出版社，2007.

［21］ 徐海明，王全胜. 直流设备检修技师考核题解［M］. 北京：中国电力出版社，2008.

［22］ 李兆华，李斌. 抄表核算收费［M］. 北京：中国电力出版社，2006.

［23］ 陕西省电力工业局. 电气试验 ［M］. 北京：中国电力出版社，2002.

［24］ 国家电力监管委员会（第9号）. 电力业务许可证管理规定 ［M］. 北京：中国法制出版社，2005.

［25］ 国家电力监管委员会（第10号）. 电力市场运营基本规则 ［M］. 北京：中国法制出版社，2005.

［26］ 国家电力监管委员会（第11号）. 电力市场监管办法 ［M］. 北京：中国法制出版社，2005.

［27］ 国家发改委. 上网电价管理暂行办法 ［M］. 北京：中国法制出版社，2005.

［28］ 国家发改委. 输配电价管理暂行办法 ［M］. 北京：中国法制出版社，2005.

［29］ 国家发改委. 销售电价管理暂行办法 ［M］. 北京：中国法制出版社，2005.

［30］ 朱宝林. SF_6 断路器技能考核教材 ［M］. 北京：中国电力出版社，2003.

［31］ 杨香泽. 变电检修 ［M］. 北京：中国电力出版社，2006.

［32］ 山东爱普电气设备公司，上海思源电气股份有限公司，南京南瑞继保电气有限公司有关产品使用说明书.